TIR AU BUT

PALETS & ARCS-EN-CIEL, LIVRE 3

L.A. WITT

Traduction par
SCARLETT CHET

Droits d'auteur

Ceci est une œuvre de fiction. Les noms, personnages, lieux et situations décrits dans ce livre sont purement imaginaires ou utilisés de façon fictive. Toute ressemblance avec des personnages, des établissements ou des événements existants ou ayant existé ne serait que pure coïncidence.

Tir au but, Palets & Arcs-en-ciel, Livre 3

Première édition française

Copyright © 2021 L.A. Witt

Couverture par Lori Witt

Traductrice : Scarlett Chet

Tous droits réservés. Aucune partie de cette publication ne peut être reproduite, transmise sous quelque forme ou moyen que ce soit (électronique, mécanique, photocopie, enregistrement ou autre), ou stockée dans un système de recherche documentaire sans l'autorisation écrite préalable de l'éditeur et permission légale. Les chroniqueurs peuvent citer de brefs passages dans une chronique. Pour obtenir cette permission et pour toute autre demande, contacter L.A. Witt à gallagherwitt@gmail.com

ISBN : 979-8-75189-260-9

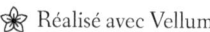 Réalisé avec Vellum

TIR AU BUT

Le gardien de but vedette des Narwhals *de Vancouver. L'entraîneur-chef des* Krakens *de New York. Ça ne peut évidemment pas mener au désastre...*

Le gardien de but Brad Spencer vole sur un petit nuage depuis que son équipe a remporté la Coupe et l'a désigné comme son meilleur joueur. Comme ses coéquipiers, il est prêt à faire la fête, idéalement avec quelqu'un dans son lit. Lorsqu'il s'éclipse dans un bar gay, il rencontre un homme magnifique, volontaire et... véritablement le dernier mec qu'il devrait toucher.

L'entraîneur-chef Anthony Caruso veut juste boire quelques verres et s'envoyer en l'air pour apaiser la douleur d'avoir perdu la Coupe avec son équipe. Mais un joueur terriblement sexy de l'équipe adverse débarque dans le club. L'alchimie est instantanée, et même la montagne de règlements de la PHL ne peut les séparer. Après tout, ce n'est qu'un coup d'un soir.

Puis un autre. Puis une escapade estivale qui leur laisse

juste assez de temps et d'intimité pour trop s'impliquer. Quand la saison de hockey reprend, ils se séparent... mais ne peuvent le rester bien longtemps.

Anthony et Brad accordent beaucoup trop d'importance à leur carrière pour se montrer imprudents, mais ils ont tous deux été seuls trop longtemps pour ignorer ces sentiments.

Tôt ou tard, ça va coincer... et l'un d'eux devra choisir entre l'homme qu'il aime et le sport pour lequel il vit.

« Tir au but » *est le 3ème tome de la série* Palets & Arcs-en-ciel, *mais peut être lu de manière indépendante.*

Chapitre 1
Brad

— On a gagné ! Les *Narwhals* ont gagné !

Le chant retentissant noyait tous les autres bruits à l'intérieur du bar sportif bondé, d'autant plus que s'y mêlaient les voix de chacun des membres des *Narwhals* de Vancouver. L'alcool coulait à flots, les fans acclamaient et, entre deux chants à en perdre la voix, mon équipe était bien partie pour se bourrer collectivement la gueule. Nous serions une misérable bande de bébés avec la gueule de bois demain matin, mais qui s'en souciait ? Après tout, les *Narwhals* avaient gagné la Coupe, putain !

J'avalai d'une traite le *shot* que l'un de mes coéquipiers m'avait donné. Je grimaçai, secouai la tête, puis me joignis de nouveau aux chants. On s'était tous cassé le cul pour cette victoire, et je me fichais de savoir à quel point j'étais épuisé après le match de ce soir : j'avais bien l'intention de faire la fête jusqu'à ne plus tenir debout.

— Allez, mesdames, s'exclama Collins en écartant les bras. Mon corps est prêt.

Tout le monde éclata de rire, mais plusieurs femmes le reluquaient comme si elles voulaient le prendre au mot.

Juste avant de changer d'équipe, la précédente de Kinney avait gagné la Coupe la saison dernière, donc il avait annoncé dans le vestiaire que si nous gagnions ce soir, il célébrerait ses deux victoires de Coupe en baisant deux femmes. À en juger par les deux blondes en maillot ultra-moulant des *Narwhals* qui lui tournaient déjà autour, on ne pouvait pas dire que c'étaient des paroles en l'air.

Les femmes et les petites amies d'autres types étaient à leurs côtés, échangeant des regards qui annonçaient que leur soirée allait être animée. Keith Adams, mon pote et capitaine, envoyait discrètement des SMS, donc j'étais presque certain qu'il retrouverait ses deux petits amis après son départ. Shawn et Justin avaient assisté au match, après tout, et ils seraient probablement venus à la fête aussi sans les rumeurs qui circulaient à propos d'eux trois. Tout le monde savait que Shawn et Justin étaient un couple, et on soupçonnait que Keith était plus qu'un simple ami dirigeant une association caritative avec eux. Ce soupçon était exact, bien sûr, mais seules quelques personnes triées sur le volet le savaient avec certitude, et nous avions juré de garder le secret.

En balayant la pièce du regard, je ne trouvai pas un seul membre de mon équipe qui dormirait dans un lit froid cette nuit. Même ceux qui, en toute logique, n'auraient pas dû pouvoir bouger après ce match intense. Surtout ceux qui, comme Kinney et Keith, avaient prévu un plan à trois. Peu importait : s'ils pouvaient le supporter, tant mieux pour eux. Moi, je n'avais pas envie de me lancer dans un plan à trois – ce n'était pas vraiment mon truc de toute façon – mais un petit tête-à-tête ? Oh, oui. Je pouvais gérer.

Je sirotai ma bière, en partie pour effacer l'arrière-goût de cet horrible *shot*. Je planais haut ce soir – d'autant plus que plusieurs de mes arrêts de justesse avaient empêché les *Krakens* de nous battre – mais j'avais hâte de quitter le bar. Maintenant que mes coéquipiers planifiaient leur after au lit, je voulais me tirer d'ici et trouver quelqu'un avec qui fêter ça.

Aucun des gars de ce bar n'avait éveillé mon intérêt, et j'étais toujours nerveux à l'idée d'essayer de me rapprocher de quelqu'un dans un lieu qui n'était pas explicitement gay.

J'étais plutôt fier d'avoir encore toutes mes dents après ces nombreuses saisons en tant que gardien de but de la PHL, et je ne voudrais pas que le poing de quelqu'un mette fin à cette veine. Donc, peu importe qui je me taperais ce soir, il n'était pas là.

J'aimais les applications de rencontre, surtout quand l'équipe passait de ville en ville tout au long de la saison. Mon emploi du temps était si serré que je n'avais pas le temps pour les bars. Il suffisait de *swiper*, d'échanger quelques textos et de se rencontrer. Non pas que j'aie eu le temps ou l'énergie depuis des mois.

Ce soir, j'avais le luxe de disposer de mon temps et il me restait encore un peu d'énergie, même si c'était sans doute un surplus d'adrénaline. La saison était terminée. Pendant les trois prochains mois, je pourrais faire ce que je voulais, quand je le voulais, et avec qui je voulais, sans me soucier constamment du prochain vol, de la prochaine ville, et du prochain match.

Alors pourquoi ne pas célébrer cette liberté temporaire – ainsi que la victoire de la Coupe – en adoptant une approche moins précipitée en matière de rencontres ?

Bien que je vive à Vancouver depuis des années et que je connaisse assez bien la ville, le fait était que les clubs ouvraient et fermaient, et que cela faisait longtemps que je n'y étais pas allé, donc j'effectuai une recherche sur mon téléphone. Un bar gay se trouvait à quelques pâtés de maisons de là, une rue plus loin. Cet endroit avait de bonnes critiques, et... pourquoi pas ? Il y aurait des hommes gays, et si je n'en trouvais pas un qui veuille revenir chez moi, eh bien, il me restait Grindr.

Je descendis le reste de mon verre, puis je fis le tour pour dire au revoir à mes coéquipiers.

— Quoi ? dit Rodgers. Tu ne peux pas partir ! On doit... Je veux dire...

Il agita la main, renversant presque sa bière sur la femme assise à côté de lui.

— Le MVP[1] ne peut pas partir si tôt, frérot !

Je ris en rougissant. Ça ne me semblait pas encore tout à fait réel. Mon premier MVP de la Coupe, et le premier gardien de but à le remporter en près d'une décennie. Je voulais rester ici et fêter ça, parce que putain !

Mais je voulais aussi coucher avec quelqu'un ce soir, idéalement avant que l'adrénaline ne disparaisse et que je m'évanouisse d'épuisement.

Je n'eus pas le temps de répondre à Rodgers que Karlsson, le gardien de but qui n'avait pas joué ce soir, passa un bras autour de mes épaules.

— Tu pars déjà ? Mec, il n'est même pas minuit.

— Je sais, mais...

Je souris et brandis mon téléphone, un geste universel qui signifiait parmi nos coéquipiers : « *J'ai matché avec quelqu'un sur Grindr, donc si vous voulez bien m'excuser pour que j'aille m'envoyer en l'air* ».

Même bourré comme il l'était, Karlsson comprit le message, et me tapa sur l'épaule.

— Super, mec ! Va chercher de la queue !

J'éclatai de rire. C'était génial que l'équipe soit cool avec le fait que je sois gay, mais bon sang.

— Allez, je vous vois plus tard.

— Hé, hé !

Rodgers se leva, passa maladroitement son bras autour de moi, et cria par-dessus le bruit.

— Un peu d'amour pour notre MVP ?

Il me donna une claque sur le torse qui me fit grogner.

— MVP ! MVP !

La foule se joignit à lui, et je ris (malgré ma respiration un peu sifflante) tandis que tout le bar scandait. Le reste de mon équipe vint me donner d'autres *high-five* et m'offrir des étreintes maladroites et bourrées, et je réussis à tirer ma révérence avant qu'ils ne m'offrent une tournée de tout ce que le bar avait à offrir. Par miracle, j'atteignis le trottoir et poussai un soupir de soulagement dans la fraîcheur du soir. Il faisait probablement encore chaud – c'était l'été, après tout – mais après avoir été coincé dans cet endroit avec un groupe de joueurs de hockey et de fans, il faisait assez frais pour moi.

Je vérifiai l'adresse du bar gay. Même si ce n'était qu'à quelques pâtés de maisons, j'avais aussi bu plusieurs verres. Et après les éliminatoires épuisantes, ma foutue cheville faisait des siennes. Cette satanée articulation n'allait pas supporter ça ce soir, et je décidai que je préférais m'en servir pour baiser quelqu'un plutôt que de me traîner jusqu'au bar.

Je pris donc un taxi et lorsque la conductrice s'arrêta devant le club, je lui laissai un généreux pourboire pour m'avoir emmené sur une si courte distance.

De l'extérieur, l'endroit ne ressemblait pas à grand-chose. Un petit bar de quartier, avec des lumières de Noël multicolores aux fenêtres et un drapeau arc-en-ciel sur la porte. J'avais vu beaucoup de clubs de ce genre, aux façades décorées de manière à être à la fois assez subtiles pour ne pas contrarier les homophobes, mais assez évidentes pour attirer les homosexuels.

Je payai l'entrée, et sans surprise, l'intérieur était beaucoup moins subtil que l'extérieur. Il y avait des arcs-en-ciel partout. Un Tom of Finland imprimé à côté d'un poster

STONEWALL WAS A RIOT. Ouaip. Un bar gay, assurément. Un bar bondé, aussi.

Je souris en observant la scène. Les applications de drague étaient amusantes, mais une salle pleine d'alcool et d'hommes cherchant d'autres hommes ? C'était comme ça que je voulais célébrer la victoire de ce soir.

En traversant la salle vers le bar, je croisai le regard de quelques hommes. L'un d'eux était sexy malgré le T-shirt des *Krakens* de New York, mais je pouvais laisser passer s'il me laissait le lui retirer.

Avant toute chose, un autre verre. J'étais légèrement éméché, donc je n'avais pas prévu de boire beaucoup. Une autre bière en prenant mes marques me suffirait.

Quand j'atteignis le comptoir, je fis signe au barman et commandai, puis une fois un verre frais en main, je regardai autour de moi.

Un type à l'autre bout du bar attira mon attention, et je sursautai. Il regardait droit vers moi, me lorgnant de toute évidence, et son regard me cloua sur place.

Il n'était ni flippant ni dérangeant, cependant. Bien au contraire. Je n'allais pas m'opposer à ce que quelqu'un d'aussi sexy me regarde comme ça. D'habitude, je n'aimais pas les hommes grisonnants, mais ce type... Putain de merde. Son blazer et son jean lui allaient à la perfection, et j'avais toujours adoré ce look. Le type avait des épaules interminables, et la coupe de sa veste s'assurait que je ne puisse pas rater ses hanches étroites et son superbe cul.

Et puis il y avait son visage. Des traits acérés, des yeux sombres et intenses, des cheveux courts complètement gris et *oh mon Dieu, c'est Anthony Caruso*.

Le verre faillit me glisser des doigts.

L'homme qui me regardait de haut en bas n'était pas un simple mec sexy dans un bar gay. C'était l'entraîneur des

Krakens de New York, l'équipe qui avait été à deux doigts d'arracher la Coupe aux *Narwhals* ce soir. Il était plus jeune que la plupart des entraîneurs en chef – il avait commencé à entraîner plus tôt car sa carrière de joueur avait été brusquement interrompue – et je pensais qu'il avait la quarantaine. Il avait peut-être quinze ans de plus que moi. À quelque chose près.

Et il n'allait pas rester à l'autre bout du bar.

Il se fraya un chemin à travers la foule et, l'instant d'après, je plongeai dans les yeux de l'entraîneur Caruso, qui me fixait lui aussi du regard. Je me demandais s'il savait qui j'étais, ou si j'étais juste un autre type du club.

Il me regarda de haut en bas, puis me fixa à nouveau.

— Félicitations pour cette victoire.

Il avait l'air sincère, bien qu'un peu ivre, donc je le pris au pied de la lettre. Ce n'était pas un « *Va te faire foutre, ça aurait dû être le titre de mon équipe* ».

Et de toute évidence, il savait qui j'étais.

— Euh. Merci.

— Et MVP, en plus, dit-il en souriant. Impressionnant.

Je ris nerveusement.

— Merci. Bon sang, je n'aurais jamais pensé entrer dans un tel endroit et tomber sur le légendaire Coach Caruso.

— Hé. Les entraîneurs doivent aussi s'envoyer en l'air.

Le commentaire, associé à ce regard implacable, fit monter en flèche ma chaleur corporelle.

— Et on n'est plus sur la glace, ajouta-t-il. Je ne suis plus le Coach Caruso, ici.

Il marqua une pause et fit un geste au barman pour qu'il le resserve.

— Appelle-moi Anthony.

— Oh. Euh.

Je déglutis.

— Je suis Brad, mais je pense que tu le savais.

— Il me semblait bien que c'était ton prénom. Je ne me souvenais que de Spencer.

Je ris doucement et haussai les épaules.

— C'est ce qu'il y a marqué sur mon maillot, donc…

— Hmm-hmm. Je sais.

Il prit son verre et remercia le barman d'un signe de tête. Après une gorgée, il retrouva mon regard.

— Tu n'es pas au bout de la rue à faire la fête avec ton équipe ?

— Si, c'était ce que je faisais. Mais ils sont tous en train de trouver des gens avec qui fêter ça en privé.

Je désignai le club d'un grand geste.

— J'ai décidé que j'allais en faire de même.

Il hocha lentement la tête, ses yeux ne quittant jamais les miens.

— Tu es ici pour célébrer une victoire, et je suis ici pour baiser jusqu'à oublier une défaite.

Il ne chercha même pas à cacher le long regard vers le bas qu'il me lança, ou la façon dont il s'attarda une seconde ou deux sous ma ceinture.

Quand nos yeux se croisèrent à nouveau, le désir qui couvait dans les siens me coupa les jambes. Et c'était avant même qu'il ne dise :

— Peut-être qu'on peut s'entraider.

Mon cœur se déchaîna.

— Ah oui ?

Anthony réduisit un peu l'espace entre nous.

— Pourquoi pas ?

Putain de merde. J'étais venu ici dans l'espoir de coucher avec un inconnu pour la nuit. Je n'avais pas prévu d'être dans le collimateur du Coach Caruso, ni d'avoir autant envie d'abandonner mon verre, de l'attraper par la chemise et de le traîner dans les toilettes pour hommes. C'est moi qui étais le plus agressif d'habitude, et maintenant que quelqu'un me faisait des avances – maintenant que le putain de Coach Caruso me faisait des avances – mon vocabulaire était aux abonnés absents et je n'avais plus aucune retenue.

Mais je réussis à la jouer cool.

— Tu es entraîneur en chef, en général c'est toi qui donnes les ordres.

Je souris malgré ma nervosité.

— T'accepterais qu'un mec t'ordonne de le sucer ?

Bon, j'avais *essayé* de la jouer cool. Mais pour ma défense : alcool et Anthony.

Il fit courir le bout de sa langue à l'intérieur de sa lèvre inférieure.

— Peut-être que ça veut juste dire que je suis doué pour donner des ordres au gars qui me suce.

Je ne pus me retenir de sourire, mon esprit soudain envahi d'images de cet homme me baisant la bouche et me disant quoi faire. Comment le caresser. Comment le prendre. Que faire de ma langue. Cela n'avait jamais été un de mes fantasmes, mais soudain...

Ce fut au tour d'Anthony de sourire, et il plissa les yeux.

— Je vois que j'ai capté ton attention.

— Hum. Ouais. Ouais, en effet.

Il fit un signe de tête vers le siège vide à côté de moi.

— Ça te dérange si je m'assieds ?

J'y jetai un regard, avant de revenir à lui.

— Bien sûr que non. Ouais. Assieds-toi.

Il me contourna, ses doigts traînant sur le bas de mon dos, et je pris une vive inspiration en me redressant. Je ne me souvenais pas de la dernière fois où j'avais été avec quelqu'un qui flirtait si agressivement, et bon Dieu, c'était torride.

D'ailleurs, il n'avait pas fini. Il s'était à peine assis qu'il glissa la main sur ma cuisse, ses doigts dangereusement proches de mon érection grandissante.

— Coucher ensemble ce soir, ce serait un peu poétique, non ?

Je croisai son regard.

— Comment ça ?

Ce sourire. Oh, Seigneur.

— Réfléchis-y, pas un de mes gars n'a pu mettre un palet dans ton filet ce soir, mais je parie que je pourrais mettre ma queue dans ta bouche.

Il plissa un peu les yeux.

— Ou ton cul.

Je ne pouvais même plus respirer. La main sur ma jambe aurait tout aussi bien pu être autour de ma gorge, et la seule pensée de me prendre la queue d'Anthony dans la gorge ou dans le cul me donnait envie de fondre à ses pieds. C'est moi qui étais en général le plus agressif. Celui qui faisait toutes les suggestions malicieuses et les sous-entendus, laissant les autres hommes bouche bée à en redemander.

Puis le Coach Anthony Caruso débarquait et j'étais subitement muet, et... cet endroit avait-il des toilettes avec des murs solides ? Parce que j'étais presque certain que ce qui se passait entre nous allait requérir bien plus qu'une fragile cloison pour nous maintenir debout.

Mais en cherchant une pancarte indiquant les toilettes pour hommes, mon cœur s'emballa, et pas dans le bon sens. D'un simple coup d'œil, je repérai une douzaine de smartphones dans les mains des gens. Je ne doutais pas qu'il y en avait plein d'autres dans les poches et ailleurs, hors de vue.

Certains de mes coéquipiers plaisantaient en disant qu'il devait être facile de draguer les mecs dans un club parce que les gays ne se passionnaient pas pour le sport et ne savaient pas qui j'étais. Les gens pouvaient faire toutes les blagues qu'ils voulaient, mais ces stéréotypes, c'étaient des conneries. J'avais couché avec plusieurs de mes propres fans, et au moins un gars dans cette pièce portait un maillot de hockey.

Il suffisait donc qu'une seule personne nous reconnaisse, Anthony ou moi. Qu'un seul smartphone prenne une photo. Une photo du style, « *devine qui j'ai vu* » sur Instagram.

À l'heure actuelle, nous pourrions facilement nous en tirer, un entraîneur et un joueur qui se seraient croisés dans un bar gay et auraient discuté quelques minutes. La main sur ma jambe était à peu près hors de vue, et nous n'avions rien fait de très flagrant, à supposer que personne n'ait remarqué les lèvres mordillées, les yeux posés sur la bouche de l'autre, le manque d'espace entre nous, ou encore son regard de prédateur chaque fois qu'il croisait le mien.

Si nous sortions d'ici maintenant, ou si nous nous glissions dans les toilettes des hommes ensemble ? Ce serait partout sur les réseaux sociaux avant même que nous n'ayons ouvert nos braguettes.

J'aurais probablement pu m'en sortir en couchant avec un autre joueur.

Mais avec un entraîneur ? Juste après l'affrontement de nos équipes ? Ça engendrerait forcément un scandale et des suspensions. Ça pourrait même mettre fin à sa carrière. Et peut-être aussi à la mienne. Honnêtement, je n'avais aucune idée des conséquences si un joueur couchait avec l'entraîneur d'une autre équipe. Ce que je savais, c'est que j'étais passé à deux doigts de perdre ma chance de décrocher un contrat avec la PHL. Ma cheville avait failli me coûter ma carrière avant même qu'elle n'ait commencé. Allais-je laisser ma queue mettre fin à cette carrière durement gagnée le soir même où j'obtenais mon premier MVP de la Coupe ?

Je me détestais, mais je secouai la tête.

— On ne devrait pas.

Anthony se crispa, puis retira sa main.

— Je suis désolé.

J'évitai son regard.

— J'aimerais bien, mais...

— Si ça se sait...

J'acquiesçai en grimaçant.

Anthony soupira et s'écarta un peu.

— Ça valait la peine d'essayer.

— Ouais.

Je me léchai les lèvres et me tournai prudemment vers lui.

— Ne crois pas que je n'en ai pas envie.

Il m'observa un moment tandis que la basse battait à tout rompre, au rythme de mon cœur. Puis il se pencha vers moi.

— Si tu changes d'avis, me glissa-t-il à l'oreille d'une voix rauque en passant la main dans la poche arrière de mon jean, je suis dans la chambre 412 du *Westin Grand*.

Je déglutis. Je n'arrivais même plus à respirer, donc je me contentai de hocher la tête.

La douce bouffée d'air qui parcourut mon cou était peut-être un rire – je ne pouvais pas en être certain – puis Anthony retira sa main de ma poche. Un instant plus tard, il était parti, et bien que le club soit toujours bondé, son absence laissa un vide à mes côtés et mon corps froid, partout où nous nous étions touchés.

Je fermai les yeux et poussai un soupir. Étais-je idiot ? Je l'étais. Je m'étais toujours tenu à carreau, en grande partie parce que j'avais bien trop peur de mettre ma carrière en danger après avoir été si proche de la perdre. Je n'avais donc pas de passif, sur la glace ou en dehors. Si je me faisais attraper avec un entraîneur pendant la saison morte, les répercussions seraient-elles vraiment si graves ? Nous n'étions même pas dans la même division.

Si j'avais laissé passer des buts et que les *Krakens* avaient gagné ce soir, les gens auraient soupçonné à juste titre que j'avais conspiré avec Caruso pour truquer le championnat. Mais son équipe avait perdu, et le trophée de MVP m'avait été remis parce que je n'avais pas laissé ses joueurs mettre un seul palet dans mon filet. Quelle que soit la transaction que l'on puisse imaginer entre nous, elle ne tenait pas la route.

Un seul coup d'un soir serait-il vraiment une telle catastrophe ?

Bon. Probablement.

En fait, oui. J'en étais presque certain. Si je fouillais dans toutes les réglementations de la PHL, je trouverais probablement un règlement quelque part qui stipulerait que « *tu ne suceras pas l'entraîneur adverse pendant la saison morte, sinon ta carrière sera fichue* ».

Mais bon sang, j'avais envie de lui. Je venais de passer la plus belle soirée de ma vie. Je venais de franchir une étape importante dans la carrière que j'avais toujours convoitée.

Tant que personne ne le découvrait, qui se souciait que je fête ma victoire en Coupe et mon titre de MVP dans le lit de l'entraîneur adverse ?

Le cœur toujours battant, je glissai la main dans ma poche, et même si je ne fus pas surpris par ce que j'y trouvai, j'eus la chair de poule en la sortant et en la faisant tourner entre mes doigts :

Une carte-clé du *Westin Grand Hotel*.

Dans une minuscule pochette en papier où était inscrit « 412 ».

Ne me soumets pas à la tentation...

Chapitre 2
Anthony

Mon cœur battait à tout rompre quand j'entrai dans ma suite d'hôtel. Impossible de savoir si Brad allait changer d'avis et venir. Ou si je serais capable de tenir jusqu'à ce qu'il le fasse. Tout ce qu'il me restait à faire, c'était attendre et voir.

Je ne pouvais pas rester assis sans rien faire. J'étais épuisé, mais j'étais aussi animé d'un désir que je n'avais pas pu satisfaire depuis bien longtemps. J'avais été tellement stressé et occupé par l'équipe et les éliminatoires que je ne m'étais même pas branlé depuis des semaines. Ça faisait des mois – de *nombreux* mois – que je n'avais pas couché avec quelqu'un. Maintenant que la saison et les séries éliminatoires étaient terminées, j'avais une brève pause avant le repêchage de la ligue et j'avais besoin de me défouler comme personne.

Et si Dieu le voulait, je le ferais avec le magnifique gardien blond qui s'était aventuré dans le bar un peu plus tôt.

Ce n'était pas la première fois que je remarquais Brad Spencer. Je tentais de ne pas prendre l'habitude de regarder les joueurs de la même façon que je regardais les hommes avec lesquels j'envisageais de coucher, mais Brad avait attiré mon attention plus d'une fois. Il était l'un des meilleurs gardiens de but de la ligue, donc il apparaissait sans cesse dans les temps forts, mais il avait aussi figuré dans quelques pages de magazines, souvent sans maillot. Je ne l'avouerais jamais à un collègue, mais j'avais clairement passé du temps à regarder ces magazines avec un œil pas très professionnel.

Je ne pouvais pas m'en empêcher. C'était un athlète accompli et au corps ciselé. Il n'avait pas tout à fait le même physique que les joueurs qui passaient leur temps à sprinter sur la glace, mais il devait être rapide et agile de façons différentes. Certains gardiens ressemblaient à de larges murs solides, ce qui était idéal pour réduire les chances de laisser passer le palet dans le filet. Brad était grand – presque 2 mètres, pensai-je, puisqu'il mesurait environ 8 centimètres de plus que moi – mais il était probablement deux fois moins large que mes deux gardiens. Il ne pouvait pas compter sur sa corpulence pour arrêter les palets. Lorsqu'un palet l'atteignait à plus de 80 km/h, il devait être assez vif d'esprit pour le suivre, assez rapide de corps pour le devancer, et assez confiant dans son équipement pour croire qu'il le protégerait. Les gardiens de but me rappelaient des chats sauvages : rapides, sans peur et capables de corriger leur trajectoire en un clin d'œil si le palet changeait de direction.

Son masque me protégeait probablement autant que lui. Il préservait son visage des crosses et des palets, mais il le cachait aussi suffisamment pour que, sur le banc avec mes joueurs, je ne sois pas distrait par l'intense concentration de son regard. Il s'immergeait dans le match lorsqu'il était sur la glace et, quand quelqu'un filmait son visage, le voir se focaliser sur le palet et l'action me donnait des frissons. Rien au monde n'existait pour lui, à part ce petit disque noir et le filet derrière lui qui resterait vide, s'il avait son mot à dire. Les gardiens de but étaient inévitablement épuisés après un match à force de transpirer sous tout cet attirail, et j'en avais connu quelques-uns qui l'étaient aussi mentalement. Je me doutais que Brad devait l'être aussi après la plupart des matchs.

Regarder quelqu'un comme lui protéger son filet était très frustrant pour l'entraîneur adverse – mes meilleurs tireurs pouvaient rarement faire passer un palet avec lui – mais c'était fascinant pour un homme gay qui avait passé trop de temps sans goûter à quelqu'un d'autre.

Alors, le rencontrer ? Voir ces yeux noisette intelligents de plus près ? L'écouter flirter avec ce ton grave et l'accent lyrique du Canada ?

Fermant les yeux, j'émis un bruit frustré en ajustant l'avant de mon pantalon. Seigneur, j'espérais qu'il viendrait ce soir. Bien sûr, s'il était malin, il se tiendrait à l'écart. C'était une mauvaise idée à tous les niveaux imaginables et nous le savions tous les deux, mais, au moins pour moi, c'était aussi une idée irrésistible.

Mauvaise idée ou pas, je n'en revenais toujours pas de l'avoir approché, et encore moins d'avoir été aussi direct. Cela ne me ressemblait pas, mais ce soir, j'avais découvert le cocktail parfait de courage en bouteille, de frustration sexuelle et de déception post-défaite pour me transformer en quelqu'un qui osait approcher un mec plus jeune, plus sexy et absolument interdit. Être agressif – bon sang, même être sûr de moi – n'était en général pas mon style.

Mais après avoir perdu la Coupe, après des mois sans rien d'autre que du stress et du hockey, et après quelques verres, j'avais jeté un seul coup d'œil à Brad Spencer et décidé que j'allais tenter le coup, avant que quelqu'un ne me devance. D'autant plus que plusieurs types l'avaient déjà remarqué, et c'était soit tenter le coup, soit regarder quelqu'un d'autre le faire.

J'avais craqué aussi. Bon sang. La façon dont il m'avait regardé. La façon dont il avait frissonné quand je l'avais touché. Cette érection tendant le devant de son jean. Il aurait pu avoir n'importe quel homme dans ce club, mais à ce moment-là, j'avais été certain qu'il me voulait, moi. Peut-être que ça avait été le cas. Peut-être pas. Cela n'aurait pas d'importance s'il ne franchissait pas la porte de ma chambre d'hôtel, et à chaque minute qui passait, mon optimisme se dissipait.

Je vérifiai mon téléphone, puis soupirai et le reposai. Cela faisait près d'une demi-heure que j'avais laissé cette carte-clé à Brad, et le bar n'était qu'à quinze minutes de là. S'il n'était pas encore arrivé, il y avait fort à parier qu'il ne viendrait pas. La raison n'avait même pas d'importance. S'il avait sagement pris conscience que c'était une mauvaise idée, si le match l'avait rattrapé et qu'il avait décidé d'aller dormir, s'il avait trouvé quelqu'un de plus jeune... Le résultat final, c'était qu'il n'était pas là et que moi, si.

Et même si c'était décevant d'être seul, je n'aurais pas la patience de repartir à la chasse ou de lancer une application. Il y aurait d'autres nuits. Ce soir, j'avais juste besoin de jouir.

Je laissai mes chaussures près de ma valise et m'allongeai sur le lit *king size*. Me déshabiller pourrait attendre que j'aie joui. Je m'adossai aux oreillers et ouvris ma braguette, et je gémis en offrant une longue caresse à ma queue.

— Oh putain, murmurai-je dans le silence.

Mes pensées s'envolèrent immédiatement vers le gardien de but sexy avec qui j'avais brièvement tenté ma chance au club, et soudain, je ne voulus plus me presser. Ça ne prendrait pas longtemps, mais je voulais fantasmer sur lui une minute ou deux, donc je fermai les yeux et laissai des images de lui défiler dans mon esprit tandis que je me caressais lentement. Comme ce soir, en pantalon moulant et chemise boutonnée. Comme sur la glace, trempé de sueur et respirant fort. Comme quand il avait baisé du regard l'appareil photo pour un magazine sexy, torse nu, la dernière...

La serrure de la porte émit un *clic*.

Ma main s'immobilisa et mes yeux s'ouvrirent.

La porte aussi.

Et Brad Spencer entra dans ma chambre.

Aussitôt, son regard se porta sur mon entrejambe et le mien sur l'avant de son pantalon. Je souris. Apparemment, nous étions tous les deux dans le même état, ce soir. L'épaisse bosse sous son jean rendit ma queue encore plus dure et encore plus avide d'attention. Je n'osai pas bouger la main, car j'allais jouir à coup sûr si je le faisais.

— Hum, dit Brad en refermant la porte derrière lui d'un coup de coude. Salut.

J'eus du mal à parler, mais parvins à dire :

— Je me demandais… Je me demandais si tu changerais d'avis.

Il déglutit.

— Je pense toujours que c'est une mauvaise idée.

— Mais tu es là.

— Hmm-hmm.

En s'approchant, le regard toujours rivé à ma queue, il ajouta d'un murmure rauque :

— Je suis là.

Je jetai un coup d'œil vers le bas, puis remontai vers Brad, et lentement, prudemment, je commençai à me caresser pour lui.

— Et juste à temps.

Il se mordit la lèvre en regardant ma main bouger de haut en bas.

— Oui. Juste à temps. Waouh.

— Maintenant que tu es là…

Je frissonnai et mes orteils se recroquevillèrent. En écartant les genoux, je fis un signe de tête vers ma queue.

— Pourquoi tu ne m'aiderais pas avec ça, hmm ?

Après avoir fait une pause pour retirer ses chaussures, Brad grimpa sur le lit, s'agenouilla entre mes cuisses, et...

— Oh putain, grognai-je lorsque ma queue se glissa entre ses lèvres douces, dans la chaleur humide de sa bouche.

Je voulais en profiter encore plus que je n'avais voulu savourer mes fantasmes, mais bon sang, j'étais tellement excité que ça n'allait pas durer longtemps du tout.

— On va aller vite, pour l'instant, murmurai-je en glissant mes doigts dans ses cheveux blonds, et ensuite je prendrai tout mon temps avec toi.

Cette promesse fut récompensée par un grognement guttural qui se répercuta le long de ma queue. Oh oui, ce serait très rapide. Une bouche aussi talentueuse et avide après une si longue période d'abstinence ? Impossible de faire durer le plaisir.

— C'est ça, chuchotai-je. Ouais. Ouais, comme ça.

Brad gémit, sa tête remuant plus vite.

Je m'humectai les lèvres.

— Ta main... Sers-toi de ta main.

Il bougea, puis ses doigts forts se posèrent à la base de ma queue couverte de salive et il me caressa au rythme de sa bouche qui glissait le long de mon membre.

— Bon Dieu, oui, soufflai-je. Juste comme ça.

Je m'efforçai de garder les yeux ouverts même si le plaisir intense menaçait de les forcer à se fermer ; bon sang, j'avais besoin de le voir quand il me ferait basculer. Le regarder et le sentir me sucer comme ça allaient me faire craquer. Je réussis à l'avertir à voix basse que j'étais proche, puis m'exclamai « Putain ! » quand mon dos se cambra. Je saisis ses cheveux et le bord du matelas en venant sur sa langue, ses gémissements m'encourageant autant que sa main et sa bouche talentueuses.

Poussant un soupir saccadé, je retombai contre l'oreiller sans même me rendre compte que je m'en étais écarté. Lorsque Brad se redressa, passant une main tremblante sur sa bouche, je me demandai si je m'étais enfoncé plus fort dans sa gorge que je ne l'avais voulu.

— Je n'ai pas...

Je tentai de reprendre mon souffle et de former des mots.

— Je n'y suis pas allé trop fort, si ?

Il sourit, les yeux brillants et les lèvres légèrement enflées.

— J'aime ça comme ça.

Oh. Bordel. *Ouais*.

Je tendis la main vers lui.

— Viens là.

Il s'exécuta et je passai une main derrière son cou, nos lèvres se rencontrant dans un baiser affamé et salé. Seigneur, il était encore plus doué pour ça que pour sucer des queues, et ça en disait long.

J'avais voulu embrasser Brad au club, mais je m'étais abstenu. Nous étions des figures connues, après tout, et nous étions dans un lieu public. Maintenant que nous nous trouvions derrière une porte close, sans pouvoir être enregistrés et affichés sur Internet à la vue de tous, maintenant que nous étions dans un endroit suffisamment privé pour qu'il me suce dans les trente secondes suivant son entrée, plus de raison d'être discrets. Plus besoin de se retenir. Je pouvais avoir ma dose de la bouche incroyable de cet homme magnifique, et lorsque je serais à nouveau dur, j'avais la ferme intention de faire plus que l'embrasser.

Lorsque nous interrompîmes le baiser, nous étions tous deux à bout de souffle et tremblants.

Il croisa mon regard.

— Tu as une idée des ennuis qu'on pourrait avoir pour ça ?

— Hmm-hmm.

Je glissai une main sur son cul et serrai le muscle ferme et rond à travers son jean.

— Plutôt torride, tu ne trouves pas ?

Brad frissonna.

— O-Oui. C'est, euh... C'est ce que je me suis dit pendant tout le trajet.

Je souris et m'approchai pour un autre baiser.

— Ça ne te rebute clairement pas.

Il avait peut-être eu l'intention de dire quelque chose, mais seul un gémissement étouffé jaillit quand je l'embrassai, puis il m'attira à lui et m'embrassa encore plus fort.

Je glissai la main entre nous et frôlai la bosse épaisse sous sa ceinture. Il rompit le baiser en murmurant d'une voix rauque.

— Oh putain.

— Hmm.

Je le caressai à travers son pantalon.

— Je me disais un peu la même chose.

Il ferma les yeux et soupira. Il ondula des hanches subtilement, pressant contre ma paume, et je retins un gémissement. Peu de choses m'enflammaient autant qu'un homme aussi excité. C'était captivant de rendre quelqu'un si dur, de le faire trembler et lui couper le souffle ; aucune bouteille n'aurait pu me faire autant tourner la tête que de faire ça à un homme.

Et il n'était même pas encore nu.

— Retire tes vêtements, grognai-je.

Ses lèvres se recourbèrent contre les miennes.

— Oui, Coach.

Un bref rappel de la raison pour laquelle nous n'aurions

pas dû être ici... De qui me moquais-je ? Ça me donnait encore plus chaud et encore plus envie de lui.

— Tes vêtements. Allez.

Il tira sur ma chemise en s'asseyant.

— Et si tu retirais les tiens aussi ?

— Marché conclu.

Nous nous levâmes et nos vêtements disparurent en quelques secondes. En retournant vers le lit, je m'arrêtai parce que... mon Dieu. Gardien de but ou non, le physique des joueurs de hockey faisait toujours battre mon cœur plus fort. Peu importait à quel point j'avais pu tenter un jour de nier que j'étais gay : cela ne faisait pas le poids face à mon désir pour le corps musclé et puissant d'un homme qui passait la majeure partie de sa vie sur la glace.

Et Brad... putain de merde.

Je l'avais vu en photo sans son haut, mais en personne, c'était autre chose. Pas de retouches, pas d'éclairage spécial : juste nu, avec les quelques cicatrices et contusions qui venaient avec son métier. Il était tout en muscles sculptés, en encre élaborée et en peau qui avait besoin d'être embrassée, léchée et mordue. J'allais peut-être même ajouter quelques bleus à sa collection s'il aimait qu'on soit brusque.

Allongé sur le lit, il leva les yeux vers moi.

— Tu as des capotes ? Du lubrifiant ?

— Oui. Je vais les prendre avant qu'on se mette à l'aise.

Dans la salle de bain, je tirai le lubrifiant et les préservatifs de ma trousse de toilette, et les laissai sur la table de nuit. Puis je rejoignis Brad au lit, et...

Oh. *Oui*.

Ma main ne pouvait pas se substituer à ça. Au corps chaud et nu d'un homme contre le mien, tandis que nous nous embrassions entre les draps. À son souffle court sur ma joue, à ses gémissements bas et rauques, à ses ongles frôlant mon dos ou mon épaule. À la sensation de son épaisse érection entre nos corps, surtout quand il continuait à la presser subtilement contre moi comme s'il avait désespérément besoin de frottement.

Je glissai la main entre nous et lui offris une lente caresse appréciative.

Tout le corps de Brad se tendit, il prit une vive inspiration.

— Putain...

— Hmm, c'est ce que je me disais.

Il me regarda, les paupières lourdes, et se lécha les lèvres.

— Je n'arrive toujours pas à décider ce qui est le plus sexy, dit-il en haletant. L'entraîneur-chef qui me suce, ou...

Il poussa dans ma main.

— Qui me coache pendant que je le suce.

Je le caressai plus fort et laissai nos lèvres se frôler juste avant de murmurer :

— Eh bien, tu en as déjà essayé un. Pas de raison que tu ne puisses pas tester les deux, si ?

Brad gémit clairement et je crus perdre la tête. Je voulais qu'il fasse plus de bruits comme ça, donc je le poussai sur le dos. Avant même que je glisse sa queue entre mes lèvres, il murmurait déjà « putain, ouais », et quand je laissai courir ma langue autour du gland, il geignit et glissa une main tremblante dans mes cheveux.

— Oh ouais. C'est... han.

Je pris mon temps pour explorer chaque centimètre de sa queue. Lui et moi faisions à peu près la même taille – personne ne nous engagerait de sitôt dans des films pornos, mais nous avions ce qu'il fallait pour faire le boulot – et petit à petit, je le pris jusqu'à la gorge. Cela faisait bien trop longtemps que je n'avais pas eu un sexe dans la bouche, et je ne me lassais pas de le lécher et de le taquiner. Les sons qu'il faisait – de faibles gémissements et des « *oh putain* » profonds de temps en temps – me rendaient dingue. Pas étonnant que je recommence déjà à bander. J'avais toujours aimé sucer un homme, et c'était plus que chaud quand cela se traduisait par des gémissements appréciatifs et des jurons chuchotés, sans parler des frissons occasionnels quand ses doigts se crispaient dans mes cheveux.

Brad remua, resserrant sa prise sur mon cuir chevelu et tiraillant juste assez fort pour que ça me brûle.

— Bordel, je veux baiser.

Je relevai la tête.

— Vraiment ?

— Ouais.

Il se cambra sous moi, ses doigts se détendant.

— S'il te plaît ?

Je souris, me rapprochant pour embrasser à nouveau sa bouche affamée.

— Tu aimes être actif ou passif ?

— Peu... Peu importe.

Il croisa mon regard, ses yeux brillant avec la même intensité que sur la glace, sauf que ce n'était plus que du désir et de la luxure.

— Tu n'as pas parlé de compenser tous ces buts que je n'ai pas laissé passer ?

J'inspirai en pressant ma queue contre sa cuisse.

— C'est ta façon de dire que tu veux que je te baise ?

Il releva mes hanches, et cette fois, nous haletâmes tous deux quand il enroula ses doigts autour de mon érection. Il reprit d'une voix essoufflée.

— Tu crois que je vais dire non à ça ?

Je souris et l'attirai à nouveau, et son baiser fut encore plus exigeant. Non, pas exigeant : empreint de besoin. D'envie. Suppliant. Brad ne m'avait pas plus semblé du genre soumis que dominant, mais ce soir, maintenant qu'il avait baissé sa garde et m'avait rejoint au lit, il me suppliait en silence de lui offrir tout ce que je pouvais.

Tout ce que tu veux, bébé. Tout ce que tu veux.

Je glissai une main derrière sa tête, et il gémit contre mes lèvres et me serra plus fort contre lui. Son corps était chaud et fiévreux contre le mien, sa queue épaisse et dure contre ma cuisse, et bordel de merde, je n'arrivais toujours pas à croire que c'était ainsi que je rompais ma trop longue période d'abstinence. Que je passais d'une absence totale de sexe à… ça. Oh ouais.

Brad rompit le baiser en haletant, et lorsque nos regards se croisèrent, le désir dans le sien était presque plus intense que je ne pouvais le supporter.

— Mets une capote, murmura-t-il d'une voix tremblante.

Je frôlai ses lèvres des miennes, puis pris le paquet que j'avais laissé sur la table de nuit.

— Retourne-toi.

Je déchirai l'emballage.

— À moins que tu veuilles…

Mais il se mettait déjà à genoux et, vu la façon dont il agrippa le bord du matelas et se mordit la lèvre, il voulait clairement que je le baise comme ça. Il avait hâte, et moi aussi.

Après quelques préparatifs en douceur pour m'assurer qu'il était prêt à me recevoir, je me guidai en lui. Nous gémîmes lorsque mon gland se glissa en lui et, dans un moment semi-délirant où j'étais si excité que j'avais du mal à y voir clair, je me rendis compte que j'avais eu raison au club : il y avait un côté poétique à enfoncer ma queue dans le corps de l'homme qui n'avait pas laissé les *Krakens* mettre un seul palet dans le filet... mais c'était surtout torride.

Dernièrement, mon monde s'était résumé à la pression et au hockey, et à présent, il ne me restait qu'à me concentrer sur le cul serré de cet homme nu et magnifique qui me suppliait de m'enfoncer toujours plus loin.

Mais il était impossible d'oublier le monde d'où nous venions. Il était gravé sur chaque recoin de son corps. La nature même du hockey et ses exigences physiques bénissaient presque tous ses joueurs d'un cul superbe, et je décidai à ce moment-là que rien au monde ne pouvait être plus sexy que de voir ma queue glisser entre ces fesses rondes et puissantes.

— C'est...

Brad laissa sa tête retomber vers l'avant et les muscles de son dos et de ses épaules ondulèrent sous l'effet d'un frisson.

— Putain...

— Ouais ?

Je laissai courir une main sur son dos.

— Comment tu aimes ça ? Fort ? Lent ?

— Je m'en fous.

Il secoua la tête et se balança contre moi.

— J'aime... J'aime juste...

— Tu aimes juste être baisé.

— Hmm-hmm.

— Parfait, grondai-je, parce que je suis d'humeur à baiser ce magnifique cul ce soir.

Il se contenta de geindre et je ne pus m'empêcher de jurer tout bas. Lorsque je pus le pénétrer plus facilement, je me penchai et lui passai un bras autour du ventre en embrassant son cou. Je ne pouvais pas bouger aussi vite dans cette position, mais bon sang, j'avais besoin de le toucher, de sentir son parfum capiteux et de goûter sa peau.

— C'est… C'est si bon.

Il ondula un peu des hanches.

— Bon sang, Anthony…

Je frissonnai.

Oh, oui, dis mon nom.

Mais j'étais trop excité pour parler. J'enfonçai mes dents dans son épaule, ce qui lui arracha un gémissement, puis je le pris plus fort, mes coups de reins récompensés par des râles de plus en plus désespérés.

— Oh putain…

Il saisit le bord du matelas et se balança en arrière, se heurtant à moi, poussée après poussée.

— C'est… C'est si bon.

— Ouais, ça l'est.

J'embrassai l'endroit que j'avais mordu, puis grognai à son oreille :

— Tu es incroyable.

Il s'arc-bouta contre moi et poussa un geignement impuissant et étranglé, et Dieu merci, j'avais déjà joui une fois ce soir, sinon tout ça aurait déjà été fini. Ça faisait si longtemps que je n'avais pas baisé, encore plus longtemps que je n'avais pas été avec quelqu'un d'aussi sexy, d'aussi avide et d'aussi serré, et je voulais savourer chaque caresse.

— Plus fort, supplia-t-il. Vas-y… Vas-y plus fort.

— Ouais ?

Le son qu'il émit n'était pas un mot, mais c'était définitivement un « oui ».

Je lui embrassai à nouveau l'épaule, puis je me redressai, m'emparai de ses hanches puissantes et le pris plus fort. Il poussa un cri, d'autres « non-mots » qui m'encouragèrent, et il passa sur une main pour pouvoir se caresser tandis je le montais.

À elle seule, cette vue m'excitait tellement que la tête me tournait et que j'en avais les larmes aux yeux. Cette sensation – ses hanches entre mes mains, son cul serré autour de ma queue, l'approche de mon deuxième orgasme de la nuit – était aussi époustouflante, mais même si ç'avait été un porno à la première personne, j'aurais quand même joui en un rien de temps. Il avait un corps sublime, il émettait les sons les plus incroyables, et il venait de placer la barre plus haut pour tous les hommes qui lui succéderaient.

Mes muscles me faisaient mal. Les siens aussi, probablement, surtout après le match de ce soir. La sueur assombrissait et faisait boucler les pointes de ses cheveux blonds, elle coulait le long de mon dos et faisait glisser mes mains. Nous haletions tous les deux, mon cœur battant à tout rompre, et je suppliai mes muscles de tenir le coup un peu plus longtemps. Je ne pourrais peut-être pas bouger demain, mais pas question de m'arrêter avant que Brad ne perde la tête.

Peu à peu, les muscles du cou et des épaules de Brad se contractèrent.

— Oh *putain*. Je vais jouir. Seigneur...

Il se balançait d'avant en arrière, se baisant fort sur ma queue en se caressant furieusement. Je ralentis pour pouvoir apprécier le spectacle. Je ne pouvais imaginer de vue plus sexy que celle-ci : Adonis lui-même me chevauchant frénétiquement et se caressant pendant que ses gémissements se transformaient en halètements aigus et en jurons chuchotés.

— Jouis pour moi, ronronnai-je. C'est ça, bébé.
— Han.

Il hoqueta et frissonna, se resserrant autour de moi, et je pris le relai : je saisis ses hanches à nouveau et le baisai profondément et fort, et il cria en tremblant sous la force de son orgasme, me faisant basculer avec lui. En quelques secondes, je passai de m'accrocher à lui pour le pénétrer à m'accrocher pour ne pas m'effondrer sous la force de mon propre orgasme. Putain...

Avec un soupir saccadé, je me retirai et nous nous affalâmes sur le dos, respirant fort et tremblant.

— Putain de merde, murmura-t-il.

— Hmm-hmm.

Je me débarrasserais du préservatif dans un instant. D'abord, j'avais besoin de... Bon sang, j'étais à bout de souffle. Et étourdi. Et plus satisfait que je l'avais été depuis des lustres.

— Je ne vais pas mentir.

Il respirait encore fort, mais ne parvenait pas à cacher un sourire suffisant.

— Il y a quelque chose de très satisfaisant à se taper l'entraîneur de l'autre équipe juste après avoir gagné la Coupe.

Je lui tapotai la cuisse.

— Je ne me plaindrai pas d'avoir baisé le gardien qui a empêché mon équipe de gagner la Coupe.

Le rire de Brad faillit m'exciter à nouveau. Dieu seul savait s'il me resterait encore des forces ce soir, puisque je n'avais plus vingt ans depuis longtemps, mais je me voyais bien faire jouir Brad à nouveau. Quand nous nous serions un peu détendus. Et que je me serais douché. Ce que nous ferions. Dans une minute.

Je passai le bout de mes doigts sur ses abdominaux lisses et il hoqueta. Ses muscles se tendirent, soulignant ses tablettes de chocolat.

— Au fait, si ce n'était pas évident, je suis vraiment content que tu sois venu ce soir.

— Ouais.

Il me regarda dans les yeux.
— Moi aussi.
Il m'étudia un moment.
— Je sais qu'on ne devrait pas faire ça, mais une nuit ne nous tuera pas, si ?
— Je ne sais pas.
Je glissai ma main sur son bras sculpté.
— Ça pourrait.
Avec un sourire, il m'embrassa à nouveau.
— Il y a de pires façons de partir.
— Hmm-hmm. Je trouve aussi.
Et en cet instant, je me fichais qu'une nuit nous tue.
Parce que ce genre d'ébats sexuels en valait la peine.

Chapitre 3
Brad

Comme le voulait la tradition, le dernier match de la Coupe était suivi, une semaine plus tard, d'un gala de charité en tenue de soirée organisé par la ligue dans la ville où avait été disputé le dernier match. En l'occurrence, Vancouver. Les deux équipes finalistes promettaient toujours des dons à quelques organisations caritatives triées sur le volet. Les supporters et les joueurs en faisaient aussi, et une partie de la vente des billets des éliminatoires, ainsi que la buvette et autres produits dérivés, était reversée à la cagnotte.

Lors du gala, les organisations caritatives recevaient des chèques et des fonds supplémentaires étaient recueillis grâce à une vente aux enchères silencieuse et aux billets d'entrée de l'événement. Sauf en cas d'urgence, de blessure ou de maladie grave, tous les membres des deux équipes devaient être présents.

Ce qui signifiait que je devais l'être.

Et Anthony se devait d'être là aussi.

Merde…

Cela ne faisait qu'une semaine que j'avais couché avec lui, mais je n'avais pas réussi à me le sortir de la tête. Au début, je pensais que c'était parce que je pouvais enfin penser à autre chose qu'au hockey pendant un temps, mais ça devenait ingérable. À chaque instant, mon esprit essayait de me ramener à son corps sublime, à ses baisers enivrants, à sa voix rauque qui me murmurait des promesses salaces à l'oreille pendant qu'il me prenait par-derrière.

Je frissonnai en triturant mon nœud papillon dans le miroir de la chambre d'hôtel. Je n'étais pas encore prêt à le revoir, et de toute façon, il n'aurait probablement pas d'autre choix que de m'ignorer. La question était de savoir s'il allait m'ignorer parce que j'étais un joueur qu'il n'aurait pas dû toucher. Ou bien parce que j'étais un coup d'un soir qu'il avait déjà oublié ? Cette nuit-là lui avait-elle seulement traversé l'esprit ? Étais-je le seul à revenir sans cesse à la chambre 412 du *Westin Grand Hotel* ?

Probablement, oui. Parce qu'Anthony n'était pas irresponsable avec sa carrière. Ou, en tout cas, pas assez imprudent pour quoi que ce soit d'autre qu'un simple coup d'un soir anonyme.

Tu es stupide. Ressaisis-toi.

Le fait de sentir encore les derniers matchs des éliminatoires dans mon dos et mes articulations, surtout ma satanée cheville, n'arrangeait rien. Les délicieuses courbatures de la nuit passée avec Anthony avaient disparu, et il était difficile de distinguer parmi les bleus qui s'estompaient les siens de ceux qui provenaient du hockey.

Cela me dérangeait. Je ne m'attendais pas à pouvoir encore ressentir une nuit de sexe une semaine plus tard, mais à mesure que chaque sensation s'atténuait et disparaissait, cette nuit me semblait plus lointaine. Je commençais à avoir l'impression que cet interlude s'était passé il y a longtemps, même si mon cerveau était encore convaincu que ça avait eu lieu la veille. Je voulais que ce soit frais dans mon esprit. Je voulais que ce soit frais sur mon corps, comme si tout s'était passé la nuit dernière. Ou ce soir. Je voulais...

— Hé.

Keith apparut dans l'embrasure de la porte de la salle de bain.

— Tu es prêt à y aller ?

— Euh.

Je me regardai de haut en bas dans le miroir. Mon nœud papillon était aussi droit que possible, et j'avais arrangé et réarrangé mes cheveux une douzaine de fois. Je ne pourrais pas être plus prêt.

— Ouais. Ouais, je suppose que je... Ouais.

Keith n'avait pas l'air convaincu.

— Qu'est-ce qui t'arrive ? Depuis quand tu passes une heure à te préparer avant un truc pareil ?

Depuis que quelqu'un sera là et...

Je me raclai la gorge.

— Je ne sais pas. Je suis juste un peu distrait.

— Hmm-hmm. Par... ?

— Rien.

Je regardai mon téléphone.

— Allez. On ferait mieux d'y aller.

Son sourcil courbé indiquait que cette conversation n'était pas terminée, mais il n'insista pas. Nous sortîmes de la salle de bain. Dans la chambre, ses petits amis – Shawn Kelleher et Justin Reid des *Snowhawks* de Seattle – se prélassaient sur le lit, faisant défiler les films proposés par l'hôtel. Ils avaient pris une chambre pour que Keith n'ait pas à se soucier de rentrer chez lui s'il avait bu quelques verres. Beaucoup de joueurs séjourneraient à l'hôtel du banquet pour la même raison. Et ainsi, les petits amis de Keith n'étaient qu'à un trajet d'ascenseur quand il s'échapperait enfin de la fête.

Shawn posa la télécommande.

— Vous partez ?

— Ouaip.

Keith enfila sa veste.

— Je reviens dès que je peux m'échapper.

— T'as intérêt, dit Justin.

Les trois échangèrent un sourire. Puis Keith leur fit un rapide baiser d'adieu, et il s'arrêta pour un autre regard qui suggérait qu'il abandonnerait le gala dès qu'il le pourrait.

Nous les laissâmes à leur film et descendîmes. Je n'allais pas séjourner avec eux ce soir pour des raisons évidentes, mais j'étais reconnaissant qu'ils m'aient laissé profiter de leur chambre afin de m'habiller pour le gala. Il était plus facile de ne pas froisser mon costume si j'attendais d'être en ville plutôt que de me préparer à la maison et de conduire.

Le gala se déroulait dans la salle de bal de l'hôtel et, comme d'habitude, un tapis rouge avait été déroulé pour que tous les joueurs et les VIP puissent se faire photographier devant une toile de fond ornée des logos des sponsors.

À l'approche du tapis rouge, Keith me regarda et nous échangeâmes un sourire malicieux. Comme nous étions les seuls membres ouvertement homosexuels des *Narwhals* et que ce n'était pas vraiment un grand secret que nous étions des amis proches, la presse essayait de nous dépeindre comme un couple. Lorsque les journalistes ne le questionnaient pas sur sa relation « présumée » avec Shawn et Justin, ils se rabattaient sur moi. Parce qu'il était clair que si Keith ne baisait pas avec Shawn et/ou Justin, il devait le faire avec moi.

C'est pour cela que, lorsque nous nous retrouvions ensemble sur un tapis rouge, aucun de nous ne pouvait s'empêcher de troller un peu. Des poses ridicules « sur le point de nous embrasser ». Des regards dragueurs et exagérés. Une fois, il m'avait même fait basculer devant les caméras, mais nous avions tous les deux perdu l'équilibre, dégringolé sur le tapis et ri aux éclats. Puis certains de nos coéquipiers avaient accouru pour nous « sauver », et le tout était devenu une scène hilarante et chaotique de joueurs de hockey en smoking ne pouvant plus s'arrêter de rire. Pourtant, aucun de nous n'avait été encore saoul.

L'un des journalistes avait pris une photo de Keith et moi, une fois sur pieds. Il avait un bras autour de ma taille, le mien était autour de ses épaules, et nous riions tous les deux si fort que nous en pleurions. Cette photo me servait toujours de fond d'écran de téléphone et j'en avais une impression à la maison. Que dire ? C'était génial de voir Keith sourire comme ça au lieu d'être si gêné et effrayé, et tout ça était trop amusant pour ne pas le consigner pour la postérité.

Keith adorait ça. Après avoir passé tant de temps dans le placard, après avoir eu si peur qu'un geste ou une expression déplacés puissent faire comprendre au monde entier qu'il était gay, il prenait un malin plaisir à être pleinement libéré. Alors oui, j'allais jouer le jeu avec lui, surtout en sachant que chaque image finirait par revenir à son connard homophobe de père.

Va te faire foutre, Wyatt, disions-nous avec toutes nos espiègleries sur le tapis rouge. *Ton fils est gay, et tu ne peux rien y faire.*

À l'approche du tapis rouge ce soir, Keith baissa la voix en chuchotant sur un ton conspirateur.

— Comment tu veux la jouer ?

— Hmm, je ne sais pas.

J'y réfléchis et un grand vase rempli de roses attira mon regard.

— Tu crois que tu peux rester sérieux ?

— Hum-hum. Qu'est-ce que tu as en tête ?

Avec précaution, je libérai l'une des roses, vérifiai la tige pour m'assurer qu'elle n'était pas couverte d'épines, puis je croisai le regard de Keith. Peut-être que nous nous connaissions depuis trop longtemps, mais je n'eus même pas besoin de dire un mot : vu son sourire, il savait exactement ce que j'avais en tête.

Tandis que nous approchions, laissant les autres passer devant la presse avant nous, nos coéquipiers nous regardaient déjà, se demandant probablement quelles manigances nous avions en réserve. C'était presque comme s'ils nous connaissaient.

Quand vint notre tour, je demandai :

— Qui mène ?

— Pff.

Il me prit la rose des mains.

— Ne pose pas de questions idiotes.

Puis il passa la tige entre ses dents, posa une main sur ma taille, et leva l'autre.

Je la pris et posai l'autre sur son épaule.

— Évidemment.

Puis, nous nous engageâmes sur le tapis rouge. Aucun de nous ne savait vraiment danser le tango, mais même si nous l'avions su, nous aurions probablement raté les pas, car nous nous efforcions de rester parfaitement sérieux. Cela s'avéra encore plus difficile lorsque des rires se répandirent parmi les journalistes rassemblés et que nos coéquipiers commencèrent à nous encourager bruyamment. Heureusement, il me suffisait de serrer les dents : si Keith faisait pareil, il allait mordre la tige.

Nous nous arrêtâmes quelques fois dans des poses de tango exagérées, et il me fit maladroitement tournoyer à un moment donné, ce qui m'amena presque à lui arracher la rose de la bouche. Je retins un ricanement et, d'après son regard, il était à deux doigts de craquer aussi.

— Tu me fais encore tomber, l'avertis-je, et je te jure devant Dieu que je vais...

Il craqua enfin et retira la rose de sa bouche en se

mettant à rire. Je ris moi aussi, et les appareils photo crépitèrent tandis que les journalistes et les joueurs de hockey nous encourageaient à recommencer. Nous reprîmes quelques poses, puis, toujours en riant, nous nous dirigeâmes vers le bout du tapis rouge.

— Oh mon Dieu.

Keith s'essuya les yeux lorsque nous entrâmes dans la salle de bal.

— Si je n'avais pas déjà été rayé du testament de papa, je le serais maintenant.

— Ça en valait la peine, non ?

— Totalement.

Il cogna du poing contre le mien et j'allais dire un truc moqueur, mais mon regard se posa sur l'un des nombreux hommes en smoking présents dans la salle, et je m'arrêtai net, le cœur dans la gorge.

Anthony.

Putain de merde. Je savais qu'il serait là, et je pensais m'être préparé à le voir, mais je n'étais absolument pas prêt à le voir déambuler en smoking. Il aurait été canon quoi qu'il en soit, mais savoir tout ce qu'il cachait sous cette étoffe noire sur mesure le rendait cent fois plus sexy. Je voulais que cette chemise et ce pantalon se froissent sur le sol à côté des miens pour qu'on puisse…

— Hé.

Keith me donna un coup de coude.

— Qu'est-ce qu'il y a ?

Je me secouai.

— Rien. Rien.

Je me raclai la gorge.

— Je crois que j'ai besoin d'un verre. Et toi ?

Il m'observa, sceptique, mais haussa les épaules.

— Oui, j'arrive dans une seconde. Je veux d'abord saluer quelqu'un.

Moi aussi.

Mais je me contentai de hocher la tête et me dirigeai vers le bar. Même si je ne m'approchai pas vraiment d'Anthony, le fait de me glisser dans la file d'attente du bar me permit de me rapprocher de lui. Assez près pour que je puisse observer l'homme qui dominait mes pensées depuis la semaine dernière.

Et ledit homme en smoking ? Grand Dieu.

Depuis qu'il avait fait son coming-out, Anthony portait un carré de poche caractéristique du drapeau arc-en-ciel chaque fois qu'il apparaissait en costume ou en smoking, et ce soir ne faisait pas exception. J'avais toujours pensé que c'était un geste cool, mais en cet instant, ça me mettait en tête des idées qui n'avaient rien à voir avec la politique et la représentation.

C'était comme le rappel coloré que l'homme que je reluquais était gay, et que je n'avais pas imaginé la nuit que nous avions passée ensemble. Est-ce que cela avait du sens ? Aucune idée. Fallait-il que ç'en ait un ? Je le désirais, et maintenant que nous étions de nouveau dans la même pièce, il était irrésistible.

Je sais comment tu embrasses.
Je sais comment tu baises.

La température de mon corps grimpa comme si j'étais en tenue de match.

Comment puis-je te goûter à nouveau ?

Juste à ce moment-là, il se tourna vers moi, et je baissai le regard, gêné. Après quelques secondes, j'osai un autre coup d'œil. Il m'observait toujours, et bon sang, ce n'était pas le regard d'un homme qui voulait faire comprendre que c'était une nuit et une nuit seulement à quelqu'un avec qui il avait couché. Il était beaucoup trop ardent. Bien trop intéressé. Et au cas où le message n'aurait pas été clair et net, il me reluqua rapidement de haut en bas avant de boire une gorgée de sa bière et de revenir à sa conversation.

Je déglutis, subitement chancelant, et ne me rappelant plus comment respirer. Cet échange avait duré trois secondes, mais bon sang, j'étais presque aussi déstabilisé qu'après une nuit entière passée dans sa chambre d'hôtel.

Je me forçai à regarder devant moi la queue qui serpentait toujours lentement vers le bar, mais bon sang, je ne pouvais pas résister à un autre coup d'œil. Il me tournait maintenant le dos, mais j'avais mémorisé la silhouette qui se cachait sous ce costume taillé pour l'épouser.

Même la cicatrice verticale à l'arrière de sa nuque faisait trembler mes mains. Non pas parce que j'avais un penchant pour les cicatrices ou autre, mais parce que c'était distinctement la sienne. Il ne faisait aucun doute que l'homme que je regardais maintenant était le même que celui qui avait bouleversé mon monde une semaine auparavant.

C'était une marque distinctive, que tous ceux qui s'y connaissaient en hockey reconnaissaient forcément. Tous ceux qui avaient déjà lu un article ou regardé une vidéo sur les blessures qui mettent fin à une carrière avaient vu cette cicatrice et en connaissaient l'histoire, et cette nuit-là, dans sa chambre d'hôtel, je l'avais vue de près. Le bout de mes doigts l'avait effleurée plus d'une fois, me rappelant sans équivoque que l'homme avec qui j'étais était Anthony Caruso.

Et voilà qu'elle était là, sortant de sous son col avant de disparaître dans ses cheveux poivre et sel, me rappelant que j'avais connu intimement cet homme. Et que je voulais recommencer.

— Que puis-je vous servir, monsieur ?

La voix du barman me renvoya à la réalité et je me rendis compte que j'avais atteint l'avant de la file.

— Euh.

Je m'éclaircis la voix.

— Je vais juste prendre un...

Du coin de l'œil, un mouvement me perturba à nouveau et je tournai la tête juste à temps pour voir Anthony passer avec le directeur général de son équipe.

Ressaisis-toi. Allez.

Je me secouai, commandai hâtivement un verre et laissai un pourboire supplémentaire au barman pour sa patience alors que je m'étais comporté comme un idiot.

L'heure de l'apéritif du gala était déjà bien avancée et cela allait me rendre fou. Après avoir retrouvé mes propres coéquipiers et quelques amis des *Krakens*, je n'arrêtai pas de perdre le fil de mes pensées parce qu'Anthony passait par là ou parce que j'entendais sa voix se frayer un chemin à travers le brouhaha régulier derrière moi. Il rit à un moment donné et je dus vider mon verre d'un trait pour ne pas surchauffer. J'aurais juré pouvoir sentir son souffle sur mon cou et entendre le grondement de sa voix à mon oreille. Bon sang, maintenant je voulais qu'il me murmure des trucs salaces en me baisant et rie malicieusement quand je jurais ou tremblais.

— Spencer ?

Donaldson me donna un coup de coude.

— Tu es toujours avec nous ?

Je me secouai et m'éclaircis la voix.

— Ouais. Désolé. J'étais juste ailleurs.

— Sans blague.

Il ricana.

— Alors, tu viens avec nous jeudi ou pas ?

Jeudi. Jeudi, jeudi. Qu'est-ce que...

Oh. C'est vrai. Les tatouages de la Coupe.
— Carrément.

Je levai mon verre presque vide.

— Et vous avez intérêt à payer, bande de connards.

Mes potes grommelèrent et levèrent les yeux au ciel, mais j'éclatai de rire et finis mon verre.

— Hé, privilège du MVP.

Ils gémirent à nouveau. C'était la tradition : si les *Narwhals* gagnaient la Coupe, tout le monde se faisait tatouer, et celui qui avait été nommé MVP le faisait aux frais des autres. Comme j'étais passé à deux doigts de perdre cette carrière en raison de ma sale cheville, je ne m'en voulais pas d'en profiter.

— T'as intérêt à faire gaffe, enfoiré de MVP, dit Donaldson. Ou on demandera à l'artiste de te dessiner un Kraken à la place.

— Ça craint, répondis-je en riant.

— Mais j'aime bien l'idée, dit Rodgers avec un grand sourire narquois. On le fait boire, et il se réveille avec un Kraken sur le dos.

Ils éclatèrent de rire et je me joignis à eux, en espérant qu'ils n'avaient pas remarqué mon malaise soudain. Ce n'est pas que j'étais vraiment inquiet qu'ils me fassent boire et tatouer, mais l'idée de me réveiller avec un Kraken...

— Je vais, euh...

Je levai ma bouteille de bière vide.

— Je vais en chercher une autre.

Je m'éloignai et fis à nouveau la queue au bar, la bouche subitement sèche et le cœur battant. Je n'avais peut-être pas besoin de bière. Juste d'un truc froid. Un truc très froid. Mais c'était quoi mon problème ? Un de mes potes faisait une blague sur un tatouage de Kraken, et soudain j'étais...

— Comme on se retrouve.

Je me retournai, et… oh, mon Dieu. Il était là.

— Anthony. Salut.

Pourquoi étais-je à bout de souffle ?

— Euh. Tu apprécies le gala ?

Vraiment ? C'était tout ce que je trouvais à dire ce soir ? Probablement, oui.

Il balaya la salle du regard avant de se retourner vers moi, les yeux chargés de toutes ces choses que j'avais vues au club et dans son lit d'hôtel.

— C'est un peu bondé à mon goût.

— Ah oui ?

En me parcourant du regard, il hocha la tête.

— Hmm-hmm.

Je déglutis.

— Alors, euh, tu préfères les endroits plus calmes ?

— J'ai dit que cet endroit était un peu bondé.

Son sourire me scia les jambes.

— Je n'ai pas dit que je voulais que ce soit plus calme.

Et merde, la lueur de son regard confirmait que je ne me faisais pas d'idées sur la teneur de son commentaire.

Puis il sirota son verre et je me rendis compte qu'il était encore aux trois quarts plein. Il n'avait pas besoin de faire la queue au bar. Ce qui voulait dire…

Baissant son verre, il fit un geste devant moi.

— Tu devrais probablement…

Je me retournai, et pour la deuxième fois ce soir, je me trouvai face à un barman qui attendait patiemment que je me rappelle pourquoi j'étais dans cette queue.

— Oh. Bien sûr.

Anthony me serra l'épaule amicalement et de façon tout à fait platonique.

— À plus tard.

Puis il partit, me laissant là, le cœur battant la chamade,

la bouche sèche, et sans aucun souvenir de la façon dont commander un verre.

Le dîner de gala était long et ennuyeux, comme toujours. Certes, j'étais ravi d'aider ces œuvres de bienfaisance et je m'assurais toujours de faire quelques dons de ma poche, mais je détestais vraiment devoir rester assis à écouter des discours. Je détestais ça. *Détestais*. Ça. Sérieusement, combien de gens allaient se lever et remercier la même cinquantaine de personnes de les avoir invités, d'avoir tout coordonné, bla, bla, bla ?

Ou peut-être que j'étais exceptionnellement râleur parce que, comme tout le monde ici présent, je devais respectueusement faire face à la table d'honneur et au podium à chaque discours. Un soir normal, cela m'aurait rendu aussi nerveux qu'un enfant qui essaie de rester assis à l'église, mais ce n'était pas un soir normal.

Parce qu'Anthony était assis à la table d'honneur avec mon entraîneur, le coach Samuels.

Même s'il conservait un visage parfaitement neutre, son regard se posait sans cesse sur moi. Je doutais que ma propre expression soit neutre – pas lorsque j'étais submergé par une vague de désir à chaque fois que nos yeux se croisaient à travers la salle – mais lui réussissait à garder un visage impassible, je ne sais comment. Avec un peu de chance, moi aussi, mais je n'y croyais pas. Mes pensées se dispersaient chaque fois que je laissais mon attention se porter sur lui, et mon visage dut le montrer au moins quelques fois.

Heureusement, ces galas ne duraient pas éternellement. Ils en donnaient parfois l'impression, mais à un moment ou à un autre, ils prenaient fin. Ce soir, après une trentaine d'heures (OK, probablement plutôt une seule), les discours se terminèrent et les gens furent libres d'aller et venir librement, de boire ou de se rendre sur la piste de danse.

La dernière chose dont j'avais besoin, c'était d'alcool – deux bières pendant l'apéritif, c'était ma limite puisque je conduisais ce soir – mais j'avais vraiment besoin d'une autre boisson fraîche.

Cependant, je n'atteignis pas le bar. J'étais à mi-chemin de la salle quand Anthony capta mon attention. Pendant une fraction de seconde, je crus que ce n'était qu'un de ces regards croisés, habituels lorsque deux personnes se trouvent dans la même pièce.

Mais ensuite, d'un infime geste de la tête, il m'indiqua l'une des portes du fond.

Mon pouls s'envola. Lorsqu'il se dirigea vers cette porte, mes lèvres s'entrouvrirent. Est-ce qu'il... Est-ce que je... Est-ce qu'on...

Clairement, ouais. C'était une invitation que je n'allais absolument pas refuser, peu importe à quel point j'étais stupide de le suivre.

J'attendis un moment, le laissant prendre de l'avance. Puis je pris mon téléphone, fis semblant de sortir prendre un appel, et passai la même porte.

Je me retrouvai dans un couloir faiblement éclairé qui reliait les deux salles de bal. Je ne pouvais voir personne, en revanche j'entendis des chaussures de ville, donc je suivis ce bruit. En passant le virage, je vis Anthony se glisser dans les toilettes des hommes.

Je regardai à nouveau autour de moi, m'assurant que j'étais bien seul. Puis j'empochai mon téléphone et me hâtai vers les toilettes des hommes, luttant contre l'envie de me mettre à courir de façon très suspecte.

Dès que j'entrai, Anthony me poussa contre le mur et

m'embrassa, et la première pensée qui me traversa l'esprit fut : « *Oh, Dieu merci* ». Je passai un bras autour de sa taille et glissai l'autre main derrière son cou, et la bosse subtile de sa cicatrice sous mes doigts me confirma que oui, c'était lui, c'était en train de se produire, et c'était réel. C'était comme si j'avais retenu ma respiration toute la semaine depuis que j'avais quitté sa chambre d'hôtel, et que je pouvais maintenant respirer à nouveau.

Je pouvais à nouveau respirer, et chaque inspiration sentait et avait le goût d'Anthony, et je ne savais honnêtement pas comment je n'avais pas déjà fondu à genoux.

Anthony rompit le baiser et posa son front chaud contre le mien. Sa main était sur ma nuque, tout comme la mienne sur la sienne, et il serrait comme s'il pensait que j'avais une quelconque envie de m'éloigner.

— Je n'ai pas arrêté de penser à toi, dit-il en haletant.
— Vraiment ?
— Vraiment.

Il m'embrassa légèrement.

— Je sais qu'on ne devrait pas faire ça, mais bon sang, Brad... j'ai envie de toi.

Heureusement que le mur me maintenait debout, car mes genoux ne me servaient plus à rien.

— Moi aussi. Je... Je n'ai pensé qu'à ça depuis...
— Ouais ?
— Hmm-hmm.

Il s'empara encore de ma bouche, de façon plus ferme et plus affamée cette fois. Je gémis, mon érection croissante frottant contre la sienne tandis que nous nous perdions dans des baisers essoufflés et désordonnés.

— On ne devrait vraiment pas..., murmura-t-il contre mes lèvres. On ne devrait pas...
— On n'aurait pas dû le faire la première fois.

J'attrapai sa ceinture et nous rapprochai.

— Ça ne nous a pas arrêtés à ce moment-là. Ça ne nous arrêtera clairement pas maintenant.

Il grogna et réclama un autre baiser profond, et bon sang... toute la maîtrise dont j'avais fait preuve dans le club où nous nous étions rencontrés s'évapora. L'homme que j'avais été cette nuit-là ne savait pas ce que c'était que d'être au lit avec Anthony, donc il lui avait été bien plus facile de faire marche arrière. L'homme que j'étais ce soir savait tout ce que nous pouvions faire avec un peu de lubrifiant et d'intimité, et impossible de faire preuve de retenue.

— J'ai envie de toi, gronda-t-il. C'est aussi simple que ça.
— Pareil.

Je mordillai sa lèvre inférieure.

— On ne peut pas s'éclipser ensemble, mais je n'habite pas loin d'ici.
— Loin comment ?
— Une demi-heure, peut-être ?

Anthony me regarda droit dans les yeux.

— Je séjourne dans cet hôtel. Ma chambre est beaucoup plus proche.

Je me tortillai entre lui et le mur.

— Redonne-moi ta clé de chambre, alors, et...

Il m'embrassa avant que je ne puisse finir. Je pensais qu'il triturait mon pantalon, mais je me rendis compte qu'il glissait maladroitement quelque chose dans ma poche. Je n'eus même pas besoin de vérifier que c'était bien la clé, et je n'aurais pas pu le faire de toute façon parce que j'étais trop absorbé par son baiser désespéré.

Mais il finit par s'écarter et croiser mon regard, les yeux brillant de désir.

— Laisse-moi quelques minutes d'avance. Je suis chambre 817.

J'acquiesçai.

— Je serai là.

Il sourit et s'approcha pour un autre baiser, mais hésita. Ce n'était probablement pas une mauvaise idée : si nous nous embrassions encore ici, nous n'arriverions jamais dans sa chambre avant que la queue de l'un ne rentre dans la bouche ou le cul de l'autre. Sexy, oui, mais nous pourrions nous faire surprendre.

— OK.

Il recula d'un pas, remettant sa veste en place. J'ajustai aussi la mienne – étonnant comme nous pouvions nous retrouver débraillés après quelques baisers désespérés.

— On se voit en haut, dit-il lorsqu'il fut apparemment convaincu que personne ne penserait qu'il avait été en train de m'embrasser dans les toilettes des hommes.

Incapable de lui parler, je lui fis un signe de tête.

Anthony me regarda à nouveau de haut en bas, mi-appréciatif, mi-prédateur. Puis il se glissa hors de la pièce, me laissant affalé contre le mur à essayer de reprendre mon souffle.

Waouh. La plupart des gars avec qui je sortais ou avec qui je couchais pensaient que répondre à un texto était une énorme contrainte. Et Anthony était prêt à se lancer dans un vrai scénario d'espionnage pour me mettre dans son lit ?

Putain de merde. Ouais. Apparemment.

Et nous allions recommencer.

J'aurais probablement dû retourner au gala et faire le tour pour dire au revoir à tout le monde. Ç'aurait été plus poli.

Sauf qu'alors, tout le monde m'aurait vu pour ce que j'étais vraiment : un mec tellement excité qu'il n'arrivait plus à réfléchir. Il valait mieux que je m'éclipse sans me faire remarquer.

J'envoyai tout de même un texto à Keith : *J'y vais. À bientôt au golf ?*

Puis je coupai mon téléphone, attendis quelques minutes et sortis des toilettes pour chercher l'ascenseur.

Keith allait probablement bientôt partir de toute façon, étant donné que ses petits amis l'attendaient en haut. Il se ficherait que je parte également. Il y aurait peut-être d'autres rumeurs sur lui et moi, mais franchement, je m'en fichais.

Au diable les risques et les conséquences : j'avais *besoin* d'Anthony ce soir.

— Oh mon Dieu.

Anthony s'effondra à côté de moi sur le matelas couvert de vêtements, tremblant et haletant autant que moi.

— Hmm-hmm.

J'essuyai la sueur de mon visage d'une main tremblante. « Oh mon Dieu », ouais. Dès que j'étais entré, nous nous étions jetés l'un sur l'autre. Deux préservatifs, quatre orgasmes, et beaucoup de sueur plus tard, nous prenions enfin le temps de respirer.

Nos smokings étaient éparpillés sur le lit et au sol, froissés et oubliés là où ils avaient atterri. Nous nous étions fiévreusement acharnés comme si cela faisait des années que nous ne nous étions pas touchés, et non pas une semaine depuis que nous avions couché ensemble. Je n'étais pas étranger au sexe, mais jamais personne ne m'avait touché et ne m'avait supplié de le faire avec autant d'enthousiasme qu'Anthony.

Je pourrais devenir sérieusement accro à toi.

Je n'osai pas m'attarder sur cette idée. J'avais déjà été

assez déçu par des hommes qui ne voulaient pas risquer leur carrière en sortant avec moi ou même en me baisant. Cela ne servait à rien d'espérer, surtout pour un homme dont je ne pouvais raisonnablement pas attendre qu'il prenne ce genre de risque avec n'importe qui, et encore moins avec moi.

Je repoussai donc rapidement ces pensées et me redressai sur un coude.

— Douche ?

Il hocha la tête.

— Absolument.

En grognant et jurant un peu, nous nous assîmes. Le fait de nous lever provoqua des protestations audibles de nos articulations, qui nous firent tous deux rigoler en entrant dans l'énorme salle de bain. Je ne pouvais même pas plaisanter sur son âge car je craquais presque autant que lui.

Mais l'eau chaude soulagea nos muscles et articulations fatigués. Et sans surprise, nous passâmes plus de temps sous la douche à nous embrasser et à nous caresser qu'autre chose. Nous nous lavâmes, mais je ne pouvais pas me retenir de toucher cet homme. Même après nous être épuisés mutuellement, alors qu'aucun de nous ne banderait de sitôt.

Je me fichais que nous couchions encore ensemble ce soir. Le simple fait d'être aussi près de lui, de glisser mes mains sur son corps puissant pendant que nous explorions la bouche de l'autre, était parfait en ce qui me concernait. Comment ne pas aimer ça ?

Enfin, nous nous séchâmes et retournâmes dans la chambre. Nous enlevâmes nos vêtements du lit, puis grimpâmes sous le drap.

En se blottissant contre moi, il me caressa la joue.

— C'était une idée terrible, murmura-t-il, mais je n'ai vraiment pas pu m'en empêcher.

— On est deux.

Je soupirai.

— Je crois que j'ai été tellement absorbé par le hockey, surtout vu les saisons des dernières années, que j'ai oublié d'avoir une vie. Surtout une vie sexuelle.

Anthony acquiesça.

— Ouais. Je, euh, je connais ce sentiment.

— Voilà pourquoi, mauvaise idée ou non, je ne vais pas mentir : j'aimerais qu'on puisse recommencer.

— Moi aussi, chuchota-t-il. Mais nos équipes auraient nos têtes, et de toute façon, nous sommes de part et d'autre du continent.

Il avait raison. Même si, maintenant, nous étions en basse saison. Tout le monde partait dans un millier de directions différentes pour les vacances. Y avait-il une raison pour que nous ne puissions pas faire de même ?

— J'ai une idée.

Anthony pencha la tête.

Je déglutis.

— La saison est terminée. Nous avons deux mois avant que l'entraînement ne reprenne.

J'hésitai.

— Pourquoi ne pourrait-on pas passer une semaine ou deux à rattraper tout ce qu'on a oublié de faire pendant la saison ?

Il pencha la tête.

— Où ça ? Pas moyen de passer inaperçus.

Je souris.

— Oh que si.

Anthony haussa les sourcils, l'air intéressé.

— J'ai un chalet dans l'est de la Colombie-Britannique.

Il est complètement à l'écart, là où personne ne nous verra. C'est là que je passe mes étés en général, donc tu es plus que bienvenu.

— Tu penses que c'est une bonne idée ?

— Je n'en ai pas d'autres qui ne se terminent pas par ne plus nous revoir après ce soir.

— Hmm, bien vu.

Ses lèvres se plissèrent et ses yeux se perdirent dans le vide. Je me mordillai la lèvre, certain qu'il était sur le point de rejeter cette idée. Pouvais-je le lui reprocher ? Tout cela me paraissait stupide maintenant que je l'avais dit à haute voix, et...

— Ouais.

Il acquiesça.

— On pourrait.

Mon cœur bondit.

— Tu crois ?

— Pourquoi pas ? Dieu sait que j'en ai besoin.

— Moi aussi.

— Au préalable, je devrai rester pour les sélections, et il y a une grande réunion prévue pour le calendrier de la ligue.

— Ooh, pitié, dis-moi qu'ils vont virer cette connerie de programmation façon base-ball.

— C'est ce qu'on espère. L'association des joueurs ne déconne pas, et les entraîneurs et les propriétaires en ont assez.

— Mon Dieu, ce serait génial.

Je fouillai son regard.

— Et tu es sérieux ? Tu veux venir dans mon chalet ?

Il hocha la tête, en passant ses doigts dans mes cheveux.

— Absolument. Dis-moi juste comment y aller et quand, et je serai là.

Mon cœur s'emballa et je ne pus m'empêcher de sourire.

— Tu devras louer une voiture. C'est un peu loin de l'aéroport le plus proche, qui est à Kelowna, et je ne devrais probablement pas venir te chercher.

Il fit une grimace et secoua la tête.

— Non. Non, ce serait une mauvaise idée. Je peux louer une voiture.

Ses lèvres se retroussèrent.

— Tu es sérieux ?

Je hochai la tête.

— Complètement. Je suis probablement fou, mais….

— Moi aussi. Et, euh…

Il détourna le regard.

— Hmm ?

Anthony resta pensif une seconde, puis me regarda par en dessous.

— Ce sera juste nous deux, n'est-ce pas ?

— Ouais, bien sûr.

— Bien, donc on pourrait… Et n'hésite pas à dire non, parce que c'est probablement fou, mais…

Il me dévisagea.

— Si on fait une prise de sang avant…

Je me redressai un peu.

— Alors on pourrait se passer des capotes ?

Il acquiesça.

— Je veux dire, on n'est pas obligés. Si ce n'est pas ton truc, on peut…

— Non, j'aime cette idée.

Je souris.

— Je signe où ?

Il rit, l'air soulagé, comme s'il avait pensé que je pourrais rejeter sa suggestion.

— Génial. Donc, après les sélections et la réunion, et une prise de sang...

Hochant la tête, je laissai courir ma main le long de son bras.

— Dès que tu seras libre, viens. Une semaine ou deux ensemble au milieu de nulle part, et on pourra... Enfin, pas s'en débarrasser, mais passer un sacré bon moment.

Il sourit, mais ensuite son sourire s'évapora.

— Si quelqu'un nous voit...

— Personne ne nous verra.

Je secouai la tête.

— Fais-moi confiance.

Il me dévisagea, l'air sceptique.

— Je ne plaisante pas quand je dis que c'est au milieu de nulle part.

Je laissai traîner le bout de mes doigts sur son torse.

— Même si quelqu'un nous reconnaissait, les gens de cette ville se mêlent de leurs affaires. Il faudrait qu'on cache des cadavres pour que quelqu'un y fourre son nez.

Anthony rit.

— D'accord, mais on n'a pas besoin de tester cette théorie.

— Quoi ? Cacher des cadavres ?

Je gardai l'air sérieux.

— Il y a plein d'endroits pour le faire sans se faire prendre non plus.

Il ricana en levant les yeux au ciel. Je me contentai de rire.

Et blague à part, disparaître dans la nature canadienne avec l'entraîneur d'une autre équipe pour passer une semaine ou deux à baiser n'était probablement pas la meilleure décision que j'aie jamais prise pour ma carrière.

Mais, étendu ici avec Anthony, le corps endolori avec la

satisfaction d'avoir couché avec un homme qui savait exactement comment me faire perdre la tête – et qui semblait vraiment vouloir le faire – je n'aurais pas pu me dissuader de le faire.

Et je ne pris pas la peine d'essayer.

Chapitre 4
Anthony

La deuxième semaine de juillet, je me libérai enfin de mon travail et partis pour le Canada. Quelques longs vols plus tard, je me retrouvai dans un 4x4 de location sur une autoroute déserte, destination : le lac Sutton.

J'aurais dû me concentrer sur l'endroit où j'allais et sur qui j'allais voir. Maintenant que je n'avais plus rien d'autre pour retenir mon attention, je pouvais enfin laisser mon esprit aller à l'endroit où il avait eu envie de se rendre depuis la première nuit à Vancouver.

Mais les semaines qui avaient suivi le gala m'avaient épuisé. La saison de l'entraîneur-chef ne se terminait pas avec la finale de la Coupe, et j'avais dû passer de l'entraînement de mon équipe sur la glace à des tâches en coulisses.

Les sélections m'avaient accaparé toute la deuxième moitié du mois de juin (ce qui en valait la peine, vu les joueurs exceptionnels que nous avions récupérés). Mon équipe d'entraîneurs et moi-même en avions repéré plusieurs, et des négociations intenses avaient eu lieu au sein de notre club concernant les contrats et les salaires de nos nouveaux venus potentiels. Nous avions tous passé des heures à vérifier les statistiques des joueurs, à regarder les vidéos des matchs, à élaborer des stratégies de sélection et à faire des calculs pour respecter le plafond salarial.

Les jours précédant le recrutement ne me laissaient pas beaucoup le temps de dormir : j'étais trop impatient de savoir qui nous récupérerions et quelles seraient nos alternatives si nous n'obtenions pas qui nous voulions.

Étais-je sur le point de foutre en l'air la stabilité de mon équipe ? Les nouveaux joueurs seraient-ils un désastre sur la glace ou dans les vestiaires ? Avais-je mal jugé un joueur que je voulais, et constaterais-je trop tard qu'il était à peine assez compétent pour jouer en junior ? Ou pire, avais-je négligé un joueur qui s'avérerait être l'Asher Crowe ou le Keith Adams de quelqu'un d'autre ?

En plus de tout cela, il y avait toujours la peur sous-jacente que la décision que je prendrais mette un terme à ma carrière. Ma carrière de joueur avait pris fin prématurément, et l'entraînement était aussi proche que possible de la poursuite de mon rêve. Que se passerait-il si l'équipe que j'avais rassemblée perdait à nouveau en finale ? Et si elle ne parvenait même pas à se qualifier pour les éliminatoires ? Personne dans le club ne se souciait que mes prédécesseurs avaient été loin d'atteindre les séries éliminatoires, et encore plus de gagner. Je craignais juste que même après avoir fait des *Krakens* de New York une équipe compétitive, terminer nos deux dernières saisons à la deuxième place ne suffise pas pour que je puisse continuer à entraîner l'équipe et lui permettre de remporter une autre Coupe. Le directeur général et le propriétaire avaient « plaisanté » plusieurs fois sur le fait que ce n'était qu'une question de temps avant qu'on ne me remplace par quelqu'un qui se souvenait de ce que ça faisait de boire dans la Coupe après une victoire.

Ce qui ne faisait que renforcer ma conviction que tous ceux qui avaient un pouvoir quelconque dans cette ligue avaient la mémoire collective d'un poisson rouge, puisque les *Krakens* avaient remporté la Coupe quatre fois en quarante ans, et que j'avais entraîné l'équipe pour trois de ces victoires. Avoir été éliminé aux cours des deux dernières saisons ne changeait rien au fait que mon nom avait été gravé sur cette Coupe plus de fois qu'aucun autre (y compris une fois en tant que joueur alors que je n'ai joué que trois saisons complètes).

Mais seule comptait la saison la plus récente, et cela signifiait que je devais prouver à mes supérieurs que je n'avais pas perdu la main. Mon équipe actuelle devait jouer du mieux possible et, bon sang, nos nouvelles sélections feraient mieux de porter leurs fruits.

Au final, j'étais satisfait de mes choix. Et bon Dieu, d'une manière ou d'une autre, je ferais en sorte que cette nouvelle équipe fonctionne. Heureusement, cette partie-là était terminée ; la sélection pouvait être presque aussi stressante que les satanées éliminatoires.

Mais avant même d'avoir pu reprendre mon souffle, il y avait eu la rencontre entre l'association des joueurs, un certain nombre d'entraîneurs en chef et de propriétaires, et les dirigeants de la PHL. Trois jours s'étaient écoulés depuis cette réunion, et même maintenant, tandis que je roulais en pleine nature au milieu de la Colombie-Britannique, j'étais encore épuisé. Encore distrait.

Ces dernières saisons, les joueurs et les entraîneurs avaient fait pression sur la ligue pour qu'elle revienne à un calendrier de hockey normal. Les joueurs de hockey pouvaient supporter un emploi du temps exténuant et jouer plusieurs fois par semaine. C'était normal dans ce sport, et ce depuis toujours. Le calendrier semblable à celui du baseball, par contre, avec trois séries de matchs contre la même équipe, souvent consécutifs, ne fonctionnait pas. Les joueurs étaient éreintés. Les blessures se multipliaient. Les attaquants de première et de deuxième ligne de mon équipe menaçaient tous de prendre simultanément leur retraite si quelque chose ne changeait pas, et ils ne plaisantaient pas.

Les autres entraîneurs et les propriétaires étaient dans le même bateau. L'entraîneur Gray des *Icebirds* de Denver avait perdu deux de ses meilleurs défenseurs cette année, conséquence directe de cet emploi du temps : l'un à cause d'une blessure qui avait mis fin à sa carrière et qui ne serait pas survenue s'il n'avait pas été aussi épuisé, l'autre parce qu'il avait pris la décision d'abandonner sa carrière pour sauver son mariage, qui avait naturellement souffert de son emploi du temps ridicule et de ses blessures constantes.

L'ancien emploi du temps de la PHL serait toujours aussi épuisant et fatiguant, mais mieux que ces conneries, et ce progrès était donc un soulagement.

La saison et les séries éliminatoires étaient maintenant terminées. Le repêchage était terminé. La réunion était terminée.

Je pouvais enfin quitter la ville et passer les dix jours suivants dans le seul endroit où je voulais être depuis la dernière nuit des finales de la Coupe : le lit de Brad Spencer. Tout ce que j'avais à faire, c'était d'y aller.

Et peut-être, *peut-être* me ressaisir et me débarrasser du sentiment de nervosité et d'anxiété qui m'avait empêché de dormir depuis… Bordel, aussi loin que je me souvienne, vraiment. Mais les éliminatoires avaient fait monter la pression, le repêchage ne lui avait pas donné la moindre chance de redescendre, et la réunion de la ligue n'avait pas aidé du tout. De plus, j'avais hâte de voir Brad pour faire bonne mesure, entre les textos constants, les coups de téléphone occasionnels et un cerveau empli de fantasmes, les nuits où je n'arrivais pas à dormir.

Je retirai une main du volant et en essuyai la sueur sur la jambe de mon pantalon. Puis je fis la même chose avec l'autre.

Même si j'étais pressé de voir Brad, j'étais aussi nerveux. Pour commencer, j'avais peur de séjourner dans une petite ville comme celle-ci. Bien qu'il m'ait assuré plus d'une fois que nous n'aurions pas à nous inquiéter, nous étions tous les deux assez connus. Si quelqu'un prenait une photo de nous dans un restaurant ou autre, cela pourrait inciter nos deux équipes (sans parler des fans et des médias) à poser des questions gênantes. Lorsque j'étais sorti avec quelqu'un par le passé, nous nous étions cachés à la vue de tous : nous nous rendions dans des zones peuplées où nous ne nous démarquions pas et n'étions pas remarqués.

Une ville de 200 habitants dans un pays où le hockey est aussi important que le football aux États-Unis ? Cela semblait être une mauvaise idée.

Mais même si personne ne nous remarquait, que se passerait-il lorsque nous nous verrions ? Nous avions passé deux nuits ensemble. Nous avions baisé comme des fous, puis nous nous étions envoyé des SMS et avions parlé en visio autant que nous le pouvions, ce qui n'avait pas été autant que je l'aurais souhaité en raison des sélections et de la réunion de la ligue.

Mais les seules choses qui nous avaient vraiment rapprochés, c'était le sexe et le besoin de se concentrer sur autre chose que le hockey pendant un petit moment. Combien de temps avant que cela ne disparaisse ? Que se passerait-il lorsque nous serions à des centaines de kilomètres au milieu de nulle part et que nous nous rendrions compte que nous n'avions rien en commun, que nous ne pouvions pas entretenir une conversation et que nous étions fatigués de coucher ensemble ?

Bon, nous avions eu beaucoup de conversations. Elles avaient été assez brèves, cependant. Que se passerait-il lorsque nous serions coincés ensemble pendant des heures, jour après jour, et que nous constaterions que nous n'avions pas réfléchi à tout cela ?

Et si l'un de nous se rendait compte à quel point il était

imprudent et stupide de se débarrasser des préservatifs ? On ne devenait pas adulte à l'époque du sida sans une certaine conscience des risques, mais... Enfin, nous avions tous les deux fait des examens sanguins. J'avais vu les siens. Il avait vu les miens. Nous étions tous les deux négatifs. Mais...

Au cas où l'un d'entre nous aurait des doutes, j'avais emporté des préservatifs. Si nous ne les utilisions pas, très bien. Si nous en avions besoin, eh bien, nous les aurions.

Je soufflai lentement et tapotai des doigts sur le volant. Je réfléchissais vraiment trop. À tout ça. Les examens étaient clairs et nous avions des préservatifs. Si la situation devenait gênante parce que nous n'étions pas compatibles hors du lit, ce n'était pas comme si nous étions coincés ensemble. Dans le pire des cas, j'avais une voiture de location, et je pouvais repartir à Kelowna et reprendre l'avion pour New York. Ou prendre l'avion pour n'importe où ailleurs. De toute façon, je ne resterais ici que dix jours.

C'était amplement suffisant pour coucher avec lui et m'échapper encore avant que ça ne devienne gênant. Au lieu d'imaginer toutes les raisons pour lesquelles ça pourrait mal se passer, j'aurais mieux fait de me concentrer sur la raison de ma présence ici : passer du temps avec Brad, baiser comme j'en avais besoin depuis si longtemps, puis rentrer chez moi et me concentrer sur le hockey. C'était le plan parfait.

Devant moi, un panneau apparut.

Bienvenue au lac Sutton.

Mon cœur bondit. Brad m'avait dit que les indications du GPS pouvaient être imprécises dans cette région et il m'avait donné des instructions écrites à suivre une fois en ville.

Il ne plaisantait pas non plus sur le fait qu'il s'agissait d'une petite ville. Il y avait deux feux de circulation, et au deuxième, il y avait un petit *Tim Hortons*[1], ce qui me fit rire. Oui, j'étais bien au Canada.

Conformément aux indications de Brad, je tournai à gauche au deuxième feu et continuai sur une route sans marquage qui serpentait à travers des collines boisées et vallonnées.

Continue jusqu'à ce que tu traverses un pont.

D'accord. Je continuai. Et encore. Et encore. Je ne l'avais pas manqué, si ? Je n'aurais pas su convertir des kilomètres même si ma vie en dépendait, mais j'en avais parcouru presque 22 d'après le compteur kilométrique avant qu'un pont n'apparaisse. Pas un très grand pont, peut-être 5 mètres de large, enjambant une rigole avec un petit ruisseau au fond.

Après avoir traversé le pont, avait-il écrit, *l'allée sera la première à droite.*

Je traversai le pont et, comme prévu, une trentaine de mètres plus loin, un virage s'engageait dans la forêt dense. Je craignis un instant que ce soit le mauvais virage, que j'aie raté l'allée, mais je vis alors le panneau sculpté à la main au-dessus de la boîte aux lettres. Sous un poisson stylisé, les lettres épelaient *Spencer*.

Oh, mon Dieu. J'y étais.

Lorsque je pris le virage, l'inquiétude et l'excitation firent de nouveau battre mon cœur. Serait-ce embarrassant de nous revoir ? Nous avions tous les deux bu quelques verres la dernière fois. Les deux fois. Mais non. Tout irait bien. Nous n'avions pas été saouls. Je n'avais même pas été éméché, j'avais juste été pris de vertige chaque fois que nous nous étions regardés dans les yeux.

Tout ira bien. Arrête de trop réfléchir.

L'allée serpenta à travers les bois plus longtemps que je ne pensais avant d'atteindre enfin un chalet d'un étage en rondins. L'endroit était superbe, bâti en bois de cèdre chaud avec des moulures en métal vert. Des panneaux solaires recouvraient le toit, et une petite antenne parabolique était perchée à côté de la cheminée. Devant un garage fermé pour deux voitures se trouvait une Jeep noire avec un autocollant des *Narwhals* de Vancouver sur le pare-chocs, et un drapeau noir et gris des *Narwhals* flottait à côté des marches du porche. Oui, j'étais vraiment au bon endroit.

Je me garai à côté de la Jeep et pris une grande inspiration. Et voilà. J'étais arrivé.

Quand je sortis de la voiture, la porte d'entrée s'ouvrit, et bon sang, je ne m'étais pas rendu compte à quel point Brad m'avait manqué jusqu'à ce qu'il sorte sur le porche. Un seul regard, et une partie non négligeable de ma nervosité se calma.

Je suis là. Tu es là. Oh, ça va mieux.

Les mains dans les poches de son jean, il descendit les marches avec un sourire en coin, plus bronzé que la dernière fois.

— Alors c'est à ça que tu ressembles avec des vêtements, dit-il en me regardant de haut en bas.

Je ris.

— Tu dis ça comme si tu ne m'avais jamais vu habillé avant.

— Oh, si.

Il haussa les épaules, toujours souriant.

— Je n'arrivais juste pas à m'en souvenir car je t'imagine toujours nu, maintenant.

Mes genoux vacillèrent un peu, mais j'essayai de n'en rien laisser paraître. Surtout quand il posa une main sur ma taille et me plaqua contre la voiture. Un baiser, et l'anxiété qui avait constamment accompagné ce voyage ne fut plus qu'un lointain souvenir. Enroulant un bras autour de lui, je glissai l'autre main dans ses cheveux et soupirai contre ses lèvres. J'avais craint que la situation ne soit gênante, mais ses lèvres contre les miennes ou la façon dont nos corps s'emboîtaient n'avait rien d'embarrassant. Il émit un doux gémissement tandis que le baiser se poursuivait, langoureux.

— Bon sang, tu m'as manqué, murmura-t-il, et il m'embrassa de nouveau avant que je ne puisse répondre.

Il m'avait manqué aussi. Tout ce que j'avais imaginé me semblait ridicule maintenant, et tout ce que je me disais, c'était que dix jours ne suffiraient pas pour profiter de tout cela. Pour profiter de *lui*.

Mais je profiterais au maximum du temps dont nous disposions.

— Tu ne crois pas qu'on devrait rentrer ?

— Hmm, bonne idée, murmura-t-il entre deux baisers. Tu veux faire le tour de la maison ?

Il pressa ses hanches un peu plus fort contre les miennes.

— Ou je te montre juste la chambre ?

— La... La chambre, ça me va.

Ses lèvres se recourbèrent contre les miennes. Glissant ses mains dans mes poches avant, il m'écarta de la voiture et m'entraîna vers le porche. Aucun de nous ne prit la peine de sortir mes bagages du coffre. Même pas pour les préservatifs que j'avais emportés. Nous avions de plus grandes priorités en cet instant.

Peut-être que nous nous fatiguerions l'un de l'autre. Peut-être que ce serait un désastre.

Mais j'étais presque certain que ça n'arriverait pas ce soir.

Il s'écoula deux bonnes heures avant que je ne découvre autre chose que la chambre de Brad. Nous n'étions peut-être séparés que depuis quelques semaines, mais cela avait été suffisant pour que je sois affamé de lui, et nous ne nous arrêtâmes pas avant d'être rassasiés.

Après une douche, nous nous habillâmes, et j'avoue que je fus un peu satisfait de voir Brad descendre les marches comme si ses hanches n'étaient plus tout à fait alignées. Non pas que les miennes soient bien mieux, mais peu importait. Même si je me dis qu'il vaudrait mieux prendre notre temps : cela ne servirait à rien si nous avions tellement mal partout qu'au troisième jour nous ne pourrions plus nous toucher.

Brad portait un jean, mais il n'avait pas pris la peine de mettre un T-shirt, et il avait un tout nouveau tatouage de la Coupe à l'arrière de l'épaule. Cela piquait, certes, ce rappel de la récente défaite de mon équipe, mais Brad avait mérité ce tatouage. Un joueur tel que lui en aurait probablement d'autres comme celui-ci avant de prendre enfin sa retraite.

En bas, tandis que Brad s'affairait dans la cuisine, je contemplais l'extérieur par la grande baie vitrée. La vue était spectaculaire. Son chalet surplombait un vaste lac entouré d'immenses conifères qui semblaient partir de la rive et recouvrir les collines dans toutes les directions. Je pouvais voir trois autres maisons d'ici, mais sinon, le paysage était pratiquement intact. Quelques bateaux de plaisance serpentaient sur l'eau, et Brad en avait un qui chaloupait près d'un quai à l'extérieur.

— Cet endroit est incroyable, lui dis-je.

Il me rejoignit devant la fenêtre et me sourit en me tendant une tasse de café.

— Oui, j'aime bien.

— Depuis combien de temps tu l'as ?

— Neuf, dix ans maintenant ? J'ai hérité cette propriété de mon oncle. Il n'avait pas d'enfants, et il a pensé que ce serait bien que j'aie un endroit pour m'évader pendant la basse saison.

Il rit, l'air un peu triste en parcourant la cuisine et le salon du regard.

— Il m'a juste fait promettre de démolir le chalet d'origine et de construire quelque chose de plus beau.

— Ce que tu as fait, apparemment.

Il hocha la tête.

— Ouais. Mon frère et moi l'avons construit avec des amis l'été après ma saison de recrue.

— Attends, tu l'as construit ? Genre, tu l'as fait toi-même ?

Brad sourit.

— Tu es si surpris que ça ?

— Euh, non. C'est juste que...

Je ris doucement.

— La plupart des gens font appel à des artisans. On n'entend plus beaucoup parler de gens qui construisent leur propre maison.

— C'est vrai, mais on a tous grandi en construisant des trucs avec notre père.

Il marqua une pause.

— Enfin, on a sous-traité une partie du travail. On avait tous peur de casser l'un des panneaux solaires, alors on a laissé l'entreprise venir les installer.

— Quelle partie de la maison est solaire ?

— La totalité.

— Toute la maison ? Vraiment ?

— Mm-hmm. Et je vais probablement ajouter un branchement ici pour pouvoir charger une Tesla quand j'en achèterai une. Mais je ne sais pas, je pense que je conti-

nuerai à venir ici avec la Jeep.
— Pourquoi ça ? La neige ?
Il rit.
— Pas en été, mais la boue peut être un vrai problème.
— Oh, je n'y avais pas pensé.
— Je n'y aurais pas pensé non plus si l'un des habitants ne m'avait pas prévenu. Heureusement qu'il l'a fait.

Il fit un signe de tête vers l'avant de la maison, comme pour indiquer la Jeep.

— Il y a environ trois ans, je me suis retrouvé enlisé à tel point que j'aurais eu besoin d'une remorqueuse si ç'avait été une voiture normale.
— Merde.
— La vie sauvage.

Il remua, tapotant des ongles sur le comptoir.
— Au fait, je voulais te demander comment...

Il se tut et croisa mon regard.
— Euh, on devrait peut-être voir si on peut parler boutique pendant notre séjour ici. Vu qu'on essaie tous les deux de faire une pause hockey.

Je haussai les épaules.
— On vit et respire hockey tous les deux. Il n'y a rien de mal à en parler tant qu'on ne parle pas que de ça.
— OK.

Il hésita, puis demanda :
— Je voulais juste savoir comment s'était passée la réunion avec la ligue.

Les sourcils froncés, il ajouta :
— Ils vont continuer à nous lessiver ?

Apparemment, l'association des joueurs n'avait pas encore envoyé de mise à jour. Ou Brad n'avait pas lu ses mails, et je ne lui en aurais pas voulu si c'était le cas.

— Eh bien, ça reste entre toi et moi, au cas où rien n'aurait encore été annoncé...

Je glissai mes mains dans mes poches et soupirai.

— Ils ont essayé de camper sur leurs positions, mais la présidente de l'association des joueurs ne s'est pas laissé faire.

— Ah oui ?

Je hochai la tête.

— Tous les entraîneurs ont plaidé notre cause, et l'association des joueurs a clairement fait comprendre qu'elle n'était pas venue pour déconner. Dès qu'ils ont eu la parole, ils ont directement menacé de faire grève si les choses ne changeaient pas.

— Waouh, vraiment ?

— Oh oui. Linda Howard s'est levée et a carrément dit : « Je vous promets que si ça ne change pas, tous les joueurs de la ligue seront en grève avant la nuit d'ouverture. Si vous pensez que modifier un calendrier établi est coûteux, cette association va vous montrer ce que c'est que de perdre de l'argent ».

Brad siffla.

— Et les gens se demandent pourquoi on continue à la réélire présidente de l'association. Alors, comment ç'a été pris ?

— Je dirais qu'elle a été bien comprise.

Je bus une gorgée de café.

— La ligue a fini par plier.

Ses yeux s'écarquillèrent.

— Vraiment ? On va reprendre le programme normal ?

— Pas tout à fait, l'avertis-je. Ils ne peuvent rien faire pour la saison prochaine, car les stades sont déjà réservés et les chaînes de télévision vendent déjà des contrats publicitaires. Le coût et les aspects juridiques d'un nouveau calendrier avec seulement trois mois de préavis ne sont pas envisageables.

Brad me scruta.

— Mais… la saison prochaine ?

— La saison prochaine.

Je souris.

— Nous reviendrons au programme normal.

— Oh mon Dieu.

Il poussa un soupir.

— Enfin.

— Sans blague. Et c'est par écrit. Ils se sont engagés.

— Je peux vivre avec une autre saison de séries à la con si ça veut dire qu'on revient à l'ancien programme après ça.

— Ouais. Moi aussi.

Personne n'était ravi de rester coincé avec les séries de matchs pour la saison à venir, mais c'était le meilleur scénario possible, donc on s'en accommoderait tous.

— Oh, et ça n'a pas encore été annoncé officiellement, mais la ligue va faire passer la pilule en offrant des primes à tous les joueurs qui joueront cette saison.

— Putain de merde. Vraiment ?

J'acquiesçai.

— Dieu merci. Je peux tout à fait supporter une année supplémentaire si les choses changent après ça, surtout s'il y a une prime.

— Moi aussi, mais c'est plus facile pour les entraîneurs que pour les joueurs.

Il grogna en signe d'accord.

— Et pour les sélections ? Je n'ai même pas encore regardé les choix de mon équipe.

— Tu devrais.

Je souris malicieusement.

— Ton coach en a fait de bons.

Il se redressa.

— Ah bon ?

— Hum-hum. Il a chopé l'attaquant vedette de Toronto et deux défenseurs prometteurs. Je n'ai pas vu ses autres choix.

Brad siffla.

— Un autre attaquant vedette ? Notre attaque va être au top cette année.

— On dirait bien, oui.

Il me dévisagea.

— Et toi ? Tu as eu tout ce que tu voulais ?

— Je n'ai pas à me plaindre.

Je lui lançai un regard en coin.

— Surtout que j'ai dégoté deux attaquants qui sont vraiment doués pour marquer contre les gardiens difficiles.

— Pff.

Il me fit un clin d'œil.

— On verra ça.

Je me contentai de rire, mais une boule de nervosité se lova soudain au creux de mon estomac.

— Je, euh, j'imagine qu'il vaudrait mieux ne pas trop rentrer dans les détails de nos équipes et de nos stratégies. Tu sais... puisque...

— Exact. Bien vu.

Il posa son café, s'approcha et fit glisser une main le long de mon dos.

— Je suis sûr qu'on peut trouver d'autres façons d'occuper notre temps.

Je reposai ma tasse près de la sienne. Tout en laissant courir mes paumes le long de la peau chaude et nue de son dos, je lui rendis son sourire.

— Je pense aussi.

Je levai le menton, il baissa le sien, et bon Dieu... je ne me lasserais jamais de la façon dont cet homme embrassait. Qu'on se laisse simplement aller à un long baiser paresseux ou qu'on s'embrasse pour se préparer à une autre partie de jambes en l'air torride, j'adorais, adorais, *adorais* la façon dont Brad embrassait.

Encore un peu et j'allais être excité à nouveau, et je soupçonnais que lui aussi.

— Si on recommence à baiser maintenant, lui dis-je en m'écartant, on va s'épuiser avant la fin de notre première nuit.

Il rit, et je compris soudain ce que signifiait « un sourire qui illumine la pièce ». Le rire insouciant de Brad et ses yeux pétillants m'hypnotisaient.

— OK, tu as raison, répondit-il. Et il y a plein de choses à faire ici, à part baiser toutes les cinq minutes.

— Eh bien, Dieu merci, parce que mes jours passés à baiser toutes les cinq minutes sont terminés depuis un moment.

Je levai le regard vers ses magnifiques yeux.

— Alors dis-moi. Qu'est-ce qu'il y a à faire autour du lac Sutton qui ne nous vaudra pas la couverture d'un journal à sensation ?

— Plein de choses. On peut sortir le bateau.

Il fit un geste vers le salon.

— Ou on peut juste ouvrir quelques bières et regarder un film.

Il fit une pause.

— Tu aimes la randonnée ?

— Oh ouais. Pas vraiment les randonnées techniques, mais...

— Ouais, non, rien de tout ça. Pas si je veux que ma cheville se tienne à carreau la saison prochaine. Il y a un tas d'endroits différents avec des randonnées assez faciles, cependant.

— Ça a l'air génial.

Je soupirai joyeusement.

— Aah, voilà les vacances dont j'avais besoin.

Je passai mes doigts dans les passants de sa ceinture et l'attirai plus près.

— Surtout cette partie-là.

Brad sourit avec malice et je crus qu'il allait dire un truc espiègle, mais au lieu de ça, il combla la distance et se lança dans un long et paresseux baiser.

Randonnée. Bateau. Détente. Dix jours seuls avec cet homme ?

Je ne pouvais pas imaginer de meilleure façon de passer la semaine et demie à venir.

Chapitre 5
Brad

Le lendemain de ma première rencontre avec Anthony, je m'étais réveillé à ses côtés, la chambre encore plongée dans la pénombre. Je m'étais rapidement habillé et, après un bref baiser et des adieux murmurés, je m'étais éclipsé. Chez moi, j'avais pris une douche, dormi quelques heures de plus, puis j'avais rapidement commencé à souhaiter être toujours dans la chambre d'hôtel d'Anthony.

Ce matin ne ressemblait en rien à ce premier réveil.

Même si j'étais en général un lève-tôt, lorsque mes yeux s'entrouvrirent aujourd'hui, la lumière du jour entrait à flots par les fenêtres. Anthony et moi nous étions écartés pendant la nuit, mais à un moment donné, nous nous étions retrouvés au milieu du lit, et maintenant j'étais collé contre son dos, mon bras le recouvrant et ses cheveux me chatouillant le visage.

C'est à ce moment-là que je me rendis compte pour la première fois à quel point le simple plaisir de se réveiller avec quelqu'un m'avait manqué. La chaleur de son corps contre le mien pouvait m'exciter comme personne, mais celle plus douce de sa peau pressée contre la mienne quand nous dormions était un luxe que j'aurais pu savourer pendant des heures. Même si je préférais être physiquement actif, même hors saison, si Anthony m'avait proposé de rester au lit toute la journée, sexe ou non, j'aurais sauté sur l'occasion juste pour me délecter de sa chaleur.

Non pas que j'aurais dit non au sexe. Je pouvais être aussi câlin et sentimental que n'importe qui, mais un homme incroyablement canon et insatiable était allongé dans mon lit, nu, et oui, pitié, je voulais revivre ce que nous avions fait hier soir.

Pour le moment, cependant, j'étais heureux de me laisser aller à cette paresse intime.

S'il vous plaît, faites que chaque matinée de sa visite soit aussi parfaite.

Je l'embrassai derrière l'oreille et il marmonna dans l'oreiller.

— Je t'ai réveillé ? murmurai-je en souriant contre sa peau.

— Hmpf.

Anthony trouva ma main et la ramena contre son torse.

— Je ne me plaindrai pas tant qu'il y a du café dans cette maison.

— Plein.

— Dans ce cas...

Il embrassa mes doigts.

— Bonjour.

— Bonjour.

Je pressai mon nez contre sa nuque.

— Tu as bien dormi ?

Il rit doucement.

— Après la façon dont tu m'as baisé ? Oui, crois-moi.

— Bien.

— Et toi ?

— Hmm-hmm. Et je dois dire que c'est carrément mieux que de devoir fuir la chambre avant que quelqu'un ne me voie.

Anthony rit et remonta ma main pour déposer un autre baiser sur mes doigts.

— Hmm, ouais. Les matinées paresseuses, c'est plus mon truc.

— En général, je me lève avec le soleil, mais je pense que je peux faire une exception pendant que tu es là.

— Tu te lèves avec le soleil ?

Il fit un bruit dégoûté.

— Pourquoi s'infliger ça ?

— Pour pouvoir faire de la musculation et en être débarrassé.

— Ah. OK. Je comprends.

Il se libéra doucement et se retourna pour me faire face.

— Tu avais prévu de faire de la musculation ce matin ?

— Ça dépend de l'état de mes muscles quand je sortirai de ce lit. Donc... probablement pas.

Anthony rit doucement.

— On peut tous les deux se passer de la gym une journée, non ?

— Je ne dirai rien si toi non plus.

— Marché conclu.

— Mais je crois que je suis prêt pour un café. Et toi ?

— C'est quoi, cette question ?

Il releva la tête et déposa un doux baiser sur mon front.

— Je suis toujours prêt pour un café.

Nous nous levâmes tous les deux avec précaution. Aujourd'hui serait certainement un peu plus doux en termes d'acrobaties au lit ; hier avait été amusant, mais bon sang, je pouvais sentir chaque coup de reins ce matin.

Anthony passa ses jambes au bord du lit, mais s'arrêta ensuite et tressaillit. Avant que je puisse demander ce qui n'allait pas, il se frotta le cou des deux mains, puis pencha la tête à gauche et à droite. Quelque chose craqua et il grimaça.

— Ça a l'air douloureux, lui dis-je.

— Bah.

Il fit craquer son cou encore une fois avant de lever les

yeux vers moi.

— C'est juste raide. Ça n'a jamais été tout à fait pareil après l'opération.

— J'imagine.

Je réprimai un frisson. Même si j'avais beaucoup abusé de mon corps au fil des ans, j'avais réussi à éviter toute blessure au cou ou au dos, sans parler d'un truc aussi catastrophique que ce qui avait mis fin à la carrière d'Anthony, et j'en étais reconnaissant. J'étais un vrai bébé quand il s'agissait de mon cou et de mon dos : il me suffisait de me réveiller avec un léger torticolis pour implorer une mort rapide.

Après nous être habillés, nous descendîmes prendre le café sur la terrasse arrière. Anthony posa sa tasse sur la balustrade et contempla le lac.

— Je comprends pourquoi tu viens ici chaque été. C'est splendide. Et calme.

— C'est ce que j'aime ici. C'est le contraire de tout ce que je vis le reste de l'année.

Il hocha lentement la tête.

— Impossible d'imaginer se passer de tout ça.

— Ouais, hein ?

Je l'observai.

— Je ne sais pas comment tu fais pour vivre à New York toute l'année. Je crois que les lumières et le bruit me rendraient dingue.

— Oh, je ne vis pas là-bas tout le temps.

Il sirota son café.

— Je garde un appartement en ville, mais ma maison est à Long Island.

— Ah oui, logique. Un de mes coéquipiers fait ça aussi. Il vit à Washington, et parfois il ne veut pas s'emmerder à passer la frontière, alors il a un studio à Vancouver.

— Je le comprends tout à fait.

La conversation se tassa, mais le silence n'était pas gênant. C'est ce que j'aimais chez Anthony : nous n'avions pas besoin de remplir chaque seconde en parlant et nous profitions simplement de la compagnie de l'autre. J'appréciais vraiment la sienne, en tout cas. Je m'étais demandé plusieurs fois si c'était une mauvaise idée de l'amener dans mon oasis de détente, mais maintenant qu'il était là, j'étais conquis. Le sexe, sa présence chaleureuse dans mon lit, la compagnie de quelqu'un à qui il était si facile de parler... oh oui. Je pourrais m'y habituer.

Mais ne t'y habitue pas trop, me rappelai-je. *Parce qu'il n'est là que pour dix jours.*

Le lendemain matin démarra tout aussi tranquillement, sauf que mes articulations et mes muscles étaient moins fatigués cette fois. Nous avions fait beaucoup de choses au lit hier après-midi et hier soir, mais nous nous étions un peu plus ménagés, si bien que je n'étais pas aussi courbaturé ce matin.

Ce qui voulait dire que j'avais vraiment besoin de sortir et de bouger pour ne pas tomber dans le piège de la paresse estivale.

— Bon.

Je m'assis dans le lit et m'étirai.

— Avant de manger, je dois aller courir.

Anthony se redressa à côté de moi.

— Ça te dérange d'avoir de la compagnie ?

— Pas du tout. D'habitude, je fais environ cinq kilomètres. C'est faisable pour toi ?

Il sourit et bouscula mon épaule, joueur.

— Je ne suis pas si vieux que ça.

Je ris doucement en levant les yeux au ciel.
— Ce n'est pas ce que je voulais dire.
— C'est ça, oui.
— Vraiment !
— Hmm-hmm. Habille-toi.

Je ris et nous sortîmes tous deux du lit. Une fois habillés, nous descendîmes mettre nos chaussures.

Mais d'abord, j'enfilai ma chevillière et commençai à attacher les sangles.

Anthony y jeta un coup d'œil.
— Tu peux courir avec ça ?
— Oh oui. Si je cours sur le trottoir ou sur un tapis de course, je peux simplement porter une paire de baskets, mais si le sol est mou ou irrégulier, je suis censé avoir un soutien supplémentaire.

J'ajustai le velcro, puis cherchai ma chaussure.
— Cette stupide cheville a failli me coûter ma carrière, alors je ferai tout ce que le médecin me dit si ça veut dire que je n'aurai plus à subir cette merde.
— Bonne idée.

Il enfila ses chaussures et se pencha pour nouer les lacets.
— Qu'est-ce qui est arrivé à ta cheville, au fait ?

Je ris.
— Tu sais, tout le monde pense toujours que c'est soit une blessure de hockey, soit un truc avec une histoire folle à la clé.
— J'imagine que ce n'est ni l'un ni l'autre ?
— Non.

Je mis ma chaussure et l'attachai.
— J'aidais un copain à déménager à l'université, et j'ai mal jaugé les escaliers quand on montait le canapé au deuxième étage.

— Oh merde.

— Et j'aurais pu me rattraper et éviter la chute si mon pote n'avait pas perdu sa prise sur ce foutu canapé.

— Waouh. Donc le canapé et toi...

Il fit le geste de tomber dans un escalier.

— En gros, ouais.

Je mis mon autre chaussure.

— Je suis presque certain de m'être cassé la cheville à deux endroits en dévalant les marches, et à un troisième quand ce foutu canapé a atterri dessus.

— Oh mon Dieu.

Il grimaça.

— Ça a l'air... Seigneur.

— M'en parle pas.

Je me levai et, après avoir récupéré deux bouteilles d'eau dans le frigo, nous sortîmes. Un sentier partait de ma terrasse et serpentait autour du lac, je commençais toujours par la route, dont les méandres ajoutaient juste assez de distance pour porter la distance totale à cinq kilomètres.

À un rythme régulier, nous suivîmes l'allée jusqu'à la route, puis nous tournâmes à droite et continuâmes sur l'accotement recouvert d'herbe. Un peu plus loin, la route bifurquait pour rejoindre le sentier, qui nous conduirait autour du lac et jusqu'à ma terrasse.

Tandis que nous descendions la route à une allure tranquille et confortable, Anthony reprit.

— Avec ce qui t'est arrivé à la cheville, je suis stupéfait que tu puisses encore jouer.

— Pendant longtemps, j'ai cru que je ne pourrais pas. Il a fallu trois opérations pour la réparer suffisamment afin que je puisse patiner, et une autre encore après mon retour sur la glace et ma première saison universitaire. Voilà pourquoi je suis si prudent maintenant : j'ai failli perdre ma chance de rejoindre la PHL à cause de ça. Je ne veux pas tout foutre en l'air à nouveau.

— Je comprends. Complètement.

Il me jeta un regard.

— Et je suis content que ça ait marché. Il n'y a rien de pire que ce sentiment quand tu te blesses et que tu crois que ta carrière d'hockeyeur est terminée.

Son expression s'assombrit un peu.

— À part quand tu sais que c'est fini.

— Ouais, je parie.

J'étais terriblement curieux d'en savoir plus sur la blessure qui avait mis fin à sa carrière d'hockeyeur professionnel après seulement quelques saisons, mais il ne dit rien de lui-même, donc je ne posai pas la question. Peut-être une autre fois. Quand je l'aurais mieux cerné et que je saurais à quel point ce sujet pouvait être un champ de mines.

Pour l'instant, nous nous contentions de suivre tranquillement le sentier qui descendait jusqu'au chemin plus large qui longeait la rive du lac. Nous ne parlions pas beaucoup en courant. Je préférais ça : je n'étais jamais essoufflé au point de ne pas pouvoir parler, mais je ne pouvais jamais vraiment me concentrer sur une conversation quand je courais. Anthony était apparemment dans le même cas. Tout comme sur ma terrasse hier matin ou lorsque nous avions regardé le soleil se coucher hier soir, le silence était confortable et agréable. Je devais aussi admettre que c'était agréable d'avoir quelqu'un avec qui courir pour changer.

J'avais couru tous les trois jours depuis la dernière fois que j'avais vu Anthony. C'était un programme que je suivais toute l'année, en plus de mes séances d'haltères, même si j'étais en vacances. Rien, hormis une grave blessure ou la grippe, ne m'empêchait de m'entraîner, car dès que je commençais à me relâcher, les vieilles blessures se réveillaient. Surtout dans le bas de ma jambe. Et qu'est-ce que je pouvais dire ? Je n'aimais pas rester assis pendant de longues périodes. D'habitude, je m'entraînais seul, à l'exception d'un partenaire pour certains poids, et j'aimais que ce soit comme ça. Mais choisir entre courir seul et courir avec Anthony ? C'était une évidence. Je n'avais que peu de temps à lui consacrer et, de cette façon, je pouvais continuer à faire de l'exercice *et* être avec lui le plus souvent possible.

Après une course agréable autour du lac, nous nous arrêtâmes derrière la maison pour nous étirer un peu et boire quelques gorgées d'eau.

Ce faisant, Anthony contempla le lac.

— Bon sang. Je n'en reviens pas à quel point c'est magnifique ici.

— Ouais, hein ?

Je souris.

— Si tu es partant pour une randonnée, peut-être qu'on pourrait aller jusqu'aux sources chaudes.

Il se tourna vers moi, l'intérêt manifeste dans son regard.

— Ah oui ? Elles valent le coup d'être visitées ?

— Mm-hmm. Presque personne n'y va, donc il n'y aura probablement que nous.

— Ouais ? C'est loin d'ici ?

Je haussai les épaules.

— Deux heures dans chaque sens. Ce n'est pas très technique : quelques collines ici et là, et un terrain meuble, mais ce n'est pas dur.

— Hmm.

Il y réfléchit.

— Demain ? Comme on a déjà couru aujourd'hui ?

— Ça me va.

Et j'avais hâte.

Chapitre 6
Anthony

Après le café et le petit-déjeuner du lendemain matin, Brad et moi rangeâmes quelques bouteilles d'eau et des serviettes dans deux sacs à dos usés, les hissâmes sur nos épaules et nous lançâmes sur le sentier. Brad n'avait pas de carte avec lui, mais il connaissait sans doute assez bien ces pistes pour ne pas en avoir besoin.

En nous promenant au bord du lac, je jetai un coup d'œil à son attelle noire désormais familière.

— Ta cheville est prête pour ça ?
— Oh, oui. C'est comme quand on est allés courir : ça irait probablement très bien sans l'attelle, mais c'est un soutien supplémentaire sur un sol irrégulier pour ne pas me tordre la cheville ou autre.
— Malin. Parce que je ne te porte pas pour rentrer.
— Salaud.

Je me contentai de rire.

— Hé, continue comme ça, et je te laisse retrouver ton chemin tout seul.
— Et ensuite ?

Je haussai un sourcil.

— Tu te branleras tout seul ce soir pendant que je serai perdu là-bas ?

Il plissa les lèvres, puis soupira.

— OK. Tu gagnes pour cette fois.
— C'est bien ce que je pensais.

Nous commençâmes à un rythme tranquille, suivant un chemin assez large par endroits pour que nous puissions marcher côte à côte, et assez étroit à d'autres endroits pour nous contraindre à marcher en file indienne. Il serpentait à travers les bois, tour à tour à l'ombre des conifères et à découvert, offrant à nouveau une vue imprenable sur le lac. Nous vîmes quelques cerfs à un moment donné, et nous n'avions fait que trois kilomètres lorsque nous cessâmes tous deux de prendre la peine de pointer du doigt les aigles à tête blanche. J'en avais déjà vu auparavant, mais aujourd'hui, j'en avais vu plus en l'espace d'une demi-heure que je n'en avais probablement vu de toute ma vie.

À une bifurcation du sentier, nous partîmes à droite et nous éloignâmes du lac pour monter une pente douce. Peu après que le sol fut redevenu plat, nous atteignîmes une autre bifurcation. Là, Brad hésita.

— Tu sais quel chemin prendre ? demandai-je.

— Oh, les deux nous mèneront à destination. J'essaie juste de décider quelle direction je veux prendre.

Il fit un geste vers la gauche.

— Cet itinéraire est un peu plus raide, mais il est aussi plus pittoresque.

— Après toi, dis-je avant de le suivre.

Il ne plaisantait pas au sujet du paysage. De là-haut, nous avions une vue spectaculaire sur le lac, ainsi que sur les collines boisées qui s'étendaient au loin. Et il y avait encore des aigles à tête blanche, pour changer.

Au sommet d'une petite colline, le sentier se nivela, et Brad fit une pause pour regarder le ciel.

— C'est ici que j'ai vu des aurores boréales pour la première fois.

— Oh, vraiment ?

Il acquiesça en regardant vers le ciel.

— Je suis venu ici en hiver avec mon frère, et c'était une de ces nuits froides et claires. On avait vérifié sur un traqueur d'aurores et ça disait qu'elles devraient être visibles, alors on a marché jusqu'ici et on a attendu.

— Ah oui ? Elles sont aussi belles en vrai que ce qu'on dit ?

— Elles sont incroyables, souffla-t-il d'un ton empreint de respect. J'ai entendu dire qu'elles sont encore plus cool quand on va plus au nord.

Il se tourna vers moi.

— Dommage que ce ne soit pas la bonne période de l'année pour les voir.

— J'étais sur le point de te le demander. Donc c'est plutôt un truc hivernal ?

Il hocha la tête et reprit le parcours.

— Mon frère en sait beaucoup plus sur la façon dont elles se produisent et tout ça, mais oui, on ne les voit vraiment qu'en hiver. Et au beau milieu de la nuit. Je crois qu'on est resté jusqu'à deux heures du matin avant leur apparition.

— Deux heures du matin, en plein hiver, au Canada ?

Je frissonnai.

— Ne me dis pas que vous faites aussi des « Polar Bear Swims[1] » ?

Brad secoua la tête en riant doucement.

— Non. Il l'a fait, lui. Et sa copine est finlandaise, donc elle lui a fait faire ce truc où tu t'assieds dans un sauna un moment, puis tu sors en courant et tu sautes dans la neige tout nu. Non merci.

— Oh mon Dieu, répondis-je en riant. Ça a l'air déplaisant.

— Carrément. Je lui ai dit qu'il avait de la chance de ne pas avoir été avec une équipe de hockey : ils l'auraient enfermé dehors.

— Ça ressemble bien aux joueurs de hockey.

Nous éclatâmes de rire en continuant à remonter le sentier.

Quand le chemin vira à droite, Brad se figea brusquement.

— Tu sais, en y réfléchissant, je pense plutôt qu'on va revenir en arrière et prendre l'autre itinéraire.

— Hmm ? Pourquoi ça ?

Il fit un geste dans la direction où nous nous dirigions.

— Parce que celui-là commence à être un peu encombré.

Je tendis le cou, pensant que nous allions croiser un groupe de touristes ou des habitants du coin sur le même chemin.

C'étaient bien des habitants du coin, oui, mais pas des randonneurs : c'étaient trois énormes ours. Deux d'entre eux étaient dans l'eau, visiblement concentrés sur quelque chose. Ils attrapaient des poissons, supposai-je. Le troisième était sur la rive opposée à la nôtre, occupé à déchiqueter ce qui ressemblait à un gros saumon de ses griffes démesurées.

— Putain de merde, murmurai-je. Il y a... des *ours* ici ?

— Eh bien, ouais.

Brad me regarda comme si je venais de demander s'il y avait des taxis à New York.

— Bien sûr qu'il y en a.

Je clignai des yeux.

— Je n'en ai jamais vu en dehors d'un zoo.

Il rit doucement.

— Il y en a plein ici.

Il les désigna d'un geste.

— En fait, je pense que celui près de ce rocher a déjà fouillé mes poubelles plusieurs fois.

Je le dévisageai, les yeux écarquillés.

— Des ours. Qui fouillent tes poubelles. *Chez toi.*

— Hmm-hmm.

Brad leva les yeux au ciel.

— Ce sont des putains de nuisibles, parfois. C'est pour ça que les ordures restent dans le garage maintenant, et que je les emmène moi-même à la décharge. Si je les laisse dehors cinq minutes, hop.

Il grogna.

— En gros, ce sont des ratons laveurs surdimensionnés et colériques.

— Et ils viennent jusque dans ton jardin ? Jusqu'à ta maison ?

Il rit.

— Tu crois que je pourrais les en empêcher ?

J'y réfléchis, mais sans résultat.

— OK, très bien, mais... Mec, je ne m'imagine pas faire un jour la paix avec l'idée que des ours viennent dans mon jardin...

— Je sais que certaines personnes ont réussi à tenir les ours noirs à l'écart, mais les grizzlis ?

Brad secoua la tête.

— C'est un peu comme les élans : s'ils viennent dans ton jardin, tu restes poliment à l'écart jusqu'à ce qu'ils partent et tu espères qu'ils ne détruiront pas ta voiture ou autre chose en partant. Ou dans notre cas, s'ils pêchent si près du sentier que tu veux emprunter, tu trouves un autre sentier.

Et sur ce, il reprit en sens inverse le chemin par lequel nous étions montés.

Je jetai un autre coup d'œil aux ours. C'étaient des grizzlis ? Putain de merde. Mais maintenant que j'y pensais, j'étais content que c'en soient, parce qu'ils étaient vraiment énormes. Si ç'avait été des ours ordinaires, je n'aurais pas aimé voir la taille réelle d'un grizzli.

Brad n'avait pas l'air de s'en inquiéter outre mesure,

donc je pris ça comme un signe que je ne devais pas non plus.

— Je pense que le plus gros animal sauvage que j'ai dû avoir dans mon jardin, c'est un raton laveur, lui dis-je.

— Oh, on en a aussi. Et des cerfs. Des élans. Des lynx roux. Mes parents ont parfois des pumas, mais je n'en ai jamais vu ici.

— Ça donne un tout nouveau sens à la « vie sauvage ».

Brad rit, en me jetant un coup d'œil.

— Si tu vis dans les bois, tu les partages avec les créatures qui étaient là en premier.

Il haussa les épaules en continuant à descendre le sentier.

— Comme je l'ai dit, je me contente de rester à distance.

— Donc, euh, au risque de passer pour un idiot de citadin, que se passe-t-il si tu ne peux pas rester à distance ?

— Eh bien, je ne recommanderais pas de courir.

Je n'aurais honnêtement pas pu dire s'il était sérieux.

— Vraiment ?

— Sauf si tu veux te faire plaquer et manger.

OK, donc il était sérieux.

— Alors, qu'est-ce que tu fais ?

Toujours en marchant et en parlant avec autant de désinvolture que s'il discutait de statistiques de hockey ou qu'il montrait un autre aigle, il continua.

— Tout le monde a sa théorie sur le sujet, mais on m'a toujours dit qu'il fallait faire le mort. Et pas seulement jusqu'à ce que l'ours parte.

— C'est-à-dire ?

— C'est à dire que parfois, un ours va rester et observer pendant un moment. Si tu fais le mort pour un grizzli, tu t'engages à rester allongé pendant des heures, même quand il te pousse, te mord ou te traîne un peu partout.

Je clignai des yeux.

— Tu ne vends vraiment pas bien cette vie en pleine nature, tu sais.

Brad rit.

— Je n'ai jamais rencontré quelqu'un qui s'est retrouvé à le faire.

— Ou qui a survécu en le faisant ?

Il sembla y réfléchir, puis haussa les épaules.

— Possible. Honnêtement, j'ai passé ma vie à venir ici et à faire des randonnées dans des endroits où vivent des grizzlis. La seule fois où j'ai rencontré quelqu'un qui en a affronté un, c'était un type avec qui mon oncle chassait, et c'était juste de la malchance.

— Comment ça ?

— Il installait un affût de chasse et s'est fait attaquer. Il ne s'était pas rendu compte que l'ours avait enterré une proie à proximité, et les ours deviennent très défensifs s'ils pensent que tu veux leur prendre une proie qu'ils gardent pour plus tard.

Je regardai les bois autour de nous.

— Wow. Il a survécu ?

— Oui. Mais il ne chasse plus.

— Je me demande bien pourquoi.

J'ajustai l'une des sangles de mon sac à dos.

— Alors… comment sais-tu exactement s'il y a une proie à proximité ?

— Tu ne le sais pas, dit-il simplement. Ils sont plutôt doués pour les enterrer.

— Oh. Bien. C'est encourageant.

Il me jeta un coup d'œil et sourit.

— Vraiment, ne t'en fais pas pour les ours. Je viens ici depuis des années et je n'ai jamais eu de problème avec eux, à part celui qui aime fouiller dans mes ordures. Pour ce que ça vaut, je n'ai jamais vu d'ours près des sources.

Je haussai un sourcil.

— On vient d'en voir trois.

— Eh bien, oui, mais ils étaient...

Il fit un signe derrière nous.

— Je veux dire que je n'en ai jamais vu là-haut.

— D'accord ? Et ?

Brad rigola.

— Relax. Honnêtement, ce n'est pas si grave. Comme je l'ai dit, il faut les voir comme des ratons laveurs surdimensionnés et colériques. Tu fais de ton mieux pour ne pas te mettre sur leur chemin, tu ne prends pas de risques inutiles et tu ne laisses pas de nourriture là où ils peuvent la sentir, et comme ça, tu n'en verras sans doute jamais un de plus près que tout à l'heure.

J'étais dubitatif, mais il ne me semblait pas être du genre téméraire – enfin, hormis le fait qu'il baisait l'entraîneur d'une autre équipe – donc s'il pensait qu'on était en sécurité ici, je le prenais au mot. Pour l'instant.

Nous ne vîmes pas d'autres grizzlis, mais nous vîmes encore une tonne d'aigles à tête blanche (à ce stade, j'étais presque certain que nous voyions les mêmes oiseaux encore et encore), et enfin le sentier nous conduisit à des bassins naturels fumants. Comme tout ce qui se trouvait ici, les sources étaient magnifiques : de l'eau cristalline, rien d'autre alentour que des arbres et des collines, et...

Ouaip, un autre aigle à tête blanche qui passait par là.

— Alors, dit Brad en se tournant vers moi. Tu veux barboter un peu dans l'eau ?

Je regardai les bassins.

— C'est chaud comment ?

— Plus chaud que tu ne le penses, probablement.

Il enleva son haut et m'adressa un clin d'œil.

— Fais-moi confiance.

Eh bien, jusqu'à présent, nous n'avions pas été mangés par des ours, donc il était probablement prudent de lui faire confiance. Je retirai aussi mon haut. Nous avions apporté un maillot de bain juste au cas où d'autres randonneurs passeraient par-là, et après l'avoir passé, nous nous glissâmes dans le bassin. L'eau était chaude comme celle d'un jacuzzi, la sensation était incroyable. Et ce fut encore mieux quand j'eus rejoint Brad dans une partie plus profonde du bassin où, une fois assis sur quelques rochers plats, nous eûmes de l'eau jusqu'aux épaules.

— Wow. C'est comme le jacuzzi de la salle de sport, sans l'odeur du chlore.

— Tu vois ? me répondit-il avec un grand sourire. Ça vaut vraiment le coup de prendre le risque que quelques ours viennent boire un coup.

Je lui lançai un regard et il ricana. Je me mis à rire en secouant la tête.

— Je te prends au mot si tu dis qu'il n'y a pas besoin de paniquer pour les ours.

— Eh bien...

Il haussa les épaules.

— Je ne voudrais pas me frotter à l'un d'eux, mais je suis sérieux : je n'en ai jamais vu s'approcher des sources. Tout ira bien.

— Tant mieux.

Je m'adossai aux rochers lisses, ce qui était plus confortable que ç'en avait l'air.

— Si tu le dis.

— Je le dis. Promis, je ne t'emmènerais pas dans un endroit où traînent les ours.

— Ça marche. Et si tu reviens à New York...

Je le fixai un instant.

— Je serais heureux de t'emmener dans tous les endroits où traînent les *ours*.

Brad ricana et glissa sa main sur ma jambe sous l'eau.

— Chiche.

Nous restâmes assis un moment, profitant de la chaleur et de ce moment de calme. La randonnée n'avait pas été longue ni particulièrement difficile, mais se reposer était agréable.

Je remuai un peu pour me mettre à l'aise contre la surface dure, et une raideur bien trop familière commença à s'insinuer dans ma nuque et entre mes épaules. Serrant les dents, je fermai les yeux et inclinai ma tête dans un sens, puis dans l'autre, jusqu'à ce que mon cou craque avec un bruit satisfaisant.

— Bon sang. Mec, dit Brad en frissonnant. Ça ne fait pas mal ?

— Non, pas vraiment.

Je le fis craquer une fois de plus, puis je soupirai de soulagement lorsque la tension s'estompa.

— Ça vient juste avec les vieilles blessures.

— Mais c'est...

Le front de Brad se plissa.

— Je veux dire, à quel point ça t'affecte encore ?

— Eh bien, ça m'empêche de jouer au hockey.

Je posai ma main par-dessus la sienne.

— Mais c'est guéri depuis longtemps. Tu ne me blesseras pas, si c'est ce qui t'inquiète.

Il rit avec un soupçon de nervosité.

— J'imagine que tu me l'aurais dit s'il y avait une chance que ça arrive.

— Carrément.

Il soutint mon regard et sa curiosité était palpable. La

plupart des gens me posaient la question tôt ou tard. Tous ceux qui s'y connaissaient en hockey étaient au courant, mais les gens voulaient en général l'apprendre directement de l'intéressé au lieu de se fier aux histoires que les articles racoleurs incluaient toujours.

— Tu peux demander, lui dis-je. Cela ne me dérange pas d'en parler.

Il haussa les sourcils comme s'il était surpris que j'aie deviné, et même si c'était difficile à dire puisque nous étions tous les deux un peu rouges à cause de la chaleur, je pense bien qu'il s'empourpra.

— Je, hum... OK, je suis curieux. Surtout parce que tout le monde semble avoir une histoire différente sur le sujet. Par exemple, à quel point c'était grave.

— Ouais. Tout le monde. Et c'est souvent exagéré. Certains disent que c'était une simple vertèbre fissurée. D'autres sont convaincus que le palet a éclaté...

Je réfléchis.

— Je pense qu'ils en sont à quatre vertèbres, maintenant.

Les yeux de Brad s'écarquillèrent.

— Et en vérité ?

Je montrai ma nuque.

— Deux. Elles n'ont pas été fracassées, mais il y a eu de multiples fractures. C'était un sacré carnage, c'est certain. Le chirurgien m'a dit quatre fois qu'il était étonné que la moelle épinière n'ait pas été endommagée, surtout quand je suis tombé sur la glace après avoir été touché par le palet.

Brad frémit.

— Je me suis toujours demandé comment tu avais pu t'en sortir aussi bien, pour être honnête.

— Coup de chance ? Intervention divine ?

Je haussai les épaules.

— Je ne saurais le dire, mais je ne vais pas faire la fine bouche.

— Non, je serais pareil. Je me souviens des commentateurs qui en parlaient et qui repassaient la vidéo en boucle. Je n'ai pas compris grand-chose parce que j'étais encore gamin, mais je...

Je ricanai.

— Merci de me rappeler que tu étais gamin quand j'en étais à quatre saisons de PHL.

Brad rigola.

— Désolé.

— Hum-hum.

Je l'embrassai doucement, puis me radossai aux rochers. Même la chaleur des sources ne pouvait pas tout à fait masquer le frisson glacial qui me parcourait chaque fois que je repensais au soir où j'avais joué mon dernier match.

— C'est la chose la plus effrayante qui me soit jamais arrivée, clairement. Je ne me souviens même pas que le palet m'ait frappé. Un instant, j'essayais de comprendre où était ce foutu machin. L'instant d'après, je souffrais atrocement, allongé sur la glace, et l'un des juges de ligne me tenait le cou pendant que quelqu'un d'autre parlait de civière et de minerve.

Brad frémit.

— Ils savaient que c'était cassé ?

Je secouai la tête.

— Non. Personne ne l'a su jusqu'à la radio. Mais tu sais comment c'est : s'il y a un risque de blessure à la colonne vertébrale, ils t'immobilisent jusqu'à ce qu'ils soient absolument convaincus que tu vas bien. J'ai eu de la chance, puisque je n'allais pas bien.

— Bon sang. Tu pensais que c'était grave à quel point ? Sur le coup, je veux dire ?

— Je ne sais pas. Je savais que c'était grave, mais je ne pensais pas que ma colonne vertébrale puisse être endommagée, car je sentais encore tout le reste. Je ne pouvais pas bouger parce que ça me faisait mal, mais comme je sentais les gens me soulever et me mettre sur la civière, ça ne m'a même pas traversé l'esprit que j'avais pu me casser le cou. Je me suis dit que si ça avait été le cas, j'aurais perdu toute sensation, et à ce moment précis, j'aurais tué pour perdre toute sensation.

Il rit doucement.

— Je n'y avais pas pensé comme ça.

— Bah, tu serais étonné des conneries qui te passent par la tête quand tu es à terre comme ça.

Je levai les yeux au ciel et pouffai de rire.

— J'ai même insulté les ambulanciers parce que j'étais convaincu que tout irait bien s'ils me laissaient simplement patiner. Ou même marcher. Pour moi, tout me faisait mal parce qu'ils m'avaient tellement immobilisé que j'en avais des courbatures.

— Heureusement que tu n'as pas utilisé ta voix de coach. Ils auraient pu t'écouter.

Je ris.

— Nan, ils étaient têtus ces enfoirés.

— Et toi, tu ne l'es pas, peut-être ?

Je le dévisageai, mais il n'arrivait pas à rester impassible, et moi non plus.

— Oui, je suis aussi une sale tête de mule, mais ils m'avaient attaché de trente-six mille façons, donc je ne pense pas qu'ils se souciaient de mon opinion.

Je me calmai et observai nos mains entrelacées sous l'eau.

— C'était assez surréaliste, quand même, surtout quand je me suis rendu compte à quel point c'était sérieux. On s'habitue tellement à tous leurs protocoles pour ne pas aggraver une mauvaise blessure, ou pour ne pas endommager la moelle épinière, qu'on ne pense jamais qu'on pourrait avoir l'une de ces blessures qu'ils essaient d'éviter. Et tout à coup...

Je soupirai et croisai son regard.

— J'avais passé toute ma vie à œuvrer pour faire carrière dans la PHL. Et voilà qu'à peine ma quatrième saison entamée, tout était fini. Au lieu d'aller aux entraînements et aux matchs, ma vie se résumait aux opérations et à la rééducation.

— Bon sang. Ça a dû être un enfer.

— Oui. Je veux dire, il y a des jours où j'étais simplement reconnaissant de pouvoir encore marcher, surtout quand les docteurs m'ont montré à quel point j'étais passé près d'une issue très différente. Et puis il y avait des jours où j'étais juste en colère et frustré parce que je ne rejouerais jamais au hockey.

Il soutint mon regard.

— Par curiosité, à quel point c'est passé près ?

Je soupirai.

— Le chirurgien a dit que si le palet m'avait percuté à un centimètre dans n'importe quelle autre direction, ou s'il était allé un peu plus vite, il aurait probablement sectionné, ou au moins endommagé, ma moelle épinière.

— Putain de merde, souffla-t-il.

— J'ai eu la même réaction. Donc, tout bien considéré, je ne peux pas me plaindre de la façon dont tout ça s'est déroulé.

— Mais tu peux être reconnaissant de l'issue et être quand même furieux d'avoir perdu ta carrière.

— C'est à peu près comme ça que je vois les choses, acquiesçai-je. Et au final, j'ai été heureux de devenir entraîneur. Je voulais jouer pendant dix ou quinze ans et prendre ma retraite, mais puisque ça n'allait pas arriver, je suis heureux de me contenter de la carrière que j'ai fini par avoir.

— Eh bien, tu as clairement fait des *Krakens* une bonne équipe. Ils étaient un peu à la ramasse avant que tu mettes la main dessus.

Une petite pause.

— Sans vouloir t'offenser.

Je ris.

— Je ne le prends pas mal. En fait, j'ai failli ne pas accepter le poste parce qu'ils étaient vraiment nazes, mais un de mes amis m'a fait remarquer que ce serait beaucoup plus satisfaisant d'avoir une équipe qui avait besoin de se perfectionner. Hériter d'une machine bien huilée ne procure pas la même satisfaction que de créer une équipe gagnante à partir de rien. Et il avait raison : j'aime ce que mon équipe est devenue.

— Et tu as bien raison. En ce qui concerne ta blessure : à part la cicatrice, tu t'en es complètement remis ?

— En grande partie, oui. Ma nuque se raidit par moments, et parfois j'ai des maux de tête à cause de ça. Sinon, c'est comme n'importe quelle autre blessure : guérie autant qu'elle peut l'être, mais un peu gênante parfois.

Je pressai légèrement sa cuisse sous l'eau.

— Si j'arrive toujours à suivre un athlète plus jeune au lit, c'est que je dois bien m'en sortir.

Son sourire malicieux me donna des frissons.

— Je n'ai pas à me plaindre.

— Tant mieux.

Je l'approchai de moi et me laissai aller à un long baiser. J'étais tenté de suggérer de profiter d'être aussi peu vêtus, mais il avait dit que d'autres randonneurs se promenaient parfois jusqu'aux sources. Histoire de passer le plus inaperçu possible pendant mon séjour, mieux valait jouer la carte de la discrétion.

— Alors, dit Brad en soutenant mon regard. Tu ne penses pas qu'on devrait redescendre avant que les moustiques ne soient de sortie ?

Je me redressai.

— Tu m'as convaincu avec ton « avant que les moustiques ne soient de sortie ».

Il rit, puis m'embrassa à nouveau avant d'ajouter avec un sourire diabolique :

— Tu n'as pas idée d'à quel point je me retiens de faire une horrible blague sur le fait de rentrer pour pouvoir te sucer avant qu'ils ne le fassent.

Je ricanai, levai les yeux au ciel et l'attirai à nouveau.

— Tais-toi.

Il sourit contre mes lèvres, mais s'adoucit ensuite. Ce baiser avait le goût de ceux qui sont sur le point de dégénérer, mais Brad s'écarta et murmura :

— On ferait mieux d'y aller. Sinon, on va finir par faire une orgie avec les moustiques.

Je ris.

— Tu dis vraiment des trucs sexy, Brad.

Il ricana et, après un baiser plus léger cette fois, nous sortîmes prudemment de l'eau chaude. Nous nous séchâmes, nous habillâmes, remîmes nos chaussures et nos sacs à dos et nous dirigeâmes vers le sentier. Je sentais encore quelques traces de fatigue musculaire à cause de la randonnée et de tout ce que nous avions fait au lit la nuit dernière, mais la chaleur m'avait détendu et assoupli comme je ne l'avais pas été depuis longtemps. Il faudrait que je me prélasse dans des sources chaudes plus souvent, bon sang.

À moins de six mètres des sources, Brad sursauta et s'arrêta si brusquement que je faillis lui rentrer dedans.

— Quoi ?

Je regardai autour de nous.

— Juste, euh...

Il indiqua une direction. Rien ne semblait sortir de l'ordinaire, à l'exception de quelques mouches bourdonnant autour d'excréments récents qui avaient apparemment été laissés par un chien exceptionnellement gros.

Je ris doucement.

— Un tas de merde. Charmant.

— Pas seulement un tas de merde.

Il ajusta le sac à dos sur ses épaules et commença à descendre le sentier tout en ajoutant nonchalamment par-dessus son épaule :

— Une merde de grizzli.

— De grizzli...

Je jetai un coup d'œil au tas dégoûtant, puis au dos de Brad.

— Quoi ? Je croyais que tu avais dit qu'ils ne venaient pas jusqu'ici ?

Il se retourna, son sourire mi-penaud mi-diabolique.

— Maintenant si, apparemment.

Puis il se remit en route.

Je le dévisageai un instant, incrédule, avant de lever les yeux au ciel et de le suivre. Je n'étais clairement pas fait pour vivre dans la cambrousse.

Chapitre 7
Brad

Ce fut une bonne chose de rentrer à ce moment-là – environ dix minutes avant d'atteindre ma cabane, nous étions déjà tous les deux en train d'écraser les moustiques.

— Je suppose qu'on mange à l'intérieur ce soir, grommelai-je en essuyant les restes d'un insecte particulièrement gros sur mon jean. Ils sont là en masse cette année.

— Pouah. Putains de bestioles.

— Grave.

Nous prîmes le dernier tronçon à un rythme plus soutenu juste pour nous éloigner de ces saloperies ailées. Alors que nous laissions nos sacs à dos près de la porte et enlevions nos chaussures, je proposai :

— Je prendrais bien une douche. Et toi ?

— Ça me semble pas mal.

Nos yeux se croisèrent, et la lueur dans ceux d'Anthony me dit que je devrais m'assurer qu'il y aurait du lubrifiant à portée de main une fois que les vêtements auraient commencé à tomber. Pas surprenant : il aurait fallu bien plus qu'une randonnée aller-retour jusqu'aux sources pour calmer l'alchimie entre nous.

Nous étions dégoûtants de sueur après avoir randonné dans la chaleur de l'après-midi, alors nous prîmes le temps de bien nous nettoyer. Mais une fois que toute la crasse de la journée fut rincée...

— As-tu la moindre idée, murmura-t-il contre mes lèvres en pétrissant mes fesses, d'à quel point c'était tentant de proposer qu'on s'amuse aux sources ?

— Mmm, je sais.

Je mordillai sa lèvre inférieure.

— Et j'y ai pensé.

— Ah bon ?

— Mec, si tu es dans le coin, il y a fort à parier qu'au moins deux de mes neurones pensent à la logistique sexuelle.

Anthony éclata de rire et se pencha pour embrasser mon cou.

— Dis à ces neurones qu'ils font l'œuvre du Seigneur.

Je ris, frissonnant alors que sa barbe naissante effleurait mon épaule.

— C'est ça ?

— Oh oui.

Il me mordilla la clavicule.

— L'œuvre du Seigneur. Haut la main.

— Ou plutôt bas...

Je glissai mes mains sur ses hanches jusqu'à son cul incroyable.

— Comme ici ?

— Tu chauffes.

Je posai ma main entre nous, et alors que je commençais à caresser sa grosse queue, il émit un râle et me mordit l'épaule, m'arrachant un « *putaaiiin* » haché. Puis sa main fut sur mon sexe aussi, et il leva le menton pour trouver mes lèvres, et waouh, c'était torride – s'embrasser, se branler, ma peau mouillée glissant contre sa peau mouillée tandis que l'eau coulait sur ses épaules et entre nous. Je suivais son rythme lorsque nous nous embrassions comme ça, en partie par considération pour son cou, et en partie parce que j'aimais ça quand il prenait le dessus. Je pouvais être aussi agressif que n'importe qui, mais je fondais à chaque fois qu'Anthony prenait les choses en main.

Il rompit le baiser avec un halètement, sa prise se resserrant sur ma queue et manquant faire faiblir mes genoux. Alors qu'il se déplaçait pour un autre baiser, il grogna.

— Je veux te baiser.

Ses lèvres étouffèrent mon gémissement et je ralentis mes mouvements uniquement parce que je ne voulais pas risquer de le faire jouir avant qu'il puisse tenir parole. Parce que je voulais qu'il me baise. Genre... *Tout de suite.*

Nous avions apporté le flacon de lubrifiant avec nous, mais maintenant qu'on y était, je me rendais compte que faire ça sous la douche n'allait pas fonctionner. J'étais plus grand qu'Anthony, alors lui dire de me plaquer contre le mur pour me baiser n'était pas une option. Disons que nous aurions probablement pu, mais ça nous aurait gênés au point d'enlever le plaisir.

Heureusement, le faire dans mon lit n'impliquerait pas autant de contorsion et ne nous exposerait pas autant au risque de glisser. Je ne voulais vraiment pas que ma carrière soit interrompue ou terminée à cause d'une blessure, encore moins si elle était liée au sexe.

— Allons dans la chambre, soufflai-je. Là tu pourras...

Il m'embrassa. L'eau fut coupée, et pendant un moment, nous nous tînmes juste là au milieu de la douche silencieuse, perdus dans l'un de ces baisers addictifs.

J'étais sur le point de reconsidérer le fait de continuer dans une autre pièce après tout, quand Anthony s'écarta à nouveau et hocha la tête vers la porte.

— Allons-y.

Bon sang oui, allons-y.

En quelques secondes, nous sortîmes, nous séchâmes et tombâmes dans mon lit, emmêlés dans un baiser encore plus désordonné et avide que sous la douche. J'étais au-dessus, à cheval sur lui et frottant mon érection contre la sienne, et il gardait une main de fer sur ma nuque tandis qu'il m'embrassait profondément et durement. Je pouvais encore sentir la fatigue de la randonnée, mais je m'en fichais. Il faudrait plus que quelques heures sur un terrain escarpé pour me réfréner quand j'étais au lit avec Anthony – je supporterais n'importe quelle douleur si ça le faisait se cambrer sous moi comme ça ou si ça lui coupait le souffle ainsi.

Ses lèvres quittant à peine les miennes, il murmura :

— Pourquoi on ne baise pas encore ?

Parce qu'on ne baisait pas ? Ah non, effectivement. On était toujours en train de s'embrasser, de se peloter et de se faire tourner la tête l'un l'autre. Ça pourrait devenir encore plus chaud, et c'était *sur le point* de le devenir.

— Laisse-moi prendre le lubrifiant, marmonnai-je entre deux baisers.

— Mmhmm. Prends...

Il frissonna.

— Prends le...

Il m'embrassa à nouveau, et j'en oubliai le lubrifiant pendant une bonne minute ou deux avant qu'il ne susurre :

— S'il te plaît.

Je lui volai brièvement un autre baiser, puis je me redressai et j'attrapai le flacon que nous avions ramené de la salle de bain.

— Alors, comment tu veux faire ça ? demandai-je en le lui tendant.

— Allonge-toi sur le dos.

Il sourit et s'assit. Alors qu'il débouchait le flacon, je me mis sur le dos et Anthony passa ses yeux sur moi.

— Oh oui. *C'est ça* mon panorama préféré dans ce chalet.

— Ah oui ? demandai-je en me léchant les lèvres. Pas le lac ?

— Oh, le lac est dans le top cinq, mais ça ? C'est clairement le meilleur.

Je ris, déjà à bout de souffle à cause de l'anticipation, avant même qu'il ne se soit positionné entre mes jambes. Il me doigta juste assez pour s'assurer que j'étais prêt pour lui, et j'étais déjà parti loin au moment où il lubrifia son sexe et se guida vers mon cul. Me mordant la lèvre, j'écartai largement mes cuisses alors qu'il poussait lentement. Je fermai les yeux. Il ne se précipitait jamais, préférant me pénétrer encore plus lentement que j'en avais besoin, et j'adorais ça. Le sexe frénétique pouvait être amusant, mais le meilleur c'était ce rythme sans hâte, surtout quand nous venions de commencer.

Alors que je me détendais et qu'il commençait à bouger avec facilité, je pensais qu'il prendrait de la vitesse, mais il ne le fit pas. Saisissant l'arrière de mes genoux dans ses mains fortes, il se balança d'avant en arrière dans un rythme lent et fluide, et oh, mon Dieu, ça faisait du bien. J'avais toujours aimé être passif, mais je n'y avais jamais été aussi accro qu'avec Anthony. Quelque chose dans la façon dont il bougeait me rendait fou, surtout maintenant. Nous avions été si frénétiques les premières fois, mais depuis il allait très lentement. Il n'y avait pas d'urgence. Pas de jours ou de semaines de tension à soulager. Nous avions tout le temps du monde, et il me baisait comme s'il avait l'intention de prendre tout ce temps. C'était comme s'il voulait profiter de chaque coup de reins, et de chaque centimètre, et il continuait à aller et venir en moi jusqu'à ce que tout mon corps tremble et que je sois prêt à le supplier de me laisser jouir.

Mais... pas encore. C'était trop bon, et Anthony était bien trop sexy. Le regarder fixement, voir ses sourcils se plisser et ses muscles frémir sous l'effort de maintenir une cadence aussi lente et régulière — c'était plus qu'hypnotique. J'aimais la baise dure et brutale autant que n'importe qui, mais ça ? Oh mon Dieu. Je ne pensais pas avoir déjà connu un rapport aussi lent, délibéré et *contrôlé*, et si c'était comme ça à chaque fois que je ferais l'amour pour le reste de ma vie, je ne me plaindrais jamais. Pas une fois. Non... Seigneur, comment est-ce qu'il tenait ce rythme langoureux et fluide si... si...

— Oh putain...

Je fermai les yeux et tentai de retrouver mon souffle, sans parler de ma capacité à parler.

— C'est...
— Comme ça ?

L'amusement arrogant et satisfait dans sa voix était comme un baiser parfaitement synchronisé – juste la bonne quantité d'ardeur pour brouiller mes pensées.

— Tellement bon.

Je clignai des yeux pour me concentrer et le regardai. Je devais le lui accorder – cette position donnait vraiment le meilleur panorama du coin. Surtout maintenant qu'il prenait un peu de vitesse et que sa suffisance malicieuse commençait à céder la place à un homme rongé par le plaisir. Ce qu'il y avait de plus sexy que le regarder me chevaucher aussi lentement, c'était de le regarder se décomposer en même temps. Petit à petit, coup après coup, ses traits se crispaient et sa peau rougissaient, et sa respiration saccadée se mût en halètements plus aigus.

— Je suis tellement content, martela-t-il, qu'on ait décidé de virer les capotes.

Il s'enfonça profondément et gémit.

— Tu es tellement...
— Oui ?
— Hmm-hmm. Mon Dieu, tu es juste...

Il gémit à nouveau, puis me regarda droit dans les yeux, les siens brillant de convoitise alors qu'il haletait.

— Touche-toi. Fais-toi jouir.

Il n'eut pas à me le dire deux fois, et la faim perceptible dans son ordre m'acheva presque avant même que je commence à pomper mon sexe. Et quand je le fis...

— *Han*, ouais.

J'eus du mal à garder les yeux ouverts.

— C'est *parfait*.

Il jura et accéléra un peu plus, ce qui fut suffisant pour que tout devienne flou. Ses poussées lentes et régulières devinrent des coups, et un doux gémissement se mua en jurons tendus puis en un cri étouffé, et ce fut tout ce que je pouvais supporter. Tout mon corps trembla avec la force de mon orgasme, et mon sperme n'avait même pas atterri sur ma peau qu'Anthony s'enfonçait aussi profondément qu'il le pouvait et gémit.

Dans un frisson, je me détendis sur les draps. Une seconde plus tard, il se laissa tomber sur moi, respirant fort et tremblant de partout.

— On va avoir besoin d'une autre douche, murmura-t-il.

— Hmm-hmm. En effet.

— Juste...

Il m'embrassa doucement, puis laissa sa tête reposer sur mon épaule.

— Dès que... Dès que je pourrai me lever.

J'enroulai mes bras autour de lui.

— Prends ton temps.

Il soupira, son souffle chaud contre ma peau, et je fermai les yeux et restai simplement contre lui. Le sexe que nous avions partagé jusque-là avait toujours été incroyable, mais c'était ici un niveau de bonheur auquel je pouvais sérieusement devenir accro. Je ne voulais pas me questionner sur les raisons pour lesquelles c'était une mauvaise idée de devenir accro à quoi que ce soit avec lui, alors je m'en abstins. Je me contentai de caresser ses cheveux tandis qu'il reprenait son souffle.

Il pouvait prendre tout le temps qu'il voulait.

Chapitre 8
Anthony

À chaque jour qui passait, il devenait plus difficile de croire que j'avais eu peur que les choses ne deviennent gênantes et que je devrais peut-être retourner à New York le plus tôt possible. Et alors que j'avais imaginé que ce séjour consisterait en autant de sexe que nos corps pourraient en supporter, il s'avéra être bien plus que cela.

Bien sûr, le sexe ne manquait pas, mais nous passions aussi beaucoup de temps hors du lit. Nous courions ensemble et nous entraînions ensemble dans sa salle de sport à domicile. Nous explorions les sentiers de randonnée pendant la journée, sortions le bateau de Brad, partions en voiture voir certaines zones pittoresques. Nous traînions sans rien faire.

Afin de garder profil bas, nous mangions principalement au chalet, ce qui me convenait de toute façon. Nous aimions tous les deux cuisiner, et sans tarder, nous avions développé une petite rivalité bon enfant quant à savoir quels steaks étaient les meilleurs (les miens, évidemment). Brad me montra comment cuisiner un saumon parfait. Je lui appris à faire une sauce incroyable pour les pâtes qui lui fit dire que les trucs en pot ne seraient plus jamais aussi bons pour lui.

Et même si je pensais toujours que Brad se foutait de moi, nous reçûmes la visite au milieu de la nuit d'un de ces ratons laveurs envahissants et colériques. Brad jura ses grands dieux que c'était un ours qui avait saccagé la glacière qu'il avait oubliée de rapporter à l'intérieur, mais je restais dubitatif. D'autant plus que je n'avais rien entendu et que je refusais de croire que je pouvais dormir tandis qu'un grizzli détruisait une glacière et réorganisait maladroitement les meubles de la terrasse au passage.

Pour le moins, mon séjour avec Brad n'avait pas été gênant, et il n'avait certainement pas été ennuyeux. Agréablement calme parfois, mais jamais ennuyeux.

Cette soirée était calme aussi, mais d'une manière différente. Aucun de nous n'avait dit grand-chose de toute la soirée. Ce n'était pas la gêne dont j'avais eu peur à mon arrivée, cependant. C'était juste étrange, comme s'il y avait quelque chose entre nous qu'aucun de nous ne voulait reconnaître. Mon bras autour de lui et sa tête contre mon épaule, nous ignorions le grizzli dans la pièce, pour ainsi dire, alors que nous étions assis sur le canapé de Brad, indifférents au film qui passait à la télé.

Je l'ignorai aussi longtemps que je le pus, mais vers dix-neuf heures, mon téléphone bipa. Je n'avais même pas besoin de regarder pour connaître le contenu du message, mais je le fis quand même, et dès que je vis, je repoussai le téléphone et soupirai.

Brad leva la tête.

— Quelque chose à gérer ?

— Pas tout de suite. Juste la notification pour m'enregistrer pour mon vol.

Il se dégonfla un peu, passant sa main sur ma cuisse.

— Mince. Je n'aurais jamais pensé que dix jours pouvaient passer aussi vite.

— La même.

Je jetai à nouveau un coup d'œil sur mon téléphone. En général, je ne m'enregistrais pas avant d'arriver à l'aéroport, mais le simple fait d'avoir ce message me hérissait le poil. J'avais encore ce soir avec Brad, mais le message d'enregistrement me donnait l'impression que j'étais déjà à mi-chemin de l'aéroport. En soupirant, je l'attirai un peu plus près et embrassai sa tempe.

— Ça a passé vite, mais je suis content qu'on l'ait fait. Ç'a été incroyable.

— Ouais, murmura-t-il. C'est vrai.

Le silence retomba, et l'atmosphère était clairement inconfortable maintenant. Je savais que je devais monter faire mes valises, mais je ne voulais pas bouger. Je ne devrais pas partir avant demain matin, et je n'étais pas encore prêt à me mettre en route.

Brad bougea un peu et se tourna vers moi. Je pensai qu'il allait dire quelque chose. Au lieu de cela, il enroula une main derrière ma tête et m'attira dans un baiser qui ne fit absolument rien pour me motiver à monter emballer mes affaires. Ce n'était même pas le genre de baiser qui me donnait envie d'arracher ses vêtements et de baiser jusqu'à ce que nous ne puissions plus bouger — c'était juste tendre et doux, nos lèvres et nos langues bougeant ensemble comme si c'était tout ce que nous voulions pour l'instant. Et c'était tout ce que je voulais maintenant, à part un moyen d'arrêter l'horloge. Pourquoi n'y avait-il pas de temps morts dans ce jeu, bon sang ?

Je voulais que ça continue. Pas seulement le baiser langoureux, mais tout ça. Être avec lui. Le sentiment que tout ce que j'apportais était le sexe et ma compagnie, et que d'une certaine manière, pour Brad, cela suffisait.

Ça lui suffisait peut-être pour le moment, mais c'était une illusion. Le sexe et une compagnie agréable étaient tout ce que nous attendions de cette relation, et après mon départ demain...

Je passai mes doigts dans ses cheveux tout en explorant doucement sa bouche.

Comment te dire que je ne suis pas prêt pour que ça se termine ?

Brisant le baiser aussi doucement qu'il l'avait initié, Brad posa son front contre le mien.

— Je ne sais pas si c'est une option, murmura-t-il. Je ne sais même pas si tu veux y réfléchir. Mais je...

Il fit glisser ses doigts sur ma joue.

— Je veux que tu restes.

— Tu... déglutis-je. Pour combien de temps ?

Brad secoua la tête.

— Je ne sais pas. Assez longtemps pour que tu ne prennes pas ce vol demain.

Mon cœur s'emballa.

— Vraiment ?

— Oui. J'aime t'avoir ici.

Avec un sourire étrangement timide sur les lèvres, il me regarda dans les yeux.

— Je ne suis pas prêt à ce que tu partes.

Je le regardai avec incrédulité alors qu'il traduisait mes propres pensées à voix haute.

— Je...

En rougissant, il baissa les yeux.

— Je veux dire, je sais que reporter un vol, c'est un casse-tête, et on est juste...

— Brad.

Je lui relevai le menton et l'embrassai.

— Je veux rester. Que Dieu me pardonne, je n'arrive pas à me rassasier de toi.

Son sourire timide devint radieux.

— Eh bien, si tu restes, je peux te promettre que tu ne t'ennuieras pas de sitôt.

Je ris.

— Si cette semaine et demie est une bonne indication, l'ennui n'est pas un problème quand je suis avec toi.

— Probablement pas, non.

— Alors, la question c'est...

Je fis glisser mes doigts le long de sa joue.

— Combien de temps veux-tu que je reste ?

Il s'humecta les lèvres.

— Je veux dire, il faudra probablement que tu retournes à New York avant le début des entraînements.

— Ça laisse une grande marge de manœuvre. Les entraînements ne commencent pas avant un mois et demi.

Brad sourit malicieusement.

— Donc, ça nous laisse presque un mois et demi pour en profiter.

— En effet. Mais je ne veux pas m'imposer pendant tout ce temps.

— T'imposer ? T'ai-je déjà laissé penser une minute que tu t'imposais ?

— Non, mais je ne suis ici que depuis dix jours.

— Mmhmm.

Il leva le menton et posa ses lèvres sur les miennes.

— Et dix jours, ce n'est tout simplement pas assez.

Dix jours avec moi, *ce n'est pas assez ?*

Mais je ne le prononçai pas à haute voix. Au lieu de cela, je glissai mes doigts dans ses cheveux pour l'embrasser, et cela se mua en l'un de ces longs baisers décadents auxquels j'étais accro depuis la première nuit que nous avions passée ensemble.

— Reste, chuchota Brad entre deux baisers. Entre maintenant et le début des entraînements, je sais que tu devras y aller. Mais pour l'instant...

Il me caressa la joue.

— Reste.

Je soutins son regard, me gavant simplement du désir et de la sincérité dans ses yeux, puis je l'attirai pour un autre baiser.

Et je restai.

— Tu vois, ça ? dis-je en désignant la fenêtre de la chambre striée de pluie. C'est *ça* que j'ai toujours imaginé quand je pensais à cette partie du monde.

Brad s'esclaffa.

— Ce n'est pas toujours gris et triste. Les gens disent la même chose de Seattle et de Vancouver, mais...

Il secoua la tête.

— Il y a aussi beaucoup de soleil. Et en plus, un peu de pluie ne fait pas de mal. Surtout pendant la saison des feux de forêt.

— Les feux de forêt, ouais. Cette vie sauvage, ça n'est pas une blague, hein ?

— Non, effectivement, dit-il dans un rire. Mais j'aime ça.

Il désigna par-delà son épaule.

— On devrait peut-être prendre un café et décider quoi faire de la journée ? Puisqu'on ne part sans doute pas en randonnée ?

— Quoi ? Tu n'aimes pas marcher sous la pluie ?

Son sourcil s'arqua.

— Parce que toi, oui ?

— Est-ce que les ours sortent sous la pluie ?

Brad plissa les lèvres et sembla y réfléchir.

— Je ne sais pas.

Il afficha un méchant sourire de toutes ses dents.

— Il y a un bon moyen de savoir, en revanche.

— Je passe, merci.

— Pff. T'es pas drôle.

Nous rîmes ensemble et descendîmes prendre un café. Habituellement, nous le prenions sur le porche, mais bon… le temps. Au lieu de cela, nous nous assîmes sur le canapé.

— Combien de temps la pluie dure-t-elle habituellement, ici ? demandai-je.

Il haussa les épaules.

— Un jour ou deux, tout au plus. Il fait généralement assez sec à cette période de l'année, donc quand il pleut, ça ne dure pas longtemps.

Il rit en levant sa tasse de café pour en boire une gorgée.

— J'aimerais pouvoir dire la même chose pour la neige.

— Pouah. Putain de neige.

Brad manqua s'étouffer avec son café.

— Il y a beaucoup de neige à New York pourtant, non ?

— Exact, et je déteste ça. J'ai toujours détesté ça, répondis-je en roulant des yeux. De plus, je suis généralement sur la route la plupart du temps pendant l'hiver. Non pas qu'on se rende exactement dans des endroits chauds, mais au moins je suis en intérieur et c'est quelqu'un d'autre qui conduit.

— Je n'y avais pas pensé, mais tu as raison.

Il posa sa tasse en équilibre sur son genou.

— J'ai pensé à déménager ici définitivement après ma retraite, mais les hivers ? ajouta-t-il en fronçant le nez. Peut-être pas.

— Ça tourne mal à quel point ?

— Assez pour me faire dire que c'est une mauvaise idée d'emménager ici à plein temps. En fait, je suis venu ici il y a quelques hivers avec un ex.

Il regarda par la fenêtre, son expression distante.

— On avait pensé que ce serait amusant de passer les vacances de Noël loin de la ville.

— Et ça n'a pas été le cas ?

— Non, pas vraiment, dit-il dans un soupir en se tournant vers moi. J'ai un gardien qui s'occupe des lieux quand je ne suis pas là, et il dégage l'allée lorsqu'il neige, mais même lui n'avait pas pu suivre la neige cette année-là.

Avec un rire silencieux, il ajouta :

— Quand j'y pense, Jamie et moi avons passé la plupart de notre temps à déneiger la Jeep.

— Pouah. Non merci.

— Bah, gloussa-t-il, même si cela semblait un peu forcé. Entre lui et moi, c'était probablement le meilleur moment.

Me rembrunissant, je l'étudiai.

— Comment ça ?

— On était…

Son regard se perdit dans le vague. Au bout d'un moment, il secoua la tête.

— Jamie et moi n'étions pas bons l'un pour l'autre.

Je me tournai vers lui et passai mon bras le long du dossier du canapé.

— Pas bons, en quoi ?

Les yeux toujours dans le vide, Brad s'humecta les lèvres.

— Alors, pour te donner une idée… À ce moment-là, le match des Étoiles de la Ligue arrivait, et j'avais réussi à mettre la main sur des billets. Et de très bonnes places. Jamie était vraiment enthousiaste à l'idée d'y aller.

Il roula des yeux.

— Jusqu'à ce qu'il découvre que le match était à Pittsburgh cette année-là.

— Et c'était quoi, le problème avec ça ?

— Il était d'accord pour venir à mon match et me soutenir, mais pas si ça voulait dire prendre des jours de congé, même s'il avait un travail avec une politique généreuse de congés payés. Et ce n'était même pas la peine de lui suggérer de prendre un vol pour l'autre côté du continent, souffla Brad avec un rire sarcastique. Ce match, ç'a été le fruit de la discorde pendant toute la semaine où on était ici.

— Oui, ça m'a l'air d'être une excellente manière de passer Noël.

— N'est-ce pas ? murmura-t-il. On n'a été ensemble que quelques mois, mais c'était toujours ce genre de merde. Il était bien content que je lui donne des billets, et de venir aux matchs, tant que c'était à proximité. Et il n'était pas branché par une relation à longue distance, alors le fait que je sois tout le temps parti... Ça n'a tout simplement pas fonctionné.

— Mais il aurait pu venir te voir, dis-je. Est-ce qu'il a fini par venir au match des Étoiles ?

— Nan. Et oui, il aurait pu venir me voir, mais pour lui c'était plus de tracas que ça n'en valait la peine.

Brad sirota son café.

— C'est comme ça que ça s'est passé avec la plupart des mecs avec qui je suis sorti, pour être honnête.

Mes lèvres s'entrouvrirent.

— Qu'est-ce que tu veux dire ?

— Je veux dire..., soupira Brad, que j'essaie de ne pas exiger beaucoup de concessions. Je sais que sortir avec moi signifie supporter la saison de PHL et tous les voyages, et qu'en dehors de la saison morte, toute relation avec moi est forcément à distance. Et la plupart des hommes avec qui je sors...

Il secoua la tête.

— Par exemple, je suis sorti avec un gars qui se plaignait qu'on passait plus de temps séparés qu'ensemble, mais quand je revenais en ville, il agissait comme si c'était le plus gros fardeau au monde pour lui de conduire vingt minutes pour me voir. Du coup, je finissais par aller chez lui la plupart du temps, même si je venais déjà de prendre l'avion le jour même.

Je levai les yeux au ciel.

— Sérieusement ? Il ne peut pas conduire vingt minutes après que toi, tu as pris l'avion ?

— Oh, il pouvait, mais il s'assurait que je n'oublie pas à quel point c'était chiant pour lui de faire *tout* ça *juste* pour me voir.

Je clignai des yeux.

— Mais c'est quoi, ce bordel ?

Brad rit sans humour tandis qu'il se penchait en avant pour poser son café sur la table.

— Je suis sorti avec beaucoup de mecs comme ça. En fait, *la plupart* étaient comme ça.

Il se rassit.

— Ça leur plaît de sortir ou de coucher avec moi, mais leur demander de lever le petit doigt pour quelque chose de plus éprouvant que d'ouvrir un emballage de capote ? C'est comme leur mettre un *boulet à la cheville*.

— Putain de merde. Mais tu les trouves où, ceux-là ?

Il rit à nouveau, plus timidement cette fois.

— C'est toujours eux qui me trouvent, j'ai l'impression. Tu vois, ces jeunes hockeyeurs qui veulent un contrat à la PHL et des victoires en Coupe, mais ne veulent pas fournir le travail nécessaire pour *devenir* un joueur de la PHL et *remporter* une Coupe ?

Je hochai la tête.

— C'est le genre de mecs qui veulent toujours sortir avec moi – ils veulent une relation parfaite, du sexe à la demande, de l'engagement, tout ce bazar, mais ils ne veulent pas vraiment faire d'effort.

— Alors ils veulent *avoir* le genre de petit ami qu'ils ne feront pas l'effort d'*être* ?

— Oui, s'exclama-t-il en claquant des doigts. C'est *ça*.

— Je n'ai jamais compris les hockeyeurs comme ça, et je ne comprends certainement pas les petits amis comme ça. On n'obtient rien à moins de faire des efforts pour l'avoir.

— Tu vois ? Exactement. Mais apparemment c'est le genre d'homme que j'attire.

Il me regarda dans les yeux.

— Enfin, mise à part la compagnie que j'ai actuellement.

Les ridules les plus légères entre ses sourcils ajoutaient un non-dit, *n'est-ce pas ?*

Je souris et me penchai au-dessus du coussin pour lui voler un bref baiser.

— Je ne suis pas ce genre de mec. Promis. Ce sont tous des putains d'idiots.

— C'est bien vrai.

Il leva sa tasse de café.

— Trinquons, à tous les petits copains crétins et au passé, là où est la place.

Je fis tinter ma tasse contre la sienne, et nous rîmes tous deux doucement, mais laissâmes tomber le sujet. Il ne servait pas à grand-chose de comparer les notes sur le genre de petits amis que nous pourrions être l'un pour l'autre. Peut-être que j'étais resté au-delà de nos dix jours initialement convenus, mais nous savions tous les deux que cet été était tout ce que nous aurions.

Alors que nous nous orientions vers des sujets moins émouvants, une partie de moi n'arrêtait pas de rejouer dans ma tête tout ce qu'il avait dit sur les hommes avec lesquels il était sorti dans le passé. Il était difficile d'imaginer que quelqu'un puisse ne vouloir vivre qu'une moitié de relation avec Brad. Ou avec n'importe qui, d'ailleurs.

Mais je ne pouvais tout simplement pas me permettre de m'attarder sur le genre de petit ami que je serais pour lui si nous avions pu donner la moitié d'une chance à ce que nous avions.

Chapitre 9
Brad

La pluie ne dura qu'une journée, ce qui n'était pas inhabituel à cette période de l'année. Le lendemain matin, le soleil brillait et même s'il faisait un peu humide, il y avait une douce brise qui maintenait l'atmosphère agréable.

Une journée parfaite pour sortir le bateau.

Nous étions déjà sortis une fois sur le lac. J'avais emmené Anthony pour lui montrer toutes les criques et la poignée d'autres maisons et cabanes, ainsi que quelques endroits où, si nous étions vraiment chanceux, nous pourrions voir patauger un orignal. Pas de chance pour les observations d'orignaux, cependant ; mais pas vraiment une surprise à cette période de l'année.

Aujourd'hui, je naviguai jusqu'au milieu et coupai le moteur. Nous ne partions pas en expédition, cette fois. Notre itinéraire était beaucoup plus axé sur la détente.

Debout sur le pont en short, lunettes de soleil et T-shirt des *Krakens* bien ajusté, Anthony lança sa ligne dans l'eau.

— Mec. Honnêtement, je ne me souviens pas de la dernière fois que je suis allé pêcher.

— Vraiment ?

Je lançai ma ligne à quelques degrés de la sienne pour qu'elles ne s'emmêlent pas.

— Ça fait un moment ?

— Ça fait longtemps. Je suis presque sûr que la dernière fois, c'était quand j'y étais allé...

Ses traits se raidirent soudain. Il me jeta un coup d'œil

et dût voir la question dans mes yeux malgré mes lunettes de soleil, car il reposa son regard sur sa ligne et ajouta doucement :

— C'était quand j'y étais allé avec Wyatt Adams.

— *Oh.*

J'avais entendu dire par Keith que son père avait été un bon ami d'Anthony et que les choses ne s'étaient pas bien terminées après le coming-out de celui-ci. Ça faisait partie des raisons qui avaient retenu Keith dans le placard pendant si longtemps – il savait que son père homophobe n'avait pas hésité à couper les ponts avec des amis de longue date à cause de leur orientation sexuelle, alors qu'est-ce qui l'aurait empêché de renier son propre fils ?

Anthony s'éclaircit la gorge, fixant son attention à retendre sa ligne qui se relâchait.

— Pardon. Je ne voulais pas, euh…

— Non, tout va bien.

J'hésitai, puis ajoutai prudemment :

— C'est nul, de perdre quelqu'un dont on est si proche. Surtout pour quelque chose comme ça.

Il me regarda, le front plissé.

— Je, euh…

Je déplaçai mon poids et me concentrai sur ma propre ligne.

— Keith et moi sommes proches. Il m'a dit ce qui s'était passé.

— Oh. Exact.

Il s'arrêta.

— Au fait, comment va-t-il ? Après que son père…

Je soupirai.

— Ç'a été dur. Un soulagement aussi, je pense, parce qu'il n'a plus à se poser de questions, mais ç'a été dur.

Anthony hocha lentement la tête.

— Je parie, oui. J'ai toujours eu peur qu'un des garçons de Wyatt s'avère être homo. Il a dit plus d'une fois que si l'un d'eux l'était, il le renierait.

— Merde, il a dit ça ?

— À plusieurs reprises.

Il fronça les sourcils.

— Je connaissais un autre joueur qui disait toujours que ce serait le karma pour Wyatt de se retrouver avec un fils gay. Ou *trois* fils gays.

Secouant la tête, il grommela :

— Il n'a jamais eu l'air de se rendre compte combien ce serait merdique pour le fils gay en question.

Mince. Chaque fois que je pensais avoir tout entendu sur l'homophobie de Wyatt, il y avait quelque chose de plus qui me laissait aussi choqué que la première fois que j'avais vu l'extrait vidéo désormais tristement célèbre de lui où il disait… Enfin, pas besoin de redite, mais ce n'était pas tristement célèbre sans raison. J'avais vu Keith se débattre pendant des années avec le fiel de son père. Et je supposais que c'était difficile de s'en tirer quand c'était un parent ou un membre de la famille, mais je ne pouvais pas imaginer être ami avec quelqu'un comme ça.

— J'ai une question, dis-je. Et tu n'es pas obligé d'y répondre.

Anthony se tourna vers moi.

— D'accord ?

— Si tu savais que Wyatt était homophobe à ce point… Je veux dire, comment tu gérais le fait d'être si proche de quelqu'un qui haïssait autant une part de toi ?

Anthony soupira, regardant à nouveau l'eau.

— J'ai été dans le placard la majeure partie de ma vie. Et quand j'étais gamin, même quand j'étais à l'université et après avoir signé avec la PHL, c'était un peu normal. Que les gens soient homophobes, je veux dire. Surtout dans le sport professionnel. Beaucoup de gars avec qui j'étais ami pendant mes années d'université et mes années à la PHL – et même plus récemment – étaient et sont toujours homophobes. Donc je suppose que j'avais en quelque sorte accepté que ça fasse partie du job. Ça faisait des années que je m'étais mis en tête que l'homophobie était un paramètre par défaut pour beaucoup de gens, en particulier les hommes hétérosexuels, et que je devrais simplement vivre avec et être reconnaissant lorsque je rencontrais quelqu'un qui n'était pas comme ça.

Je sifflai.

— Bon sang.

Il haussa fermement les épaules, l'attention toujours fixée sur sa ligne tandis que l'eau la tirait doucement.

— Les temps ont changé, Dieu merci, mais c'était le monde dans lequel j'ai vécu pendant longtemps.

Il rit doucement.

— J'étais très reconnaissant quand Asher Crowe s'est pointé et qu'il a fait son coming-out. Après ça, la donne a changé, tu comprends ?

Anthony me fit un coup d'œil.

— Les vieux de la vieille n'étaient pas ravis, mais les jeunes joueurs et entraîneurs, sans parler des fans, ont été d'un grand soutien.

— C'est pour ça que tu es sorti du placard ?

— Oui et non.

Il pencha la tête d'un côté, puis de l'autre, comme il semblait le faire chaque fois que les muscles de sa nuque se contractaient.

— J'y pensais. Mais j'étais inquiet de la réaction de mon équipe, et... Que dire ? Wyatt était mon ami depuis longtemps. Son soutien a été important quand je me rétablissais après m'être brisé la nuque.

Il déglutit.

— Peut-être que ça n'a pas de sens, mais c'était dur pour moi de penser que je perdrais mon ami, tu vois ?

Je hochai la tête.

— Oui, je pense. Je n'ai jamais été aussi proche de quelqu'un d'homophobe, donc c'est difficile à imaginer, mais... je veux dire, j'ai perdu des amis quand je suis sorti du placard. Et même s'ils se sont avérés être des connards, ç'a été dur.

— Exactement.

— Alors finalement, qu'est-ce qui t'a décidé à le faire ?

Anthony s'humecta les lèvres.

— Un de mes joueurs.

— Ah oui ?

Je me mis à remonter ma ligne pour pouvoir la lancer à nouveau, mais gardai mon attention sur lui.

— Comment ?

Il commença à rembobiner sa ligne aussi.

— Le gamin m'a pris à part et m'a dit qu'il y avait des joueurs qui commençaient à faire leur coming-out – c'était un peu après Crowe – et il voulait le faire aussi, mais il avait peur. Il pensait que Crowe s'en était tiré parce que c'était... Bon, c'était Asher Crowe, quoi. Personne n'aurait mis fin à son contrat, à moins que ce soit pour un sous-sol plein de cadavres.

Hochant la tête, je ris.

— Tu n'as pas tort.

Anthony s'arrêta pour relancer. Alors qu'il commençait à tendre la ligne, il continua :

— Donc ce jeune, il voulait le faire, mais il avait peur que ça nuise à sa carrière. Ce que je veux dire, c'est qu'il avait une peur bleue de m'en parler. Bordel, il en pleurait presque. Il était légitimement terrifié à l'idée que notre conversation sonne le glas de sa carrière d'hockeyeur, mais il avait aussi un petit ami qu'il voulait épouser, et...

Anthony exhala.

— Alors, je lui ai dit qu'il n'avait rien à craindre. Mais je n'ai pas été fichu de dormir cette nuit-là parce que je n'arrêtais pas d'imaginer ce gamin en train de se retourner dans son lit et de paniquer.

— Je parie, oui, murmurai-je en relançant ma propre ligne. Je pense que j'aurais été dans le même état à sa place.

— Moi aussi. Et je me demandais combien d'autres joueurs avaient les mêmes soucis. Dans mon équipe, dans d'autres équipes... Je savais exactement ce que c'était que d'avoir peur que quelqu'un m'expose, et je n'aurais jamais eu les couilles de dire à mon entraîneur que j'étais gay quand je jouais encore. Le fait qu'il soit venu me voir même s'il avait peur à ce point-là, ça m'a fait réaliser que s'il y avait au moins un joueur, il y en avait probablement beaucoup d'autres qui ne voulaient plus se cacher. Ça devait être encore plus effrayant pour eux que pour moi, tu vois ? Parce qu'*il y avait* des joueurs qui faisaient leur coming-out, donc ceux qui ne l'avaient pas encore fait avaient peur mais se sentaient aussi sous pression.

Il s'arrêta.

— Alors, le lendemain, j'ai convoqué une conférence de presse et j'ai annoncé mon homosexualité.

Je clignai des yeux.

— Vraiment ?

Anthony hocha la tête.

— De cette façon, il savait sans équivoque qu'il avait le soutien de son entraîneur, et tout autre joueur de ma liste le savait aussi.

— Waouh. Il y a eu des réactions négatives pour toi ? À part Wyatt, je veux dire ?

— Euh, pas autant que ce à quoi je m'attendais.

Il enroula un peu plus la ligne, les sourcils froncés alors qu'il la regardait.

— À ce moment-là, Crowe et Kelleher s'étaient déjà exposés ouvertement, et je pense que toi aussi.

Mon cœur fit un petit saut périlleux.

— Tu... Tu as su quand je l'ai fait ?

Il me jeta un coup d'œil et ses traits tirés s'étaient détendus en un doux sourire.

— Parce que tu ne peux pas nommer de tête tous les joueurs ouvertement homos, toi ?

D'accord, c'était un argument valable. Nous n'étions pas si nombreux, et au cours des deux premières saisons après Asher, ç'avait été une grande nouvelle à chaque fois que quelqu'un d'autre faisait son coming-out. J'avais été assez interviewé à ce sujet, alors je supposai que ce n'était pas une surprise qu'Anthony l'ait remarqué. Ou peut-être que si. Cela me faisait juste tout drôle d'imaginer qu'il m'avait remarqué avant cette nuit à Vancouver.

Je me raclai la gorge et reportai à nouveau mon regard sur l'eau.

— Si, je suppose que je pourrais. D'ailleurs, je me souviens de quand tu l'as fait. C'est juste que, euh, je ne connaissais pas l'histoire derrière ça.

— Peu de gens la connaissent.

Nous échangeâmes un regard, et mon cœur eut de nouveau ce drôle de battement.

J'étais sur le point de dire quelque chose quand une touche ferme manqua m'arracher la canne et la bobine des mains.

— Ça mord ? demanda-t-il.

— Avec un peu de chance, répondis-je en rembobinant avec précaution. Ça, ou je me suis encore accroché à une foutue pierre.

Anthony éclata de rire. Il remonta rapidement sa propre ligne, puis posa la canne à pêche sur le côté et se pencha.

— Je ne vois rien pour le moment.

Je serrai les dents et continuai à tirer lentement. D'après la façon dont la ligne se déplaçait dans l'eau – brusquement dans un sens, puis dans l'autre – ce n'était pas une pierre cette fois.

— Toujours rien ?

— Non, non... Attends.

Il tendit le cou.

— Si, voilà.

Il se retourna, ramassa le filet et le tint sur le côté.

Finalement, ce fichu truc fit surface, et Anthony garda une prise ferme sur la rambarde alors qu'il se penchait pour mettre le poisson énervé dans le filet.

— Joli ! sourit-il en le rapportant. Je crois que je sais ce qu'on va manger ce soir.

— C'est une bonne chose que tu sois ici avec un mec qui sait cuisiner la truite.

— Il me semblait bien que tu aurais quelques recettes.

Puis il baissa les yeux sur le poisson et renifla.

— D'accord, tu ne penses pas que c'est un peu trop flagrant ?

— Quoi ?

Il désigna les écailles colorées et chatoyantes.

— Deux mecs gays qui attrapent une truite arc-en-ciel ?

Je ris en secouant la tête.

— Contente-toi de la mettre dans la glacière.

J'adorais nos moments plus calmes ensemble. Marcher au bord du lac. Regarder un film ou de vieux matchs de hockey que nous avions tous les deux vus des dizaines de fois. Même rouler sans but avec la Jeep pour que je puisse lui montrer le paysage. J'aimais tout ce que nous faisions ensemble, mais quand les choses étaient plus calmes, le temps semblait ralentir. Je n'avais que peu de temps avec Anthony, donc je n'allais pas nier que j'étais partant pour tout ce qui rendait ces heures et ces jours plus longs.

Ce soir, après avoir passé la journée sur le bateau, nous étions de retour à l'endroit où nous nous étions retrouvés la plupart des soirées, nous relaxant sur le porche arrière avec quelques bières tandis que le soleil se couchait. Plusieurs bougies à la citronnelle brûlaient sur la balustrade et sur la table entre nous pour éloigner les fichus moustiques, et la nuit était paisible et calme. Nous avions parlé pendant un petit moment, de tout et de rien en particulier. Pendant la dernière demi-heure environ, aucun de nous n'avait dit grand-chose, mais le silence était, comme toujours, confortable.

C'était un peu comme les nuits où des copains comme Keith et certains de mes autres coéquipiers ou amis de chez moi venaient ici. Juste rester là à profiter d'une nuit chaude. Ce n'était pas ce à quoi je m'étais attendu d'un homme avec qui j'avais eu quelques parties de jambes en l'air et que j'avais impulsivement invité ici pour une semaine et demie de sexe sans attache. Je n'étais pas sûr de ce que je ressentais à ce sujet.

Enfin, ce n'était pas vrai. J'aimais beaucoup ça. Je ne savais juste pas quoi en penser. Qu'est-ce qu'on était en train de faire ? Qu'est-ce que je ressentais exactement à chaque fois que je le regardais ou que je le touchais ? Et qu'est-ce que je ressentais quand je pensais à son départ ? Parce qu'avouons-le, c'était une chose de reprogrammer un vol et de rester dans les parages pour avoir du cul garanti. Une fois que ce serait fini, ce serait fini.

Sauf que... étais-je juste envers Anthony ? Oui, les hommes de mon passé m'avaient traité comme un *sexfriend* secondaire et pratique, et oui, il était venu au lac Sutton pour passer du bon temps, mais les choses étaient différentes maintenant.

Mais elles ne peuvent pas être différentes parce qu'on ne peut pas faire ça, alors pourquoi s'engager dans cette voie ?

Je pris une grande gorgée de ma bière, espérant que cela ferait quelque chose contre la boule dans ma gorge.

Ignorant tout des pensées qui me traversaient l'esprit, Anthony rompit le silence.

— Je continue à penser que la nouveauté de ce panorama va s'estomper.

Il inclina sa bière en direction du lac et du soleil couchant.

— Mais jusqu'à présent ? Non.

— Je viens ici depuis des années, dis-je en secouant la tête. C'est toujours aussi génial qu'à l'époque.

Je me tournai vers lui, avec l'intention de dire... quelque chose. Mais la lumière s'était réchauffée et tamisée, et les bougies allumées entre nous vacillaient doucement sur ses traits acérés. C'était bizarre de réaliser que c'était le même visage que j'avais vu pendant des années dans la PHL en tant que joueur et entraîneur, et encore plus étrange d'imaginer que c'était le même visage que j'avais repéré dans ce bar gay de Vancouver. Ç'avait été un joueur plus grand que nature dont la carrière s'était terminée trop tôt. Et il était revenu en tant qu'entraîneur acharné et avait transformé une équipe de merde en prétendants et en vainqueurs de la Coupe. Ç'avait été un étranger avec qui j'avais couché.

Et maintenant...

Maintenant, ce n'était plus qu'Anthony. L'homme qui se réveillait tous les jours à mes côtés depuis quelques semaines, et qui avait bu du café ici avec moi le matin et de la bière le soir. Je m'étais attendu à ce que nous ayons beaucoup de rapports pendant son séjour. Je ne pensais pas qu'on deviendrait amis.

Et bordel, jamais je n'aurais pensé te regarder comme ça.

À ce moment-là, Anthony se tourna vers moi, ses yeux sombres chaleureux dans la lumière du jour déclinante. Il pencha la tête.

— Qu'est-ce qu'il y a ?

— Rien.

Je me secouai, puis je ris.

— C'est juste, euh..., commençai-je en désignant un point derrière lui. Que je pensais avoir vu un autre ours.

Le regard qu'il me lança était peut-être intimidant, mais il se retenait de rire et échoua lamentablement. Roulant des yeux, il regarda à nouveau le lac tandis qu'il portait la bouteille à ses lèvres.

— Je pense toujours que tu me racontes des conneries à propos de cet ours.

Je reniflai, soulagé que nous ayons éloigné la conversation de la raison pour laquelle je l'avais regardé comme un idiot.

— Oh, allez. Tu penses vraiment que je me faufilerais hors du lit et que je détruirais une glacière juste pour me foutre de toi avec une histoire de grizzli ?

Il me lança un regard mauvais.

— D'accord, d'accord. Laisse-moi reformuler.

Je posai ma bouteille sur la table à côté des bougies.

— Tu crois que je pourrais me faufiler hors du lit, détruire ladite glacière, déplacer tout ce qui se trouve sur le porche, puis me remettre au lit, le tout sans que tu t'en rendes compte ?

Il n'avait toujours pas l'air convaincu.

— Je pourrais installer des caméras et laisser des déchets dehors pour voir s'il revient.

— Non, non, ce n'est pas nécessaire, intervint-il en secouant la tête. On n'a pas besoin d'inviter les ours juste pour que ton histoire tienne la route.

— Je dis ça comme ça. Du coup, tu saurais que je n'ai rien inventé.

— Non. Tout ce que je saurais, c'est que tu n'inventerais pas cette fois-*là*.

Il luttait toujours contre un sourire et échoua encore.

— Ça ne voudrait pas dire que ce n'était pas toi la première fois.

Je geignis.

Anthony gloussa et prit ma main.

— Tu ne lâches jamais le steak, toi, dit-il en entrelaçant nos doigts.

— Bordel de merde.

Il se contenta de rire, leva nos mains et m'embrassa les doigts.

— Mais tu es doué au lit, et tu achètes de la sacrée bonne bière, alors…

Il haussa les épaules.

— Mais ça fait deux choses, ça. Je ne pourrais pas m'en tirer avec un ours de plus avant…

— N'insiste pas, Spencer.

Nous nous regardâmes, et tentâmes tous les deux – en quelque sorte – de garder un visage impassible. Puis nous rîmes encore et observâmes ce qui restait du coucher de soleil.

Il me vint à l'esprit que je n'étais jamais sorti avec un homme qui me faisait autant rire qu'Anthony. Nous plaisantions sans nous forcer. Nous étions toujours en train de rire, que ce soit parce que nous regardions une paire d'écureuils se poursuivre sur le porche ou à cause de nos bavardages taquins. Je ne m'ennuyais jamais avec lui, même lorsque l'ambiance était calme et tranquille, et il ne semblait pas s'ennuyer avec moi.

Même s'il n'arrêtait pas de me donner du fil à retordre à propos de l'ours – il y *avait* un ours, bon sang – j'étais content qu'il ait annulé son vol et qu'il soit resté.

J'essayais de ne pas penser au moment où il ne pourrait plus le repousser.

Chapitre 10
Anthony

Me réveiller en bandant n'était pas une sensation étrangère pour moi. C'était en quelque sorte venu avec le célibat que j'avais vécu la majeure partie de ma vie.

Me réveiller en bandant avec un autre homme collé à mon dos et son érection contre mon cul ? C'était quelque chose que je n'avais pas vécu depuis très, très longtemps, et je ne pus résister à l'envie de me presser contre lui.

Brad gémit doucement contre mes cheveux. Je pensais qu'il était peut-être endormi – il faisait encore noir dans la chambre, après tout, donc ça devait être le milieu de la nuit – mais ses lèvres effleurèrent la naissance de ma nuque. Le bras sur mon ventre se resserra. Sa main était écartée sur mon torse et j'enroulai mes doigts entre les siens. Le murmure d'un souffle courut sur mon cou une seconde avant que des lèvres chaudes ne rencontrent ma peau.

Les yeux fermés, je me mordis la lèvre. J'étais étonné qu'il nous reste quelque énergie que ce soit ; Dieu savait que nous avions mis ce lit à rude épreuve avant d'éteindre la lumière. Il était insatiable, cependant, et moi aussi maintenant que j'étais avec un homme qui aimait le même genre de sexe que moi.

Il ondoya un peu des hanches, poussant sa queue contre mes fesses, et je crus l'entendre murmurer « *Putain* » avant de laisser à nouveau ses lèvres glisser le long de ma peau.

Je guidai sa main vers le bas, et dès que ses doigts effleurèrent mon érection, il n'eut plus besoin que je le guide. Je relâchai sa main et il la referma autour de mon sexe, et il ne fallut qu'une seule caresse pour me faire jurer dans l'oreiller alors qu'il gémissait dans mes cheveux.

La pièce était presque silencieuse, à l'exception de sa peau qui glissait sur ma peau, des doux baisers de Brad dans mon cou et de nos deux respirations haletantes alors que nous nous excitions. Quand nous avions commencé à coucher ensemble, ç'avait été rapide et guidé par le besoin, mais plus nous nous retrouvions au lit, plus nous ralentissions. En quelque sorte, savoir que nous avions le temps me donnait envie de me livrer, et de savourer toutes les manières imaginables d'éprouver cet homme, et il semblait être tout à fait sur la même longueur d'onde. Nos baisers n'avaient pas de fin. Nos caresses étaient lentes et longues, plutôt que de nous précipiter pour jouir. Tout ce que nous faisions prenait une éternité, et j'en adorais chaque seconde de décadence.

Brad lâcha mon sexe et tendit la main entre nous, et quand il poussa sa queue entre mes cuisses, je la serrai, ce qui lui fit émettre un doux gémissement. Sa main revint me caresser, ses hanches commencèrent à onduler, et nos corps se mouvèrent ensemble. Nos respirations se synchronisèrent et ses mains bougeaient de haut en bas sur mon sexe à la même vitesse que le sien glissait entre mes cuisses. Avec le lubrifiant, il aurait peut-être bougé plus vite et poussé plus fort, mais comme nous n'en utilisions pas, ce rythme plus lent était parfait pour créer juste ce qu'il fallait de friction.

— Oh putain, murmura-t-il.
— Comme ça ?
— Hmm-hmm.

Il enfouit son visage contre ma nuque, et son faible

gémissement se répercuta sur ma peau. Puis il relâcha mon sexe et attrapa ma hanche à la place, baisant frénétiquement mon entrecuisse, sa respiration se faisant plus rapide et plus hachée. À ce moment-là, je décidai que ressentir et entendre le souffle saccadé et chaud de Brad alors qu'il se rapprochait de son orgasme était ce qu'il y avait de plus sexy au monde.

— C'est ça, ronronnai-je. T'es proche ?

— Han, ouais, dit-il en enfonçant ses doigts dans ma hanche. Bon Dieu, j'vais...

Il haleta, et son rythme se perdit. Je resserrai mes cuisses autour de lui et ondoyai des hanches, et il n'y avait aucun son au monde plus pornographique que le gémissement irrégulier de Brad une seconde avant qu'il jouisse dans une saccade. Il poussa encore quelques fois, glissant facilement contre ma peau recouverte de sperme, puis il se détendit, essoufflé contre mon épaule et se tenant toujours à ma hanche avec une poigne à donner des contusions. Puis, avec un frisson et un soupir, il se détendit. Alors que nous nous séparions, il murmura :

— À ton tour.

Il ne plaisantait pas – j'avais à peine pu essuyer le sperme avant que Brad ne descende sur mon érection. Ses lèvres et sa langue étaient implacables, taquinant chaque centimètre de la base jusqu'au gland, et il ne négligeait pas non plus mes bourses. Il n'y avait pas un homme sur terre qui n'aurait rien à apprendre des pipes de Brad.

Je glissai mes doigts dans ses cheveux, m'accrochant sans toutefois le forcer à me prendre plus profond.

— Ça va ?

— Mmhmm.

Il fit courir sa langue tout le long de mon érection. Bon sang, qu'il était doué pour ça. J'aurais aimé que nous pensions à allumer la lumière pour pouvoir le regarder faire, mais il y avait quelque chose de sexy à simplement le sentir prodiguer sa magie, alors je ne me plaignis pas.

Je n'aurais pas pu me plaindre de toute façon, parce que tout ce qu'il faisait avec ses lèvres, sa langue et sa main m'excitait tellement que je pouvais à peine respirer. D'une manière ou d'une autre, je parvins à murmurer :

— Bon Dieu, oui... T'arrête pas, bébé.

Un grondement sourd vibra contre ma queue, et je fermai les yeux en jurant dans le silence. Ma main dans ses cheveux semblait être la seule chose qui m'ancrait alors qu'il m'envoyait de plus en plus haut, et autant je voulais jouir, autant je me retenais car tout ce qu'il faisait était trop bon. Je n'étais pas prêt à ce que ça s'arrête, mais putain de merde, je voulais jouir, j'avais besoin de venir, il *fallait* que je jouisse, et je marmonnai « je vais jouir » une seconde avant que mes hanches ne ruent et que je me libère dans sa bouche talentueuse et avide.

Dans un soupir, je m'effondrai sur les orcillers.

— Sacré...

Brad rit doucement, se redressa sur ses bras, trouva mes lèvres dans l'obscurité et m'embrassa.

— J'espère que je ne t'ai pas réveillé.

— Mmm, tu ne m'entends pas me plaindre, si ?

— Pas du tout.

Il sourit dans un autre baiser, et j'enroulai mes bras autour de lui parce que je voulais qu'il reste comme ça pendant un moment. Cela ne semblait pas le déranger, et nous partageâmes de longs baisers paresseux avant que la somnolence ne commence à nous rattraper.

Nous nous installâmes à nouveau, et cette fois c'était moi qui étais blotti contre son dos et nos doigts entrelacés contre son torse. En un rien de temps, il s'endormit profondément et je m'assoupis rapidement.

Et quand je tombais dans les bras de Morphée avec Brad à mes côtés, je dormais mieux que ça ne m'était arrivé depuis des lustres.

Chapitre 11
Brad

Il n'y avait plus de report possible cette fois-ci. Les entraînements commenceraient bientôt pour nous deux, et peu de temps après, la saison de hockey battrait son plein. Anthony devait rentrer à New York. Je devais retourner à Vancouver.

Peu importait combien j'avais essayé de faire ralentir l'horloge, il était temps. Alors que nous préparions le dîner ensemble dans ma cuisine, je ne pouvais pas ignorer le fait que dans moins de vingt-quatre heures, Anthony serait parti, et que ce serait fini.

Le pire, c'était que ce serait vraiment fini. Ce n'était pas comme être en voyage avec un petit ami et être déçu que ça touche à sa fin. Parce que ce n'était pas seulement le voyage qui se terminerait cette fois. Après demain, tout serait terminé.

Et il était difficile de ne pas me demander si, peut-être, le laisser rester plus de dix jours avait été une erreur. Dix jours s'étaient transformés en un été entier, et tout l'été m'avait donné plus qu'assez de temps pour ressentir beaucoup trop de choses pour lui. C'était difficile à avaler que cet été serait tout ce que nous aurions jamais.

Demain, il partirait pour l'aéroport. Le lendemain, je rentrerais chez moi en voiture. La vie reprendrait son cours normal pour les joueurs de hockey et les entraîneurs.

Et tout ce à quoi je pouvais penser, c'est que cet homme n'était même pas encore parti, qu'il me manquait déjà.

Cette fois, je serais seul demain, dans une cabane qui ne

m'avait jamais semblé vide auparavant quand il n'y avait eu que moi. Le lendemain, je serais en route pour Vancouver. Dans trop peu de temps, je n'aurais plus de courbatures ou de tiraillements pour me rappeler les nuits agitées avec lui.

C'était tellement étrange de penser à ce genre de chose. Peut-être parce que cela faisait si longtemps que je n'avais pas eu l'impression qu'un homme pensait que j'en valais le temps et la peine. Et même quand j'étais sorti avec d'autres mecs, nous n'avions pas été collés-serrés 24 heures sur 24, 7 jours sur 7, comme je l'avais été pendant toutes ces semaines avec Anthony. Ce qui était bizarre aussi : autant j'aimais la solitude, et j'en avais généralement envie après la fin d'une saison, autant j'adorais avoir Anthony dans mon espace vital. Est-ce que ça voulait dire quelque chose ?

Ça doit sans doute vouloir dire que j'étais célibataire depuis trop longtemps.

Ou que j'ai perdu mon temps avec les mauvais hommes.
Ou les deux.

C'était vrai, mais ça ne racontait pas toute l'histoire. Je n'avais tout simplement pas la volonté de creuser plus en profondeur ce soir. La réponse était là, mais j'avais peur de la regarder en face. Ce n'était pas comme si ça pouvait faire une différence. Anthony et moi ne durerions plus que quelques heures. Aucune révélation n'allait changer cela.

Il brisa le silence et j'espérai qu'il n'avait pas remarqué mon sursaut.

— Tu veux prendre un verre de vin avant de manger ?

Le vin, ça me disait bien. En fait, ç'avait l'air d'être une idée géniale. Surtout si nous buvions suffisamment pour m'empêcher de penser à...

Je me raclai la gorge.

— Pourquoi pas, oui.
— Une préférence ?

Je jetai un coup d'œil à la cave à vin et haussai les épaules.

— Nan. Choisis ce qui te plaît.

Il parcourut la sélection pendant que je terminais les dernières étapes sur les pizzas maison. Au final, il opta pour une bouteille de merlot.

Les pizzas étaient prêtes à cuire, alors je les mis au four et réglai la minuterie sur quinze minutes. Quand je me retournai, Anthony sortait des verres du placard.

Et je dus m'arrêter quelques secondes pour le regarder, émerveillé : il semblait s'intégrer parfaitement ici. Ç'avait été surréaliste au début, d'avoir l'entraîneur des *Krakens* Anthony Caruso dans mon chalet. Le même effet qu'un rêve étrange qui m'aurait fait me creuser la tête au réveil.

Mais ce soir, alors qu'il nous servait du vin sur mon îlot de cuisine dans un T-shirt noir uni, il aurait tout aussi bien pu être là depuis toujours.

Je me secouai. Je devenais juste bizarre parce que je n'arrivais pas à assimiler qu'il partait demain matin. C'était tout. J'avais apprécié sa compagnie plus que je l'avais prévu, et j'avais apprécié d'être avec quelqu'un qui semblait vraiment vouloir être *avec moi*. C'était plus dur que ce à quoi je m'étais attendu, de voir notre été ensemble se terminer. Ça n'était pas plus compliqué que ça.

Anthony me tendit un verre et en prit un pour lui. Nous trinquâmes, avalâmes une gorgée, puis il croisa mon regard avec un sourire qui semblait aussi triste que ce que je ressentais.

— Je suis désolé que l'été soit fini, dit-il doucement, mais je suis heureux que ce soit arrivé.

— Oui. Moi aussi. Surtout ce que tu as dit en deuxième.

Nos regards s'accrochèrent sans se lâcher.

Tout à coup, je ne fus plus du tout intéressé par le vin. Ou par les pizzas qui cuisaient derrière moi.

Anthony posa son verre sur le comptoir. Puis il prit le mien et le posa à côté du sien. Quand il revint vers moi, il prit mon visage en coupe et me regarda dans les yeux.

— Il ne nous reste qu'une nuit. Ça ne sert à rien de la passer en ressassant que c'est terminé.

J'avalai ma salive.

— Je sais. C'est un peu difficile à ignorer, pourtant.

— Je sais, oui.

Il soutint mon regard un instant, puis un sourire étira ses lèvres. Alors qu'il se penchait plus près, il murmura :

— Je vais devoir te distraire suffisamment pour que tu ne puisses plus penser du tout.

C'était impossible de ne pas avoir la chair de poule quand il parlait comme ça, surtout lorsqu'il avait cette lueur dans les yeux. Je jetai un coup d'œil au minuteur du four. Douze minutes.

— Tu penses qu'on a le temps ? demandai-je.

Il tendit le cou pour regarder le minuteur à son tour, et lorsque nos regards se rencontrèrent à nouveau, il dit :

— Je suis sûr qu'on peut faire en sorte que oui.

Il enroula ses bras autour de moi, leva le menton et réclama un baiser qui disait qu'il le pensait — nous pourrions certainement gérer en douze minutes.

Tout mon corps se réchauffa alors que je l'attirais plus près pour apprécier son baiser. Tout ce qu'il avait à faire pour m'exciter, c'était de me regarder, mais il était difficile de mettre de côté la certitude qu'il ne me regarderait plus comme ça. Plus après ce qui se passerait demain.

Merde. Pourquoi est-ce qu'on ne peut pas continuer comme ça ?

Et si on le pouvait, est-ce que tu le voudrais vraiment ?

En le tenant dans mes bras à cet instant, je n'avais aucune idée de ce que je ressentais vraiment pour lui, seulement que ça n'allait pas s'arrêter quand il partirait au matin. Et qu'est-ce que j'étais censé faire de ça ? Aucune idée.

Mais il avait raison, nous avions encore cette soirée, et il ne servirait à rien de la gaspiller en pensant à l'avenir.

Je rompis le baiser et désignai les escaliers derrière lui.

— La chambre ?

Anthony sourit, prit ma main et me tira après lui.

Il n'avait pas besoin de dire un mot.

Chapitre 12
Anthony

Nous atterrîmes en douceur sur le lit de Brad, mes hanches entre ses cuisses, nous embrassant tout en fouillant nos vêtements. Je le voulais nu – j'avais besoin qu'il soit nu – mais en même temps, rien de tout ça ne semblait précipité. Même si j'étais parfaitement conscient du tic-tac qui nous pendait au nez, le temps semblait ralentir, les secondes et les minutes qui s'égrenaient jusqu'à demain me donnaient la sensation de n'arriver que dans des mois au lieu de quelques heures.

Nous avons tout le temps du monde. Prenons chaque seconde.

Nos T-shirts tombèrent, et je soupirai contre sa gorge alors que mes mains parcouraient sa peau nue et chaude. Il fit glisser ses paumes le long de mon dos, pressant son érection vêtue contre la mienne alors que nous continuions à nous embrasser comme si nous avions vraiment tout le temps du monde.

Les dernières semaines me traversèrent l'esprit. Le sexe. Les longues conversations. Se prélasser ensemble. Simplement *être* ensemble. Cela faisait si longtemps que je n'avais pas pleinement profité d'être avec quelqu'un, et ça allait me manquer quand j'aurais quitté cet endroit.

Mais pour l'instant, ce soir et seulement ce soir, je l'avais toujours. Il pourrait me manquer plus tard.

Tant que nous étions tous les deux encore là, j'allais le *savourer*.

Apparemment, nous étions aussi sur la même longueur

d'onde. Il nous fallut une éternité pour enfin retirer nos derniers vêtements, et presque autant de temps pour que j'atteigne le lubrifiant. Je n'eus pas à dire un mot, non plus – Brad se mit à quatre pattes et me regarda avec des yeux brûlants qui *exigeaient* que je le baise.

J'aimais être passif à l'occasion, et Brad m'avait pris plusieurs fois au cours de l'été, mais nous avions plutôt pris cette habitude-là, et je n'avais aucune objection. J'adorais le prendre. J'adorais la façon dont *il* aimait prendre ma queue. Autant j'appréciais quand il me montait, autant rien ne résistait à mon envie de le baiser.

Alors, putain oui, j'allais le baiser...

... dans une seconde.

Je me positionnai derrière lui et posai le lubrifiant à côté de nous. On ne s'était pas précipités, alors pourquoi commencer maintenant ?

Au lieu de ça, je le léchai jusqu'à ce qu'il soit prêt depuis, puis je continuai juste parce que j'aimais la façon dont il gémissait et tremblait. J'avais été gâté tout l'été, avec l'homme le plus sensible que j'aie jamais touché, et j'avais l'intention de profiter de cette réactivité aussi longtemps que je le pouvais.

— Anthony..., murmura-t-il. S'il te plaît...

Je continuai. Je voulais qu'il tremble. Je voulais qu'il supplie.

— Arrête de m'aguicher.

Les mots sortirent en un gémissement épuisé. Ses coudes tremblaient comme s'ils le tenaient à peine.

— Anthony, allez...

Je me rassis, et le simple *clic* de la bouteille de lubrifiant le fit frissonner et murmurer « Bon Dieu, oui ». C'était tentant de le taquiner encore un peu plus, mais moi aussi j'en avais assez d'attendre, alors je lubrifiai ma queue et en fis de même pour son trou. D'accord, pendant que je le doigtais, je volais une autre occasion de le taquiner pour qu'il supplie à nouveau, mais je ne fis pas traîner les choses trop longtemps. Je le voulais trop pour me torturer de la sorte.

Alors que je me rapprochais de lui, nous poussâmes tous deux une exhalation, et après quelques caresses douces, je me plongeai en lui, le poussant tout du long contre le matelas. Une fois qu'il fut installé, je me collai à lui pour pouvoir sentir le plus possible son corps. M'enfonçant profondément en lui, j'embrassai la naissance de son cou, et il gémit alors que je continuais à le chevaucher lentement.

Mon Dieu, j'adorais la sensation de cet homme, et j'étais encore une fois reconnaissant que nous ayons accepté d'abandonner les préservatifs pour l'été. J'étais pratiquement ivre du contact sans filtre et irrésistible que nous avions établi de nos pieds à mes lèvres sur son cou, y compris mon sexe bougeant en lui sans rien pour atténuer la sensation.

Aucun de nous n'émettait un son. Nous étions tous les deux habituellement vocaux au lit, mais pas ce soir. Était-il aussi bouleversé que moi ? Est-ce qu'il se plongeait comme moi dans ce moment pour pouvoir en mémoriser chaque seconde ? Je n'en avais aucune idée.

Surtout que je ne voyais pas son visage.

Je me retirai et tapotai sa hanche.

— Retourne-toi sur le dos.

Nous changeâmes de position, et oh, mon Dieu, c'était vraiment le panorama le plus incroyable que j'avais vu de tout l'été, et je ne m'en lasserais *jamais* – Brad allongé sur le dos, ses jambes puissantes écartées et ses abdominaux plats contractés, le pur bonheur lisible sur son visage tandis que je glissais en lui.

Mais ce qui était encore mieux que la vue, c'était que je pouvais me pencher pour goûter ses lèvres. Qu'il pouvait passer ses doigts dans mes cheveux ou les enfoncer dans mes épaules, et que je pouvais sentir chaque souffle chaud qu'il libérait alors que nous bougions ensemble.

Dans un halètement, j'interrompis notre baiser et me redressai sur mes bras pour avoir une plus grande amplitude de mouvement, et Brad m'y encouragea en murmurant « ouais, ouais, juste comme ça ». Il me regardait. Je le regardais. Nous nous déhanchions en parfaite synchronisation, ma tête qui tournait et mon corps prêt à se briser à cause de toute cette intensité, et je ne pouvais pas le quitter des yeux. Une part de moi n'arrivait pas à croire que je partais déjà. Une autre n'arrivait même pas à réaliser que j'étais ici. Même après avoir passé la majeure partie de l'été avec lui, je n'en revenais toujours pas d'avoir les mains sur cet homme incroyable et extrêmement torride.

Et pourtant, c'était en même temps parfaitement naturel pour nous d'être ensemble comme ça — à bout de souffle, tremblants et aussi proches que deux hommes pouvaient l'être physiquement.

Il laissa sa tête retomber en arrière, et ferma les yeux tandis que ses lèvres bougeaient pour émettre des jurons silencieux. Après des semaines de sexe avec lui, je reconnaissais chaque signe indiquant qu'il était proche de l'orgasme et je savais exactement comment l'en rapprocher encore. Je le chevauchai plus fort, m'enfonçant aussi profondément que possible, et tout comme je savais qu'il le ferait, il gémit mon nom et « encore, bébé, *encore* ».

Je lui donnai autant que je pus, et alors qu'il tendait la main entre nous, je me surélevai afin de lui donner assez de place pour commencer à se caresser. À la seconde où il prit son sexe en main, il se contracta fort, et ce fut à mon tour d'émettre un gémissement entrecoupé. Rien ne m'excitait davantage que de le voir si près de l'apogée du plaisir, à moins d'être celui qui l'emmenait au-delà, et je le baisai de toute ma volonté alors qu'il se branlait plus vite, que ses lèvres se serraient contre ses dents et...

— Putain !

Son dos se cambra, et comme toujours, la vue du sperme parsemant ses abdos contractés m'entraîna directement avec lui. Je m'enfonçai encore à quelques reprises, puis nous nous relâchâmes dans un frisson, respirant fort et tremblant. Je me retirai, mais ne me levai pas encore. Au lieu de cela, j'enfouis mon visage contre son cou et fermai les yeux en inhalant son odeur délicieusement familière.

— Oh mon Dieu, murmura-t-il. J'adore quand tu me baises.

Je ris doucement et parvins à me redresser pour pouvoir regarder dans ses yeux aux paupières lourdes.

— Ouais, j'avais cru remarquer.

Il exhala un doux rire, puis m'enserra de ses bras, et son baiser espiègle devint long et paresseux.

— On devrait descendre, murmura-t-il. Le dîner doit être presque prêt.

— Bonne idée. Il ne faudrait pas le laisser brûler.

— Définitivement pas. Alors on devrait...

Il leva la tête et m'embrassa à nouveau.

—... on devrait sans doute...

— Mmm, tu as raison.

Mais je l'embrassai, et nous ne fîmes pas un geste pour nous lever. En espérant que la minuterie du four serait assez forte pour que nous l'entendions d'ici. À défaut, le détecteur de fumée sonnerait fort, lui. Si le dîner brûlait, eh bien, c'était pour cette raison que les plats à emporter existaient.

Nous finirions bien par descendre.

J'avais juste besoin de quelques minutes de plus avec Brad.

Encore quelques minutes.

Juste qu...

Brad se tendit et je reculai.

— Qu'est-ce qu'il y a ?

— C'est le minuteur du four.

— Merde !

Nous nous séparâmes et j'attrapai mon short.

— Je vais m'en occuper.

— Merci. Je descends tout de suite.

Je me précipitai dans la cuisine, éteignis le minuteur qui braillait, et sortis les pizzas du four. La nourriture n'avait pas brûlé et ça sentait bon. Et, oui, j'étais content que notre dernier dîner se compose de quelque chose d'aussi bon, plutôt que de plats à emporter et de quelques bières.

Mais était-ce vraiment trop demander d'avoir quelques minutes de plus dans ce lit ?

Longtemps après le dîner, Brad et moi nous installâmes pour notre dernière nuit dans son lit. J'étais sur le dos maintenant, sa tête sur mon épaule et nos doigts entrelacés sur mon torse, allongés en silence. J'avais besoin de dormir, mais je fixais le plafond. Je ne voulais pas dormir. Je pourrais préparer du café au matin, et le *Tim Hortons* en ville avait certainement de la boisson énergisante, alors je serais toujours en mesure de faire le trajet en voiture jusqu'à Kelowna et de prendre mon vol en toute sécurité. Peut-être que je serais dans un sale état, épuisé et malheureux, mais cela semblait en valoir la peine si ça signifiait pouvoir rester éveillé afin de profiter de mes derniers moments avec Brad.

Je n'en revenais toujours pas de tout ce temps que nous avions passé ensemble ici, et à quelle vitesse ça s'était écoulé. Au moment où nous avions franchi la barre des « un mois », nous avions renoncé à penser que l'un de nous voulait que cela se termine avant que ce ne soit nécessaire. La société de location de voitures en avait probablement marre de moi, et ils ne m'avaient probablement pas cru quand j'avais dit que non, vraiment, ce serait *la dernière fois* que je prolongerais ma réservation. La compagnie aérienne s'en fichait probablement tant que je continuais à payer les frais exorbitants à chaque fois que je changeais de vol pour la « dernière fois ».

Mais la semaine dernière, j'avais vraiment prolongé ma location et reprogrammé mon vol pour la dernière fois. Le devoir m'appelait, et l'inévitable ne pouvait plus être reporté.

Alors que nous étions allongés là et que je faisais glisser mes doigts le long du bras de Brad, c'était étrange d'imaginer que c'était la dernière fois que nous nous pelotonnions ensemble dans ce lit. Dans quelques heures, je serais bien sur le chemin du retour vers New York cette fois, et pour une raison quelconque, je n'avais pas envie de rentrer chez moi.

Avec un soupir, je déposai un baiser sur le sommet de sa tête.

As-tu la moindre idée de combien tu me manqueras ?

Parce que putain de merde, il me manquerait. J'étais venu ici en pensant que nous allions juste passer du temps à baiser, mais les choses avaient changé entre nous. Quelque part entre l'instant où je m'étais garé devant son garage et ce soir, tout avait changé et j'avais peur de mettre le doigt dessus. En grande partie parce que cela n'avait pas d'importance. Tout ce qui se passait entre nous devait se terminer demain – ce soir, en réalité – et mettre un nom sur ce qui avait évolué entre nous n'y changerait rien. Mais nom ou pas nom, le laisser derrière moi allait me faire bien plus mal que je ne l'avais prévu lorsque j'avais acheté ce premier billet d'avion.

Il n'y a rien ici que je vais trouver dans un bar ou sur une appli.

Je le savais. Au fond de mes entrailles, je le savais. Oh, bien sûr, je pourrais trouver quelqu'un pour un coup d'un soir. Peut-être même un petit ami. Mais je pouvais parcourir tous les bars de New York et chaque profil sur Grindr et Tinder, je n'y trouverais jamais ce dont je mourrais le plus d'envie : l'homme qui était allongé à côté de moi en ce moment.

C'était un sentiment tellement étrange. J'avais eu quelques relations au fil des ans et j'étais tombé amoureux de plusieurs hommes en cours de route, mais il n'y avait jamais eu cette certitude absolue que ce que nous avions était irremplaçable.

Peut-être parce que j'avais pris ces relations pour acquises et qu'au moment où elles avaient dû se terminer, j'avais été prêt à m'en aller. Peut-être parce que j'étais toujours sorti avec des hommes qui exigeaient plus que ce je pouvais donner, et j'avais toujours été épuisé au moment où ils étaient partis. Peut-être parce que je n'avais jamais abordé quelque chose en sachant que ce serait limité dans le temps comme avec Brad.

Ça devait être ça. Brad et moi n'étions pas un couple dont la relation avait suivi son cours. Nous ne rompions pas parce que nous nous disputions trop, ou parce que nous étions incompatibles, ou parce que quelqu'un avait merdé d'une manière qu'il ne pouvait pas réparer. Nous avions à peine commencé en tant que... quoi que nous soyons vraiment l'un pour l'autre. J'avais l'impression qu'il y avait un vrai potentiel pour que cela aille quelque part, même si ça aurait pu finir par s'étioler ou nous exploser à la figure.

Mais il fallait nous arrêter après ce soir. Je n'avais jamais été pelotonné contre quelqu'un que je voulais encore et qui me voulait toujours, tout en sachant sans aucun doute que nos heures étaient comptées. Qu'on ne se toucherait plus comme ça.

C'était l'explication à ce que je ressentais. Ce n'était pas que j'étais follement amoureux de Brad et que c'était avec lui que je voulais être. Nous allions terminer cette relation brusquement et avant son heure, alors ça me secouait. C'était tout, et rien de plus.

N'est-ce pas ?

— Encore réveillé ? demanda-t-il.

— Oui, répondis-en caressant ses cheveux. Je te jure que je ne me souviens pas de la dernière fois où j'ai été aussi détendu.

Mis à part le fait que je redoute l'arrivée de demain.

— Oui. Pareil.

Il avait un sourire serein dans la voix.

— Passer du temps dans un endroit calme comme ici, c'est l'effet que ça fait. Et le sexe non-stop ne fait pas de mal.

Je ris et me penchai pour embrasser sa tempe, mais il y avait une sensation inconfortable dans ma poitrine. Quelque chose que je ne pouvais pas dire à voix haute.

Oui, plusieurs semaines dans un endroit magnifique et reculé comme ce chalet, c'était relaxant. Tout comme passer une bonne partie de ce temps au lit avec quelqu'un.

Mais ce serait fini demain, ce qui signifiait qu'il était

inutile de lui dire que c'était grâce à lui – pas au chalet, ni au sexe – que je me sentais si bien. Le simple fait d'être avec lui – que nous nous prélassions devant la télévision, que nous marchions dans les bois, que nous dormions côte à côte ou que nous baisions assez fort pour faire grincer les fondations du chalet – était ce qui me détendait tant.

Je ne sais pas comment décrire ce que je ressens.

Je sais juste à quel point ça fait mal de me dire que je vais m'en aller.

Quand je m'étais brisé le cou, on m'avait prévenu une douzaine de fois que le temps de la guérison serait un enfer. J'avais porté pendant des siècles plusieurs appareils orthopédiques qui immobilisaient mon cou et, dans une certaine mesure, mes épaules. Au moment où ces appareils avaient été retirés, la plupart des muscles s'étaient atrophiés, et j'avais dû suivre une foultitude de séances de rééducation douloureuses pour regagner cette force perdue.

Accepter que cette période de guérison allait être pourrie avait été une chose. Mais en réalité, endurer cet enfer en avait été une tout autre.

Mon esprit n'arrêtait pas de revenir là-dessus ce matin alors que je chargeais mes bagages à l'arrière du SUV de location. C'était différent, et à une moindre échelle, mais cela semblait étrangement familier – faire face à quelque chose qui avait semblé difficile en tant qu'événement futur et, pour que ça s'avère beaucoup plus difficile sur le moment.

Je fermai le coffre et pris une profonde inspiration.

Maintenant, la partie *vraiment* difficile.

Face à Brad, je souris malgré la douleur profonde dans ma poitrine.

— Eh bien, ç'a été un été génial.

— Oui, c'est vrai. Je suis vraiment content qu'on ait fait ça.

— Moi aussi.

Nous nous regardâmes pendant un moment avant que je ne me rapproche, et ce fut le seul signal dont Brad eut besoin. Il m'entoura de ses bras et nous nous immergeâmes dans l'un de ces longs baisers satisfaisants qui me donna l'impression que c'était une idée parfaitement rationnelle de reporter à nouveau mon vol. Seulement un instant, cela dit. Nous attachions tous les deux beaucoup trop d'importance à nos carrières respectives pour les mettre en jeu plus que nous ne l'avions déjà fait.

Ses lèvres quittant à peine les miennes, Brad murmura :

— Tu devrais y aller. Ton vol…

— Je sais.

Je l'embrassai quand même à nouveau et il ne protesta pas. Nous ne faisions que rendre l'inéluctable plus difficile, mais peu importait. J'avais le sentiment que je regretterais davantage d'avoir laissé un baiser non réclamé, que je ne regretterais d'avoir pris le temps de céder.

Cependant, cet intermède ne pouvait pas durer éternellement, alors je me reculai et croisai son regard.

— Prends soin de toi, d'accord ? Je, euh, on se verra sur la route cette saison.

Il rit sans enthousiasme.

— Oui. Je suppose que oui…

Il évita mon regard et je me demandai si cette prise de conscience était autant un coup de pied au cul pour lui que pour moi. Voir un ancien coéquipier ou un de mes anciens joueurs sur le banc de l'équipe adverse avait toujours été bizarre. Voir Brad sur la glace, mais pas de l'autre côté d'une table, sur le même canapé, dans le même lit...

Merde. Ça allait être plus difficile que je l'avais pensé.

Mais tout comme ma physiothérapie post-blessure, ce n'était pas facultatif. Si j'avais réussi à traverser ça, nous arriverions à traverser ceci tous les deux.

— Je ferais mieux d'y aller.

J'esquissai un geste en direction de la voiture.

Brad hocha la tête.

— Fais attention sur la route. Et bon vol.

— Oui. Toi aussi, quand tu rentreras chez toi.

— Toujours.

Il sourit faiblement et je lui rendis son sourire.

Puis je m'installai à contrecœur sur le siège du conducteur. Je tournai la clé et démarrai le moteur. Nous échangeâmes encore des salutations et des sourires avant que je ne quitte les lieux. Alors que je suivais la longue allée en direction de la route, je jetai un autre coup d'œil dans le rétroviseur, et putain, il me regardait partir. C'était *tellement tentant* de faire demi-tour et de passer une heure de plus avec lui, mais... non. Il était temps, et aucune négociation avec l'univers ne changerait cela.

Au bout de son allée, je m'arrêtai pour regarder longuement le poisson en bois sculpté avec écrit *Spencer* en dessous. Puis je pris le virage, traversai le pont désormais familier et continuai vers la route principale.

C'était une bonne chose que je n'aie pas besoin de ses instructions écrites pour retrouver mon chemin jusqu'à l'autoroute.

Elles auraient été difficiles à lire avec ma vision qui se troublait autant.

Chapitre 13
Brad

J'avais conduit tant de fois du lac Sutton à Vancouver que j'aurais pu le faire les yeux fermés, et j'avais vécu dans la ville assez longtemps pour que ses routes et son horizon soient aussi familiers que ma ville natale.

Alors pourquoi tout cela m'avait-il l'air étranger ce soir ?

Et pourquoi avais-je l'impression d'avoir été absent pendant des années au lieu de moins de deux mois ?

En fait, alors que je conduisais dans les rues que j'avais empruntées des centaines de fois, je me sentais un peu comme lors de cette rare visite dans ma ville natale, lorsque je me retrouvais dans un endroit à la fois familier et étranger. Comme si l'endroit où j'avais grandi était un lieu où j'étais allé dans une autre vie ou que j'avais vu dans un film, pas là où j'avais vécu pendant dix-sept ans.

Depuis plusieurs années, chez moi c'était Vancouver, et j'avais le même sentiment maintenant alors que je suivais l'itinéraire mémorisé depuis longtemps jusqu'à mon quartier. Cela ne faisait-il vraiment que quelques mois que je n'étais pas venu ici ? Parce que j'avais sérieusement l'impression de revenir après cent ans sur une autre planète.

C'était bizarre, d'autant plus que je passais une bonne partie de l'année sur la route, donc je n'étais même pas là tout le temps. Je passais mes étés au chalet. Pendant la saison régulière, il m'arrivait d'être absent pendant tout un mois. Être parti pendant de longues périodes n'était pas inhabituel du tout.

Oh, je savais quelle était la différence cette fois, mais je ne voulais pas y penser. Et je ne voulais vraiment pas passer la soirée seul, parce qu'alors *j'y penserais*, et ça craignait.

Heureusement, Keith vivait à proximité – nous avions tous les deux acheté des logements dans le même quartier après quelques saisons avec les *Narwhals* – et il était généralement partant pour sortir. En supposant qu'il soit là.

Alors, après avoir vérifié que rien dans ma maison n'avait bougé en mon absence, j'envoyai un texto à Keith :

Hé, t'es en ville ?

Ouais. Les gars sont partis ce matin. :(

Je compatis. Et c'était vrai : je savais que c'était dur pour Keith d'être dans une relation longue distance avec Shawn et Justin. Mais puisqu'il était à la maison... *Tu veux prendre un verre ?*

Je ne serais pas contre un peu de compagnie. Chez moi ?

Cela signifiait probablement qu'il avait déjà bu au moins un verre. Je ne l'en blâmais pas.

J'arrive.

Environ quinze minutes plus tard, je montais les marches de son perron pour sonner à la porte. Effectivement, il ouvrit la porte avec un whisky à moitié vide à la main.

— Salut, dit-il en s'écartant pour me laisser entrer. Content de te voir.

— Toi aussi. Prêt pour l'entraînement ?

Il gémit et avala une grande gorgée de son verre. Je gloussai en enlevant mes chaussures. Nous aimions tous les deux notre métier, mais comme pour beaucoup de nos coéquipiers, il y avait une ambiance « d'enfants qui retournent à l'école après les vacances d'été » lors des premiers entraînements de la saison. Notre coach avait même menacé de venir tous nous chercher dans un bus scolaire si nous ne nous taisions pas. Bien sûr, cela n'avait fait qu'empirer les choses, et maintenant nous exagérions les choses juste pour l'emmerder.

Dans la cuisine, Keith me servit un verre et remplit le sien. Puis nous allâmes dans le salon en gardant la bouteille sur la table basse alors que nous nous asseyions sur le canapé.

— Alors, comment s'est passé l'été ? demandai-je.

Il sourit tendrement, quoiqu'un peu tristement.

— Les gars et moi, on a passé les deux dernières semaines chez moi à Hawaï. Ensuite, ils sont restés ici quelques jours pendant qu'on se remettait tous un peu du décalage horaire.

Il soupira.

— Leurs entraînements commencent aussi demain, alors...

— Mais tu as passé un bon été avec eux ?

— Oh oui.

Il sourit, avec ce regard rêveur qui était inévitable quand il parlait de Shawn et Justin.

— On a même réussi à sortir plusieurs fois parce qu'on avait des amis de passage dans le coin, alors on s'est en quelque sorte fondus dans le groupe.

— Mec, je ne sais pas comment tu fais, intervins-je en secouant la tête. Voler sous le radar, ça a l'air épuisant.

Il grogna.

— C'est le prix à payer pour être avec ces deux-là.

— Je suppose, oui.

Et d'après tout ce qu'il avait dit sur eux et la relation qu'ils avaient, le jeu en valait la chandelle. À vrai dire, je l'enviais d'avoir quelque chose qui valait ce parcours du combattant, sans parler d'avoir non pas un mais *deux* hommes prêts à faire la même chose pour lui.

— Enfin bref.

Keith reposa son verre.

— Et toi, comment s'est passé *ton* été ? Mec, je n'arrive pas à croire qu'on ait passé tout l'été sans jouer au golf au moins une fois.

Je lui fis un signe évasif de la main.

— Nan, ça va. Je viens de rentrer aujourd'hui du lac Sutton.

Keith cligna des yeux.

— Tu as passé *tout* l'été au chalet ?

Je hochai la tête.

— Oui. J'avais juste besoin de me retirer un moment, je crois.

Les sourcils de Keith se haussèrent.

— Waouh. Aussi génial que ce soit là-haut, je pense que je deviendrais dingue tout seul pendant plus d'une semaine.

Avec un rire, je haussai les épaules.

— Eh bien, ça me va d'être tout seul. Même quand c'est un endroit calme.

— Pendant *tout un été* ?

— Ouaip.

Pas que j'y aie passé beaucoup de temps seul, mais tu n'as pas besoin de le savoir.

Tout l'été. Avec Anthony. Waouh, ça semblait surréaliste maintenant. Comme si j'avais tout imaginé. Comme si nous nous étions arrêtés après notre deuxième nuit, et que nous n'avions pas...

— Hé ho ?

Keith inclina la tête.

— Tu vas bien ? Tu n'as pas l'air d'être vraiment là aujourd'hui.

— Je vais bien, je vais bien, répondis-je en me forçant à rire. C'est juste la veille du premier jour d'école et je ne veux pas que les vacances d'été se terminent.

Il n'eut pas l'air convaincu.

— Allez. C'est moi qui suis censé ruminer. Qu'est-ce qu'il y a ? Tu as un nouveau mec dont tu ne peux pas me parler ?

La question désinvolte me prit par surprise et je sursautai avant de pouvoir m'empêcher.

L'expression de Keith se fit sérieuse. Il se redressa un peu.

— Attends. Tu *as*...
— Non. Non.

Je levai la main et secouai la tête en signe de dénégation.
— Je n'ai pas... Il n'y a pas...

Son sourcil s'arqua de cette façon qui signifiait qu'il était trop poli pour me dire que je disais de la merde.

Dans un soupir, je me dégonflai un peu et m'adossai au canapé.

— Oui, j'ai rencontré quelqu'un. Mais c'est fini maintenant.

— Ah, ça craint.
— Mouais.

Je fis distraitement tourner mon verre.
— C'est comme ça.

Il me regarda pendant un moment, plein de questions non posées dans ses yeux, et je le suppliai silencieusement de les garder là. La dernière chose dont l'un ou l'autre avait besoin, c'était que je fasse une crise émotionnelle ce soir. Et merde, c'était une possibilité si notre conversation continuait comme ça.

Heureusement, non. Au lieu de cela, Keith leva son verre.

— Je serais partant pour un autre verre. Toi ?
— Putain ouais, dis-je en attrapant la bouteille. Cul sec.

Ma cheville me tiraillait toujours un peu les premières fois que j'étais de retour sur la glace après un certain temps libre, et aujourd'hui ne faisait pas exception. Alors que je patinais en long et en large sur la patinoire d'entraînement, je serrais les dents tandis que ma cheville émettait sa protestation annuelle. La semaine prochaine, tout irait bien, et à part se manifester de temps en temps pendant une série de matchs particulièrement intenses, et à moins d'une blessure, elle ne me poserait pas beaucoup de problèmes par la suite.

Merci, cher chirurgien qui me l'a réassemblée comme un chef.

Ma cheville cyborg n'était pas la seule chose qui me ralentissait sur la glace aujourd'hui, cependant. Depuis que j'étais sorti du lit ce matin, mes tempes me lançaient. Pas de surprise. Keith et moi ne nous étions pas vraiment défoncés la nuit dernière, mais nous avions bien levé le coude. Assez pour que je dorme dans sa chambre d'amis plutôt que de tituber jusqu'à chez moi, et nous avions tous deux grimacé un peu ce matin. D'accord, peut-être que nous avions bu plus que nous ne l'aurions dû. Surtout quand nous devions être à l'entraînement à dix heures.

Mais peu importait. Ses mecs lui manquaient, Anthony me manquait, et merde, il y avait eu la boisson.

Apparemment, je voulais être encore plus malheureux aujourd'hui. Mission accomplie.

Alors que je faisais un tour d'échauffement autour de la patinoire, l'un des défenseurs, Masters, attira mon attention. La lumière crue du palais des sports l'empêchait de cacher à quel point il était pâle, et les cernes sous ses yeux n'aidaient pas. Poursuivant paresseusement un palet le long des panneaux, il avait légitimement l'air d'être sur le point de s'évanouir sur ses patins.

Mi-amusé et mi-inquiet, je patinai dans sa direction.

— T'as un peu trop fait la fête hier soir ?

Il grimaça en attrapant le palet et ralentit pour s'arrêter.

— Pouah. J'aurais préféré. Non, Leanne et moi, on est restés debout toute la nuit avec un bébé énervé.

— Oh, c'est vrai.

Je ris en m'arrêtant à côté de lui.

— Vous deux, vous savez vraiment vous détendre hors-saison, pas vrai ?

Masters gémit en roulant des yeux.

— Bon Dieu. Oui. On n'avait *pas* très bien planifié pour celle-là.

Je me contentai de rire. Je savais ce qu'il voulait dire : les joueurs de hockey et leurs partenaires étaient un peu perdants quoiqu'ils fassent lorsqu'il s'agissait de planifier les naissances de leurs enfants. Pour les bébés qui arrivaient pendant la saison de hockey, papa n'était pas là pour aider pendant les mois difficiles du nourrisson. Et pour ceux qui arrivaient pendant la morte-saison, papa était là pour aider, mais il ne profitait pas de temps d'arrêt pendant la brève période où il n'était pas en train de voyager-jouer-voyager-jouer. Masters et sa femme étaient probablement tous les deux heureux qu'il ait été là pendant les premiers mois du bébé, mais je ne lui reprochais pas de maugréer ce matin d'avoir à ramener son cul ici maintenant que les entraînements reprenaient.

— Ça pourrait être pire, mec, intervint Karlsson en patinant à côté de nous. Jenn a eu Ian quatre mois après le début de la saison régulière, et elle ne m'a jamais laissé l'oublier.

Il grimaça.

— Le bébé numéro deux arrivera hors-saison, ou Ian sera fils unique.

Sorenson renifla en patinant devant nous.

— Bonne chance pour ça.

Karlsson lui lança un regard noir.

— Ne me file pas la guigne !

Sorenson rit et continua de patiner. Il avait quatre enfants, trois nés pendant la saison régulière tandis que le quatrième aurait dû arriver hors-saison afin qu'il puisse réellement être là pour aider sa femme. Au lieu de cela, le gamin avait décidé de se présenter un peu plus tôt... en plein milieu des séries éliminatoires. Si quelqu'un savait à quel point il était inutile d'essayer de planifier des naissances autour de la saison PHL, c'était Sorenson.

Je n'enviais aucun d'entre eux. J'étais déjà assez épuisé après une soirée à m'apitoyer sur notre sort avec mon meilleur ami. Essayer de gérer un bébé m'aurait tué. Aucun doute là-dessus.

Et s'ils pouvaient se ressaisir pour jouer au hockey malgré des nuits blanches avec des tyrans miniatures hurlants, alors je pourrais aussi me ressaisir. J'avais juste une mélancolie de vacances combinée à une légère gueule de bois. J'irais bien.

Oui. J'irais bien. Anthony était un coup d'un soir devenu une aventure estivale. C'était fini. Je devais détourner mon attention de lui et me concentrer sur le hockey.

Allez, Spencer. Le hockey. Tu sais, ce truc pour lequel ils te paient bien trop cher ?

Je fermai les yeux et soupirai par le nez.

Ça ne fonctionna pas. Anthony était toujours au premier plan dans mon stupide cerveau.

Pourquoi *était*-ce si difficile de le laisser partir ? C'était juste... Nous nous étions rencontrés seulement pour pouvoir... Anthony n'était qu'un...

Mes épaules s'affaissèrent. Oh, putain. Non, ce n'avait pas juste été une aventure d'un soir. On ne s'était pas seulement revus pour baiser le plus possible pendant la saison morte. Anthony n'était pas qu'un cul appréciable. Au début, peut-être. Après environ une semaine ensemble ? Plus tellement. Et après six semaines tous les deux ? Pas même un petit peu.

J'enlevai mon gant et me frottai les yeux avec le pouce et l'index. Il m'avait fallu jusqu'à maintenant, que l'été soit fini et que chacun soit parti de son côté, pour que je réalise à quel point nous nous étions liés. C'était censé être du sexe. Rien de plus. Et ensuite, c'était aussi censé être une aventure d'un soir, et *ça*, ça aurait certainement fonctionné.

Mais nous attachions tous deux de l'importance à nos carrières et nous nous étions tous les deux cassé le cul pour en arriver là où nous étions. Il s'agissait de carrières issues de seconde chance suite à des blessures qui nous avaient presque coûté le hockey. Je n'allais pas mettre la mienne en danger, et je doutais fortement qu'il soit assez stupide pour faire la même chose avec la sienne juste pour être avec moi.

Alors, comme un adulte, je mettrais de côté les souvenirs de cet été, je passerais à autre chose et je finirais par trouver quelqu'un avec qui je pourrais être sans mettre ma carrière sur la sellette. Anthony ne pouvait pas être le seul mec bien dans la nature. Au moins, ça devrait me rassurer que si un mec comme lui existait, alors d'autres aussi, et cela signifiait que je n'avais qu'à aller m'en trouver un.

Je m'autoriserais à me languir de lui ce soir. Me verserais un verre de vin, m'assiérais sur le canapé, parcourrais nos photos sur mon téléphone et ferais peut-être défiler son

Instagram si je me sentais particulièrement masochiste. Je m'y vautrerais. Il me manquerait. Je fantasmerais sur lui.

Et quand je reviendrais demain, je serais prêt à me mettre en tenue et à jouer au hockey.

Putain, en tout cas je l'espérais.

Chapitre 14
Anthony & Brad

Anthony

Rien dans ma vie quotidienne ne me semblait normal. La maison dans laquelle je vivais depuis des années me donnait la sensation de ne plus être mon chez-moi. Le lit dans lequel je dormais chaque fois que je n'étais pas sur la route était trop dur, trop grand, trop vide. Le chaos du coaching et des voyages qui s'enchaînaient étaient un mode de vie auquel j'étais habitué depuis mes jours en tant qu'entraîneur adjoint, mais désormais je me sentais... déconnecté. Comme si je n'étais pas tout à fait sur la même longueur d'onde que ma propre vie.

Pendant la saison régulière, tout était frénétique, alors je m'étais depuis longtemps arrangé une routine matinale juste pour garder un semblant de normalité tout au long de l'année. Elle consistait en trente minutes de calme chaque jour, ce qui contribuait grandement à gérer le pandémonium général qu'était la vie dans la PHL.

Tous les matins, je passais une demi-heure à boire une tasse de café pendant que je regardais des émissions de télé sans consistance. Pas d'actualités. Pas d'e-mails. Pas de réseaux sociaux. Pas d'anxiété induite par des statistiques, des listes de blessures, la politique ou toute autre chose qui pourrait augmenter ma tension artérielle si tôt dans la journée.

D'une certaine manière, je ne fus pas surpris que ce matin, ma routine ne parvienne en rien à me calmer ni à me recentrer. Cela ne fonctionnait plus depuis mon retour à New York. Pourquoi devrait-il en être autrement aujourd'hui ?

Dans un soupir, je posai ma tasse de café et frottai mon cou raide des deux mains. Peu importait à quel point j'essayais de me détendre et de profiter de cette brève période de paix, tout ce à quoi je pouvais penser, c'était à celui qui n'était pas là pour partager ce café avec moi. Comme la pièce était vide sans plaisanteries enjouées ou conversations informelles. Que j'avais passé toutes ces années à aimer cette routine, et qu'il ne m'avait fallu qu'un été au lac Sutton pour me rendre compte de sa putain de solitude. De *ma* putain de solitude.

Cela ne signifiait pas que Brad et moi devions continuer ce que nous avions fait tout l'été, cependant. En revanche, ça ressemblait à une sacrée prise de conscience. J'avais en quelque sorte négligé d'avoir une vie personnelle, sans parler d'une vie sexuelle ou d'une vie amoureuse, au cours des dernières décennies, et il n'y avait rien de mieux qu'aujourd'hui pour commencer à donner la priorité à cela. En supposant que je puisse trouver quelqu'un de mieux que la poignée de gars avec qui j'étais sorti au fil des années. Un passé terne ne facilitait pas l'optimisme quant à l'avenir.

Mais je ne trouverais personne si je ne cherchais pas, alors je me promis qu'après l'entraînement d'aujourd'hui, j'irais dans l'un des nombreux bars gays de la ville et j'essaierais de me trouver quelqu'un, même si c'était juste une conquête sans lendemain. Après tout, la dernière fois que je l'avais fait, je m'étais retrouvé au lit avec un gardien de but incroyablement sexy qui s'était également avéré être tout ce qui me manquait chez un petit ami.

Qui savait sur qui je tomberais ce soir ?

Brad

Swipe gauche. Swipe gauche. Swipe gauche. Swipe... hmm, non. Non. Définitivement gauche.

À côté de moi sur le banc dans les vestiaires, Keith me regarda.

— Est-ce qu'au moins tu as *regardé* un seul de ces profils ?

Dans un soupir, je haussai les épaules.

— Euh... vaguement ? Personne n'a l'air intéressant.

— Brad. Mec, intervint-il en inclinant la tête. Tu es passé à côté d'une demi-douzaine de mecs devant lesquels tu aurais bavé il y a six mois. Qu'est-ce qui se passe ?

Mes épaules s'affaissèrent un peu. Il avait raison, il y avait beaucoup de mecs attirants sur l'application. Un jour normal, j'aurais au moins jeté un deuxième coup d'œil à leurs profils. Aujourd'hui, c'était swipe gauche, swipe gauche, swipe gauche.

— Hé.

Keith se rapprocha et baissa la voix.

— Tu vas bien ? Tu as la tête ailleurs depuis que l'entraînement a repris.

Il s'arrêta.

— Enfin, ton jeu est toujours au point, mais à la seconde où tu n'as plus le hockey dans la tête..., rectifia-t-il, puis il agita une main devant son propre visage. Ce type que tu as rencontré pendant l'été t'a retourné la tête, ou bien ?

— Je pense qu'on pourrait dire ça, ouais.

— Alors, qu'est-ce qui s'est passé ?

Je passai mes doigts dans mes cheveux mouillés par la douche.

— Rien de spécial. Sauf que j'ai passé tout l'été avec lui et maintenant je n'arrive plus à le sortir de mes pensées.

— Pourquoi vous avez arrêté, alors ?

J'hésitai. Keith et moi pouvions être honnêtes l'un envers l'autre sur des choses que nous n'osions dire à personne d'autre, mais nous nous trouvions dans un vestiaire et entourés de nos coéquipiers. Même si je décidais de dire avec qui j'avais été, ce ne serait pas ici ni maintenant.

— C'était juste censé durer cet été. Aucun de nous ne veut d'un truc à distance, tu vois ?

Il rit sèchement.

— Je me demande bien pourquoi.

— Oui, tu sais comment c'est.

Je n'avais toujours aucune idée de la façon dont il gérait les choses en ne voyant ses deux petits amis qu'à l'occasion. Ils n'étaient qu'à deux cents kilomètres d'ici, à Seattle, mais ils étaient aussi tous les deux hockeyeurs, ce qui signifiait qu'ils ne se voyaient pas fréquemment en dehors de la saison morte.

— Alors, vous avez tout arrêté ? demanda-t-il.

Je hochai la tête.

— On n'a pas vraiment eu le choix.

Il serra les lèvres.

— Et c'est plus compliqué qu'une histoire de distance, ajoutai-je. C'est... Crois-moi. C'est compliqué.

Keith me regarda pendant un moment comme s'il allait insister, puis il haussa les épaules.

— C'est toi qui connais ta situation, mec.

Il me donna une tape ferme sur le genou, et alors qu'il se levait, il ajouta :

— Mais si c'est si difficile de t'en défaire, c'est peut-être un signe, tu sais ?

Je grognai en guise de remerciement et hochai la tête, mais laissai tomber le sujet. C'était probablement un signe, mais ce n'était pas comme si Anthony et moi avions le choix.

Tout ce que j'avais à faire maintenant, c'était de m'en convaincre et de passer à autre chose.

D'ailleurs, même si nous avions eu le choix, je me serais fourvoyé si j'avais cru qu'Anthony s'embêterait avec une relation à distance – secrète ou non – avec moi. Je l'avais fait jouir de nombreuses fois, mais j'aurais nagé en plein délire si j'avais pensé qu'un gars comme lui avait du mal à dénicher localement ses orgasmes.

Donc voilà. J'avais juste besoin de lâcher l'affaire, de me concentrer sur le hockey et de passer à autre chose.

Je pouvais me mettre la tête dans le jeu quand j'en avais besoin. Dans le cas présent, ça revenait à me joindre à mon équipe pour un match de présaison contre San José ici à domicile et à Vancouver demain soir. Ça voulait donc dire m'entraîner avec mon équipe aujourd'hui, ce que j'avais fait, et j'étais resté concentré sur le hockey tout le temps.

Mais Keith avait raison : dès que nous sortions de la patinoire, mon esprit revenait directement à l'homme que je n'allais plus revoir.

Ou, en tout cas, pas le revoir de la façon dont je le *voulais*. Nous nous croiserions. C'était inévitable. Nos équipes s'affronteraient plus d'une fois au cours de la saison régulière. Et bien que New York ait connu ses débuts difficiles habituels avec des commentateurs qui en parlaient comme s'ils étaient condamnés, il y avait de fortes chances que nos deux équipes se qualifient pour les séries éliminatoires, comme elles l'avaient fait au cours des dernières saisons.

Nous nous reverrions. Nous nous reverrions *beaucoup*.

Juste... pas comme ça. Bon sang.

Cela ne valait même pas la peine de suggérer que nous nous retrouvions à nouveau, sans parler de passer une nuit ensemble. Anthony n'allait pas risquer sa carrière pour passer quelques nuits de plus avec moi, tout comme je n'allais pas jouer la mienne pour en passer d'autres avec lui.

Du moins, c'était ce que je me disais.

S'il m'appelait ou m'envoyait un texto...

Eh bien, je franchirais cette ligne d'autodiscipline si ça se présentait.

Anthony

Il fut un temps dans ma vie où sortir seul d'un bar gay me laissait démoralisé avec un sentiment de rejet.

Ce soir, alors que le taxi m'emmenait, tout seul, du club, je n'avais pas été rejeté ou ignoré. En fait, je semblais attirer plus d'attention ces jours-ci que lorsque j'étais plus jeune. Il y avait même eu deux mecs différents – l'un en début de vingtaine, l'autre qui était peut-être sur le point d'avoir trente ans – qui m'avaient qualifié de « renard argenté », ce qui était un bon petit coup de pouce pour l'ego.

Mais je rentrais seul parce que personne à cet endroit n'avait éveillé mon intérêt, et c'était la troisième fois en autant de semaines que je sortais, déterminé à trouver quelqu'un avec qui partager mon lit pour une nuit, seulement pour repartir les mains vides et déçu. D'accord, peut-être que je n'aurais pas les mains vides ce soir, mais l'homme sur lequel je fantasmerais n'était pas quelqu'un que j'aurais pu trouver dans ce club.

Et si je l'avais croisé ? Et si par pure coïncidence, Brad avait été à New York ce soir, et que parmi tous les bars gays de la ville, il était entré dans celui-ci ? Et si on s'était repéré comme on l'avait fait à Vancouver après la finale de la Coupe ? Et ensuite ?

Sérieusement, Anthony. Et ensuite ?

Je voulais croire que j'aurais été intelligent, que j'aurais donné la priorité à ma carrière et à ma réputation et que j'aurais foutu le camp. Je voulais croire que j'aurais été l'entraîneur Caruso ce soir (le mec avec la tête froide qui ne prenait pas de risques stupides) et non l'ailier gauche 47 Anthony Caruso (le joueur qui avait joyeusement eu des actions qui lui avaient valu un nez cassé bizarre et quelques dents fêlées au nom du palet et de son envoi dans le filet). Je voulais y croire, mais je me connaissais. Je l'avais déjà approché une fois dans un bar gay, sachant très bien que c'était une mauvaise idée ; Je me mentais à moi-même si je pensais que je ne le referais plus maintenant alors que je savais exactement comme ce serait bon une fois que nous serions seuls.

J'appuyai la tête contre le siège tandis que le taxi se dirigeait vers l'appartement du centre-ville où je créchais. Il fallait que je me sorte Brad de la tête. Il fallait que je l'oublie.

Mais que Dieu me vienne en aide, je n'y arrivais pas.

Brad

Allez, allez. Concentre-toi.

Au moins, je n'étais pas sur la glace. Non, j'étais à la maison et le steak que je faisais griller était maintenant bien trop cuit. Pouah. Bien au-delà du niveau de cuisson pour laquelle je l'aurais renvoyé en cuisine dans un restaurant, mais je n'avais personne d'autre à blâmer que moi, cette fois.

Moi, et l'homme qui n'arrêtait pas d'interrompre grossièrement mes pensées rien qu'en existant.

Je soupirai en mettant le steak sur une assiette pour qu'il refroidisse, puis j'allai chercher un flacon de sauce à steak pour essayer un minimum de sauver ce repas. Alors que je regardais dans le réfrigérateur, mon esprit revint à l'une des soirées au chalet.

— Je ne comprendrai jamais les gens qui mettent de la sauce sur un steak parfaitement bon, avais-je fait remarquer pendant le dîner.

— N'est-ce pas ? Si je mets de la sauce à steak dessus, ça veut dire que quelqu'un a merdé dans la cuisine.

J'avais ri et nous avions trinqué ensemble avant de continuer à manger les steaks absolument délicieux qu'il nous avait préparés ce soir-là. Nous avions les mêmes goûts pour ce qui était de la nourriture. De la bière. De la télé. Des films. Du sport, évidemment, même s'il aimait aussi le football et que j'étais davantage fan de base-ball, mais nous n'avions pas besoin d'être des clones l'un de l'autre.

Surtout que nous n'étions pas ensemble, que nous n'avions pas voulu être ensemble, et pourquoi avais-je ouvert le réfrigérateur ? Oh. C'est vrai. De la sauce à steak. Parce qu'Anthony m'avait distrait et que du coup j'avais trop cuit mon steak, et Dieu merci, j'avais gardé de la sauce parce que j'aimais en mettre de temps en temps sur des frites.

Je trouvai ladite sauce et emportai mon assiette à table pour manger. Sans surprise, elle ne fit pas beaucoup de différence. La texture était ce qu'elle était, et de toute façon, je mangeais en pilote automatique à cause d'Anthony. Parce que chaque foutu train de pensées revenait toujours à lui.

Je me détestais un peu pour ça, mais j'aurais aimé qu'il parte quand il l'avait initialement prévu. J'aurais alors eu moins de temps pour m'attacher à lui et plus de temps pour l'oublier. J'aurais même pu être passé à autre chose à l'heure qu'il est.

Mais il était resté. Je m'étais attaché. Et maintenant... Putain.

Si nous avions limité ça à une aventure d'une nuit – ou peut-être deux nuits – ç'aurait été plus facile à oublier. Mais nous ne l'avions pas fait. Quelques jours dans mon chalet s'étaient transformés en tout un été ensemble, et lâcher prise après cela ne marchait tout simplement pas.

Je regardai par la fenêtre et bus une gorgée de bière, refusant de reconnaître à quel point le goût me rappelait ces nuits sur mon porche à regarder le coucher du soleil. Qu'est-ce qui n'allait pas chez moi, bordel ?

Il y avait eu des mecs dans le passé que je n'avais pas voulu lâcher parce que le sexe était vraiment bon. Même des semaines ou des mois après notre séparation, je m'étais surpris à penser à eux quand je me branlais.

Mais ce n'était pas au sexe que je pensais chaque fois que mes pensées allaient vers Anthony. Enfin, j'y pensais – beaucoup – mais ce n'était pas ça qui me faisait souhaiter que nous puissions retourner dans mon chalet. Le simple fait d'apercevoir le soleil qui commençait à se coucher par la fenêtre de ma cuisine ou de voir une photo d'un foutu ours me faisait penser à tout ce temps que nous avions passé à sortir, à faire connaissance, à devenir amis et à devenir bien plus qu'une longue aventure d'une nuit.

Je ne pouvais pas le sortir de ma tête. Pas en finissant mon steak à la cuisson peu glorieuse.

Pas en essayant de dormir cette nuit-là.

Pas même alors que je traînais ma carcasse fatiguée et distraite pour aller m'entraîner.

Putain. Je n'avais pas ressenti ça pour quelqu'un depuis... De qui je me moquais ? Je n'avais jamais ressenti ça pour personne. Il était trop tôt pour dire que j'étais amoureux de lui, mais mon instinct me disait que si nous avions plus de temps ensemble, ça viendrait. Et je *voulais* en arriver là.

Était-il possible qu'il ressente la même chose ? Avait-il autant de mal que moi à laisser l'été derrière lui ? Y avait-il la moindre chance qu'il saute sur l'occasion d'être avec moi, même brièvement ?

Je supposai qu'il n'y avait qu'un seul moyen de le savoir.

Le cœur résonnant dans mes tempes, je trouvai son numéro dans mes contacts et commençai à rédiger un nouveau SMS. Avant de pouvoir m'en dissuader, je l'envoyai :

Je suis sans doute dingue, mais je veux te voir.

J'hésitai, puis ajoutai :

Je te veux.

Et je fixai mon téléphone, un nœud dans la gorge, en me demandant s'il allait répondre.

Chapitre 15
Anthony

— Allez, les gars ! criai-je. Pas question que je voie ça sur la glace demain soir !

Mes joueurs me gratifièrent de hochements de tête et ils retournèrent au centre de la patinoire pour reprendre la mêlée. Idéalement comme des professionnels cette fois, plutôt qu'un groupe de mômes à qui on aurait remis des crosses et des patins sans aucune formation.

Appuyé contre la balustrade, les bras croisés, je les observais en me rappelant qu'ils faisaient ça à chaque saison. Les entraînements et les matchs de présaison étaient, sans faute, un spectacle de merde chaque année, et les trois ou quatre premiers matchs l'étaient tout autant. Les commentateurs avaient généralement la mémoire d'un poisson rouge et réagissaient toujours comme si les *Krakens* tombaient en lambeaux lorsque les premiers matchs de la saison étaient mauvais, oubliant que nos premiers matchs de la saison étaient presque *toujours* mauvais.

En fait, je commençais à croire qu'il y avait une superstition derrière tout ça. Les *Krakens* avaient remporté la Coupe à quatre reprises, dont trois depuis que j'étais entraîneur, et à chacune de ces saisons, ils avaient été mauvais lors de la première semaine de la saison. Les fans et les joueurs croyaient fermement que si les *Krakens* remportaient le premier match de la saison, ils étaient condamnés à ne même pas se qualifier pour les séries éliminatoires, sans parler de remporter la Coupe. C'était frustrant de commencer avec un record aussi merdique chaque année, mais si cela empêchait mon équipe de sombrer dans une panique superstitieuse et de croire que leur saison était terminée avant même d'avoir commencé, très bien. Je pourrais vivre avec. Si cela continuait au-delà de la deuxième semaine de la saison, cependant, il y aurait un prix à payer.

— C'était comment ? demanda Agnew qui patina devant moi.

Comment était... oh, putain. Je n'avais même pas fait attention.

Je me raclai la gorge.

— Euh, continue. Continue comme ça.

Alec Clayton, l'un des entraîneurs, patina jusqu'à côté de moi alors que les joueurs retournaient s'entraîner.

— Tout va bien, coach ?

— Oui. Oui, répondis-je avec un signe de main évasif. Je vais bien.

Il me regarda du coin de l'œil.

J'indiquai un point par-delà mon épaule.

— *Mais* je vais aller me chercher un autre café, cela dit.

Clayton éclata de rire.

— Bonne idée. Il y a des chances que j'aille m'en prendre un aussi sous peu.

Je hochai la tête, et je quittai prudemment la glace pour me diriger vers les bureaux.

Dès que je fus derrière la porte fermée, je m'abandonnai à un lourd soupir. C'était une sacrée bonne chose que je n'aie pas les patins aux pieds aujourd'hui. Je tenais déjà à peine debout. Mon corps était sur le point de s'effondrer d'épuisement. Mon cerveau était tellement embrouillé qu'il me rappelait une de ces périodes hors-saison à l'université où j'avais fait la fête pendant des jours sans prendre la peine de dormir. C'était d'ailleurs vaguement la même sensation que les mois suivant le jour où je m'étais pris un palet dans la tempe pendant ma saison de recrue. Ma seule et unique commotion cérébrale en hockey professionnel. Ma capacité de concentration avait été au mieux merdique pendant longtemps après cela, et ça me rappelait quand j'avais été en pleine guérison – assez fonctionnel pour jouer au hockey et reprendre ma vie en main – mais toujours pas tout à fait revenu à la normale.

Je n'avais pas pris un palet à la tête cette fois. Je n'avais pas fait la fête parce que merde, les choses que j'avais faites à l'époque de mes vingt ans me tueraient maintenant que j'en avais quarante-cinq.

Je savais exactement quel était mon problème cette fois : je n'avais pas pu bien dormir depuis mon retour à New York.

Au début, j'avais imputé cela au décalage horaire et à l'anxiété qui accompagnait le début des entraînements avec ma nouvelle liste de joueurs. Ça me coûtait toujours un peu de sommeil.

Mais chaque fois que je me tournais et retournais, chaque fois que ma main se posait sur des draps froids et vides à côté de moi, la vérité se faisait connaître comme une douleur implacable dans un muscle surmené : je dormais mieux avec quelqu'un à mes côtés.

Pas juste quelqu'un : Brad.

Durant ces vacances passées dans son chalet, j'avais mieux dormi que depuis des années. Maintenant que j'étais chez moi et dans mon propre lit, de retour à ma vie normale et à sa routine frénétique, l'absence de l'homme chaleureux et aux larges épaules à côté de moi était inévitable.

Ici, dans le bureau vide, je fermai les yeux et frissonnai. J'avais besoin de passer à autre chose et de laisser Brad dans le passé. Nous avions passé plusieurs semaines agréables ensemble, mais nous savions que nous ne pouvions pas avoir plus que ça. Je devais mettre ce souvenir dans un tiroir, peut-être y faire appel quand j'aurais besoin de quelque chose pour me donner un orgasme en solo de temps en temps, et tourner la page.

Je secouai la tête, puis me poussai de la porte vers le bureau, qui était couvert de paperasse pour laquelle je n'avais pas le cerveau disponible aujourd'hui. Au lieu de cela, je pris ma tasse de voyage et allai dans la salle de pause en face du vestiaire. Là, je vidai le fond froid du café que j'avais bu plus tôt, et usai de la cafetière fraîchement coulée pour le remplir à moitié.

Je le complétai d'une boisson énergisante à indice d'octane élevé, mis le couvercle sur la tasse à emporter et fis tourner le contenu plusieurs fois. C'était la substance ayant le pire goût de la planète, mais aux grands maux les grands remèdes. Ça avait fonctionné dans le passé quand j'étais si épuisé que je pouvais à peine tenir debout, et la consommation de boissons énergisantes devait se faire hors de vue des joueurs. Nous leur répétions toujours qu'ils devaient éviter les boissons énergisantes, même celles qu'ils approuvaient, parce que bordel, ces trucs pouvaient s'avérer hyper toxiques. Cacher la mienne dans mon café était la seule façon pour moi de la boire devant eux sans récolter des regards de travers bien mérités.

Je retournai au bureau pour jeter la canette dans la corbeille, et avant de rejoindre la patinoire, je pris une pause pour regarder mon téléphone.

Et j'y regardai à deux fois quand je vis deux textos à l'écran. Tous deux de Brad.

Je suis sans doute dingue, mais je veux te voir.

Je te veux.

Tout l'air s'échappa de mes poumons et je jetai un coup d'œil autour de moi pour m'assurer que personne ne pouvait voir mon écran. Puis je reportai mon attention sur les messages.

Je suis sans doute dingue, mais je veux te voir.
Je te veux.

Mon Dieu, si cela ne résumait pas exactement ce que je pensais à son sujet ces derniers temps... Mais qu'importe ? Nous ne pouvions pas nous voir. Si nous étions pris, il y aurait de fortes chances que nous nous retrouvions tous les deux sans emploi, et nos records seraient éclipsés par le scandale de la liaison d'un joueur et d'un entraîneur. Qu'allions-nous faire ? Disparaître pour nous retrouver dans son chalet en pleine saison ? Évidemment que non. Ça ne laissait que l'éventualité de nous rencontrer dans une ville. Soit l'une de nos villes de résidence, soit quelque part où une de nos équipes jouait. Quelque part où il y aurait beaucoup de monde et où nous pourrions facilement être reconnus.

Non. C'était une mauvaise idée. C'était une tentation pure et dure sous forme de joueur de hockey sexy d'un mètre quatre-vingt-cinq – *oh, sérieux, quelle vie de merde* – mais renouer avec Brad était une idée atroce.

J'empochai mon téléphone sans répondre aux messages et je retournai sur la glace pour voir comment se débrouillaient mes joueurs. J'étais à mi-chemin quand je réalisai que j'avais laissé derrière moi ma concoction de boisson énergisante au café et retournai la chercher. Non pas que j'en avais vraiment besoin maintenant.

Pendant que j'observais depuis le banc, sirotant ma boisson nocive, j'essayais de suivre l'entraînement et de faire des commentaires là où c'était nécessaire. Heureusement, il y avait des entraîneurs sur la glace qui géraient les techniques les plus précises et les moments critiques, alors tant qu'ils étaient sur le terrain, ce ne serait pas trop visible si je n'étais pas autant au top que d'habitude sur ce qui s'y passait.

Et putain, je n'étais pas au top. J'étais réveillé maintenant, ce qui n'était pas plus mal, mais mon esprit revenait sans cesse à ces textos. Comme si je n'avais pas déjà été focalisé à fond sur Brad ces derniers temps, j'avais maintenant un nouvel élément pour continuer à faire une fixette sur lui.

« *Je suis sans doute dingue* », pouvais-je presque l'entendre dire à voix haute, « *mais je veux te voir. Je te veux* ».

Je le voulais aussi. Je ne pouvais pas le nier. Il était juste question de savoir si je pouvais me dissuader de l'avoir.

Je sais que je suis dingue, Brad. Mais je veux te voir aussi.

Je te veux.

Après la fin de l'entraînement, je me retirai de nouveau dans le bureau. Maintenant que j'étais seul, je relisais les messages encore et encore, mon cœur s'affolant à chaque fois que je tombais sur ces trois derniers mots. Je pouvais sérieusement entendre la voix de Brad les prononcer. Je pouvais presque le sentir me les grogner à l'oreille et me baiser, mais au diable les conséquences, si je me languissais de lui à ce point, alors je pouvais tout aussi bien arrêter de me battre. Nous pourrions être discrets. N'est-ce pas ?

Je jetai un coup d'œil autour de moi même si je savais très bien que j'étais seul, et j'écrivis une réponse :

Comment on fait ça ?

Apparemment, je l'avais attrapé au bon moment, car il se mit à taper tout de suite. Puis : *Je ne sais pas. Il doit y avoir un moyen.*

Je me mâchonnai la lèvre. Il fallait trouver un moyen, mais y en avait-il un ?

Un autre message arriva :

On joue bientôt à New York.

Ah, il avait raison. Nos équipes s'affronteraient plusieurs fois au cours de la saison, et cette première série arrivait à grands pas. Je n'avais aucune idée de comment gérer ça à long terme, mais quand il serait à New York ? Les yeux clos, je frissonnai. Puis je répondis *Je suis partant*.

Je ne m'étais pas attendu à appuyer sur Envoyer avec autant de précipitation. Après avoir perdu la tête pendant des semaines, nous allions le faire. J'allais le revoir. Le toucher à nouveau. Passer… peut-être pas une nuit entière ensemble, mais rien qu'une rencontre rapide dans un motel pourri me rendrait heureux.

Il fallait encore gérer la logistique. Il faudrait encore beaucoup de temps et de frustration avant que nous nous retrouvions au même endroit. Mais ça allait arriver. Dieu merci, ça allait se produire, bordel, et si je ne perdais pas la tête entre maintenant et le moment où les choses se mettraient en place pour nous, je poserais à nouveau les mains sur Brad.

J'avais tellement hâte.

Chapitre 16
Brad

— Mec, ça va ? me demanda Rodgers. Ou tu as juste hâte de botter des culs ce soir ?

Je ris nerveusement.

— Quelque chose comme ça, ouais.

Il sourit et me mit une claque sur l'épaule, sa paume frappant mon épaulière assez fort pour blesser sa main nue.

— Rappelons-leur qui sont les champions !

Oh, j'avais bien l'intention de jouer comme si la Coupe était en jeu ce soir, mais mon taux d'adrénaline montait aussi pour des raisons totalement différentes.

Car après deux semaines de textos et d'appels de plus en plus osés avec Anthony, mon équipe était à New York pour jouer contre les *Krakens*. Dès que je me serais douché et changé après le match, je me casserais d'ici et je réserverais un hôtel pour retrouver Anthony. Techniquement, nous aurions pu rentrer chez lui, mais comme il le disait : *Nous n'avons que peu de temps, et je préfère le passer avec toi que dans la circulation jusqu'à mon appartement.*

Et avouons-le, personne ne nous regarderait à deux fois entrer et sortir d'un hôtel (surtout si nous allions et venions séparément), mais quel fichu alibi pourrais-je inventer si quelqu'un me voyait quitter l'appartement d'Anthony ?

Alors... ce serait l'hôtel. Ça m'allait. Tout ce qui m'intéressait en ce moment, c'était que pour la première fois depuis qu'il était parti de mon chalet il y avait de cela plus d'un mois, j'allais voir Anthony en personne. J'allais le *toucher*. Je serais probablement lessivé et épuisé après le match de ce soir, mais je m'en fichais. Nous pouvions simplement rester allongés là et nous embrasser ou parler ou quoi que ce soit – tant que j'étais dans la même pièce et le même lit qu'un Anthony nu, j'étais heureux.

Mais tout d'abord, le hockey.

Le coach Samuels se tenait au milieu du vestiaire pour son habituel discours d'encouragement d'avant-match.

— Rappelez-vous, les *Krakens* vont être furieux comme jamais après notre victoire en finale de la Coupe, alors ils vont considérer que c'est un match revanche.

Il nous pointa du doigt tour à tour.

— Chacun d'entre vous doit l'aborder de la même manière. Vous vous rappelez comment ils nous ont botté le cul lors du deuxième match ?

Toute l'équipe hocha la tête et murmura son accord.

— C'est *ça* que vous devez avoir en tête en rentrant sur la glace, déclara-t-il. En ce qui vous concerne, nous sommes de retour en finale de la Coupe ce soir, car c'est comme ça qu'ils vont la jouer.

De retour en finale de la Coupe. De retour au dernier match que j'avais joué avant de découvrir à quel point l'entraîneur des *Krakens* était chaud au lit.

Je dus retenir un rire. C'était vraiment comme ce match-là, d'une certaine manière. Bon sang, ç'allait être tellement bizarre – affronter les *Krakens* sur la glace et *savoir* cette fois que je m'éclipserais avec leur entraîneur après le match.

C'était presque suffisant pour me distraire, mais j'étais bien trop payé pour perdre ma concentration quand j'étais sur la glace, et dès que le match commença, le hockey fut au centre de mon monde.

Une bonne chose aussi, car le coach avait raison – les *Krakens* étaient assoiffés de sang ce soir. À la moitié du premier tiers temps, j'avais déjà effectué quatre arrêts, et l'un d'eux avait été un sacré coup de chance. La seule raison pour laquelle j'avais pu atteindre le palet et l'attraper, c'était que j'avais trébuché sur des joueurs qui avaient glissé dans le territoire de but, et dans ma tentative pour retrouver mon équilibre, j'avais fait une fente suffisamment en avant afin que le palet vienne *pile* se ficher dans mon gant.

Les *Narwhals* prirent le contrôle du palet et l'action se déroula à l'autre bout de la patinoire, me donnant un moment bien mérité pour reprendre mon souffle. Le regard toujours fixé sur les autres joueurs, j'attrapai ma bouteille d'eau et m'envoyai quelques gorgées de Gatorade.

Les *Krakens* luttaient fort pour récupérer la rondelle, mais nos attaquants ne le tolérèrent pas et réussirent un, puis deux tirs au but avant que le gardien ne l'attrape. Alors que les équipes se déplaçaient pour s'affronter, je replaçai mon protège-dents en appuyant dessus avec la langue.

Ce serait l'une des rares fois ce soir où je n'aurais pas à me concentrer sur le jeu, alors je saisis l'opportunité de jeter un coup d'œil à Anthony. Son attention était fixée sur l'action, les bras croisés et la mâchoire contractée tandis qu'il mâchait furieusement un chewing-gum.

Putain de merde, il était beau.

Comme le coach Samuels, Anthony portait un costume, et maintenant je me demandais bien comment je ne l'avais jamais remarqué avant cette nuit après la finale de la Coupe.

Bien sûr que non : parce que j'étais sur la glace, concentré sur mon travail au lieu de me faire plaisir en matant le banc d'en face.

Je me secouai et détournai le regard pour me concentrer sur le match alors que mes coéquipiers et ses joueurs s'affrontaient. Plus tard ce soir, il serait l'Anthony pour lequel j'avais perdu la tête ces dernières semaines.

À l'heure actuelle, il était l'entraîneur en chef de l'équipe adverse, et c'était mon travail de m'assurer qu'il passe une mauvaise soirée.

Nous ne prîmes même pas la peine de nous dire bonjour.

Dès que la porte de la chambre d'hôtel d'Anthony se referma derrière nous, il me plaqua contre elle et il m'embrassa fort et profondément. Ses mains étaient rugueuses à travers mon vêtement, sa bouche exigeante contre la mienne, et à la façon dont il ondoyait contre moi avec cette queue dure, cet homme voulait baiser, et il voulait baiser *tout de suite*.

Oui s'il te plaît. Où est-ce que je signe ? Parce que c'est oui, oui, oui.

— Oh mon Dieu, ça m'a manqué, dit-il contre mes lèvres alors qu'il retirait ma chemise de mon jean. *Tu m'as manqué.*

— Tu m'as... tu m'as manqué aussi, répondis-je en faisant glisser sa veste de ses épaules. Tu es *bien mieux* que ma main.

Il rit, et moi aussi, ce qui rendit nos baisers un peu difficiles, mais ça ne me dérangeait pas du tout. Anthony abandonna et s'attaqua à mon cou à la place, ce qui me fit haleter et fermer les yeux. Putain de merde, sa barbe me brûlait la peau, ses lèvres étaient douces et son souffle chaud et je devenais de la pâte à modeler entre ses fichues mains.

Tout ce que tu veux, ne pouvais-je pas tout à fait articuler, *tu n'as qu'à le dire.*

— J'ai pensé à toi sans arrêt, dit-il contre ma gorge. Depuis... Depuis que j'ai quitté ton chalet.

Je me cambrai contre la porte.

— P-pareil. Constamment. Mon Dieu, tu m'as rendu fou.

— Hmm, dans le bon sens ?

— À part le fait que tu n'étais pas là.

— Oh, oui. Ça, c'était rude. Mais ce soir...

Il mordilla la naissance de ma gorge, puis releva la tête et trouva mes lèvres avec les siennes. Il avait été si loin pendant des semaines, mais il était ici maintenant, et j'étais déjà ivre de lui.

Alors que nous nous embrassions et nous pelotions contre la porte, je pouvais sentir chaque minute que j'avais passée sur la glace ce soir, mais la fatigue n'était pas à la hauteur de mon désir pour lui. Je le voulais, je l'avais, et contre vents et marées, j'aurais chaque centimètre de lui.

Allez, mon corps. On peut le faire.

Anthony recula et croisa mon regard.

— Qu'est-ce que tu peux gérer ce soir ? Tu dois être épuisé après ce match.

Merde, est-ce que c'était si évident de me lire ?

— Je suis fatigué, ouais, répondis-je en glissant mes mains sur son cul ferme. Je ne peux sans doute pas faire de trucs acrobatiques ni un marathon sexuel, mais je suis presque sûr qu'on ne va pas s'ennuyer.

Anthony rit, mais il y avait toujours une certaine inquiétude dans son expression.

— Tu devras encore jouer demain soir, en revanche.

Je secouai la tête.

— Ce sera Karlsson dans la cage demain. Si tes gars ne le foutent pas en l'air, c'est ma nuit de congé.

Il gloussa.

— Je te promettrais bien qu'ils ne vont pas le casser, mais...

Je souris et déposai un autre baiser sur ses lèvres.

— Peut-être qu'on aurait dû planifier ça pour demain, murmura-t-il. Pour que tu aies le temps de recharger tes batteries.

— Tu es en train de me dire que tu voulais attendre une autre nuit ?

— Mhmm, pas du tout, démentit-il en collant son épaisse érection contre moi. Mais je sais ce que c'est pour les gardiens, alors...

Je le repoussai d'un pas et me décollai de la porte pour le guider vers le lit.

— Ça ira. Si j'avais dû passer une nuit de plus sans ça, on aurait fini par tout cramer ici.

— C'est encore possible.

— Oh, je le sais bien.

Il sourit et remonta mon T-shirt.

— Avant d'aller au lit, enlève tes vêtements.

— Toi aussi, dis-je en remontant mon T-shirt pour l'enlever. Je ne suis pas venu ici pour voir à quel point tu es beau dans ce jean.

Il rit et nous nous séparâmes juste assez pour enlever nos chaussures et nous déshabiller. Enfin nu, je le conduisis vers le lit et nous tombâmes ensemble sur le matelas. Anthony me poussa sur le dos et s'assit, passant ses yeux sur moi.

— Seigneur, Brad.

— Quoi ?

Il croisa mon regard et sourit en descendant vers moi.

— C'est juste que... mon Dieu, tu es encore plus sexy que dans mon souvenir.

Il réclama ma bouche, et je gémis alors que son érection

se frottait contre la mienne. Nous nous embrassions et nous touchions, rattrapant le temps perdu, renouant avec le corps de l'autre, et dans ma tête, nous imaginer chacun baisant l'autre jusque dans le matelas.

En réalité, cependant ? Je n'étais pas sûr que ça se produise ce soir. Pour être passif, il aurait fallu que je puisse détendre mon corps lessivé plus qu'il n'en était capable ce soir, et bon sang, je n'étais même pas sûr d'avoir assez d'énergie pour aller jusqu'à la jouissance. Mes jambes étaient trop épuisées pour le monter comme il aimait l'être, et trop douloureuses pour l'effort qu'il fallait pour le chevaucher lentement et langoureusement. J'étais baisé. Ou plutôt non.

Anthony leva la tête et me regarda dans les yeux.

— Hé. Tu vas bien ?

Il ne servait à rien d'essayer de le lui cacher. Les entraîneurs étaient bien trop intuitifs pour ça, et de toute façon, ce n'était qu'une question de temps avant que mon corps ne me trahisse. J'étais encore dur, mais je ne pensais pas que cela allait durer longtemps, et pas en mode *Je vais jouir plus vite que prévu.*

Retombant sur les oreillers, je relâchai un souffle.

— Je crois que je suis plus fatigué que je ne le pensais.

Anthony sourit, retraçant ma pommette avec son pouce.

— Mes gars t'ont mis à rude épreuve ce soir.

— Oui, c'est vrai.

Je lui jetai un regard espiègle.

— Connards.

Il rit et déposa un doux baiser sur mes lèvres.

— Honnêtement, on n'a pas besoin de pousser. Ce n'est même pas le sexe que je voulais... Tu m'as juste manqué.

Mon cœur s'emballa et je passai mes doigts dans ses courts cheveux gris.

— Oui. Toi aussi.

— Ne t'en fais pas, alors. On y viendra.

— Tu es en train de dire que tu voudrais recommencer ?

Les yeux d'Anthony étaient juste... Seigneur. Ils étaient hypnotiques. Je n'avais pas réalisé à quel point ses yeux m'avaient manqué, et en ce moment leur expression était si douce et délicate.

— Bien sûr que je veux recommencer, murmura-t-il. Pourquoi je ne voudrais pas ?

— Je, euh...

Parce que je n'arrive pas vraiment à me mettre dedans cette fois ? Parce que personne d'autre ne s'embêterait avec moi après ça ? Parce que je...

— Brad.

Il effleura mes lèvres des siennes.

— Je ne vais nulle part. Pas tant que je n'y suis pas obligé, et à la première occasion, je serai de retour.

— Même si...

— Oui.

Il m'embrassa à nouveau, un peu plus longtemps cette fois.

— Bordel, *je* suis épuisé après le match de ce soir. Si toi tu ne l'étais pas, je me demanderais si tu te dopes.

Je ris.

— Non, non, je ne me dope pas.

Je glissai mes mains sur ses côtes.

— Mais j'ai envie de toi.

— Et tu m'as. Je suis enfin dans la même pièce que toi. Tout le reste n'est que du bonus.

— Ah oui ?

— Oui.

Je fouillai son regard, et rien dans ses yeux ne laissait croire qu'il disait ça juste pour me faire plaisir, alors je l'enserrai de mes bras et l'attirai contre moi. Avec la pression relâchée, je me détendis pour l'embrasser et l'enlacer. C'était décevant, mon corps était trop fatigué pour s'amuser autant que je le voulais, mais j'étais nu avec Anthony, et il ne semblait pas du tout rebuté.

Il n'était clairement pas autant fatigué que moi cependant, si l'érection pressée contre ma hanche en était une indication. Je le poussai, et quand il leva ses hanches, je refermai ma main autour de son sexe, et son dos se cambra alors qu'il prenait une grande inspiration.

— Tu n'es pas obligé de... souffla-t-il alors que je commençais à le caresser. On peut...

— Je sais.

Je relevai la tête pour embrasser son cou.

— Mais ce n'est pas parce que je suis fatigué que je ne peux pas te faire jouir.

— Mais je suis...

— Ne discute pas avec moi, Anthony, grognai-je. Je n'accepte les ordres que quand je suce.

— Mmm, en parlant de ça...

Je ris.

— Ne me devance pas là-dessus.

Il gémit, et bon sang, qu'est-ce que j'attendais ? Il n'y avait rien de plus torride que de sucer Anthony, surtout quand il me disait quoi faire. J'avais fantasmé là-dessus plus que je ne l'avais fait sur lui en train de me baiser.

— Mets-toi sur le dos, dis-je.

Il croisa mon regard, et le sien brûlait de besoin. Sans aucune résistance, il se souleva de moi et s'allongea sur le dos à mon côté.

Je ne pris pas la peine de le taquiner avec une traînée de pincements et de baisers le long de son cou et de son torse – j'allai directement vers sa queue, et bon Dieu, glisser mes lèvres et ma langue le long de son érection, c'était comme retourner à l'été que nous avions passé ensemble. Même si je pouvais éprouver chaque seconde du match de ce soir, tout ça – explorer son sexe avec ma bouche, l'écouter haleter et jurer – c'était comme une de ces nuits paresseuses que nous avions passées à nous rendre fous de plaisir dans mon chalet.

— Oh mon Dieu, Brad...

Il passa ses doigts dans mes cheveux.

— Ta bouche est tellement... han...

Bon sang, avec autant d'encouragements, je pourrais peut-être revenir dans le jeu après tout. Il était tellement sexy quand il était aussi excité, surtout quand il ajouta, à bout de souffle :

— Refais ce truc autour du gland. Fais... *ooh*, oui. Ça. Putain.

Puis il écarta les jambes et murmura :

— Mets ton doigt.

Je me redressai et aspirai deux doigts dans ma bouche.

— Ooh, oui, grogna-t-il. Oui...

Je ne les avais même pas encore mis en lui qu'il perdait déjà la tête, et quand je les y poussai, le premier, puis le second, il empoigna fermement les draps alors qu'il haletait pour respirer et tentait de baiser ma bouche.

Le sucer, le doigter, le rendre fou, ce serait exactement ce à quoi je penserais à chaque fois que je me branlerais dans un avenir prévisible. Surtout quand il me disait quoi faire. C'était aussi bien que je ne joue pas pour les *Krakens* – à la première occasion où il m'aurait aboyé un ordre sur la glace, j'aurais probablement joui dans mon pantalon.

Et j'étais clairement dur à nouveau, maintenant. Assez dur pour que c'en soit presque distrayant car ma queue avait désespérément besoin d'attention, mais non, ce moment était destiné au plaisir d'Anthony, et il allait...

— Bébé, tu vas me faire...

Il frissonna, poussant profondément dans ma bouche.

— Oh mon Dieu, tu vas me faire jouir.

Puis ses hanches tressautèrent, et il gémit en jouissant sur ma langue.

Avec un lourd soupir, il s'effondra sur les oreillers, l'air exactement aussi essoré et débauché que je l'avais espéré. Je libérai mes doigts et remontai pour l'embrasser, et même s'il tremblait toujours et respirait fort, il m'entraîna dans un baiser affamé. Ce n'était certainement pas un homme qui était rebuté par le goût de son propre sperme, et la façon dont il m'embrassait maintenant m'excitait encore plus que je ne l'étais déjà.

— Au cas où ce ne serait pas évident, haleta-t-il, tu m'as sérieusement manqué.

— O-ouais. J'vois clairement ça. Et tu m'as manqué aussi.

— Hmm-hmm.

Il pressa sa cuisse contre ma queue, qui était désormais très réveillée.

— C'est ce que j'ai cru comprendre.

Je tentai un retour avec un trait d'esprit, mais j'étais tellement excité maintenant que tout ce à quoi je pouvais penser, c'était à quel point c'était bon quand il me touchait.

Puis sa main fut autour de mon sexe, et mon cerveau se vida complètement, excepté pour me dire à quel point je le voulais et comme sa main et sa bouche étaient incroyables. Nous nous embrassions avec maladresse, à bout de souffle. Anthony m'agrippa la nuque d'une main tandis qu'il me branlait de l'autre, et je ne pus résister à m'enfoncer dans son poing alors qu'il m'emmenait de plus en plus haut à chaque coup sec et dur.

Le besoin d'air me fit rompre le baiser, et je pris une inspiration juste au moment où sa main atteignait mon gland.

— Putain, Anthony…
— Ouais ?

Il reprit ma nuque.

— Tu y es bientôt ?

Tout ce que je pus faire fut de gémir, m'agripper à ses épaules et baiser sa main malgré la fatigue de mes jambes parce qu'oh, oui, j'y étais presque.

— C'est ça, murmura-t-il. Jouis pour moi.

Appuyé sur mes coudes, je faillis m'effondrer quand un frisson me traversa, et je fis exactement ce qu'il attendait de moi, gémissant alors que je projetais mon sperme sur sa main et son ventre. Mes bras vacillèrent et Anthony m'attira vers le bas, me laissant m'affaler sur lui.

— Oh mon Dieu, marmonnai-je.

Il rit doucement dans mes cheveux.

— Je suppose que tu avais ce qu'il fallait en toi ce soir, après tout.

— Bien sûr que oui, déclarai-je en embrassant son épaule. Je suis au lit avec toi.

Il rit à nouveau et posa ses lèvres sur mon front. Nous restâmes allongés comme ça pendant un moment jusqu'à ce que je reprenne suffisamment mon souffle pour me mettre debout. Ensuite, nous nous levâmes, attrapâmes quelques mouchoirs pour nous essuyer et nous nous recouchâmes sous les couvertures.

— Je tremble encore de la première fois, dit-il. J'ai déjà hâte de recommencer.

Vraiment ? Même avec tous les... Même si on ne pouvait... Mais je me contentai de sourire et murmurai :

— Moi aussi.

Il me caressa le visage.

— Dommage qu'on ne joue plus contre vous pendant un moment.

— Ouais, je sais...

Il me vint alors à l'esprit que nous pouvions emprunter une astuce à Keith, puisque ses petits amis et lui avaient trouvé des moyens de se voir même lorsque leurs équipes n'étaient pas dans la même ville. C'était la seule façon pour eux de se voir la plupart du temps, et cela fonctionnerait probablement de la même manière pour nous.

— Tu sais, ajoutai-je, si nos équipes jouent dans des villes qui ne sont pas trop éloignées l'une de l'autre et qu'on peut s'échapper pour une nuit, on pourrait toujours se retrouver à mi-chemin. Comme si l'un de nous était à Vegas et l'autre à LA.

Les lèvres d'Anthony se pincèrent alors qu'il semblait y réfléchir. Au bout d'un moment, il croisa mon regard et hocha la tête.

— Ça pourrait marcher. En fait, le calendrier de la ligue pourrait fonctionner à notre avantage, maintenant que j'y pense.

— Comment ?

— Eh bien, si nos équipes sont dans des villes pas trop éloignées, on pourra peut-être s'éclipser, même si ce n'est que pour quelques heures. Étant donné qu'on ne doit pas retourner à l'aéroport comme on le devra une fois que le planning normal sera revenu.

— Bonne idée, dis-je avec un hochement de tête. Si on joue bien nos cartes, on peut s'éclipser, se voir et revenir avant que quiconque ne remarque notre départ.

— Exactement.

Il m'étudia.

— Ça pourrait vouloir dire se retrouver en pleine nuit après un match, par contre. Peut-être qu'on ne devrait pas se voir après ceux lors desquels tu auras joué ?

Je gémis.

— Hmm, ouais, probablement pas. Je ne sais toujours pas où j'ai trouvé l'énergie cette première nuit après la finale de la Coupe.

Il gloussa, glissant sa paume le long de mon bras.

— L'adrénaline d'après victoire reste un moment.

— Hmm, ouais, je suppose.

— Et ce n'est pas que tu aies ou non l'énergie pour le sexe qui m'inquiète. Je ne veux pas que tu t'endormes au volant ou quelque chose comme ça.

Son inquiétude fit s'emballer mon cœur et je souris.

— Ça ira. Mais, ouais, peut-être pas les nuits où j'aurai passé un match entier dans les filets.

— À moins que je puisse me rendre jusqu'à la ville où tu séjournes.

Il marqua une pause, puis ajouta rapidement :

— Pas pour qu'on s'amuse, juste pour pouvoir te voir.

Je clignai des yeux.

— Vraiment ? Tu voudrais... faire tout ce chemin ? Même si je ne peux pas...

— Ouais, murmura-t-il. Je suis sérieux. Ce n'est pas seulement le sexe qui m'a manqué. *Tu* m'as manqué.

— Toi aussi. Mais...

Je rencontrai son regard.

— Tu penses qu'on peut le faire ? Sans se faire prendre ?

— Je ne vois pas pourquoi, tant qu'on ne fait rien de stupide comme monter dans le même taxi ou faire des commentaires à ce sujet en public. Personne n'aura de raison de soupçonner quoi que ce soit.

— D'accord. C'est vrai.

Le fait était que nous prenions des risques énormes en nous voyant. Si quelqu'un comprenait – s'il nous voyait ou si une rumeur commençait à circuler – nous serions professionnellement et très publiquement baisés.

Mais maintenant que j'étais allongé ici avec Anthony, ses lèvres douces et son corps chaud contre le mien, je ne pouvais pas m'empêcher de prendre ce risque. Nous n'étions pas stupides. Nous pourrions être discrets. Nous n'étions pas aussi en vue que les acteurs de premier plan ou les stars du football, donc les gens ne nous remarqueraient probablement même pas en train de nous faufiler – séparément – à l'intérieur et hors des hôtels à des heures étranges. Cependant, nous *pourrions* nous faire prendre.

Et pour le moment, je m'en fichais. Une fois que j'aurais la tête sur les épaules demain, je m'en soucierais probablement, mais ce soir, j'étais au lit avec Anthony, et rien d'autre n'avait d'importance.

Les conséquences pourraient attendre. Moi pas.

— Combien de temps tu penses qu'on devrait rester ? demanda-t-il.

— Je ne sais pas.

Je jetai un coup d'œil à l'horloge.

— Mon colocataire sait que je suis sorti pour la nuit. Je pense que personne ne remarquera si je rentre tard.

— Non, mais nous avons tous les deux besoin de dormir.

— Oui. En effet.

Je soupirai. Le simple fait de penser au sommeil me donna envie de m'assoupir sur-le-champ.

— Je suppose qu'on ne devrait pas pousser le bouchon

trop loin, dis-je avant de faire une pause. Peut-être qu'on devrait mettre une alarme au cas où on s'endormirait, hein ?

— Hum, bonne idée.

Son téléphone était le plus proche, alors il l'attrapa, régla une alarme dans une heure, puis le reposa. En revenant au milieu du lit, il enroula son bras autour de ma taille.

— Je ne pense pas que ce sera m'endormir qui me fera perdre la notion du temps.

— Ah oui ?

— Oui.

Il m'attira pour un léger baiser. Puis il l'approfondit, et me fit rouler sur le dos, et alors que nous nous perdions dans un long baiser, les messages que j'avais envoyés pour rétablir le contact avec lui flottaient au premier plan de mon esprit.

Je suis sans doute dingue, mais je veux te voir.

Je le serrai plus près et l'embrassai plus profondément.

Je te veux.

Je le voulais, oui. Dieu, que je le voulais. D'une manière que mon corps ne pouvait pas supporter ce soir, et que mon employeur ne tolérerait pas, et surtout d'une façon sur laquelle je ne voulais pas m'appesantir.

Mais je doutais d'être capable d'ignorer cela longtemps.

Chapitre 17
Anthony

Maintenant que nous nous étions retrouvés de toutes les manières, c'était parti. Des textos qui pouvaient être n'importe quoi, du bavardage et des plaisanteries jusqu'aux sextos carrément pornographiques. De longs appels chaque fois que nous le pouvions, des appels plus courts le plus souvent, car nous allions généralement dans des directions opposées. Je passais presque autant de temps à chercher des vols et à planifier mes voyages qu'à parcourir les statistiques de hockey.

Ces jours-ci, je devais faire attention quand je regardais mon téléphone lorsque j'étais entouré de gens. Bien sûr, je l'avais mis sous un faux nom pour que personne ne devine que c'était lui, mais ils pourraient comprendre le sujet de nos conversations. Bien qu'il ait été un peu timide au début, Brad pouvait envoyer des sextos comme personne, et chaque fois que j'avais un message non lu, mon téléphone me donnait l'impression de me brûler dans ma poche tandis que j'attendais de pouvoir m'isoler pour le lire.

Puis je lisais le message, et je me demandais légitimement comment ce pur *désir* ne m'avait pas encore réduit en cendres.

Surtout ce soir. Cela faisait trois ou quatre jours que nous n'étions pas parvenus à avoir une conversation de plus de dix minutes, et quelque part au cours des textos d'aujourd'hui, nous avions réalisé que nous avions tous les deux le temps ce soir. J'étais à Boston et il était à Los Angeles, donc le temps qu'il s'installe dans sa chambre après le match, je serais installé depuis longtemps dans la mienne et j'en aurais fini avec tous les engagements qui surgiraient inévitablement. Son colocataire sortirait jusqu'à tard. Je logerais seul.

Nous avions le temps, et Brad n'avait pas laissé grand-chose à l'imagination sur la façon dont il voulait le passer :

Je veux que tu me fasses jouir ce soir.

Ce texto à lui seul allait faire exploser mon téléphone dans ma poche. Nous avions flirté avec l'idée que nos appels en visio aillent dans une certaine direction, et apparemment, il ne voulait plus seulement l'imaginer.

Toute la journée, mon cerveau continua de tenter de se projeter dans le futur. Dans ce que ce serait de le voir devant la caméra comme ça. Pendant le match, j'étais totalement à mon occupation – il le fallait – mais à la seconde où la sonnerie retentit, un compte à rebours commença dans ma tête, et je fus très nerveux à l'idée de m'en aller. Tout au long de l'interview d'après-match, je me concentrai probablement plus que d'habitude sur les questions des journalistes et mes réponses, juste pour être absolument sûr de ne pas laisser un lapsus révéler au monde où j'avais la tête ce soir.

Enfin, l'interview se termina et, pas trop tôt, j'arrivai à mon hôtel. Je me douchai, me changeai pour quelque chose de plus confortable et tuai autant de temps que je le pus en attendant que Brad se connecte. Je regardai même la fin du match des *Narwhals* et la synthèse d'après-match. Brad ne jouait pas ce soir, et je ne m'en tortillai que davantage. Il ne serait pas fatigué et épuisé par le match. Juste excité et en manque. Exactement comme je le voulais.

Il était presque deux heures du matin quand il me contacta enfin, et lorsqu'il apparut à l'écran, ma température corporelle augmenta – il était allongé sur un lit, torse nu, une main derrière la tête.

— Salut.
— Salut.

Je lui souris.

— As-tu la *moindre* idée d'à quel point j'ai été distrait aujourd'hui ?

Il rit malicieusement.

— C'était l'idée.

— Enfoiré, grommelai-je, mais je ne pus m'empêcher de rire. Maintenant la question, c'est : est-ce que tu vas joindre le geste à la parole ?

Il baissa le téléphone et je perdis le souffle. Il n'était pas seulement torse nu, et bon sang, j'aurais aimé pouvoir tendre la main et caresser ou lécher cette érection si tentante contre son ventre.

— Tu es tellement beau.

De fait, il avait les joues rouges lorsque le téléphone se fixa à nouveau sur son visage, mais ce sourire malicieux revint à la vie.

— Et mon coloc est absent pour les prochaines heures.
— Hmm-hmm.

Je me léchai les lèvres.

— Tu l'as mentionné, oui. Alors, qu'est-ce qu'on va faire de tout ce temps ?

— À toi de me dire.

Oh, il y avait tellement de choses, mais chacune d'entre elles impliquait que nous soyons dans la même pièce. Je voulais mettre mes mains sur lui. Je voulais ses mains sur moi.

Mais nous étions à quatre mille huit cent kilomètres l'un de l'autre, alors il fallait faire avec ce que j'avais.

— Pose le téléphone où je peux mieux te voir. Et puis je veux que tu te branles. Lentement.

Brad bougea. Puis l'écran se brouilla un peu, mais lorsqu'il se stabilisa, Brad était en train de se rasseoir, ayant à l'évidence posé le téléphone sur une table de chevet. Il était un peu plus loin maintenant, mais ça me donnait une vue alléchante sur son visage, son torse puissant et tatoué, et ses longs doigts caressant sa queue. Quatre mille huit cent kilomètres entre nous ou pas, je pouvais *ressentir* son excitation d'ici. La façon dont ses hanches bougeaient, pourchassant sa main dans le mouvement ascendant. La façon dont son dos se cambrait et dont sa respiration s'accélérait déjà pour se faire irrégulière. Oh putain, ce que je le voulais. Puisque je ne pouvais pas le toucher, je voulais le regarder le plus longtemps possible.

— Ne va pas trop vite, bébé, ronronnai-je en ouvrant mon pantalon. Laisse-moi juste regarder.

Il se mordit la lèvre et appuya sa tête contre la tête de lit.

— J'me suis pas... branlé depuis quelques jours. J'pourrai peut-être pas...

— Oh, tu *vas* durer, le coupai-je dans un faible grognement. N'est-ce pas ?

Son regard me transperça, le front plissé.

— Anthony...

— Je veux regarder jusqu'à ce que je t'aie mémorisé par cœur.

Je me soulevai un peu, et une fois que j'eus libéré mon sexe et commencé à le caresser, j'ajoutai dans un souffle :

— Laisse-moi profiter de toi.

Fermant les yeux, il se mordit à nouveau la lèvre, empêchant presque un gémissement de frustration d'atteindre le téléphone.

Oh mon Dieu, c'était le porno le plus chaud que j'aie jamais vu, sauf que ce n'était pas seulement un mec magnifique avec une érection. J'avais une connaissance charnelle de l'homme que je regardais en ce moment. Je savais exactement comment il embrassait, à quel point ses mains étaient talentueuses sur ma queue, comment il aimait être caressé – putain, c'était à la fois torride et frustrant, et je l'aurais sérieusement fait se branler pour moi en personne si j'avais pensé pouvoir le faire durer sans avoir besoin de le toucher moi-même.

— C'est ça.

Je devais garder mes propres caresses lentes pour pouvoir durer aussi. En le regardant, c'était tentant de me mettre à pomper fort et vite jusqu'à soulager cette envie de jouir.

— Mon Dieu, tu es sexy.

Il gémit doucement et regarda à nouveau l'écran.

— Je ne peux pas te voir.

— Pas cette fois, répondis-je en gardant ma prise serrée et mes caresses lentes. Le spectacle de ce soir, c'est seulement toi.

— Mmm.

Il baissa les yeux sur sa main et sa queue, puis laissa retomber sa tête en arrière et ses paupières se refermer.

— La prochaine fois... La prochaine fois, je veux te voir.

— Me voir, bordel, repris-je dans un grognement sourd. La prochaine fois que tu me verras aussi excité, tu pourras me *goûter* quand je jouirai.

Il gémit, tout son corps tendu par le besoin de se libérer. Les muscles saillaient sur son bras, sans parler de ses abdominaux tendus. Ses jambes tremblaient et ses caresses se faisaient rapides et inégales.

— Anthony... j'ai besoin de...

Sa voix se mua en un doux son étranglé empli d'une délicieuse frustration.

— Tu es tellement sexy comme ça, marmonnai-je. J'aimerais être là.

Il gémit, enfonçant ses dents dans sa lèvre.

— Je ne peux pas me retenir. J'ai besoin de jouir. Putain, j'ai besoin de...

— Oui, tu en as besoin.

Cette permission fut tout ce dont il eut besoin – il haleta, ses hanches se cabrèrent, et même à l'écran, la vue du sperme jaillissant sur ses abdos et son torse fut suffisante pour me faire basculer, et je grognai avec force à cause de mon propre orgasme.

Brad se laissa retomber sur le matelas. Je retombai sur le mien. Je pouvais à peine tenir le téléphone immobile ; la prochaine fois que nous ferions ça, je placerais définitivement le mien comme il l'avait fait, mais c'était tout ce que j'avais pour l'instant.

— J'reviens tout de suite, murmura-t-il. Il faut que...

Il désigna le sperme sur ses abdos.

— Oui. Moi aussi.

Il me fit un sourire, puis se leva et passa devant la caméra, me donnant un aperçu de ce cul incroyable. Tandis qu'il était hors-cadre, je m'essuyai la main et le ventre, et j'étais juste en train de m'installer sur le lit quand il revint. L'écran se brouilla de nouveau et, lorsque ça se stabilisa, il tenait son téléphone comme il le faisait habituellement lorsque nous discutions. Je n'avais plus de vue panoramique sur son corps magnifique, mais j'avais une meilleure vue sur son visage, alors je ne pouvais pas du tout me plaindre.

— J'y ai pensé toute la journée, dit-il en glissant une main derrière sa tête sur l'oreiller. On devrait le refaire.

— Aussi souvent que possible.

— Mais je préfère quand même en vrai.

— Mmm, moi aussi. C'est ça qu'on devrait refaire.

— Oui. Effectivement, déglutit-il. Tu me manques vraiment, et pas seulement...

Il désigna son corps d'un geste.

Je hochai la tête.

— Pareil. Je pense qu'on s'est un peu trop habitués aux bonnes choses dans ton chalet.

Il rit sans enthousiasme.

— Oui. Même la première ou les deux premières semaines, avant que je ne te connaisse réellement.

Merde. Il allait droit au but, non ?

La jouant aussi cool que possible, je haussai les épaules :

— Il y a toujours la prochaine saison morte.

— Oui ?

— Oui. Pourquoi pas ?

Son sourire me fit battre le cœur encore plus vite que lorsque je l'avais vu allongé et nu comme un cadeau.

— D'accord. On va planifier ça. Et on pourrait tout aussi bien programmer ton vol de retour pour août, cette fois.

— Tu as carrément raison.

Je souris.

— En attendant, il faut qu'on se revoie. *Bientôt*.

— On va le faire. Tu es à Omaha la semaine prochaine, n'est-ce pas ? À peu près au même moment où on joue à Kansas City ?

Je hochai la tête.

— Il n'y a pas grand-chose entre Omaha et Kansas City, mais je suis sûr que ça peut le faire.

— On fera en sorte que ça marche, même si pour ça on doit baiser sur la banquette arrière à côté d'un champ de maïs au milieu de nulle part.

Hilare, je levai les yeux au ciel.

— Hmm-hmm. Ça m'a l'air d'être une très bonne idée, à cette période de l'année.

Il haussa les épaules.

— On pourra toujours laisser le chauffage allumé.

Je me contentai de rire. Nous plaisantâmes pendant encore quelques minutes, mais comme chaque appel, celui-ci prit fatalement fin. Une fois que nous eûmes raccroché, je posai mon téléphone face cachée sur mon ventre et je restai ainsi pendant un long moment, à tout me rejouer. Je disais « banco » au sexe au téléphone maintenant, mais ça me démangeait de l'avoir pour de vrai. Et avec la perspective de passer l'été avec lui, la saison morte semblait soudain n'être que dans dix ans.

Mon téléphone s'éveilla soudainement et me fit sursauter, et une fraction de seconde plus tard, mon cou me picotait. J'aurais reconnu cette sonnerie n'importe où : Wendy, la directrice des relations publiques de l'équipe. Ou Wendy des RP, comme tout le monde l'appelait.

Merde. Est-ce que quelqu'un nous avait attrapés ? Était-ce pour cela qu'elle appelait à cette heure-ci ? D'accord, elle m'appelait à n'importe quelle heure, mais quand même.

L'estomac se retournant soudain, je décrochai.

— Oui, Wendy ?

— Salut, Anthony. Écoutez, euh, nous avons un petit problème.

Je grinçai des dents intérieurement.

— Ah oui ?

— Hmm-hmm.

Des papiers bruissaient à l'autre bout.

— C'est à propos de Mays...

Je faillis pousser un soupir de soulagement en réalisant qu'il ne s'agissait pas de Brad et moi, mais je m'en empêchai. Et je ne l'écoutai qu'à moitié m'expliquer comment l'un de mes attaquants avait ouvert sa bouche d'idiot près d'un micro allumé et avait laissé échapper, dirions-nous, des opinions controversées. Je me ressaisis suffisamment pour discuter de ses mesures de protection des relations publiques, et promis de discuter avec Mays dans les vestiaires dès le lendemain.

Ensuite, nous mîmes fin à l'appel et je fermai les yeux en jetant mon téléphone sur le matelas à côté de moi, mon cœur battant toujours la chamade à cause de la panique de « *Oh merde, est-ce que quelqu'un nous a surpris ?* »

J'avais besoin de surmonter ça, d'autant plus que je recevais tout le temps des appels de Wendy au milieu de la nuit. Les « problèmes » n'étaient pas inhabituels dans un métier comme le mien. La plupart de mes joueurs se comportaient raisonnablement et n'étaient pas enclins à poser des problèmes, mais cela arrivait à l'occasion. Le plus souvent, c'était l'un des gars du club-école qui faisait ou disait quelque chose de stupide, et ensuite il nous fallait décider comment y faire face, si et quand il était appelé à faire partie des *Krakens*. Personne n'avait besoin de me rappeler le cas du gardien de but que nous avions appelé en urgence, seulement pour découvrir après avoir joué deux matchs qu'il avait été vu lors de rassemblements politiques promouvant des opinions pas très reluisantes. Il y avait des restrictions en place qui interdisaient aux joueurs d'aller à des événements comme ça, quel que soit le parti ou la confession, mais tant que les joueurs de hockey étaient des joueurs de hockey et que les gens possédaient des téléphones avec appareil photo intégré ? Eh bien, je recevais des appels de Wendy des RP à propos de « problèmes ».

Je priais juste pour ne pas avoir d'appel d'elle au sujet d'un problème qui m'impliquerait, moi.

En particulier celui qui concernerait Brad Spencer des *Narwhals* de Vancouver.

Sauf que nous avions été prudents tout l'été. Nous l'étions toujours maintenant. Nous regardions par-dessus nos épaules. Nous nous étions enregistrés dans nos téléphones sous de faux noms. Même les criminels ne surveillaient pas leurs arrières comme nous.

Donc, Wendy des RP n'avait aucune raison de soupçonner que j'étais impliqué dans quoi que ce soit ou avec qui que ce soit, et je n'avais vraiment aucune raison d'être paranoïaque, parce que Brad et moi avions couvert nos traces à chaque tournant.

Mais tout était possible. La confidentialité était une chose du passé, en particulier pour les personnalités publiques comme nous, ce qui signifiait que nous étions à une photo près du mauvais moment qui causerait un cauchemar avec les relations publiques.

Si j'avais été malin, j'aurais pris ce sentiment paranoïaque au sérieux, tel un signe qu'il fallait une rupture nette comme je l'avais fait quand j'avais quitté son chalet. Que j'aurais dû appeler Brad et lui dire que ce n'était pas une bonne idée. Parce qu'effectivement. C'était une idée atroce.

Mais merde, je ne pouvais pas m'en empêcher. Pas alors que notre brève rencontre au Canada s'était transformée en un été entier, et pas quand cet été s'était transformé en quelque chose que je ne pouvais pas laisser derrière moi.

Tout ce que je pouvais faire maintenant, c'était compter les jours jusqu'à ce que je le touche à nouveau.

Chapitre 18
Brad

Une autre ville. Un autre match. Une autre chambre d'hôtel fade.

Le corps perclus de douleur, je me traînai, laissai mes bagages près du lit et pris une autre douche parce que celle que j'avais prise au palais des sports n'avait pas apaisé toute la souffrance de mon corps las. Que le calendrier de la PHL aille se faire foutre. L'association des joueurs nous avait assuré à maintes reprises que la ligue tiendrait parole et qu'il y aurait des progrès pour changer les choses la saison prochaine. J'espérais en voir des preuves bientôt, parce que je ne pourrais pas supporter encore une autre saison de tout ce bordel.

La douche aida un peu. Nos physiothérapeutes nous rabâchaient toujours d'utiliser du froid et pas du chaud, mais bon sang, la chaleur faisait du bien. Et je serais un brave garçon et je me mettrais de la glace sur la cheville après cela. Un peu de glace, un peu d'ibuprofène à haute posologie, et je pourrais dormir, surtout une fois que la fatigue de deux matchs consécutifs se ferait sentir.

En théorie, les gardiens de but n'étaient pas censés jouer deux matchs à la suite, du moins pas aussi souvent que nos autres coéquipiers. Nous devions être à l'affût si nous voulions garder l'œil sur le palet et faire ces arrêts cruciaux qui pourraient faire la différence entre victoire et défaite. De plus, le volume de sueur perdu à chaque match à cause des sept cents couches d'équipements de protection signifiait que nous pouvions nous déshydrater très facilement.

J'étais à peu près sûr que c'était l'une des raisons pour lesquelles les entraîneurs avaient exigé que nous revenions à l'ancienne programmation des matchs – le risque d'insuffisance rénale pour les gardiens était loin d'être une blague.

Mais pour le moment, le calendrier était ce qu'il était, et notre équipe avait pris un coup ces derniers temps. Karlsson avait été sorti avec une élongation à l'ischio-jambier. Notre gardien remplaçant habituel, Hayes, était arrêté parce qu'il avait la grippe. Sanders avait été appelé du club-école, et il était bon, mais il n'avait pas assez d'expérience professionnelle pour jouer à moins que je ne le puisse pas. Pas pour un match entier, en tout cas. Alors, malgré mon épuisement, j'avais joué hier soir et ce soir. Nous aurions une pause demain, puis un autre match contre eux, et Sanders n'aurait qu'à prendre ses responsabilités d'ici là, ou nous devrions nous incliner et accepter la défaite. Ce serait *sans moi* pour quelques jours.

Je finis de me sécher, enfilai un short de sport et sortis de la salle de bain. Keith terminait un appel en visio au moment où je sortais ; il dit au revoir à Shawn et Justin, mit le téléphone face cachée à côté de lui et s'étira.

Toujours en train de m'essuyer les cheveux, je demandai :

— Comment vont les gars ?

— Bien.

Il sourit en étirant doucement son bras droit.

— Justin s'est battu avec l'un des défenseurs de Portland ce soir.

— Ah bon ?

Dans un rire, il hocha la tête.

— Shawn a dit qu'il avait failli avoir une crise cardiaque parce que le mec faisait deux fois la taille de Justin.

Il fit rouler son épaule, puis baissa le bras.

— Mais Justin a placé quelques bons coups avant que les arbitres ne les séparent.

— Ça lui ressemble bien, oui. Et il devait y avoir de la fumée qui sortait du banc des pénalités jusqu'à ce qu'ils le laissent revenir sur la glace.

Keith rit.

— À peu près.

Justin n'était pas un type violent, et il ne se battait pas aussi souvent que Shawn ou Asher. Ou moi, d'ailleurs. Mais bon sang, si quelqu'un l'énervait assez, il devenait un véritable diable de Tasmanie de tout son mètre soixante-dix et s'en prenait à quiconque se trouvant sur son chemin. Le hockey nous faisait tous ça, parfois. Et malgré sa petite taille, il pouvait tenir le coup, le petit enfoiré.

Cela me rappela un peu un autre joueur que je regardais avant que sa carrière ne soit écourtée. Anthony avait été surnommé « l'enfer sur patins » par beaucoup de commentateurs – il était rapide et fougueux, et en conséquence, il avait passé sa juste part de temps au frigo.

Et toutes ces fois où je l'avais regardé, je n'aurais jamais pensé que nous finirions... Waouh. Incroyable comme les choses avaient changé. Il avait été une légende en devenir jusqu'à ce que ça s'arrête, et j'avais été fan, sans me douter qu'un jour...

— Brad ?

Je me repris et regardai mon ami.

— Hmm ? Quoi ?

— Tu avais décroché. Ça va ?

— Ouais. Je vais bien. Je crois que je suis juste rincé.

Je n'attendis aucune réponse et retournai à la salle de bain pour raccrocher ma serviette. Après m'être brossé les dents, je revins en m'attendant à moitié à trouver Keith au lit.

Au lieu de cela, il s'était assis en tailleur sur le matelas et me regardait au-dessus de l'étroit espace entre son lit et le mien.

— D'accord, mec. Va falloir que tu me déballes tout, là.

Je me figeai.

— Euh. À propos de... ?

Il arqua un sourcil en mode *tu veux vraiment jouer à ce jeu-là* ?

— Allez. À l'évidence, tu as bien la tête dans le jeu quand on est sur la glace, mais à la seconde où on en sort ?

Son front se plissa.

— C'est comme si tu n'étais même pas là. Qu'est-ce qui se passe, mec ?

Est-ce qu'il y avait intérêt à essayer de le faire lâcher prise ? Il pouvait voir en moi, et de toute façon, il s'était confié à moi à propos de Shawn et Justin. Garder ce secret me frustrait, et s'il y avait une personne sur la planète en qui je pouvais avoir confiance...

Me laissant tomber sur le bord de mon lit, je baissai le regard et soupirai.

— La version courte, c'est que je vois quelqu'un, et que c'est la dernière personne au monde que je devrais voir si je veux garder ma carrière, ce qui est le cas.

Je me passai une main sur le visage.

— On avait arrêté après l'été à cause de ça, mais on n'a pas réussi à rester séparés. Et plus longtemps je le vois...

Mon Dieu, je ne pouvais même pas mettre des mots là-dessus.

— Reviens une seconde en arrière, déclara Keith. Qu'entends-tu par « la dernière personne au monde que tu devrais voir si tu veux garder ta carrière » ?

J'avalai ma salive en rencontrant son regard.

— Tu me jures sur tout ce que tu as que ça ne quittera pas cette pièce ?

Keith leva les mains.

— Mec, tu sais pour moi, Shawn et Justin. Je ne vais pas faire de bourde.

— D'accord. C'est juste.

Je soupirai, mes épaules s'affaissant.

— Alors, eh bien... Je sors avec Anthony Caruso.

Le front de Keith se plissa.

— Anthony Car...

Puis il se redressa, les yeux écarquillés.

— Attends, tu veux dire...

— Oui. Le coach Caruso.

— Putain de *merde,* mec.

Il me fixa.

— T'es dingue ? Est-ce que tu as la moindre idée de...

— Hé, le coupai-je avec un regard de travers. Avant que tu ne me balances tes arguments, prends une seconde pour te demander en quoi ils s'appliquent à tes mecs et toi.

Keith pinça les lèvres.

— D'accord, d'accord, je comprends. Mais mec, tu te tapes *l'entraîneur* d'une autre équipe. Comment ça a commencé, d'ailleurs ?

— Eh bien...

Je me tournai, glissai un oreiller sous mon genou et je m'appuyai contre la tête de lit. Une fois la poche à glaçons en place, je développai :

— Le soir où on a gagné la Coupe. Je suis tombé sur lui dans un bar gay, et on a juste...

— Bordel de merde. Ça dure depuis *juin* ?

Je hochai la tête.

— Après ça, on s'est vus au gala de charité, et puis il est

venu au chalet pendant l'été. C'était censé être pour une semaine et demie environ, mais...

Je ris doucement.

— Qu'est-ce que je peux dire d'autre ? On passait un bon moment. Et on n'a pas arrêté de repousser son vol retour, et...

Ma bonne humeur s'estompant, je baissai le regard.

— On savait qu'on aurait des ennuis si on continuait, alors on s'était mis d'accord qu'une fois qu'il serait de retour à New York et que l'entraînement serait sur le point de commencer pour nos deux équipes, ce serait terminé. On avait eu l'été, et ce serait tout.

— Sauf que ça ne s'est pas passé comme ça.

Je fermai les yeux et soupirai.

— Non. Ça ne s'est pas passé comme ça.

Le regardant à nouveau, je murmurai :

— On a essayé. Je le jure devant Dieu, on a vraiment essayé. Mais on n'arrivait pas à rester loin l'un de l'autre.

— Oh, je comprends. Mais si le coach le découvre, ou si l'équipe de Caruso l'apprend...

Il secoua la tête.

— Il doit y avoir une réglementation que vous enfreignez.

— On a regardé, en fait, déclarai-je avec un rire sec. Il s'avère qu'ils n'ont jamais vraiment pris la peine de réglementer ce genre de chose par le passé, parce qu'il n'est jamais venu à l'esprit de personne que les joueurs ou les entraîneurs pouvaient être gays. Et même plus tard, quand les gars ont commencé à faire leur coming-out, personne ne l'a jamais couché par écrit.

Je fis une pause.

— Anthony a trouvé des réglementations qui *pourraient* s'appliquer si un avocat appuyait assez fort dessus, mais la plupart des règles anti-fraternisation sont en rapport avec des membres d'équipes opposées échangeant des informations.

— Comme révéler des points faibles ?

Je hochai la tête.

— Et la charge incombe à l'accusateur et à la ligue de prouver qu'on aurait fait ça.

— Tu sais qu'ils peuvent quand même vous virer tous les deux, hein ?

— Absolument. C'est pour ça qu'on garde le silence. Ils ne peuvent pas nous mettre une amende ou nous censurer, mais nous pouvons tous les deux perdre notre emploi, et nous le savons. L'association des joueurs ne les empêchera probablement même pas de casser mon contrat. Ou tout simplement, de ne pas le renouveler.

— D'accord, alors tu y as réfléchi. C'est bien.

Son front se plissa.

— Sois prudent, c'est tout. Je sais ce que c'est que d'être dans une relation qu'il faut cacher au public. Donc je comprends. Mais... sois prudent.

J'acquiesçai.

— Toujours.

Keith me fixa pendant un moment avant de finalement demander :

— Comment il est, d'ailleurs ? Enfin, en tant que petit ami. Je ne l'ai pas vu depuis des années, mais tu sais, il a longtemps été ami avec mon père. Je ne l'ai jamais vraiment connu, et tout ce que je vois de lui maintenant, c'est quand il coache les *Krakens*.

Je ne pus m'empêcher de sourire.

— Eh bien, je peux te dire que c'est une personne totalement différente quand il n'est pas sur le terrain.

— Eh bien, oui. Comme la plupart des entraîneurs.

— D'accord, c'est vrai. Mais par exemple, le coach Morris c'est toujours le coach Morris, même en dehors de la patinoire, tu vois ? Anthony... Il est complètement relax. Et vraiment doux.

Je souris.

— Et il est plutôt génial au lit.

Keith aboya un rire.

— Évidemment. Comme si tu allais perdre ton temps avec un mec qui ne l'est pas.

— Ça veut dire quoi, ça ?

— Pff.

Il leva les yeux au ciel.

— Tu es un snob du bon sexe comme d'autres le sont du bon vin.

J'y réfléchis, puis haussai les épaules.

— J'imagine que je ne peux pas contester. Mais sérieusement, il est... Je veux dire...

Je me rallongeai et exhalai.

— C'est un mec incroyable. Il n'a rien à voir avec aucun type avec qui je suis sorti avant.

— Comment ça ?

— Ce que je veux dire, c'est qu'il est...

Putain, comment j'étais censé expliquer ça ?

— D'abord, il agit comme si être avec moi en valait la peine.

Keith haussa un sourcil.

— Euh, tu places la barre plutôt bas, mec.

— Je sais. Mais je me retrouve toujours avec des petits amis qui agissent comme si c'était la fin du monde de m'attraper une bière alors qu'ils sont déjà dans la cuisine pour en prendre une pour eux. Et puis arrive Anthony, et il est prêt à rouler pendant deux heures pour me retrouver quelque part – de la même manière que tes mecs et toi, vous le faites entre les matchs – ou prendre un vol, ou...

J'agitai une main.

— Le fait est qu'Anthony est prêt à faire des efforts que mes ex-petits amis n'auraient jamais envisagés, et il n'agit même pas comme si ça lui coûtait.

Keith me regarda pendant un moment, puis il sourit.

— Merde. On dirait qu'il est vraiment mordu de toi.

Mon cœur me fit des choses qu'il ne faisait habituellement que lorsqu'Anthony était dans la même pièce.

— Je suis clairement mordu de lui.

— Je vois ça.

Keith se redressa et s'étira.

— Écoute, mec, tu n'es pas stupide. Si tu sors avec lui malgré tout, alors c'est qu'il y a quelque chose de vraiment bien entre vous. Je suis content pour toi.

— Merci.

— Et je ne dirai rien. Promis.

— Je sais. Merci, répondis-je un sourire aux lèvres. Donc, je suppose que puisque tu es au courant, ça veut dire que je peux être en visio avec lui quand tu es dans la pièce, maintenant ?

— Tant que ça reste tout public.

Je roulai des yeux.

— Tu veux dire comme tes gars et toi ?

— Oh allez, c'est arrivé *une* fois. Et pour ma défense, tu n'étais pas censé rentrer avant une heure.

— Hum-hum.

— Tss. Tu ne me laisseras jamais tranquille avec ça, hein ?

— Pas dans cette vie, en tout cas.

Il souffla et me jeta un oreiller.

— Trou du cul.

Je m'esclaffai et le lui renvoyai.

— Ouais, ouais. C'est ça.

Il se contenta de glousser. Nous laissâmes le sujet s'épuiser et nous endormîmes, car ç'avait été un long doublé de matchs pour nous deux. Mon corps était épuisé et mon esprit aussi, mais la conversation que nous avions eue me garda tout de même éveillé pendant un certain temps.

Keith savait ce que c'était que de poursuivre une relation qui pourrait nuire à sa carrière ou à sa réputation. Pendant longtemps, il avait été terrifié à l'idée que quelqu'un révèle sa relation avec Shawn *ou* Justin – sans parler des deux – parce que son père aurait alors su qu'il était gay. Maintenant, il était sorti du placard, mais il devait passer sous silence sa relation avec ses compagnons. Même si la relation à trois pourrait probablement être pardonnée dans une certaine mesure, le fait que c'étaient des joueurs d'une autre équipe ? Pas tellement.

Et maintenant, je n'étais pas seulement avec le joueur d'une autre équipe. J'étais avec leur entraîneur.

Je savais depuis le début que je jouais avec le feu. C'est exactement pour cette raison que j'avais hésité à lui dire oui ce premier soir.

Mais je n'avais pas pu résister à Anthony. Je n'avais pas pu le faire à ce moment-là, et je ne le pouvais certainement pas maintenant.

Et je ne voulais pas lui résister.

Chapitre 19
Anthony

Je mâchais toujours du chewing-gum pendant les matchs, mais à chaque fois que nous affrontions cette équipe, j'avais déjà mal à la mâchoire à la moitié du premier tiers temps. Rien qu'à la vue de ces maillots rouge et blanc, je mâchonnais – comme mes joueurs le décrivaient – mon chewing-gum comme s'ils me devaient de l'argent.

Ils comprenaient, cependant. Tout le monde comprenait pourquoi. Parce que ce n'était un secret pour personne dans toute la Ligue de Hockey Professionnel que les *Stingers* d'Anaheim ne jouaient pas à la loyale.

Il y avait eu plusieurs tentatives d'enquêtes sur eux, mais le coach Brady faisait toujours un scandale comme quoi son équipe était injustement ciblée, que c'étaient des représailles parce que tel ou tel entraîneur était énervé qu'Anaheim ait acquis tel ou tel joueur au repêchage, ou d'autres conneries qui le dépeignaient comme victime. De plus, son équipe se remettait à jouer réglo jusqu'à ce que les projecteurs se détournent, puis ils revenaient à leurs saloperies habituelles. Même merde, saison après saison.

Mais dernièrement, ils semblaient avoir intensifié les choses. Le coach Starling d'Omaha avait un attaquant avec une épaule cassée qui pourrait lui coûter sa carrière, et il m'avait dit au téléphone l'autre soir que les *Stingers* étaient encore pires que ce qu'il avait déjà vu d'eux. Lorsque j'avais parlé au coach Harvey de Boston après l'affrontement de nos équipes la semaine dernière, il m'avait averti de mettre en garde mes joueurs lorsque nous affronterions Anaheim.

J'avais pris ce conseil à cœur, et maintenant je mâchais mon chewing-gum comme un fou parce que ce soir, nous étions à Anaheim, et que les *Stingers* étaient dans une forme rare. Les marquages, même ceux qui étaient justifiés, étaient plus violents qu'ils n'auraient dû l'être. Chaque fois qu'un de mes gars marquait un *Stinger*, le *Stinger* ou l'un de ses coéquipiers essayait de le pousser à la faute. Les provocations étaient continues et plus agressives que d'habitude, comme si tous les hommes portant un maillot rouge et blanc se préparaient pour la bagarre ou essayaient de dire de la merde à mes joueurs pour qu'ils commettent un impair.

Les arbitres étaient vigilants sur les attaques évidentes – les plaquages, les barrages à la crosse haute – mais semblaient classer l'agressivité comme faisant partie de l'affrontement de deux équipes rivales. Peu importait que ce soit unilatéral et qu'Anaheim soit connu pour ce comportement. D'une manière ou d'une autre, même lorsque les *Stingers* dépassaient les bornes, ils savaient comment baiser une autre équipe sans se faire prendre. Ça ou ils suçaient tous les arbitres, parce que je ne comprenais pas comment la moitié de leur comportement n'était même pas sifflée.

Mon attaquant de deuxième ligne pénétra sur la glace alors que celui de première ligne revenait s'asseoir sur le banc. Mays, mon centre de première ligne, but une gorgée de sa bouteille d'eau. Puis il se pencha et, respirant toujours fort de son tour de jeu, me fit signe de me pencher vers lui. Quand je le fis, il me dit :

— Coach, il se passe quelque chose.

— Qu'est-ce que tu veux dire ?

— Ce que je veux dire...

Il inclina sa bouteille d'eau en direction du match.

— C'est qu'ils ont beau avoir toujours été des connards

sur la glace, c'est carrément comme s'ils n'essayaient même pas de jouer au hockey ce soir.

Fronçant les sourcils, je regardai un *Stinger* poursuivre l'un de mes autres attaquants – qui avait le palet – devant le banc.

— Ah oui ?

— Ils ne cherchent pas le palet. C'est nous qu'ils poursuivent.

— Il n'a pas tort, grogna Agnew. L'arbitre ne l'a pas sifflé, mais quand j'essayais de récupérer le palet ?

Il désigna une extrémité de la patinoire.

— L'enfoiré a mis sa crosse sous mon patin et a failli me faire tomber.

Je me renfrognai, broyant mon chewing-gum entre mes molaires tandis que je regardais le jeu. Mes gars étaient costauds. Ils ne se plaignaient pas qu'on joue à la dure contre eux, ou même salement, parce que c'était comme ça que ça se passait au hockey. S'ils en parlaient maintenant, alors c'était que quelque chose n'allait pas.

Quelque chose ne va pas ? Quand Anaheim est sur la glace ? Ah bon, tu crois ?

Mais c'était inhabituel, même pour eux. Je l'avais vu. Mes joueurs le voyaient. Mais bordel, pourquoi les arbitres ne le voyaient pas ? Ou pourquoi faisaient-ils *semblant* ?

Un *Kraken* avait le palet, et je mâchai furieusement en regardant mes joueurs se disputer la position pour essayer de marquer. Dans le chaos, le défenseur envoya Ruiz dans la vitre, ce qui n'était pas tellement inhabituel, mais une fraction de seconde plus tard, Ruiz chuta. J'eus la peur au ventre comme à chaque fois qu'un de mes joueurs tombait.

Il se releva vite, cependant, et il était *énervé*.

Le *Stinger* qui l'avait fait tomber lui fit un signe qui voulait dire « viens me chercher ». Ruiz était une tête brûlée dans ses meilleures nuits, et il était assez furieux maintenant pour perdre son sang-froid et commencer à enlever ses gants.

Sorti de nulle part, Johansson, l'un de mes défenseurs qui était taillé comme une montagne, patina jusqu'à eux. Il se positionna devant Ruiz, posa une main sur son torse et le fit un peu reculer en secouant la tête. Je n'entendais pas ce qu'il disait, mais il incitait clairement son coéquipier à laisser tomber.

— Écoute-le, murmurai-je, le chewing-gum serré entre mes dents. Laisse tomber, Ruiz, laisse... c'est ça. Concentre-toi sur le palet, pas sur des idioties.

Un instant plus tard, les joueurs des différentes zones changèrent à nouveau, et quand Ruiz rentra de son tour de piste, je n'attendis même pas qu'il s'asseye.

— Ruiz, le prévins-je en le regardant droit dans les yeux. Il faut te...

— Je vais le démonter, ce fils de pute, grogna-t-il. Il fait ça une fois de plus, et je l'allonge sur le...

— Ruiz, grognai-je. Écoute-moi.

Il serra les dents, la fureur ne s'estompant pas du tout de son expression.

La voix basse et calme, je lui dis :

— Si c'était une autre équipe, je te dirais d'aller lui donner une correction. Mais pas avec ces types-là. Pas ce soir.

Il se renfrogna et regarda la glace, sa mâchoire se contractant derrière sa visière.

Durcissant ma voix, je réitérai :

— Calme le jeu, ou tu peux rester assis pendant la prochaine période.

Ça attira son attention. Il se tourna vers moi, les sourcils levés, et je fronçai les sourcils.

— Est-ce que c'est clair ? demandai-je.

— Ouais, coach, marmonna-t-il en faisant à nouveau face à la glace. Très clair.

J'espérais à tout prix que c'était vraiment fini. J'avais été un joueur qui lui ressemblait beaucoup, et à l'époque, quand je perdais mon sang-froid sur la glace, les choses se gâtaient. À ce jour, j'étais amusé chaque fois que Les Coleman, le *Snowhawk* devenu commentateur, souriait et que sa dent en or brillait. Je me demandais s'il se souvenait encore du soir où je lui avais fait perdre cette dent après qu'il avait délibérément touché notre capitaine au visage avec sa crosse. Le capitaine s'était retrouvé avec un nez cassé, la dent de Coleman s'était retrouvée sur la glace et j'avais accepté mon éjection sans une once de culpabilité.

Je comprenais donc Ruiz. En dehors de la glace, j'étais doux au possible, mais sur des patins, je pétais vite un fusible et c'était tolérance zéro pour ceux qui ne jouaient pas réglo. Si j'avais joué contre les *Stingers* en ce moment, j'aurais probablement renoncé à ma retenue et cassé ma crosse sur la tête de quelqu'un. Même maintenant, ça restait tentant.

Je comprenais. J'espérais juste que Ruiz pourrait garder son tempérament sous contrôle ce soir, parce que connaissant les *Stingers*, ils ne choisissaient pas de se battre uniquement pour le plaisir.

Ce putain de défenseur n'avait de cesse de chercher à contrarier Ruiz. Chaque fois qu'ils s'affrontaient tous les deux sur la glace, j'essayais de rappeler par télépathie à mon joueur de garder la tête froide et de laisser tomber. Chaque fois qu'il était sur le banc, je le lui disais directement en face. Pendant la première interruption, j'enfonçai le clou pour lui et tous mes autres joueurs.

Mais à deux minutes de la fin de la deuxième période,

alors que mon équipe dominait les *Stingers* grâce à un jeu en puissance à cinq contre trois, Ruiz craqua.

Je ne pouvais pas dire exactement ce qui l'avait poussé à bout, seulement que les deux s'étaient échauffés à nouveau, puis que Ruiz avait envoyé un coup de poing, et qu'ensuite c'était parti en cacahuète. Au début, les arbitres avaient laissé faire pendant quelques secondes comme ils le faisaient souvent pour permettre aux joueurs de régler ça, mais ils sautèrent finalement entre eux. Ou du moins, ils tentèrent de le faire.

Ruiz perdit son avantage et ils se renversèrent tous deux sur la glace. Là, ils se bagarrèrent, et le défenseur ne lâcha pas jusqu'à ce qu'il soit dégagé de mon ailier *manu militari* par trois arbitres. Il leva les mains et recula, l'air presque contrit alors qu'un arbitre central le virait de là tandis qu'il tamponnait un filet de sang de son nez.

Ruiz... ne se releva pas.

Un autre arbitre leva immédiatement la main, et soudain toute l'activité se concentra autour de mon joueur tombé. Jurant, je contournai le banc, balançai mes jambes par-dessus les planches et, aussi rapidement et soigneusement que possible, je me précipitai sur la glace. Le cœur battant, je rejoignis les arbitres à côté de mon joueur au sol. Il était conscient, mais visiblement totalement sonné, le visage ensanglanté et déjà gonflé d'un côté. Le sang tachait ses dents et ses gencives ; J'espérais juste qu'il n'avait pas avalé une dent (ou un morceau de dent) qui aurait pu être déracinée par le choc.

Je cherchai autour de moi le défenseur en cause, et fus modérément satisfait de voir qu'il était escorté jusqu'au banc de son équipe. Pas de passage sur le banc des pénalités pour cet enfoiré — c'était fini pour lui, ce soir.

Et j'aurais juré que, juste avant qu'il ne disparaisse en

coulisses, il avait jeté un coup d'œil derrière lui avec un air d'autosatisfaction sur sa sale gueule.

Je jurai, puis tournai mon attention vers mon joueur blessé.

Je m'occuperais des *Stingers* plus tard.

Ma tête palpitait au moment où je m'affalai sur mon lit d'hôtel avec mon téléphone à la main. La nuit avait été longue, et je venais de raccrocher d'un appel avec la femme de Ruiz, m'assurant qu'elle avait toutes les informations directement de moi plutôt que des commentateurs sportifs. Elle était naturellement bouleversée – nous l'étions tous – mais soulagée qu'il n'ait pas été grièvement blessé. Sa pommette était fracturée et il avait une commotion cérébrale modérée, donc il était malheureux, mais il se rétablirait. Heureusement, il n'avait pas avalé sa dent. Cependant, elle avait été assez endommagée pour qu'on doive sans doute la lui extraire demain.

J'avais failli aussi en venir aux mains à ce sujet avec le trou du cul suffisant qu'était l'entraîneur d'Anaheim, mais je m'étais retenu pour ne pas être condamné à une amende ou me faire licencier. J'en avais fini avec les conneries de cette équipe, et j'allais agir, cette fois-ci. Pour ce faire, je devais garder la tête froide – sans parler de mon emploi – et passer par les bons canaux. Demain, je ferais quelques appels à d'autres entraîneurs qui se plaignaient de cette équipe depuis des années. Il devait y avoir quelque chose que nous pouvions faire. Il *fallait* qu'il y ait un recours.

Ce soir, cependant, j'étais concentré sur Ruiz. À partir de maintenant, il se reposait, perdu au milieu d'une brume d'analgésiques dans sa chambre d'hôtel plus loin dans le couloir, et il resterait ici à Anaheim pendant quelques jours avant de rentrer chez lui. C'était la recommandation du médecin puisque, comme elle l'avait dit, « prendre l'avion avec une commotion cérébrale, c'est dangereux, et s'il peut l'éviter, il le devrait ». De plus, il avait encore besoin de voir un dentiste à propos de cette dent. Sa femme serait sur le premier vol au départ de New York demain matin, donc il aurait au moins sa compagnie.

Jusqu'à l'hôtel, il avait alterné entre s'excuser d'avoir perdu son sang-froid et demander combien de temps il devrait rester hors de la glace. Je n'avais pas de réponse à lui donner. Au moins deux semaines à cause du protocole de commotion cérébrale PHL. Probablement plus longtemps pour la pommette fracturée. Après cela, c'était au Dr Hanes, le médecin de l'équipe, de décider. Ruiz avait parlé brièvement avec sa femme pour que chacun puisse entendre la voix de l'autre, puis je lui avais parlé pendant que le Dr Hanes s'assurait que Ruiz était bien installé pour la nuit. Maintenant, le pauvre gars dormait probablement à poings fermés. Le Dr Hanes restait dans la chambre avec lui, et il m'appellerait si Ruiz commençait à montrer l'un des symptômes nous indiquant que nous devions le ramener aux urgences.

Pour l'instant, tout le monde essayait juste de se reposer.

J'étais rincé. Le match avait été assez éprouvant. Un joueur blessé en plus de ça, et je n'en pouvais plus.

Mais je n'étais pas tout à fait prêt à m'endormir.

Les *Narwhals* jouaient à Phoenix ce soir, et Brad avait envoyé un texto pour me dire qu'il était là si je voulais faire une visio. Et j'en avais envie. Mon Dieu, j'en avais envie. J'avais juste besoin d'une minute pour reprendre mon souffle.

Ruiz allait bien s'en sortir. Les *Stingers* n'allaient pas

continuer à s'en tirer comme ça. Quelque chose serait fait cette fois, bon sang.

Et au moins, je pourrais terminer la nuit sur une note agréable.

Sur ce, j'envoyai la demande, et Brad devait être devant son téléphone, car il accepta presque immédiatement. L'appel se connecta et son sourire fatigué à l'écran fit instantanément passer les mauvais moments de cette journée pour de lointains souvenirs.

— Coucou. Je n'appelle pas trop tard, j'espère ?

— Non. Mon coloc n'est pas là, et je rattrapais juste tous les autres matchs de ce soir.

Il fronça les sourcils.

— Comment va Ruiz ?

— Il s'en remettra. Il sera dans un sale état pendant quelques jours et il restera hors de la glace pendant quelques semaines au moins, mais il va récupérer.

— Content de l'entendre.

— Moi aussi.

Seigneur, à chaque fois que j'ouvrais la bouche, je luttais pour ne pas lâcher un « *Tu me manques* ». Cependant, je n'avais probablement pas à le faire. Même après tout ce qui s'était passé ce soir — bordel, surtout après tout ça - cela devait se voir sur mon visage que je me languissais de lui, tout comme je pouvais le voir sur celui de Brad. Je n'avais pas l'énergie pour quoi que ce soit de sentimental ce soir, alors je gardai cela pour moi.

— Comment s'est déroulé ton match ?

— Pas mal. Tss. Enfin, c'était un peu une soirée gruyère pour moi.

Je clignai des yeux.

— Toi ?

Il s'esclaffa.

— Hé, j'ai des mauvais jours comme tout le monde.

— C'est vrai, c'est vrai. Mais d'habitude tu es un vrai mur.

— Habituellement, oui. Ce soir...

Il haussa les épaules.

— Juste un mauvais jour. Mais je n'ai encaissé que deux buts.

Je gloussai.

— Ça en dit long quand deux buts sont considérés comme un mauvais jour.

— Pour être honnête, ça a probablement plus à voir avec mon équipe qu'avec moi – ils ont gardé le palet à l'autre bout de la patinoire durant la plupart du temps de jeu.

— Le travail d'équipe est un travail de rêve, n'est-ce pas ?

— À cent pour cent.

Il eut encore un sourire, mais celui-ci s'estompa.

— Alors tout ça, ce soir, avec Ruiz... c'était les *Stingers* et leur bordel habituel, hein ?

— Ça te surprend ?

— Pas du tout, répondit Brad en roulant des yeux. Beurk. Je déteste ces connards.

— Moi aussi.

— On joue contre eux la semaine prochaine. Je le redoute.

Je me redressai un peu.

— Ouais, eh bien...

J'hésitai. Brad et moi devions être extrêmement prudents lorsque nos conversations touchaient au hockey. Nous ne discutions pas de nos propres équipes, de leurs forces ou de leurs faiblesses. Nous ne donnions pas de conseils, ni n'en demandions. Mais avec une situation comme celle-ci, j'avais l'impression qu'une exception pouvait être faite à juste titre.

— Écoute, je sais qu'on ne parle pas de hockey parce qu'il nous faut éviter un conflit d'intérêts, mais sois prudent quand tu joueras contre eux, d'accord ?

— Je le suis toujours.

— Tout le monde l'est. Mais ils ont intensifié les choses cette année.

Ses sourcils se haussèrent.

— Qu'est-ce qu'ils font ? Ils jouent du couteau ? Comment ils peuvent être pires que d'habitude ?

— Tu serais surpris, soupirai-je. Cette rixe avec Ruiz ? Ils l'ont asticoté toute la soirée, ce qui n'est pas difficile à faire parce qu'il a un sacré caractère. Ce connard est revenu sans cesse vers lui pendant deux périodes, et quand mon gars a fini par mordre à l'hameçon, le *Stinger* l'a roué de coups.

Les yeux de Brad s'écarquillèrent.

— Quoi ?

— Ce n'était pas une bagarre, expliquai-je en secouant la tête. C'était un passage à tabac. Il a été sorti du match et je soupçonne qu'il devra payer une amende, mais ça ne change rien au fait que l'un de mes meilleurs joueurs offensifs est maintenant sur le banc des blessés avec une commotion cérébrale et une pommette cassée.

— Après qu'ils lui ont cherché des poux ?

— Oui.

Je frottai mon cou raidi et soupirai.

— D'après ce que j'ai pu voir, ils ciblent clairement certains joueurs, et il me semble qu'ils cherchent à infliger le genre de blessures qui peuvent mettre fin à la saison d'un joueur, voire à sa carrière.

Brad avala sa salive.

— Houlà.

— Ouais. Alors... Je sais que tout le monde fait attention en face d'Anaheim, mais ils font ça spécifiquement pour blesser, maintenant.

Il laissa échapper un souffle.

— Et est-ce que quelqu'un va y faire quelque chose ?

Une main en l'air, il ajouta :

— Personne ne fait jamais rien !

— J'y travaille. Je serai au téléphone avec plusieurs autres entraîneurs demain, et on va trouver une stratégie pour que la ligue ne puisse pas nous ignorer cette fois-ci.

— Bien, grogna-t-il. Mais tu sais que leur entraîneur et tout le bureau vont jouer les victimes, non ?

— Ils peuvent essayer. Ça ne marchera pas à tous les coups. Tant que nous pouvons attirer l'attention de la ligue assez longtemps pour qu'ils puissent réellement examiner des séquences vidéo et parler à certains joueurs et entraîneurs, ça pourrait nous mener quelque part.

— Ça pourrait.

Je soupirai.

— Ouais. Mais en attendant, promets-moi simplement que tu feras attention quand vous les affronterez. Et tes coéquipiers aussi.

— Je ferai attention. Promis. Et je ferai passer le mot.

Je parvins à sourire.

— D'accord.

Il sourit en retour, et il avait l'air sincère, même s'il était fatigué.

— Écoute, on part à la première heure demain matin, alors j'ai besoin de prendre une douche et de dormir un peu. On s'appelle demain soir ?

— J'ai hâte d'y être.

— Moi aussi.

Nous soutînmes chacun le regard de l'autre pendant un moment, et mîmes fin à l'appel en silence. Je m'installai contre la tête de lit et soupirai. Je me sentais mieux après lui avoir parlé. C'était toujours le cas. Nous n'avions même pas eu de rapport sexuel par téléphone ce soir, mais aussi fatigués que nous étions tous les deux, je n'étais pas surpris. Et maintenant que j'y pensais, nous le faisions de moins en moins de toute façon. En partie parce que nous étions au beau milieu de la saison et que nous étions tous deux épuisés, bien sûr. Mais, il semblait y avoir quelque chose de plus, et ce n'était pas un manque de désir. Je le voulais. Je ne passais pas une journée sans penser à me retrouver au lit avec lui.

Mais chaque fois que j'avais l'occasion de passer du temps avec lui, j'étais davantage intéressé par, eh bien, l'idée de passer du temps avec lui. Même si c'était par téléphone, et que ce n'était que pour quelques minutes. Je pouvais me branler tout seul. Il n'y avait pas de substitut à la compagnie de Brad.

Peut-être que lorsque je ne serais plus aussi fatigué ou distrait, je pourrais penser à ce que ça voulait vraiment dire.

Chapitre 20
Brad

Alors que je sécurisais mon équipement pour notre troisième match de la série contre Anaheim, il m'était difficile de ne pas penser à cette conversation que j'avais eue à leur sujet avec Anthony la semaine dernière.

« *Promets-moi simplement que tu feras attention* », m'avait-il presque supplié. « *Et tes coéquipiers aussi* ».

Oh, je serais prudent. De toute façon, je tenais toujours ma garde contre ces sales connards, et je les surveillerais certainement de près ce soir. D'autant plus qu'Anthony avait eu raison, les *Stingers* avaient tout mis en œuvre lors des deux derniers matchs. Il nous manquait un gardien de but à cause de cela.

Lors des soirées comme aujourd'hui, j'avais hâte que la ligue revienne à un calendrier des matchs plus sain. Nos entraîneurs faisaient généralement tourner les gardiens de but afin que nous n'ayons pas à jouer deux matchs consécutifs. C'était dur pour tous les joueurs, mais ceux d'entre nous qui étaient dans le filet prenaient cher rien qu'à rester debout ici dans tout cet équipement. Faire ça deux soirs de suite n'était jamais bon.

Mais nous n'avions pas beaucoup le choix. J'avais disputé le premier match de la série, mais j'avais aussi joué lors des deuxième et troisième périodes hier soir lorsque Karlsson avait quitté la glace après qu'un ailier l'avait marqué assez fort pour le blesser dans le dos. La blessure était mineure, mais il avait été relégué sur le banc pour quelques jours, ce qui signifiait que j'allais jouer ce match en entier. La fatigue à elle seule m'avait incité à rappeler au coach de s'assurer que notre gardien remplaçant était en attente. Je pouvais gérer beaucoup de choses, mais j'avais mes limites.

Il ne m'avait pas abandonné à mon sort non plus.

— J'ai Hayes en attente, et j'ai Sanders qui arrive du club-école en tant que remplaçant, mais sois prudent sur la glace.

Je ris sèchement.

— Je suis toujours prudent quand on joue contre ces connards.

Son froncement de sourcils s'approfondit.

— Ouais, eh bien. Sois encore *plus* prudent. On dirait que leur approche pour améliorer leur attaque est d'éliminer autant de joueurs que possible. Y compris les gardiens.

Je me tournai vers lui, les yeux écarquillés. Avait-il parlé à Anthony ? Ou était-ce juste de notoriété publique parmi les entraîneurs maintenant ?

— Sérieusement ?

Le coach hocha la tête.

— J'ai regardé le replay d'hier soir cent fois, et tu ne me feras pas croire qu'ils ne *cherchaient pas* à faire tomber Karlsson.

— J'ai entendu des bruits de ce genre à propos d'eux pendant toute la saison. Quand diable quelqu'un *fera-t-il* vraiment quelque chose à ce sujet, de toute façon ? Tout le monde sait qu'ils ne jouent pas à la loyale, mais rien ne leur arrive jamais. Et maintenant, ils passent à l'échelon supérieur ?

— Je sais.

Il secoua la tête.

— Je soupçonne que ce serait sorti hors-saison si tout le

monde n'avait pas été aussi concentré sur les changements apportés au calendrier de la saison régulière. Dieu sait que tout le monde en parlait.

Je soupirai.

— Est-ce trop demander à la ligue que d'être multitâches ?

Alors oui, j'étais nerveux en sortant sur la glace ce soir. Je n'aimais pas la façon dont les *Stingers* ne cessaient de nous regarder pendant les échauffements. Pour nous évaluer ? Chercher des faiblesses ? Peut-être, étant donné que deux de leurs attaquants de deuxième ligne continuaient de jeter des coups d'œil à Rodgers, qui n'était sorti du banc des blessés que depuis trois semaines.

N'y pensez même pas, bande de connards. Pas question !

Et je n'allais pas prendre de risques – dès que nous fûmes hors de la glace, j'entraînai Rodgers à l'écart.

— Fais attention ce soir, hein ?

Il me regarda comme si j'étais dingue.

— Je fais toujours attention avec ces connards.

La même chose que j'avais dite au coach. N'importe quel joueur de la ligue qui n'était pas un *Stinger* aurait donné exactement la même réponse.

— Oui, mais si tu avais vu comment ils te regardaient pendant les échauffements...

Ses yeux s'écarquillèrent.

— Sérieusement ?

Je hochai la tête.

— Je suis peut-être un peu nerveux par rapport à eux parce que plusieurs personnes m'ont dit qu'ils ne plaisantaient vraiment pas, cette année. Mais j'ai eu l'impression qu'ils t'évaluaient.

Rodgers déglutit.

— Merde.

— Fais attention à toi. C'est tout. Leur mode opératoire, c'est généralement d'attendre que quelqu'un baisse sa garde. Alors reste à l'affût.

Il hocha la tête.

— Compris. Merci, mec.

— De rien.

Il tapa sur mon épaulière rembourrée et nous rejoignîmes nos coéquipiers dans le vestiaire pour le discours d'avant-match du coach. C'était le blabla de motivation habituel. Gardez le palet loin de l'autre équipe. Mettez le palet dans le filet de l'autre équipe. Gardez le palet hors de *notre* filet.

Cette fois, cependant, il ajouta :

— Et tout le monde, faites attention à vous, ce soir. C'est Anaheim. Vous savez ce que ça signifie.

Des grognements résonnèrent dans la pièce et chaque joueur acquiesça. Être conscient que tout le monde savait à quel point Anaheim trichait m'énervait à n'en plus finir – un de ces jours, la ligue allait devoir le reconnaître et faire quelque chose. Je ne me souciais pas de savoir jusqu'à quel niveau leur entraîneur et leur directeur général suçaient les hauts responsables de la PHL – c'était du foutage de gueule, et tout le monde en avait marre.

Pourtant, quand il fut l'heure, mes coéquipiers et moi descendîmes consciencieusement sur la glace.

Mon cœur battait à tout rompre alors que j'éraflais la glace dans la zone de but et que j'attendais que le palet arrive. Les matchs de hockey allaient toujours de pair avec une bonne dose d'adrénaline, mais les *Stingers* me rendaient légitimement nerveux. Les blessures étaient à peu près gagnées d'avance, et on ne savait pas quel genre de sales tours ces salauds avaient dans leurs manches d'un match à l'autre.

C'était comme s'ils savaient que leur seule chance de gagner la Coupe était de tricher, et qu'au lieu de prendre cela comme un signe qu'ils devraient s'améliorer en tant qu'équipe, ils l'avaient embrassé comme si c'était leur foutue vocation. Ô joie.

Le pire ? De là où je me tenais devant le but, il n'y avait presque rien que je pouvais faire à part regarder, impuissant, à moins que le palet et les joueurs ne viennent dans ma direction. Face aux *Narwhals*, les *Stingers* passaient la plupart de leur temps près de leur propre but, alors je pouvais simplement attendre, observer et espérer de tout cœur que mes coéquipiers finiraient le match sans blessure.

Comme je m'y attendais, deux des ailiers avaient les yeux rivés sur Rodgers. Chaque fois qu'ils en avaient l'occasion, ils le marquaient de manière agressive. Trois fois en moins d'une minute, l'un ou l'autre l'envoya valser contre la vitre, mais ils ne parvinrent qu'à l'énerver. Ensuite, ils tentèrent plusieurs fois de provoquer une bagarre avec lui, mais soit il était d'une humeur exceptionnellement calme ce soir, soit il avait pris mon avertissement à cœur, parce qu'il ne mordit pas à l'hameçon. En fait, lorsque l'un des deux connards envoya un coup de poing, Rodgers l'évita habilement et le *Stinger* frappa la vitre à la place.

Ils arrêtèrent d'essayer de l'emmerder après ça.

Au lieu de cela, ils rabattirent leurs vues sur Keith, et allèrent directement essayer de se battre avec lui. Keith n'avait pas l'habitude de se battre sur la glace, mais comme tout joueur, si on l'asticotait assez longtemps, il finissait par enlever ses gants. Le problème, c'était qu'aussi spectaculaire qu'il soit au hockey, Keith *n'était pas* un bon combattant. Il pouvait placer quelques coups de poing, mais se battre n'était pas et ne serait jamais son point fort.

Ce qui signifiait que le mener à la bagarre était le moyen

idéal de l'assommer et de le mettre hors-jeu sous prétexte que deux joueurs têtes brûlées s'étaient bagarrés et que l'un d'eux s'était fait botter le cul. Sauf qu'ils lui casseraient probablement la mâchoire ou lui causeraient une commotion cérébrale dans le processus.

Si Keith se battait un autre soir contre une autre équipe, je me contenterais de lever les yeux au ciel et de le traiter de débile tandis qu'il se mettrait de la glace sur le visage plus tard.

Mais pas ce soir. Pas contre les *Stingers*.

Dès que nous fûmes dans le vestiaire pour la pause, j'enlevai mon masque.

— Hé. Keith.

Il leva les yeux en épongeant la sueur de son visage, et je lui fis signe. Il s'approcha de moi.

— Qu'est-ce qu'il y a ?

— Ces enfoirés qui essaient de te pousser à bout ?

Son expression s'assombrit.

— Ouais ?

— Écoute, mec...

Je jetai un coup d'œil autour de moi pour m'assurer que personne n'écoutait, puis baissai la voix.

— Anthony m'a dit qu'ils avaient fait ce coup-là à l'un de ses gars. Qu'ils l'ont harcelé continuellement jusqu'à ce qu'il morde à l'hameçon et qu'il se batte.

Keith arqua un sourcil.

— Et ?

— Et puis le *Stinger* l'a tabassé. Ruiz s'en est sorti avec une commotion cérébrale et une pommette fracturée.

— Oh merde.

— Ouais. On sait tous qu'ils font ce genre de merde, et c'est irritant à mort, mais mec, ils sont dangereux cette année. Ne tombe pas dans le panneau et ne te bats pas, parce que j'ai l'impression qu'ils cherchent juste une excuse pour foutre ta vie en l'air.

Keith inspira.

— Vraiment ?

— Oui. Et écoute, je t'adore, mec, mais tu ne sais pas te battre. Ces deux-là, ils savent. Ne leur donne pas la chance de te sortir du match avec une commotion cérébrale, une mâchoire cassée ou quelque chose du genre.

Il déglutit. J'avais pensé qu'il allait répliquer – il détestait quand les gens lui faisaient remarquer qu'il était nul au combat – mais il hocha la tête.

— D'accord. D'accord, bon à savoir. Je resterai loin d'eux autant que je le pourrai.

— Bien. Sois prudent.

— Toi aussi.

— Je le suis toujours.

— Moi aussi.

Nous cognâmes nos poings gantés, puis rejoignîmes notre équipe pour le speech de motivation de l'entracte, qui était plus ou moins le même que précédemment, avec quelques commentaires pointus destinés à ceux qui avaient fait des erreurs.

Pas trop tôt à notre goût, nous fûmes de retour pour la deuxième période.

Comme d'habitude, la majeure partie de l'action se déroulait à l'autre bout de la patinoire, mais un *Stinger* parvint à prendre le contrôle du palet et se dirigea vers moi. Je me focalisai sur le palet, en lisant le langage corporel du joueur et le mouvement de sa crosse afin de pouvoir prédire où la rondelle pourrait aller.

Baldwin faillit reprendre le palet, mais le *Stinger* garda le contrôle. Il se dirigeait droit vers moi, et je pouvais sentir arriver le tir au but à un kilomètre.

Effectivement, il tira vers moi. Il est allé plus loin sur ma gauche que ce à quoi je m'étais attendu, alors j'allai chercher le palet et le projetai loin du but avec ma crosse. La moitié des joueurs sur la glace semblaient soudainement se diriger vers mon but, mais ils patinèrent tous après le palet pendant que je me redressais sur mes patins.

La plupart d'entre eux glissèrent après le palet, en fait.

L'un de leurs défenseurs s'était faufilé derrière le filet. Alors que l'action commençait à revenir dans ma direction, avec les S*tingers* de nouveau en possession du palet et qui faisaient une avancée vers le but, je croisai le regard du défenseur pendant une fraction de seconde. Quelque chose dans son expression était étrange, ou peut-être était-ce parce qu'il traînait ici au lieu d'aider son équipe, mais peu importait. Il patina vers l'arrière et disparut de ma vision périphérique.

Qu'importe.

Je reportai mon attention sur le palet.

Un de leurs ailiers l'avait. Le passa. Le récupéra. Le centre le reprit. Le tira au but.

Bien essayé, les connards.

Je fis l'arrêt, dégageant le palet sans aucune difficulté. Un autre joueur le récupéra, arriva au but et...

Quelqu'un me percuta par-derrière alors que j'étais encore en équilibre.

Je tombai et quelqu'un d'autre me plaqua encore plus fort sur le côté.

Je crus entendre le klaxon de but.

Et puis, plus rien.

Chapitre 21
Anthony

Le klaxon de but retentit et je brandis mon poing alors que des milliers de fans se levaient comme un seul homme. Le match avait commencé au coude à coude, et nous avions même été menés de deux points pendant un petit moment, mais trois buts en troisième période – dont celui-ci dans les trente dernières secondes avant le buzzer – scellèrent le match pour les *Krakens*.

Alors que mes joueurs sortaient de la glace, je leur criai :
— Beau travail, les gars. Très bon !

Johansson me tapa dans la main en passant, et d'autres lui emboîtèrent le pas.

Je les laissai tous sortir en premier, car ils voudraient commencer à se déshabiller avant que les journalistes ne se pressent dans les vestiaires pour les interviews d'après-match. Une fois qu'ils furent sortis de la glace et que j'eus serré la main de l'entraîneur de l'autre équipe, je me dirigeai moi-même vers les loges.

Dans le bureau à côté des vestiaires, le directeur général de l'équipe, Dave Ralston, regardait des commentaires d'après-match sur l'écran plat avec l'un des entraîneurs. Un fragment d'uniformes noir et gris à la télévision attira mon attention, et je ralentis, curieux de savoir comment le match des *Narwhals* s'était déroulé ce soir.

Mais ensuite, l'écran changea de sujet, et il y eut l'image d'un joueur à terre, entouré d'officiels et d'urgentistes.

Je m'arrêtai net, si vite que l'un des entraîneurs faillit me rentrer dedans, et je me penchai dans le bureau. Sur l'écran, la caméra était toujours fixée sur les officiels, les entraîneurs et les urgentistes. À ma grande horreur, je réalisai que sur la glace à côté de ce rassemblement chaotique se trouvaient un masque et une crosse de gardien de but. En regardant de plus près, je pouvais voir la jambe du joueur à terre et la jambière distinctive portée uniquement par les gardiens de but.

Oh non. Oh, putain non.

Puis mon attention se porta sur la bande déroulante au bas de l'écran :

« *Le gardien des Narwhals de Vancouver grièvement blessé, 2 Stingers d'Anaheim risquent une suspension* »

Mon cœur s'arrêta.

Oh non. Brad. Est-ce qu'il jouait ce soir ?

Il devait, puisque leur autre gardien avait été blessé hier soir. Ce qui signifiait...

Putain. Qu'est-ce qui s'est passé ?

J'entrevis une civière, et crus apercevoir quelqu'un qui traversait la glace avec une minerve à la main. Avant que je puisse confirmer que le joueur blessé était Brad et non l'un des autres gardiens de but, et avant que je puisse avoir une idée de la gravité de sa blessure ou même sortir mon téléphone pour envoyer un « Ça va ? » le propriétaire des *Krakens*, Jerry Valentine, apparut à côté de moi et aboya :

— Caruso ! Allez !

J'hésitai, jetant un coup d'œil à l'écran juste à temps pour voir une civière rouler sur la glace, puis suivis Valentine. Mais qu'est-ce que j'aurais pu lui dire ? « Je dois m'assurer que mon petit ami secret n'a pas été blessé » ?

Je ferais des recherches dès que les journalistes en auraient fini avec moi. Je devais d'abord faire mon boulot, peu importait à quel point cela me tuait de ne pas savoir ce qu'il en était de Brad.

En entrant dans le vestiaire avec Valentine, je savais que c'était mon imagination, mais j'aurais juré que la cicatrice le long de ma nuque me piquait. Ma blessure avait été bizarre – l'une de celles qui étaient toujours mentionnées dans les articles *putaclics* sur les blessures catastrophiques au hockey – mais le hockey *était* un sport dangereux. Et les *Stingers étaient* une équipe dangereuse.

Et bordel de merde, ce devait être grave pour que non pas un, mais *deux* Stingers doivent désormais faire face à des conséquences qui allaient au-delà d'un certain temps sur le banc des pénalités. Le joueur qui avait tabassé Ruiz avait seulement été éjecté et condamné à une amende. Ces deux-là faisaient face à une suspension. Ce n'était pas bon signe. Pas bon du tout.

Je pris une profonde inspiration et la relâchai. Rationnel ou non, j'avais des visions de Brad en route pour l'hôpital avec une blessure extrêmement grave comme la mienne. Le genre de blessure où quelques millimètres pouvaient déterminer s'il marcherait à nouveau, sans parler de jouer au hockey, et si jamais l'ambulance passait un ralentisseur un peu vite ou prenait un virage trop brusquement, cela pourrait le secouer juste assez pour aggraver les choses.

Ce n'était probablement pas si grave, mais jusqu'à ce que j'en aie la confirmation, ça *pouvait* l'être, et cela m'effrayait. Et sérieusement, pourquoi les deux *Stingers* avaient-ils été suspendus ? Jusqu'où étaient-ils allés et à quel point avaient-ils...

— Coach Caruso ! piailla gaiement un journaliste. Que pensez-vous du match de ce soir ?

Le match de... ce soir...

Les *Krakens*. Pas les *Narwhals*. Mon équipe. Nous venions de jouer un match, et nous... Avions-nous gagné ou perdu ? Pourquoi y avait-il un flou sur tout ce qui s'était passé avant d'avoir vu cet écran dans le bureau ?

— Euh.

Je jetai un coup d'œil à certains de mes joueurs. Deux des recrues rayonnaient pour une interview, et oh. Exact. Nous avions gagné, et ces deux-là avaient tous les deux marqué ce soir. Face aux caméras, je souris malgré l'acide qui me montait à la gorge.

— C'était un grand match.

Les questions fusèrent, et j'eus du mal à me concentrer sur chacune d'entre elles.

Bordel. Il fallait que je me recentre. Les conférences de presse étaient une seconde nature, mais ce soir, je n'arrivais pas à penser au hockey. Pas à propos du match que mon équipe avait joué, en tout cas.

— Coach Caruso, intervint un autre journaliste, que s'est-il passé ce soir avec la ligne défensive des *Krakens* ?

Je clignai des yeux. Notre ligne défensive ? Que *s'était-il* passé ? Putain, est-ce que Brad allait bien ?

— Coach Caruso ? insista le journaliste.

Je réalisai qu'ils me regardaient tous comme s'ils ne savaient pas quoi penser de mon silence. Depuis combien de temps j'étais resté planté là, à essayer de me souvenir de ce foutu match ?

Je m'éclaircis la gorge.

— Euh, eh bien, il n'était pas prévu qu'ils patinent demain matin, mais au final, ce sera le cas. Ça arrive parfois : ils perdent leur concentration, ne communiquent pas, ne se regardent pas. Un peu d'entraînement et de concentration, et ils reviendront sur la bonne voie.

Cela sembla les satisfaire. Les réponses toutes faites marchaient, en général. Je soupçonnais qu'il y aurait des spéculations sur le fait que j'avais été distrait et à côté de la plaque, mais tant que personne ne comprendrait pourquoi, je pourrais vivre avec.

Finalement, les journalistes en eurent fini avec moi, et je me glissai dans le back-office. Une fois la porte fermée, j'attrapai précipitamment mon téléphone et tapai rapidement la recherche *gardien des* Narwhals *blessé*. Des vidéos et des articles apparaissaient déjà à gauche et à droite, et je cliquai sur le premier lien.

Un journaliste sportif à l'air inquiet apparut à l'écran. « Dans ce qui semble être une tentative délibérée de blesser un joueur adverse, le défenseur des *Stingers* d'Anaheim Ray Mathers a plaqué Brad Spencer, le gardien des *Narwhals* de Vancouver, par derrière alors qu'il se redressait d'un arrêt. Son collègue défenseur Leo Connelly est entré en collision avec Spencer sur le côté pendant sa chute en avant ».

Je regardai avec horreur le ralenti du placage et de la collision. À grande vitesse, ç'aurait probablement pu se lire comme un accident, mais au ralenti, l'intention était claire. Mathers s'était soigneusement positionné afin de pouvoir se glisser derrière le but lorsque Brad ferait face à l'action. Puis il avait attendu que Brad soit déséquilibré et l'avait plaqué par-derrière, l'envoyant trébucher en direction de Connelly, qui s'était baissé, prêt *à le percuter* à toute vitesse. Il était difficile de dire si c'était sa hanche ou sa cuisse qui avait frappé la tempe de Brad, mais le résultat final, c'était que Brad avait été secoué comme une poupée de chiffon, le double impact fouettant son cou dans un sens, puis dans l'autre – surtout après l'impact de la jambe de Connelly contre sa tête – avant qu'il ne s'écroule sur la glace. Ce n'était pas un petit gabarit, mais il aurait tout aussi bien pu se trouver entre deux taureaux se percutant l'un l'autre. Quand les joueurs se furent suffisamment dispersés pour que la caméra puisse le trouver, mon estomac fit un saut périlleux.

« Le point crucial ici », déclara le commentateur alors que la vidéo redémarrait au ralenti, « ce sont les regards et les hochements de tête échangés par Mathers et Connelly juste avant la collision ».

Je grinçai des dents pendant le ralenti du replay et, oui, il y avait effectivement une certaine collaboration là-dessus. Et maintenant, pourraient-ils cesser d'analyser l'incident et nous dire comment allait Brad ?

Le flux vidéo passa aux secondes suivant la chute de Brad. Intellectuellement, je savais par les gros titres qu'il avait survécu, mais j'avais survécu à un cou brisé sur la glace. Il y avait un spectre immense entre « survécu » et « tiré d'affaire », et je n'avais aucune idée d'où il pouvait se trouver dans cette fourchette. En le regardant maintenant, le voyant immobile alors que ses coéquipiers se précipitaient à ses côtés, les mains frénétiquement levées pour attirer l'attention d'un arbitre, j'étais sûr qu'il était mort ou gravement, *très gravement* blessé. Il était complètement immobile, et même quand ses coéquipiers, puis les arbitres, les entraîneurs, et enfin les urgentistes l'atteignirent, il ne bougea pas du tout.

Après ce qui sembla être une éternité, une caméra le filma en train de lever faiblement la main, et mes jambes manquèrent se dérober. Quelqu'un lui passait les doigts devant le visage, lui faisant probablement passer le protocole pour toute suspicion de commotion cérébrale, ce qui signifiait qu'il était conscient. Une minerve avait été glissée sous son équipement de rembourrage surdimensionné, ce que je n'appréciais pas, mais au moins il bougeait.

Ils commencèrent à le placer sur une civière, mais son visage se déforma de douleur et tout le monde se figea.

Soudain, toute l'activité se concentra sur sa jambe. Sa jambe droite. Oh non. Oh, non, non, non. Pas sa cheville.

Focalisé sur l'écran, je poussai un soupir. J'avais toujours détesté l'impuissance qui accompagnait le spectacle d'un de mes joueurs se blessant. Quand je ne pouvais rien faire à part regarder avec horreur de trop loin.

Ce n'était pas un de mes joueurs. C'était mon petit ami. Et je ne pouvais pas aller le voir parce qu'il était dans une autre ville. Parce que j'avais des responsabilités ici. Parce qu'aucun de nous ne pouvait se permettre qu'on me voie entrer dans sa chambre d'hôpital à des milliers de kilomètres du lieu où mon équipe jouait.

Tout à coup, la vidéo disparut et mon téléphone reprit vie avec la sonnerie que j'avais attribuée à Brad. À tâtons, je parvins à répondre et le portai à mon oreille.

— Hé, ça va ?

— C'est Keith.

— Keith Adams ?

Mon échine se raidit. Je n'avais pas parlé à Keith depuis des années, plus depuis que son père et moi étions encore amis, avant mon coming-out.

— Keith. Salut. Est-ce que, euh... Comment va Brad ?

— Il va bien. Il est tout simplement trop défoncé pour parler.

Je fermai les yeux et soupirai, étourdi par un soulagement soudain.

— Alors, comment ça se présente ?

Keith soupira.

— Rien n'est cassé, Dieu merci. Ils pensent qu'il a un traumatisme cervical, et à priori il devra porter une attelle à la jambe pendant un certain temps. Il va bien, mais il ne remettra pas les pieds sur la glace pendant au moins un mois ou deux.

Une sensation de soulagement se mêla à un sentiment de malaise. Un mois ou deux ? Merde. Je déglutis la bile qui m'était remontée.

— Qu'en est-il de sa tête ?

— Commotion cérébrale modérée. Il était alerte avant qu'ils ne le droguent, et il pouvait parler. Les docteurs ont dit que ses pupilles se dilatent normalement, tout ça.

Keith poussa un soupir haché. Il avait l'air aussi soulagé que moi.

— On a tous eu peur, mais ses médecins pensent qu'il se rétablira complètement. Ça ne ressemble pas non plus à une fin de carrière.

— Dieu merci.

Je fis une pause, et la réalité me frappa soudain au cœur.

— Attends, comment tu as su que tu devais m'appeler ?

Un doux rire me parvint de l'autre bout de la ligne.

— Il m'a parlé de vous. Ne t'inquiète pas, je suis une tombe en ce qui concerne ces trucs-là. D'autant plus qu'il connaît aussi mes secrets.

Son ton se fit sérieux.

— Je le pense. Il ferait la même chose pour moi si jamais je me blessais et que je ne pouvais pas contacter m... si je ne pouvais pas appeler quelqu'un.

— Si tu ne pouvais pas appeler ton petit ami.

Il était si difficile de l'entendre hésiter à admettre qu'il en avait un ; même en sachant que j'étais gay et que son père avait mis fin à notre amitié à cause de cela, il avait toujours du mal à en parler.

— Ouais, dit Keith en s'éclaircissant la gorge. Quelque chose comme ça. Quoi qu'il en soit, je voulais juste m'assurer que tu étais au courant. Pour que tu ne sois pas... eh bien, je suis sûr que tu t'inquiéteras quand même, mais tu vois ce que je veux dire.

— Oui, oui. Et merci. J'apprécie vraiment.

Je fis une pause.

— Tu vas le revoir cette nuit ?

— Je ne sais pas s'il sera réveillé, mais je reste là jusqu'à ce qu'ils nous expulsent de sa chambre, et je reviendrai demain. Ils le gardent au moins toute la nuit.

— Tu pourrais transmettre un message qui…

J'hésitai, essayant de penser à quelque chose, mais je ne trouvais que des paroles qu'il avait besoin d'entendre directement de ma bouche. Pour le moment, je me contentai de dire :

— Tu pourrais lui dire que je suis heureux d'apprendre qu'il va bien ?

— Bien sûr.

— Merci, Keith. Et merci encore d'avoir appelé. Je vais peut-être pouvoir dormir maintenant. J'en doutais, mais j'ai plus de chances d'y arriver maintenant, qu'il y a quelques minutes.

— Je t'en prie.

Après avoir mis fin à l'appel, je me passai une main sur les yeux et respirai lentement et profondément pendant une minute, essayant de me ressaisir et de ne pas vomir. Ou de fondre en larmes. Ou les deux. Les deux étaient clairement des options. La peur, le soulagement, l'inquiétude – c'était comme une avalanche d'émotions mitigées, dont chacune menaçait à la fois mon estomac et mon sang-froid.

Brad allait bien, je me le rappelai encore et encore. Il était vivant, son état était stable, sa colonne vertébrale n'était pas endommagée et il allait bien. Après l'avoir vu allongé sur la glace avec cette minerve, après l'avoir vu prendre ces deux coups violents, et après ce qu'ils avaient fait à Ruiz, il n'était plus question pour moi de laisser passer les conneries d'Anaheim. J'avais soumis un grief formel après les blessures de mon propre joueur sur la glace, mais cette plainte avait été ignorée. Mais plus maintenant.

Alors pendant que Brad se rétablissait à l'hôpital, je téléphonai au coach Samuels. Il était plus que temps de faire quelque chose contre les *Stingers*.

Et dès que ce serait humainement possible, je parlerais à Brad.

Parce que je ne me reposerais pas tranquillement jusqu'à ce que j'entende sa voix.

Chapitre 22
Brad

C'était une sensation bizarre, d'être seul dans une chambre d'hôtel. J'avais l'habitude de partager ma chambre avec Keith, et même s'il avait été sorti afin de voir ses petits amis pour la nuit, certaines de ses affaires auraient quand même été là. Il y aurait eu des preuves de vie humaine en dehors de la mienne.

Mais Keith était parti avec le reste de l'équipe. Au moment où j'étais sorti de l'hôpital la nuit dernière, tous les *Narwhals* avaient quitté les lieux, sauf moi. Et bon, aussi le coach Feller, l'un des entraîneurs adjoints, qui était resté avec un représentant de l'association des joueurs pour s'assurer que je retourne à Vancouver dans un état relativement correct. Mais je connaissais à peine Feller et je n'avais jamais rencontré le représentant avant hier, alors j'avais vraiment l'impression d'être seul dans n'importe quel hôtel à la con.

En raison du coup du lapin et de la commotion cérébrale, les médecins m'avaient conseillé de pécher par excès de prudence et de récupérer encore quelques jours avant de rentrer chez moi. Idéalement deux semaines, mais au moins une semaine. Et bon sang, ce n'était pas comme si je payais pour l'hôtel ou le billet d'avion, donc je m'en fichais vraiment.

Je m'ennuyais ferme, fatigué de regarder la télévision, malade de n'avoir que ma propre compagnie, et je voulais *vraiment* dormir dans mon propre lit. Cela ne me dérangeait pas d'être seul la plupart du temps, mais seul dans une chambre d'hôtel austère alors que j'étais autant en souffrance et que je stressais pour l'avenir de ma carrière ? Être seul quand je ne me sentais pas à l'aise dans mon propre corps ni même ma tête ? Non merci. Deux semaines, putain... je foutrais le camp d'ici même si ça pouvait me tuer.

Et pourquoi avait-il *fallu* que les blessures soient situées dans mon cou et mon dos ? Ma cheville et son entorse avaient encore *un certain* potentiel pour mettre fin à ma carrière (bien que mes médecins soient tous optimistes quant à un rétablissement complet), mais mon cou et mon dos étaient tout simplement *dans un sale état*. J'étais déjà le plus gros bébé du monde quand il s'agissait de raideur à la nuque, et c'était là la pire que j'avais jamais connue, multipliée par dix. De plus, je devais utiliser des béquilles pour me déplacer, et ma colonne vertébrale s'assurait que je savais à chaque tournant à quel point elle n'appréciait pas. Pourquoi mon corps était-il un tel connard ?

Oh. Exact. Parce que des *Stingers* m'avaient salement écrasé, et que maintenant j'avais l'impression d'avoir livré un combat de lutte avec un grizzli. Et dans un concours de coups de boule. Ce qui expliquait aussi pourquoi j'avais des pensées aussi bizarres. Les commotions cérébrales, c'était débile. Pourquoi est-ce qu'on n'avait pas encore promulgué une loi les interdisant ?

Lors de mon deuxième jour de captivité, le coach Feller vint voir comment j'allais, comme il le faisait tout au long de la journée. Cette fois, cependant, il avait un ours en peluche brun avec lui, qui était légèrement plus grand qu'un gros chat.

Je regardai l'ours.

— D'où ça sort, ça ?

— Il a été livré à la réception ce matin, répondit-il en le

plaçant à côté de moi. Pas de nom d'expéditeur, en revanche.

Il y avait une petite enveloppe attachée à l'ours, et j'en extirpai soigneusement la carte à l'intérieur. À cause de mon cerveau en vrac, je n'arrivais pas à me concentrer sur les mots sans que mes tempes me lancent, alors je la remis à Fuller.

— Vous pouvez me lire ce que ça dit ?

— Oh oui. Bien sûr, déclara-t-il en me la prenant. J'avais oublié que vous aviez mal à la tête.

Je grognai en remerciement.

Fuller regarda la carte, puis la retourna pour observer le verso, puis à nouveau le recto.

— Qu'est-ce qu'il y a ? demandai-je.

— C'est juste que... Euh. Ça dit simplement : « *Rétablis-toi vite. Je pense toujours que tu mentais à propos de l'ours dans la cour* ».

Cerveau en vrac ou pas, je sus tout de suite d'où venait l'ours, et je m'esclaffai malgré une pointe de panique car je venais de faire lire à l'un de mes entraîneurs un mot de mon petit ami secret.

— Oh. D'accord. Ouais, c'est une blague perso avec un ami.

Fuller arqua un sourcil.

— Est-ce que je veux savoir ?

— Probablement pas.

Certainement pas.

— Je vais vous croire sur parole.

Il arpenta la pièce.

— Vous avez besoin de quelque chose ? Comment ça va, avec les sachets de glace ?

— Je mangerais bien un bout. Rien ne m'enchante sur le menu du service d'étage, cela dit.

En fait, rien ne m'enchantait tout court. Les médecins m'avaient prévenu à ce sujet. Apparemment, les nausées venaient de pair avec les commotions cérébrales, ce que je trouvais injuste parce qu'une commotion cérébrale, ça craignait déjà assez en soi.

— Et *qu'est-ce* qui vous plairait ?

Je pensai à la nourriture aussi fort que mon cerveau pouvait le supporter, jusqu'à ce que je mette le doigt sur quelque chose qui ne me donnait pas mal au cœur.

— De la pizza, ce serait vraiment bien.

Nous trouvâmes des pizzas en livraison pour tous les deux. J'aimais habituellement avoir un demi-million de garnitures sur la mienne, mais tout ce que je pouvais gérer en ce moment, c'était une deux fromages avec du jambon. Tout le reste me semblait trop fort.

Après avoir passé la commande, Fuller descendit pour attendre le livreur. Seul dans ma chambre, je portai mon attention sur l'ours qu'Anthony avait envoyé. Malgré le fait que je me sente comme une merde, je ne pus m'empêcher de sourire, surtout à cause de la blague dont il s'était servi pour s'assurer que je savais qui l'avait envoyé. Je *n'avais pas* menti à propos de l'ours – je n'allais pas foutre en l'air une glacière parfaitement fonctionnelle juste pour faire une farce à mon petit ami citadin qui flippait à propos des grizzlis – mais qu'importe. C'était mignon.

Et c'était gentil qu'il ait pensé à m'envoyer quelque chose.

Hum-hum. Ça ressemble vraiment *à quelque chose que ferait un plan cul régulier.*

Cette pensée me dégrisa, mais je la repoussai rapidement. J'avais la tête trop à l'envers pour réfléchir à ce que l'ours et la carte pourraient signifier au-delà de son inquiétude pour moi. Après tout, lui aussi avait été hockeyeur. Il savait ce que c'était.

C'était tout.

C'était forcément tout.

Finalement, cinq jours après avoir été blessé, les étoiles s'alignèrent et les médecins me donnèrent à contre-cœur le feu vert pour voyager. Je ne pouvais toujours pas jouer au hockey. Je ne pouvais toujours pas faire grand-chose. Je ne conduirais pas pendant un moment car ma cheville droite était hors service et ma tête était encore trop foutue, de toute façon.

Mais au moins, je pouvais rentrer *chez moi*.

Alors que j'attendais que Feller vienne dans ma chambre et m'aide à tout descendre dans notre taxi pour nous rendre à l'aéroport, mon téléphone bipa une demande de visio. Un coup d'œil sur le visage sur l'écran, et j'acceptai.

— Salut.

Le sourire d'Anthony fit s'emballer mon cœur.

— Comment tu te sens ? Est-ce que je t'appelle à un mauvais moment ?

— Non.

Je jetai un coup d'œil vers la porte.

— Le coach Feller et moi, on part à l'aéroport dans peu de temps, mais je vais bien en ce moment. Et je me sens toujours assez mal.

Il grimaça.

— Désolé de l'entendre. Mais ils te laissent enfin rentrer chez toi ?

— Oooh. *Dieu* merci. Un jour de plus dans cet endroit,

et je pense que j'aurais perdu l'esprit.

Il grimaça.

— J'imagine. Et ensuite ? Tu resteras chez toi pendant un moment, alors ?

— Ouais.

Je soupirai.

— Je pourrais essayer d'aller aux matchs à domicile quand l'équipe sera là, mais je ne voyagerai pas avec eux avant de me sentir beaucoup mieux.

— Et je ne t'en blâme pas. Tu as besoin de quelque chose ? Est-ce qu'il y a des services de livraison pour les courses et des drives à Vancouver ?

Sa vive inquiétude m'arracha un sourire.

— Probablement pas autant qu'à New York, mais tout ira bien. Et j'ai des gens en ville si j'ai vraiment besoin de quelque chose.

— Bien. Bien.

Il hocha brusquement la tête.

— Il n'y a pas grand-chose que je puisse faire d'ici, mais si tu commences à devenir dingue, tu sais où me trouver.

— Oui, je sais. Merci.

Je fis une pause.

— Et c'est bon de te parler, de toute façon.

— C'est toujours bon de te parler aussi.

Nous restâmes en ligne pendant quelques minutes, juste pour prendre des nouvelles et surtout parler de la pluie et du beau temps puisque c'était à peu près tout ce à quoi mon esprit était bon pour le moment. Certes, j'étais un peu soulagé quand Feller arriva et que je dus couper court.

Ce n'était pas que je ne voulais pas parler à Anthony. Bien au contraire. Et j'avais essayé comme un fou de sourire durant l'appel et de rester optimiste. Mais bon sang, entre la douleur, l'isolement et la claustrophobie, c'était une lutte pour rester positif, quel que soit le sujet. Me concentrer sur l'écran me faisait mal à la tête, tout comme essayer de suivre une conversation. Voir Anthony ne fit que me faire souhaiter pouvoir le voir en personne. Il me manquait.

Mais je ne dis rien, et tandis que nous parlions, je n'osai pas laisser transparaître que j'avais peur qu'il puisse décider que je représentais trop de tracas pour lui. Rationnellement, je savais que je ne souffrirais pas autant pour toujours, et bien qu'y penser maintenant me donne la nausée, je voudrais probablement avoir de nouveau des relations sexuelles à un moment donné. La question était de savoir lequel m'abandonnerait en premier : ma douleur ou ma patience.

Ignorant que je triturais mon cerveau commotionné, Feller hissa mon sac de voyage sur son épaule.

— Vous êtes prêt ?
— Oh. Ouais.

Je ramassai mes béquilles et déplaçai soigneusement ma bonne jambe, puis le plâtre, sur le sol. Avec quelques protestations lamentables de ma colonne vertébrale et quelques jurons s'échappant de mes lèvres, je parvins à me redresser sur mes béquilles.

— Vous êtes sûr de pouvoir vous déplacer ?
— Ça va.

J'avançai cependant d'un pas prudent assisté par les béquilles.

— Ce sera tellement plus facile quand mon cou et mon dos arrêteront de me faire mal.

— Mouais. Bonne chance pour ça.

Il prit la poignée relevée de ma valise.

— J'ai eu un accident de voiture il y a quelques années et j'ai eu un vilain coup du lapin. Il m'a fallu trois bonnes semaines avant de pouvoir ne serait-ce que tourner la tête.

— Génial. Vraiment rassurant.

J'allais me sentir comme ça pour toujours, n'est-ce pas ?

C'était drôle comme je pouvais disparaître dans mon chalet du lac Sutton pendant des mois et être heureux, mais que maintenant j'étais anxieux à l'idée d'être tout seul chez moi. Bien sûr, quand j'allais au chalet, j'avais généralement la possibilité de me déplacer. Je pouvais aussi lire et glander devant l'ordinateur, et faire toutes ces autres choses que cette stupide commotion cérébrale rendait plus difficiles que nécessaire. Enfin, j'aurais pu faire ces trucs-là maintenant, mais pas pendant très longtemps. Si ça ne me donnait pas mal à la tête ou ne fatiguait pas mon cerveau secoué, ça raidissait encore davantage ma nuque déjà raide. Je ne pouvais probablement même pas me branler, mais je n'avais eu aucune envie d'essayer de toute façon, ce qui... enfin, peu importait.

Tout allait mieux, cependant. Mon médecin à Vancouver m'avait donné des relaxants musculaires qui faisaient toute la différence au monde, et petit à petit, tout guérissait.

Tout sauf la claustrophobie.

Et l'ennui.

Et l'isolement.

Au moins, les gens prenaient de mes nouvelles. Anthony et Keith m'envoyaient des textos ou m'appelaient en visio chaque fois qu'ils le pouvaient. Tout comme mes coéquipiers et quelques amis dispersés un peu partout dans la ligue. Mes parents m'appelaient et n'arrêtaient pas de menacer de venir s'occuper de moi. Je les aimais plus que tout, mais la seule chose qui me rendrait dingue plus vite que la claustrophobie serait qu'ils s'occupent tous les deux de moi. C'était, et de loin, le moindre des deux maux.

Il se trouva que je décidai de passer la plupart de mon temps sur le canapé, ce qui me donnait une vue parfaite sur mon trophée de MVP de la victoire en Coupe la saison dernière. J'étais toujours fier de ce truc, mais en le regardant, j'avais l'impression que le temps avait passé bizarrement. Cela ne faisait-il que quelques mois qu'on me l'avait remis ? J'avais la sensation que cela faisait des années, et il m'était difficile de réaliser que je connaissais Anthony depuis que j'avais remporté ce trophée.

La vie était bizarre. Le temps était bizarre. Ou peut-être que c'était juste la commotion cérébrale.

Et bon sang… le match des Étoiles de la Ligue arrivait bientôt. J'avais été le gardien de but de la division Ouest six saisons de suite, mais cette année ? Pas moyen que ça se produise. Les coups ne cessaient de pleuvoir.

Je fis de mon mieux pour ignorer le trophée, le hockey et le match des Étoiles auquel je ne participerais pas, et tentai de me distraire. Pour l'instant, ça se résumait à faire défiler Netflix pour la millième fois à la recherche de quelque chose qui ne me donnerait pas mal à la tête ou le mal des transports.

Puis, mon téléphone bipa. La notification SMS me fit immédiatement sourire car ça ne pouvait être qu'un message d'Anthony. Je n'avais pas eu de nouvelles de lui de toute la journée, et j'aurais pu me languir. Un peu. D'accord, beaucoup.

Je tâtonnai autour de moi pour trouver mon téléphone sur le bout de canapé et y lus le message : *Est-ce que tu te sens d'attaque pour un visiteur ?*

Je ris doucement. Une visio ne comptait pas vraiment comme une visite, mais au moins c'était un contact humain.

Nos appels ces derniers jours me faisaient autant que possible garder la tête sur les épaules depuis que j'étais rentré à la maison, surtout maintenant que je pouvais me concentrer un peu plus sur l'écran, et si c'était toute la compagnie que je pouvais avoir, je n'allais pas m'en plaindre.

J'étais sur le point de lui envoyer une requête de visio quand un autre texto arriva. Cette fois, c'était une image.

Un selfie. Je souris, car c'était tellement bon de voir son visage, surtout après avoir été enfermé seul, mais mon cœur manqua un battement.

En arrière-plan se trouvait un panneau familier.

Aéroport international de Vancouver.

Je bidouillai sur mon téléphone, mais parvins à taper *Attends, tu es ici ?*

Je suis à Vancouver. Je pense que je peux être chez toi dans 30 min.

Mon cœur battait maintenant à toute allure. *C'est photoshoppé ?*

LOL tu penses vraiment que j'aurais photoshoppé ça ?

D'accord, c'est vrai. Alors tu es vraiment là ?

Je suis vraiment là. Je peux être là en un rien de temps si tu le veux.

Euh. Oui. S'il te plaît.

J'arrive dès que possible.

Je lus et relus notre conversation, encore et encore. Il était vraiment... Il avait fait tout le chemin... pour me voir ?

Mon dernier ex avait trouvé que c'était trop compliqué de traverser la ville pour me voir après que j'avais pris l'avion depuis la côte Est suite à trois séries d'affilée de matchs épuisants. Un autre avait agi comme si c'était trop lui demander de ne serait-ce que venir à un match, malgré le fait qu'il était fan de hockey. Un petit ami de l'université avait quitté le navire après que je m'étais cassé la cheville parce qu'en quelque sorte, ça l'embêtait.

Je fus *abasourdi* à l'idée qu'un homme vienne de Dieu savait où pour me voir. Surtout alors qu'il savait – parce qu'il *devait* le savoir – que le sexe n'était pas de mise en ce moment.

Anthony... était là ? *Comment ?*

Je n'avais aucune raison rationnelle de penser que le selfie de l'aéroport ou les messages étaient faux, mais j'étais toujours stupéfait une demi-heure plus tard lorsque la lumière des phares traversa la fenêtre de mon salon.

Le cœur battant, je me hissai sur mes béquilles et sautillai jusqu'à la porte, que j'ouvris juste au moment où Anthony commençait à monter les marches. Un coup d'œil sur lui, et mon pouls grimpa furieusement. Je ne savais comment, j'eus la présence d'esprit de reculer à l'intérieur et de le laisser fermer la porte, tandis que je le fixais, incrédule.

— Comment est-ce que... Que...

— Il fallait que je te voie.

Anthony prit mon visage en coupe entre ses mains chaudes, douces et familières.

— Depuis que j'ai vu le replay de ce qui s'est passé, même après que Keith m'a dit que tout allait bien, il fallait que...

Il posa son front contre le mien, et sa voix était douce et un peu hachée.

— Je ne peux pas rester longtemps, mais il *fallait* que je te voie.

Il soupira, puis finit par m'embrasser. Ce n'était pas un baiser profond, pas un baiser exigeant comme nous en partagions habituellement quand nous avions été séparés depuis un moment, et oh mon Dieu, comme je voulais me fondre dans son étreinte et m'appuyer contre la porte avec lui pour laisser durer ce baiser pendant des heures.

Il y mit fin le premier, cependant, et croisa mon regard.

— C'est tellement bon de te voir.

— Toi aussi.

Je touchai son visage, juste pour m'assurer qu'il était vraiment là.

— J'espère que la prochaine fois, je serai un peu plus, euh, mobile.

— Et que tu souffriras moins.

Il jeta un coup d'œil à mes béquilles.

— D'ailleurs, allons nous asseoir. Je suis sûr que tu ne veux pas être là-dessus plus longtemps que prévu.

— Euh, tu n'as pas tort.

Pourtant, je l'attirai pour un autre baiser.

— Mais ça en valait la peine pendant une minute.

Il sourit contre mes lèvres. Après un baiser langoureux, il se recula et hocha la tête en direction de mon salon.

— Allez. Tu ne devrais pas t'appuyer sur ton pied.

Je ne protestai pas, ma cheville commençant déjà à me lancer. Sur le chemin vers le salon, j'eus un peu peur qu'il voie d'un mauvais œil la façon dont tout était placé en ce moment. J'étais fier que tout soit net chez moi la plupart du temps, mais ayant déjà été alité par le passé, j'avais appris à tout mettre en place pour pouvoir être aussi à l'aise que possible tout en me déplaçant au minimum. Des télécommandes occupaient la table d'extrémité avec plusieurs bouteilles d'eau – certaines vides, d'autres pleines, une aux deux tiers pleine. Quelques snacks à portée de main. Mon téléphone, ma tablette et mon ordinateur portable, tous en charge sur la table basse à côté des cachets d'antidouleurs et de deux sacs de glace fondue que je n'avais pas encore rapportés à la cuisine. Des oreillers empilés dans tous les coins.

Tout ça, c'était complètement utilitaire, mais pour un œil non averti, ça semblait dire que celui qui vivait ici était paresseux.

— Euh.

Je me sentis rougir en m'asseyant soigneusement sur le canapé.

— Désolé pour le bazar.
— Tu plaisantes ?

Il prit le siège qui faisait l'angle de mon côté du canapé.

— Tu es alité chez toi depuis combien de temps ?
— Pas longtemps. Mais quand même...
— Je t'en prie. Quand j'ai été blessé à la nuque, ma chambre avait l'air d'avoir été envahie par des hamsters.

Je reniflai.

— Vraiment ?
— Oh oui. Je connais l'astuce : tout garder à portée de main pour pouvoir rester immobile autant que possible.
— Oui. Oui, exactement !

J'appuyai précautionneusement mon pied plâtré sur un oreiller posé sur la table basse, pressai ma tête contre le canapé et gémis.

— Le problème, c'est que je *m'ennuie* tellement.
— C'est sûr que ça craint, acquiesça-t-il en posant une main sur mon avant-bras. Et mis à part l'ennui... ?

Son front plissé termina de poser la question.

— Je vais bien, murmurai-je. Ça craint, et ça va prendre un certain temps pour guérir, mais... Je vais bien.
— Bien.

Il lissa mes cheveux.

— Et je suis désolé de venir à l'improviste comme ça.

Je lui souris.

— Ne le sois pas. C'est vraiment, vraiment bon de te voir. Avec ou sans tout ce bazar, tu m'as manqué.

— Toi aussi.

Il se releva, se pencha sur les accoudoirs et pressa un doux baiser sur mes lèvres. Je ne pus résister et pris sa joue en coupe pour qu'il ne s'éloigne pas. Non pas qu'il semblait pressé d'arrêter.

Et c'était probablement bon signe qu'il y ait un tel désir pour lui qui se réveille en moi. Il faisait battre mon cœur et durcir ma queue, et qu'est-ce que je n'aurais pas donné pour laisser ce désir prendre le dessus...

Je rompis le baiser.

— Tu, euh... Tu sais que je ne peux pas faire grand-chose en ce moment, hein ? Ma cheville est toujours en phase de guérison, et...

— Brad.

Il toucha mon visage et me regarda dans les yeux.

— Je ne suis pas venu ici pour le sexe. Je suis venu ici pour toi.

Je l'étudiai un instant.

— Tu étais vraiment inquiet, n'est-ce pas ?

Il hocha la tête d'un air un peu penaud.

— Disons que je connaissais la situation. Keith m'a tenu au courant, je t'ai parlé, et j'ai même lu les mises à jour que ton entraîneur a fait publier sur les blessures.

Il secoua la tête.

— En fait, je me sens idiot de m'être autant inquiété, mais *j'avais besoin* de te voir.

— Non. J'aurais probablement ressenti la même chose.

Même si tu n'étais blessé, n'ajoutai-je pas à haute voix.

Anthony me regarda de haut en bas.

— Comment tu gères la douleur, d'ailleurs ?

— Bof. Ce n'est plus aussi douloureux que quand

j'étais encore en Californie, ni juste après mon vol. Je suis très douillet quand il s'agit de mon cou et de mon dos, alors ça craint, mais tout va mieux. Lentement mais sûrement.

Je tapotai ma tempe.

— Je serai ravi quand les maux de tête cesseront et que j'aurai complètement les idées claires.

— C'est sûr. Et ta cheville ?

Je poussai un geignement.

Il grimaça avec compassion et me caressa la joue.

— Je suis désolé.

— Moi aussi. Tu es venu aussi loin, et je ne peux pas...

— Brad.

Il secoua la tête et son sourire était si doux qu'il faillit me faire pleurer.

— Je le pense, je ne suis pas venu ici pour essayer de finir au lit avec toi. J'avais juste besoin de te voir. Je *voulais* te voir.

Bon Dieu. Quel homme.

— Tu as fait tout ce chemin... juste pour...

— Bien sûr que oui.

— Tu es incroyable, tu le sais ?

Je me penchai un peu plus près de lui, mais un spasme dans le dos me fit serrer les dents.

— Aïe, putain !

Anthony posa une main sur mon genou.

— Ça va aller ?

— Oui, répondis-je en m'étirant doucement. Mon dos n'apprécie toujours pas les mouvements.

— Assieds-toi, alors. N'en fais pas trop, simplement parce que je suis là.

— Compte sur moi. C'est juste que...

Je rencontrai son regard et me sentis comme un crétin.

— Je ne veux pas rester assis ici pendant que toi tu es là-bas.

— Tu veux que je te rejoigne sur le canapé ?

Je considérai sa proposition, puis m'assis et retirai certains des oreillers à côté de moi.

— Bien sûr.

Il se leva et fit le tour de la table basse, mais s'arrêta.

— Tu sais, ça pourrait ne pas marcher pour toi, mais parfois l'endroit le plus confortable pour moi quand mon cou me faisait souffrir, c'était de reposer ma tête sur les genoux de quelqu'un.

— Ah ouais ?

Il hocha la tête.

— Ça vaut la peine d'essayer si ça te met plus à l'aise.

— Je tenterais n'importe quoi à ce stade.

Il s'installa à l'autre bout du canapé et je me déplaçai avec précaution, maintenant ma cheville blessée sur l'accoudoir et posant ma nuque sur sa cuisse. Pendant un moment, je restai immobile, laissant mon corps se remettre de ses émotions causées par la succession de mouvements. Lentement, tout se détendit, et on aurait dit que sa jambe était faite pour accueillir ma nuque douloureuse.

— Oh. Mon. Dieu. C'est…

Je fermai les yeux et soupirai.

— D'accord, tu as interdiction de partir jusqu'à ce que je sois guéri. C'est trop confortable.

Il rit et passa ses doigts dans mes cheveux.

— J'aurais vraiment aimé, mais je ne peux pas rester longtemps. En fait, je dois rentrer tôt dans la matinée pour retrouver l'équipe à New York. Mais tant que je suis là…

Je levai les yeux vers lui, et bon Dieu, son expression si douce manqua me faire défaillir. Cela n'arriva pas, cependant, parce que je venais de m'installer confortablement pour la première fois depuis des jours et que je *n'osais* pas bouger. Mais j'en avais envie.

Et s'il avait vraiment fait tout ce chemin pour passer une nuit à Vancouver... juste pour me voir ? Sachant que le sexe n'était pas à l'ordre du jour, et que je ne serais probablement pas de bonne compagnie, il était là.

Waouh. Peut-être que je lisais trop entre les lignes dans cette affaire, mais surtout maintenant qu'il était là, j'avais l'impression que nous étions tellement au-delà du sexe que ce n'était même plus drôle. En fait, maintenant que j'y pensais, nous avions dépassé ce stade depuis un moment. Si je n'avais pas été blessé et qu'il n'avait pas pris un vol jusqu'ici pour me voir, peut-être qu'il m'aurait fallu un peu plus de temps pour le comprendre, mais pas *beaucoup* plus longtemps. Parce que, waouh, c'était impossible à manquer.

Ç'avait été un risque de coucher ensemble en premier lieu. Un pari de passer une semaine et demie dans mon chalet, puis de pousser notre chance et de prolonger cette visite aussi longtemps que nous l'avions fait. Jouer avec le feu en continuant à se voir après le début de la saison.

Mais ça ? Le fait qu'il soit carrément venu ici ? La façon dont il me regardait ? Celle dont je le regardais en retour ? Le fait que j'étais simplement plus heureux quand nous étions dans la même pièce ?

Merde alors.

Pas moyen que nous ne soyons pas dingues l'un de l'autre.

Chapitre 23
Anthony

Brad était somnolent à cause d'un décontractant musculaire, et il s'assoupit pendant un moment, sa tête toujours sur mes genoux. Ça ne me dérangeait pas. Il avait besoin de se reposer et de récupérer, et j'étais heureux d'être ici avec lui.

Ce n'était pas comme si nous avions été coupés l'un de l'autre. Nous parlions depuis qu'il était sorti de l'hôpital. Chaque fois que j'avais quelques minutes d'intimité, je lui envoyais des SMS, et si j'avais plus de temps, nous nous téléphonions en visio. Pourtant, je n'avais pas été en mesure de chasser cette inquiétude sous-jacente qui avait été présente depuis le moment où je l'avais vu allongé sur la glace.

Ce soir, pour la première fois, je me détendis.

Même si ma raison avait su qu'il allait bien, j'avais été irrationnellement inquiet de ne pas avoir toute l'histoire. Qu'il soit dans une situation pire que ce qu'il m'avait dit ou que ce que ses médecins lui avaient annoncé. Les premiers jours embués par les médicaments après ma blessure à la nuque, on m'avait rassuré : j'allais m'en remettre, et j'y avais cru. Ce n'avait été que lorsque j'avais été plus lucide que les médecins m'avaient dit la vérité. Ma carrière était terminée. Il y avait une possibilité de dommages neurologiques à long terme. J'avais survécu, mais ma vie ne serait plus jamais la même. Des années plus tard, j'avais une vie presque normale à part quelques raideurs et douleurs dont j'aurais pu me passer, mais je ne jouerais plus jamais au hockey.

À partir du moment où Brad avait été blessé, je m'étais attendu à ce que cette chape de plomb lui tombe dessus aussi. Soit ses médecins lui donneraient enfin le vrai diagnostic, soit il surmonterait son déni et me dirait ce qu'il savait déjà.

Maintenant, j'étais ici avec lui, et voir c'était croire. Alors que je lui caressais les cheveux pendant qu'il dormait, je me laissai aller à profiter de ce moment tranquille de réconfort : il allait vraiment bien. Il avait une longue convalescence devant lui. Il serait encore déphasé pendant un certain temps à cause de sa commotion cérébrale, et son cou et son dos l'ennuieraient probablement pendant au moins deux semaines. Sans parler de sa cheville.

Mais il allait bien. Il avait mal, il était frustré et mort d'ennui, mais il allait bien.

Et j'avoue : quelles que soient les circonstances, c'était bon de le voir. Non, nous ne rattraperions pas le temps perdu dans la chambre ce soir. Nous ne parlerions probablement même pas beaucoup parce qu'il était très fatigué et que sa tête lui faisait encore mal.

Je m'en fichais. J'étais dans la même pièce que Brad, et je n'aurais changé cela pour rien au monde. Bon, d'accord, j'aurais certainement enlevé sa souffrance de l'équation. Sinon, cela me suffisait amplement. Je n'étais pas sûr de ce que ça signifiait, et j'essayais de ne pas trop y penser.

Pendant qu'il dormait, je parcourus mon téléphone, rattrapant surtout les e-mails en retard. Il y avait eu quelques mises à jour au sujet de la conférence téléphonique concernant les *Stingers* ; Dieu merci, les choses avançaient sur ce sujet. Malgré les geignements de l'entraîneur en chef, du propriétaire et du directeur général d'Anaheim, nous avions finalement attiré l'attention de la PHL et une enquête officielle avait été ouverte. Aucune des jérémiades la qualifiant de « chasse aux sorcières » n'allait faire fermer l'enquête. Pas cette fois.

Alors que je faisais défiler les e-mails, la notification de mon enregistrement de vol arriva et me donna le même sentiment de déception au creux de l'estomac que celle que j'avais ressentie durant la dernière nuit au chalet de Brad. Au moins, cela s'était produit après des semaines ensemble. Cette fois, nous aurions moins de vingt-quatre heures. Bon sang.

Finalement, Brad remua. Ses yeux s'ouvrirent et il les cligna plusieurs fois avant de se concentrer sur moi.

— Merde, murmura-t-il. Est-ce que je me suis endormi ? Je suis désolé.

Je posai mon téléphone.

— Tout va bien.

— Pendant combien de temps ?

— Presque une heure.

Ses yeux s'ouvrirent, et il se tendit, puis grimaça.

— Merde. Pardon. Je...

— Ne t'inquiète pas pour ça. Tu te remets d'une blessure et tu viens de prendre un décontractant musculaire assez lourd.

Je passai mes doigts dans ses cheveux.

— Il te *faudrait* dormir autant que possible en ce moment.

— Mais... tu es là.

Il leva de nouveau les yeux vers moi.

— Je ne te vois pas très souvent, alors je préférerais rester réveillé.

— Je sais, lui répondis-je en souriant. Mais ce n'est pas une visite normale. Si tu as besoin de te reposer, repose-toi.

Fermant à nouveau les yeux, il soupira par le nez.

— J'ai l'impression que c'est *tout* ce que je fais ces jours-ci.

— C'est tout ce que tu *devrais* faire.

— Oui, coach, gémit-il.

— Je sais, c'est nul, dis-je en lui lissant les cheveux. Mais tu devrais retourner sur la glace dans, quoi, huit semaines ?

— Quelque chose comme ça.

En me regardant à nouveau, il grinça des dents.

— Comparé à toi, je ne devrais sans doute pas me plaindre d'être relégué sur le banc pendant quelques semaines, hein ?

— Tu peux te plaindre autant que tu veux. Ce qui m'est arrivé ne change rien à ce que tu vis en ce moment.

— D'accord, c'est vrai. Mais j'ai un peu l'impression de me plaindre d'un ongle cassé à côté de quelqu'un qui s'est brisé la jambe.

Je ris et secouai la tête.

— Ce n'est pas le cas. Détends-toi.

Je comprenais son exaspération. Avant de me briser la nuque, j'avais été mis sur le banc pour quelques semaines à cause d'une épaule disloquée. Bien que ce ne soit rien comparé aux conséquences de ma blessure au cou, l'ennui, la douleur et les pensées qui avaient tourné en boucle m'avaient rendu dingue. S'il était comme moi, il continuerait à ressasser sa situation à moins d'avoir autre chose sur quoi se focaliser.

— Alors, au fait, j'ai pensé que ça t'intéressait peut-être de le savoir : plusieurs entraîneurs ont eu une conférence téléphonique il y a quelques jours au sujet des *Stingers*.

Ses yeux s'écarquillèrent.

— Ah ouais ?

Je hochai la tête.

— Ton entraîneur a sorti les griffes après ce qui t'est

arrivé, et il y en avait trois autres, dont moi, à la visioconférence qui ont des joueurs blessés suite aux matchs contre les *Stingers*.

Avec un grognement, j'ajoutai :

— Le coach Starling d'Omaha n'est même pas sûr que son centre revienne — ça dépendra de la façon dont il guérit. Pour nous tous, avec les *Stingers*, c'est fini de chez *fini*.

Il me regarda, attendant probablement que je développe tout ce qui s'était passé.

— Il y a eu une lettre envoyée à l'association des joueurs et à la ligue, signée par nous tous et plusieurs autres entraîneurs qui n'étaient pas là lors de la conf. Nous avons exigé une enquête sur ce que nous convenons tous être un effort concerté de la part d'Anaheim pour paralyser les équipes en blessant gravement les joueurs, et la ligue a accepté de se pencher sur la question.

Brad expira, une certaine tension quittant son expression et ses épaules.

— Tu penses qu'ils vont le faire ? Enfin, vraiment mener à bien l'enquête.

— Tout ce que nous pouvons faire en ce moment, c'est attendre et voir comment l'enquête se déroule, et nous sommes prêts à faire appel si Anaheim n'est pas sanctionné. Et la question se pose de refuser de jouer contre eux, ajoutai-je après une pause.

— Mais ce ne serait pas considéré comme un forfait ?

Je hochai la tête.

— C'est le cas, et si nous sommes assez nombreux à le faire, Anaheim pourrait se retrouver en séries éliminatoires. Mais la ligue ne veut pas perdre d'argent, pas plus que les chaînes sportives. Un ou deux matchs annulés attireront leur attention.

— En supposant qu'ils ne se mettent pas à suspendre les entraîneurs et les joueurs, marmonna-t-il.

— Si pour eux c'est marche ou crève avec Anaheim, alors on devra peut-être sortir l'artillerie lourde.

— Comme quoi ?

Je haussai les épaules.

— Des avocats ? Des enquêteurs ? Je ne sais pas. Tout le monde est assez confiant en ce qui concerne l'écoute de la ligue, donc nous n'avons pas élaboré de plan d'urgence au-delà du boycott des matchs. Je suppose que nous nous pencherons sur le problème quand il se présentera.

Il hocha lentement la tête, se redressant pour se frotter le cou.

— Un de mes potes a peur que s'ils enquêtent sur les *Stingers*, ils nous mettent dans le même panier. Tout le monde a déjà joué moyennement réglo de temps en temps, tu vois ?

— Nous en avons tous parlé. Le fait est, cependant, qu'il ne s'agit pas seulement d'un cas où un joueur contourne certaines règles et malmène ses adversaires de temps en temps. C'est un effort délibéré et calculé pour abattre des joueurs. D'après certaines des vidéos que nous avons tous examinées, y compris ce qui vous est arrivé, à toi et à mon ailier, ils ne blessent pas les joueurs par accident. Tous les joueurs de la ligue ont déjà merdé, mais ce genre d'effort collectif conjoint pour cibler les adversaires et les mettre hors-jeu pendant des semaines ou même toute la saison ?

Me renfrognant, je secouai la tête.

— Même le joueur le plus tricheur de la ligue n'accumule pas les attaques de ces connards.

— Espérons que la ligue voie les choses comme ça.

— Je pense que oui. Je veux dire, un de mes gars aime plaquer, même s'il sait qu'il dépasse les bornes. Et si la ligue décide de lui mettre une amende, de le suspendre ou quelque chose du genre, le fait est qu'il n'a jamais causé de blessure en le faisant. La pire sanction que la ligue pourrait probablement lui infliger serait un avertissement, à lui et tout le monde, de s'assagir sur la glace.

— Je vais croiser les doigts.

Il entreprit de s'asseoir, mais grimaça.

— Ça va ?

— Ouais. C'est juste que... je dois bouger lentement.

Avec un gémissement et ce que je pensai être un juron étouffé, il s'assit. Il se redressa, roula doucement les épaules et inclina son cou d'un côté à l'autre.

— Quand tu fais craquer ton cou, ça a l'air de faire super mal, mais maintenant *j'aimerais* tellement pouvoir faire craquer le mien.

— Ça va se détendre. Tu ne devrais pas prendre quelque chose pour ça ?

Il soupira et fit un geste vers un flacon de cachets sur la table.

— Je devrais probablement prendre un autre décontractant musculaire, mais ils m'assomment.

— Et alors ?

Je posai ma main sur son genou.

— S'ils t'assomment, ça signifie sans doute qu'il faut que tu te reposes.

— Je sais, mais...

Ses yeux rencontrèrent les miens alors qu'il couvrait ma main de la sienne, et je pus voir l'objection comme le jour.

Je ne veux pas dormir pendant ta visite.

La culpabilité me prit au cœur ; Est-ce que je l'empêchais de se mettre à l'aise parce qu'il voulait rester réveillé pour moi ?

— Brad.

Je retournai ma main et entrelaçai nos doigts.

— Récupérer devrait être ta seule priorité. Oui, je dois décoller demain, mais je te reverrai. Je ne vais nulle part.

Il retint mon regard, et sourit faiblement.

— Je sais. J'ai juste l'impression que ça fait une éternité, même si ça ne fait qu'un mois.

Je hochai la tête.

— En effet. Mais concentre-toi d'abord sur toi-même.

— D'accord.

Il tendit à nouveau le cou.

— Tu veux, euh, rester ici cette nuit ?

Comme si j'avais pu dire non à la perspective de dormir à côté de toi.

— Si tu en as envie, bien sûr.

J'indiquai la porte d'entrée.

— J'ai un sac d'affaires pour la nuit dans ma voiture, mais je peux aller à l'hôtel si c'est plus facile pour...

— À l'hôtel ? Mais tu rêves.

Il me gratifia d'un sourire endormi.

— Va le chercher.

— Tu es sûr ?

— Anthony, siffla-t-il. Ne pose pas de questions stupides.

Son expression se fit un peu penaude.

— Tu penses que c'est pathétique que je veuille vraiment que tu puisses rester plus longtemps ?

Je refermai ma main autour de la sienne et embrassai sa paume.

— Ça ne peut pas être plus pathétique que moi qui ne veux pas partir.

Brad sourit, et à ce moment-là ç'aurait presque été suffisant pour me faire appeler la compagnie aérienne afin d'annuler mon billet.

Mais nous n'étions pas hors-saison. Il fallait que je sois sur ce vol. Ce soir, en revanche, j'étais tout à lui, et je me penchai pour lui donner un léger baiser.

— Je reviens dans une minute.

Je jetai un coup d'œil vers les escaliers à l'autre bout du salon.

— Tu as besoin d'un coup de main pour monter l'escalier ?

— Non, dit-il en m'indiquant le couloir, dans l'autre direction. Je dors dans la chambre d'amis. C'est plus facile que d'essayer de me taper l'escalier.

— Oh. Bonne idée. D'accord. Je reviens tout de suite.

Une fois mon sac de nuit récupéré dans la voiture de location, je suivis Brad dans sa chambre d'amis du rez-de-chaussée. Le lit était plus petit que celui de sa chambre, ce qui m'allait très bien. Nous dormions généralement collés l'un à l'autre même quand il faisait trop chaud pour se toucher. Bien que ce soit dans des circonstances normales. Aussi souffrant, il pourrait vouloir quelques centimètres entre nous.

Alors qu'il enlevait son T-shirt, je le regardai. Même avec quelques ecchymoses qui s'estompaient, la vue de la feuille de route familière de l'encre et des cicatrices sur son torse calma quelque chose en moi. Comme si subtilement, cela m'assurait visuellement que nous étions vraiment là tous les deux, et que Brad allait vraiment bien.

Je me secouai et détournai le regard avant qu'il ne me surprenne à le fixer. C'était irrationnel d'être toujours autant sur le qui-vive à propos de lui et de son état, mais je supposais que ça disparaîtrait en son temps.

En me couchant, je suivis son exemple, le laissant s'installer avant de me caler à côté de lui.

— Tu es sûr que tu seras à l'aise ? demandai-je. Je ne

veux pas rajouter de pression sur ta jambe ou bousculer ton dos.

— Ça va. En fait, viens plutôt ici.

Je ris et glissai plus près de lui, et nous lâchâmes tous deux un soupir joyeux alors qu'il enroulait son bras autour de mes épaules et que je posais ma tête sur son torse. Depuis que j'avais quitté son chalet, nous mettre au lit ensemble me donnait toujours cette impression de première fois depuis des lustres, et ce soir ne faisait pas exception. La dernière fois que je l'avais touché me semblait être des années auparavant.

— Tu es à l'aise ? demandai-je.

— Hum-hum. C'est beaucoup mieux que de dormir seul.

— Oui, c'est sûr.

Aucun de nous deux ne parla pendant un moment. Je pensais que Brad était peut-être en train de s'endormir – il avait pris un autre décontractant musculaire, après tout – mais il reprit la parole.

— C'est bizarre, tu sais ? J'ai l'habitude de dormir seul. Je n'ai jamais vécu avec personne, et avant de te rencontrer, ce n'était pas comme si je couchais très souvent avec des mecs. Du moins, pas pendant la saison de hockey, dit-il en traînant ses doigts le long de mon bras. Mais la dernière semaine ? Ça m'a rendu dingue.

Il fit une pause, puis eut un rire sans joie.

— Ça n'a même pas de sens.

— Ce n'est pas nécessaire.

— Bien.

Il embrassa ma tempe.

— Et... merci encore d'être venu. C'est vraiment bon de te voir.

— C'est normal.

Je ne lui révélai pas à quel point j'avais été inquiet. Le connaissant, il se serait senti mal d'être la raison pour laquelle j'avais perdu autant d'heures de sommeil, et je ne voulais pas ajouter une nouvelle source de culpabilité. Il s'excuserait jusqu'à la fin des temps s'il l'apprenait, alors je gardai ça pour moi et me contentai d'être reconnaissant d'avoir réussi à m'éloigner de mon équipe assez longtemps pour le voir. Je ne mentionnai pas non plus les doutes lancinants que j'avais eus jusqu'ici. Voudrait-il *au moins* me voir ? Aurais-je dû faire plus que simplement me présenter ? Lui apporter quelque chose ? N'importe quoi ? Étais-je présomptueux de penser qu'il serait heureux d'avoir ma compagnie pendant une nuit, même s'il *n'avait pas* été dans cet état ?

À brûle-pourpoint, Brad déclara :

— J'ai une question.

Ses mots étaient vaguement confus, indiquant que les cachets commençaient probablement à faire effet. Si mon souvenir de mes jours sous traitement était une indication, quelle que soit la question qu'il avait en tête, elle serait probablement divertissante.

Retenant un sourire, je répondis :

— D'accord ?

Il resta silencieux pendant un moment.

— Est-ce que tu serais venu ici si j'avais juste été ton plan cul ?

Mon sourire disparut en un instant, et j'étais bien réveillé.

— Quoi ?

— Je veux dire...

Encore un silence.

— Ce truc entre nous... C'est... Est-ce que je me fais des films ? Ou est-ce que c'est bien plus que du sexe ?

Il me fallut quelques secondes pour me rappeler comment parler.

— Je ne pense pas que tu te fasses des films.

Je trouvai sa main dans l'obscurité et la serrai doucement.

— Je pense qu'on a dépassé le stade de plan cul il y a longtemps.

— Vraiment ?

— Mmm-hmm. Je suis ici en partie parce que je m'inquiétais pour toi. Et en partie parce que...

J'hésitai, puis caressai son pouce du mien en continuant :

— Qu'est-ce que je peux dire ? La vie est plus belle quand on est dans la même pièce. Du moins pour moi.

Brad serra ma main et la leva pour embrasser mes phalanges.

— Elle est plus belle pour moi aussi quand tu es là.

Je fermai les yeux et soupirai. Peut-être que le simple fait d'être présent lui suffisait ? J'étais sûr que c'étaient les médicaments qui le rendaient si sincère, mais je ne pouvais pas m'obliger à croire que c'étaient *juste* les cachets qui parlaient. Peut-être qu'ils avaient atténué son filtre. Peut-être qu'ils l'avaient rendu moins timide sur ce sujet. Mais bon sang, je croyais tout ce qu'il disait, et tout sonnait vrai pour moi aussi.

J'ouvris la bouche pour parler, mais il me devança :

— Je ne sais pas comment faire pour que ça fonctionne. Je sais juste que s'il y a un moyen, je veux le trouver.

Ma gorge se serra.

— Moi aussi. Absolument.

Je levai le menton et l'embrassai sous la mâchoire.

— On trouvera un moyen.

— D'accord, murmura-t-il, et je pouvais entendre à sa voix qu'il s'endormait rapidement.

Je le laissai faire, d'autant qu'il n'aurait probablement pas pu combattre l'effet des médicaments même s'il l'avait voulu.

Quant à moi, je n'avais pas l'aide d'une prescription forte pour m'assommer, mais j'étais à peu près sûr que même si je l'avais eue, je serais resté éveillé de toute façon.

Longtemps après qu'il se fut endormi, tout ce à quoi je pouvais penser, c'était à ce qu'il avait dit. Et le truc, c'était qu'il avait raison. Je ne serais pas venu ici à l'improviste pour un coup d'un soir ou un plan cul. Mais pour Brad ? Qu'est-ce que je *ne ferais pas* pour cet homme ?

Alors c'est ça que les gens veulent dire quand ils disent qu'ils déplaceraient des montagnes pour quelqu'un.

Quoi que nous fassions, cela allait bien au-delà du sexe, et je ne pouvais m'empêcher de penser que ce n'était pas une nouveauté. Me repassant mentalement les derniers mois, je n'arrivais pas à mettre le doigt sur le moment où des sentiments autres que la luxure étaient apparus. À ce stade, il était difficile de se souvenir d'une époque où ils n'avaient pas été là. Les deux premières nuits n'avaient été que des rencontres, et peut-être que le premier jour ou les deux premiers jours au Canada l'avaient été aussi, mais après cela ? Je ne pouvais pas dire quand ça avait basculé, seulement que ç'avait été le cas.

Alors, qu'est-ce que j'étais censé faire maintenant ?

Vivre une série de rencontres clandestines avec un joueur d'une équipe adverse était assez risqué. Tomber amoureux de lui ? Seigneur…

Et je vais juste continuer sur cette voie, donc ça ne sert à rien que j'essaie de m'en dissuader.

Je fermai les yeux et tentai de ne penser à rien d'autre

qu'au bonheur d'être à ses côtés, et au soulagement qu'il se rétablisse. Pas au fait que je devrais partir dans quelques heures. Pas au fait que je n'aurais pas dû être ici en premier lieu. Certainement pas au fait que j'étais tombé si bêtement amoureux de lui que c'en était ridicule.

Rien que Brad. Sa présence chaleureuse. Sa respiration lente et régulière.

Demain matin, ce serait le retour à l'aéroport et à mon équipe. Le retour à cette épuisante saison régulière.

Mais ce soir, j'étais au lit avec Brad.

Tout le reste pourrait attendre.

À LA SECONDE OÙ MON AVION ATTERRIT À JFK, je rallumai mon téléphone et vérifiai s'il y avait des messages. Il y en avait quelques-uns de Brad, bien sûr, et Valentine et Ralston étaient sur mon dos pour vérifier que j'étais *absolument* sûr que je serais là pour le match de ce soir. Plusieurs messages étaient également arrivés à propos d'Anaheim. Une audience était en préparation, alors les choses avançaient. Excellent.

Il y avait aussi un texto de Wendy des RP. Un inquiétant *Pourriez-vous passer à mon bureau avant le match ?*

Houlà. Ça, ce n'était jamais bon signe. Lequel de mes joueurs avait pu faire une bourde, cette fois-ci ?

Après être passé à mon appartement, m'être douché et avoir enfilé un costume pour le match de ce soir, je me dirigeai vers le palais des sports et frappai à la porte de Wendy. À en juger par sa façon de me fusiller du regard quand elle réalisa que c'était moi, elle n'était pas contente et ne me garda pas en haleine :

— Y a-t-il une chance que vous me disiez pourquoi vous étiez à Vancouver hier soir ?

Je me raidis.

— Désolé, quoi ?

Elle tourna son écran de façon à ce que je puisse le voir. Il y avait deux photos granuleuses de moi à l'aéroport de Vancouver. L'une pendant que je m'enregistrais, l'autre alors que je passais la sécurité.

Le titre disait : *Alors que l'enquête sur les* Stingers *d'Anaheim prend de la vitesse, l'entraîneur des* Krakens *de New York fait discrètement une visite éclair à Vancouver.*

Malgré mon sang qui se glaçait, je gardai une expression neutre et arquai un sourcil.

— Ils n'ont rien à se mettre sous la dent dans l'actu ?

Wendy soupira.

— Les scandales, ça rapporte des clics, même si ce sont des scandales complètement fabriqués.

— Qu'y a-t-il de si scandaleux dans le fait que j'aille à Vancouver ?

Je fus plutôt fier de ma capacité à sortir cette question sans laisser entendre le moindre indice comme quoi je savais exactement quel genre de scandale éclaterait si quelqu'un découvrait pourquoi j'avais été là-bas et en quoi cela n'avait rien à voir avec l'enquête sur les *Stingers*. Ou, eh bien, pas grand-chose à voir avec.

— Selon l'enfoiré qui a pris les photos et a écrit ça...

Elle tira à nouveau l'écran vers elle, survola la page et soupira.

— Ce ne sont que des spéculations à l'emporte-pièce, mais il semble penser que vous étiez en ville pour repérer un joueur de l'une des universités locales, en débaucher un des *Narwhals* ou quelque chose qui soit lié aux actions pour faire condamner les *Stingers*.

Elle me jeta un regard aiguisé.

— Ou, étant donné qui vous êtes, il espère saisir le premier scoop exclusif de l'entraîneur ouvertement gay Anthony Caruso rendant visite à un petit ami encore non identifié.

Mon estomac me tomba dans les talons, mais je gardai quand même mon expression neutre. J'espérais, en tout cas.

— Comment diable est-ce qu'on m'a *vu*, d'ailleurs ? Est-ce que je me démarque vraiment à ce point ?

— Pour les amateurs de hockey ? Absolument. Surtout avec un scandale potentiellement juteux qui se prépare à Hockeyland.

Elle leva les yeux au ciel.

— Apparemment, ce journaliste aime traîner autour de l'aéroport lorsque des célébrités ou des athlètes doivent prendre l'avion pour partir ou rentrer. Hier soir, il traînait pour prendre des photos des *Narwhals* qui revenaient en ville, et il vous a vu entrer seul sur un vol commercial. Alors qu'il tournait autour des départs le lendemain, il vous a revu. Il s'est donc demandé si vous rencontriez le coach Samuels pour discuter de l'enquête.

Elle croisa les mains sur son bureau et me regarda dans les yeux.

— Mon travail consiste à m'assurer que nous sommes au courant de tout scandale potentiel, fabriqué ou non. Alors, que faisiez-vous à Vancouver ?

Oh, alors ça c'était une question compliquée.

Heureusement, des années à donner des conférences de presse m'avaient donné beaucoup de pratique pour trouver des réponses à moitié vraies à la volée. Après seulement quelques secondes d'hésitation, je répondis :

— Je rendais visite à un ami qui ne se sent pas bien.

Voyez ? Pas toute la vérité, mais pas un mensonge.

Le sourcil de Wendy se haussa sur son front.

— Vous avez traversé le continent en avion pour passer moins de vingt-quatre heures avec un ami qui, dit-elle en mimant des guillemets, « ne se sent pas bien ».

— Oui.

Elle me fixa pendant un moment, et quand elle dut se rendre compte que je n'allais pas développer, elle demanda d'une voix exagérément patiente qu'elle pourrait utiliser avec un enfant qui lui tapait sur les nerfs :

— Est-ce que cet ami a un nom ?

— Oui.

Elle me fixa. Je la fixai en retour.

Enfin, Wendy poussa un de ces longs soupirs empli de souffrance que certains de mes joueurs avaient probablement entendus régulièrement.

— D'accord. Bien. Mais me promettrez-vous que vous prendrez au moins conscience du fait que vous n'êtes pas juste un type lambda qui met les pieds dans un aéroport ? Vous êtes beaucoup plus en vue que vous ne le pensez.

— Ça marche. Je vous le promets.

— Vous avez intérêt.

Elle brandit un crayon devant mon visage.

— Je me fais assez de cheveux gris rien qu'avec les garçons qui travaillent pour vous. Je n'ai pas besoin que vous en rajoutiez, vous me suivez ?

Levant les mains en signe de reddition, je gloussai.

— Je vous suis, je vous suis.

— Bien. D'accord, allez encourager vos gars pendant que je continue d'éteindre les incendies des relations publiques.

— J'y vais.

Je quittai son bureau, et dès que la porte fut fermée et que je sus avec certitude que j'étais seul, je m'arrêtai et me frottai le front en expirant fort. Ç'avait été plus proche que je ne l'aurais souhaité, et cela aurait dû être un signal d'alarme pour Brad et moi. Ça aurait dû me faire réaliser combien nous jouions gros et à quel point nous étions imprudents et stupides. Et ce fut le cas. Non pas que ce soit vraiment une révélation – je savais depuis le début que c'était une mauvaise idée d'un point de vue professionnel. Sinon, je n'aurais pas essayé si fort de passer à autre chose au début.

Mais bon sang, est-ce que j'avais réalisé avant ça jusqu'où j'étais *prêt* à aller pour ce que j'avais avec Brad ? Nous avions depuis bien longtemps dépassé la montée d'adrénaline d'une aventure d'un soir que nous n'aurions pas dû avoir. Brad comptait pour moi maintenant. Il comptait *beaucoup* pour moi maintenant. Assez pour que j'aille à Vancouver le voir afin de confirmer de mes propres yeux qu'il allait vraiment bien, sachant parfaitement que je pouvais me faire prendre et me retrouver dans le bureau de Wendy des RP. Sur le moment, le risque en avait valu la peine.

Maintenant, alors que je m'éloignais de son bureau en sachant que quelqu'un m'avait *bel et bien* vu et que nous *avions* failli nous faire prendre ?

Cela valait toujours le risque, et plus encore.

Je ne savais pas si cela me rendait stupide, ou si ça faisait de moi un homme qui avait passé trop de temps sans ressentir cela pour quelqu'un, surtout quelqu'un qui ressentait apparemment la même chose pour moi.

J'avais l'impression que c'était un peu des deux.

Chapitre 24
Brad

Être alité, c'était ennuyeux à mort. Être mobile, tout en ayant l'interdiction de patiner ? C'était une nouvelle forme de torture. Le plus souvent, j'avais l'impression d'être prêt à retourner sur la glace, alors rester à l'écart de mes patins me rendait dingue. Au moins, je pouvais utiliser ma salle de sport à domicile tant que j'y allais mollo, et après quatre semaines, je fus autorisé à reprendre mes séances d'entraînement normales sous la supervision d'un physiothérapeute. C'était un soulagement, même si ma tête, mon cou et mon dos me rappelaient parfois que ce n'était pas seulement ma cheville que j'étais censé préserver.

Il vaudrait mieux que cette merde soit temporaire, n'arrêtais-je pas d'avertir l'univers. Je ne savais pas s'il écoutait.

Entre la guérison et l'accélération de mes séances d'entraînement, je suivais l'enquête sur les *Stingers*. C'était plus par pur ennui qu'autre chose ; j'étais investi dans le résultat, mais les détails de l'enquête n'étaient pas vraiment palpitants. Lire à ce sujet et regarder les commentaires incroyablement secs était juste quelque chose que je me devais de faire.

En fait, j'étais impressionné par le fait que la PHL prenne l'affaire au sérieux cette fois-ci. Habituellement, une fois que l'entraîneur Brady et le reste du *front office* d'Anaheim commençaient à se plaindre d'être écartés et attaqués, on bouclait le dossier et c'était terminé. Cette fois, Anthony et mon entraîneur, ainsi que plusieurs autres, avaient apparemment allumé la crainte de Dieu (ou plutôt, la peur d'une grève des joueurs) dans la ligue, et cette approche avait fonctionné.

Selon les différentes mises à jour que j'avais lues en me mettant de la glace sur le cou et la cheville, des joueurs étaient interrogés dans toute la ligue, en particulier ceux qui avaient joué pour Anaheim ou été blessés par eux. Même quelques joueurs à la retraite avaient été appelés. J'avais déjà été interrogé trois fois, et les enquêteurs m'avaient dit qu'ils pourraient me contacter à nouveau s'ils avaient d'autres questions. Ils étaient minutieux, c'était certain.

Les sites putaclics s'en donnaient à cœur joie. Il devait y avoir deux douzaines d'articles relatant « Les 12 pires sales coups des *Stingers* d'Anaheim » et « 15 fois où le mauvais jeu d'Anaheim a blessé des joueurs adverses ». Je... faisais défiler ceux-ci sans les lire. D'autant plus qu'au moins trois utilisaient des photos de mon incident comme illustration.

Étonnamment, l'une des grandes chaînes de sport s'était rangée du côté d'Anaheim. Leurs commentateurs sportifs – y compris un ancien *Stinger* et l'un des protégés de l'entraîneur Brady – insistaient sur le fait que c'était beaucoup de bruit pour rien. Le hockey était un sport rude, et toutes les équipes de la ligue jouaient à la dure, alors pourquoi s'en prendre aux *Stingers* ? Et Ruiz, le *Kraken* qui avait été frappé sur la glace par un *Stinger*, avait été sur le banc des pénalités à quatre reprises pour avoir malmené ses adversaires dans la semaine précédant sa blessure, alors pourquoi est-ce que ça devenait un scandale maintenant qu'il avait *perdu* une bagarre ?

Keith disait qu'ils avaient même sorti de son contexte la vidéo de ce qui m'était arrivé et avaient tenté de prétendre que c'était vraiment de la malchance et un mauvais timing, pas une tentative flagrante de me faire chuter. Je n'arrivais pas à regarder la vidéo, alors je le crus sur parole.

Anthony mentionna en passant qu'il passait beaucoup de temps au téléphone et en vidéoconférence à cause de l'enquête, mais il n'entra pas dans les détails et moi non plus. Techniquement, c'était un plaignant et moi j'étais un témoin-victime, alors nous évitions soigneusement de partager des informations. Et s'il y avait bien un moment pour faire attention à ne pas se faire prendre ensemble, c'était maintenant.

Ce qui signifiait que lorsque la ligue prit son habituelle pause pour Noël et le Nouvel An, nous ne pûmes pas nous voir. Je me sentais enfin moi-même à nouveau, et nous avions tous deux un peu de temps libre même après avoir rendu visite à nos familles respectives, mais nous ne pouvions tout simplement pas prendre le risque.

Mais cela ne nous empêcha pas de nous parler.

— Comment ça se passe pour toi, là-bas ? demanda-t-il alors que nous faisions une visio lors du réveillon de Noël.

— Pas mal.

Je m'allongeai sur le lit de la chambre d'amis de mes parents.

— Je suis vraiment content de ne pas avoir laissé mes parents venir chez moi juste après ma blessure.

— Ah oui ? C'est si horrible que ça ?

— Oh mon *Dieu*, geignis-je en levant les yeux au ciel. Ne te méprends pas, j'aime mes parents et je ne les échangerais contre personne. Mais à la seconde où je me fais ne serait-ce qu'une coupure au papier, ils sont prêts à appeler une ambulance.

Anthony rit.

— Ils me font penser à ma mère.

— Oh, vraiment ?

— Mouais. Elle veut bien faire, et je l'adore, mais parfois... Seigneur.

— Ça s'est passé comment, quand tu étais blessé à la nuque ?

Il gémit, et ce fut à son tour de lever les yeux au ciel.

— Je te jure qu'après être sorti de l'unité de soins intensifs, j'ai dû convaincre une infirmière de dire à mes parents que les heures de visite étaient plus courtes qu'elles ne l'étaient vraiment, simplement pour pouvoir souffler.

Je gloussai.

— Waouh, oui, ça ressemble à quelque chose que j'aurais dû faire si mes parents avaient pris l'avion pour venir me voir. Et après que ta sortie ?

Son lourd soupir me dit tout.

— Comme je l'ai dit, je l'adore et j'ai apprécié son aide, mais c'était vraiment difficile de trouver tout le repos dont j'avais besoin pendant qu'elle me maternait comme ça. Et il n'y a pas que moi — mon père a plaisanté à plusieurs reprises en disant qu'il aurait voulu avoir une deuxième crise cardiaque juste pour pouvoir dire au personnel de l'hôpital de la renvoyer à la maison pendant quelques heures.

— Oh mon Dieu, sérieusement ?

— Ouais, rit-il. Bon, c'est vrai que ma famille a un sens de l'humour décalé de toute façon, mais parfois je ne suis pas sûr qu'il plaisante.

— Oh, je ne lui jette pas la pierre.

Je jetai un coup d'œil méfiant à la porte fermée de la chambre, et baissai la voix juste pour être sûr de ne pas être entendu.

— Mes parents sont géniaux, mais ça me stresse d'être surprotégé.

— Ouais, j'en suis sûr.

— Pourtant, ça me fait plaisir de les voir pour les vacances.

Je soupirai.

— Mais j'aimerais aussi pouvoir te voir.

L'espace d'un instant, je me dis que c'était sorti trop ringard et à la limite du romantisme, mais Anthony me sourit.

— Tu me reverras bientôt. Le plus tôt sera le mieux en ce qui me concerne.

— Eh bien, je suis toujours un peu foutu, mais...

— Je m'en fiche, dit-il doucement. Enfin, ce n'est pas que je me fiche que tu souffres, mais si tu penses que je ne sauterai pas sur la première occasion de te voir, sexe ou non, détrompe-toi.

Sérieusement, tous les hommes que je connaissais, gays ou hétéros, pouvaient apprendre une chose ou deux d'Anthony sur la façon de dire des choses adorables.

— Je pense que le sexe pourrait revenir sur la table plus tôt que prévu, répondis-je. Juste, tu sais, peut-être rien qui nous oblige à porter des casques.

Il s'esclaffa, et ce son ainsi que son sourire me donnèrent la chair de poule.

— Je suis sûr qu'on peut penser à quelque chose qui ne soit pas dangereux.

Son humour s'estompa, mais son sourire resta sur ses lèvres.

— Mais je ne plaisante pas : ça m'ira très bien de rester assis sur le canapé à regarder des films ou autre chose tant que je pourrai te voir.

— Alors, *Netflix & chill* ?

Anthony renifla.

— *Netflix & chill*. C'est acté.

— Oui. Le plus tôt sera le mieux pour moi aussi.

Je me renfrognai.

— En supposant que les choses se terminent avec Anaheim avant l'apocalypse, quoi.

Il gémit, son sourire s'évanouissant.

— Mouais, tu m'étonnes. Et au fait, quand tu recommenceras à jouer et que la presse recommencera à t'interviewer, ne sois pas surpris si tout ce qu'ils te demandent concerne Anaheim et l'enquête, dit-il avant de rouler des yeux. Je ne me rappelle pas qu'on m'ait posé une question sur ma propre équipe depuis *des semaines.*

— Oh. Génial. Merci pour l'avertissement. Combien de temps encore tu penses que ça va durer ?

— Pas longtemps, j'espère. Peut-être quelques semaines ?

Anthony se frotta les yeux et soupira. Laissant tomber sa main, il continua :

— Le coach Brady continue d'essayer de tout faire dérailler, mais le comité semble assez concentré sur l'enquête pour la mener à bien.

— C'est bien. Il était temps.

— Clairement. Le coach Samuels n'allait pas laisser tomber sans se battre, de toute façon. Enfin, aucun d'entre nous, mais ton entraîneur ?

Anthony siffla en secouant la tête.

— Je suis vraiment surpris qu'il n'ait pas eu recours à la menace d'incendier le siège de la ligue.

Je laissai éclater un rire.

— Vraiment ?

Il hocha la tête.

— Bon, je suppose que c'est toujours une option s'ils cèdent aux gémissements du coach Brady, mais jusqu'à présent, Samuels n'a pas réellement menacé de commettre un crime.

— Ça va alors, je pense. Mais nom de Dieu, qu'est-ce qui prend autant de temps avec toute cette débâcle ? Ce n'est pas exactement une enquête pour meurtre.

Il rit sèchement.

— Eh bien, ils suspendent potentiellement beaucoup de joueurs et licencient beaucoup de formateurs. Ils doivent s'assurer qu'ils remettent bien tout en ordre.

— D'accord, c'est vrai.

Je soupirai, inclinant mon cou d'un côté, puis de l'autre, comme Anthony le faisait souvent. Ça n'aida pas beaucoup, mais ça atténua une partie de la tension qui s'infiltrait dans mes muscles.

— Je veux vraiment oublier tout ce qui s'est passé.

— Moi aussi.

Son front se creusa.

— Ton cou t'embête ?

— Un peu.

Je le frottai de ma main libre et tentai de ne pas grimacer alors que le bout de mes doigts creusait douloureusement dans les muscles

— Apparemment, c'est son nouveau truc ces jours-ci.

— Ce sera comme ça pendant un moment, je parie. Ça pourrait valoir la peine de te réserver un massage ou deux.

— Vraiment ?

— Oh oui. Ça fait un peu mal sur le moment, mais tu te sentiras beaucoup mieux après.

Je grognai, pétrissant toujours les muscles mous.

— Je vais y réfléchir. Merci.

— Ça a fait une grande différence pour moi. Enfin, une fois que j'ai été remis des chirurgies.

— Oh mon Dieu, j'espère que tu ne recevais pas de massages juste après une chirurgie, marmonnai-je dans un frisson.

Anthony frissonna aussi.

— Putain, non. Personne ne me touchait le cou pendant

cette période, à moins d'avoir une bonne raison et *beaucoup* de lettres devant leur nom.

J'eus un rire.

— C'est bizarre, je t'imagine très bien dire ça aux médecins.

— Oh, je l'ai fait. Plus d'une fois.

— J'en étais sûr.

Nous gloussâmes tous deux.

Sur un ton un peu moins léger, il reprit :

— Je ne vais pas mentir : j'étais terrifié à l'idée que des gens me touchent le cou pendant quelques années après ce qui est arrivé.

— Vraiment ?

Il hocha la tête, ses joues se colorant un peu comme s'il était gêné de l'admettre.

— C'était complètement irrationnel et je le savais, surtout que les médecins m'avaient assuré que tout était guéri.

— Mais après avoir eu la nuque brisée, je pense que n'importe qui la surprotégerait, non ? J'ai été pareil avec ma cheville pendant longtemps. Encore aujourd'hui, je ne peux toujours pas accepter un massage des pieds.

Cela sembla le détendre un peu.

— Oui, mais c'est vraiment irrationnel. En fait, c'est en partie la raison pour laquelle j'ai commencé à faire des séances de kiné – pour me faire à l'idée que quelqu'un pouvait toucher mon cou et que tout tiendrait.

— Combien de temps ça t'a pris ?

Il poussa un souffle.

— Un moment. Je ne pourrai probablement plus jamais supporter des pratiques comme la strangulation lors d'un rapport sexuel, ou même avoir un bras autour de la gorge –

ce que j'adorais auparavant – mais je gère mieux maintenant.

— C'est bon à savoir. Ce n'est pas vraiment mon truc de toute façon, mais je vais garder ça à l'esprit pour ne pas le faire par accident.

Anthony sourit à nouveau.

— Je n'ai jamais craint que tu le fasses, tu sais.

— Bien. Et, euh, je vais garder à l'esprit l'idée des massages. Merci pour le conseil.

— De rien.

Il fit une pause et son sourire resta, bien qu'il semblât un peu triste et fatigué.

— Sérieusement, quand ce bordel avec les *Stingers* sera terminé, il *faut* qu'on se retrouve. Tu me manques comme ce n'est pas permis.

La sincérité de sa voix me fit flotter le cœur.

— Toi aussi. Ça me rend fou. Et bon sang, compte tenu de cette stupide enquête qui traîne en longueur, je parie qu'au moment où je te reverrai, je trépignerai d'impatience.

Il rit, mais j'eus un léger haut-le-cœur.

— Je, euh...

Je m'éclaircis la gorge.

— J'espère que ça ne te dérange pas d'attendre que ce soit fini. On pourrait probablement s'en tirer, mais si on se fait prendre avant la fin de l'enquête...

— Je sais. Et rester séparés jusqu'à ce que ce soit fini, c'est la meilleure idée.

— C'est juste que je déteste que ça dure aussi longtemps, murmurai-je. Je suis sûr que tu en as marre d'attendre.

Il cligna des yeux, puis secoua la tête.

— Brad. Détends-toi.

Son sourire reprit un peu de vitalité, cette fois.

— Ce n'est pas comme si on s'évitait. Être souvent séparés, c'est un peu la normale dans notre métier, tu sais ?

— Oui, mais j'ai été...

J'évitai son regard.

— Tu as été blessé et j'ai été inquiet pour toi. On se retrouvera bientôt.

— Bon Dieu, j'espère.

— Ça viendra. L'enquête ne durera pas éternellement.

Je hochai la tête.

— Je sais. C'est juste que ça en a l'air.

— Tu m'étonnes.

Il jeta un coup d'œil hors cadre, probablement à l'horloge, et alors qu'il me faisait à nouveau face, il soupira.

— Je devrais probablement te laisser. J'ai besoin de dormir un peu avant mon vol demain.

— Ouais. Pareil. On se parle bientôt ?

Anthony sourit à nouveau.

— Dès que possible.

— J'ai hâte.

Après avoir terminé l'appel, je posai mon téléphone sur mon abdomen, fermai les yeux et soupirai. Chaque fois que nous parlions, et plus les choses traînaient longtemps sans que nous puissions nous voir, plus j'avais peur qu'il jette l'éponge. Peu importait à quel point il insistait sur le fait qu'il n'allait nulle part, je m'inquiétais à chaque fois. La nouveauté de baiser un joueur d'une autre équipe devait s'être estompée maintenant. Il coucherait probablement encore avec moi si nous étions dans la même ville, mais combien de temps m'attendrait-il avant de passer à autre chose avec quelqu'un qui serait en état de coucher avec lui ?

Pourtant... je n'avais pas cette impression de lui, qu'il était là juste pour le frisson de baiser le joueur d'un autre entraîneur. Je ne pouvais même pas me convaincre qu'il était juste là pour le sexe – j'aimais penser que j'étais pas mal au lit, mais je n'imaginais pas que j'étais si bon que quelqu'un attendrait des mois et risquerait sa carrière juste pour un autre tour. Il était venu jusqu'à Vancouver en sachant qu'on n'allait rien faire de sexuel, alors cela devait signifier quelque chose.

Mais je ne pouvais toujours pas me débarrasser du sentiment que ce n'était qu'une question de temps avant qu'il lâche prise. Même si je ne croyais pas *complètement* qu'il n'était là que pour le sexe, surtout après cette conversation dont je me souvenais vaguement de sa dernière visite, j'avais peur de le croire parce que je craignais d'être déçu. Que si je baissais la garde et m'ouvrais à l'idée que ce soit vraiment plus que du sexe, ce serait à ce moment-là qu'Anthony déciderait qu'il en avait assez de tout ce qu'impliquait le fait d'être avec moi. Il ne l'avait pas fait après notre discussion à Vancouver. Mais peut-être pensait-il que c'étaient les médicaments qui parlaient ?

Je pris mon téléphone et regardai l'écran sombre comme si le visage d'Anthony pouvait soudainement apparaître. J'aurais aimé que ce soit le cas, même si je savais très bien qu'il était parti profiter de Noël avec sa famille. C'était rare d'avoir autant de temps libre pendant la saison régulière, et j'aurais été un salaud de m'attendre à ce qu'il passe tout ce temps au téléphone avec moi plutôt qu'avec la famille qu'il ne voyait pas très souvent. Surtout pendant les vacances.

J'étais égoïste et peu sûr de moi, et je le savais. J'aurais juste aimé pouvoir me dire que l'insécurité n'était pas justifiée.

S'il te plaît, ne perds pas patience avec moi, ne pouvais-je pas tout à fait dire à haute voix. *Parce que je ne veux vraiment pas te perdre.*

Tout compte fait, et en partie à cause des Fêtes, il se passa neuf semaines avant que je ne lace à nouveau mes patins. Il me faudrait encore un certain temps pour retrouver complètement ma masse musculaire qui s'était atrophiée pendant mon arrêt (bien que je me sois entraîné avec diligence même quand ma mère m'avait supplié de me détendre), mais maintenant je pouvais enfin me remettre à progresser pour rejouer au hockey.

Lors du premier entraînement de l'équipe après les vacances, je patinai prudemment sur la glace. Ils m'avaient fait enfiler un maillot estampillé « sans contact » pour les deux premiers entraînements, de façon à ce que je reste en sécurité. Je n'avais pas l'habitude de recevoir des coups pendant les entraînements, mais l'équipe ne prenait aucun risque, et je l'acceptais.

Et secrètement, eh bien, cela ne me dérangeait pas d'être rassuré de ne pas me faire frapper alors que je retrouvais tout juste mes patins. La blessure avait ébranlé ma confiance et m'avait rendu surprotecteur avec ma cheville, ma colonne vertébrale et ma tête, et j'étais nerveux à l'idée d'être marqué, que ce soit par un coéquipier ou un adversaire. Je devais dépasser cela en peu de temps, et il me faudrait probablement quelques coups pour me rappeler que j'étais bien protégé sous tout mon équipement, mais j'étais à peu près sûr que je pourrais être pardonné pour ma nervosité en remontant sur le cheval qui m'avait désarçonné.

Je n'enfilai pas mon équipement aujourd'hui. Je ne serais pas dans le filet parce que j'étais surtout là pour me détendre et me débarrasser de la frustration des dernières semaines. De plus, je n'avais pas besoin du volume supplémentaire et d'une vingtaine de kilos de lest additionnels alors que je m'assurais de retrouver mon équilibre. Patiner sans tout cet équipement me faisait un effet bizarre, mais patiner tout court me fit du bien. Pour la première fois depuis ma blessure, j'avais l'impression de me remettre dans le bain. Mes muscles me faisaient mal comme toujours en reprise d'entraînement après l'intersaison, et je pouvais vivre avec ça. Quelques séances, et je serais prêt pour un match, avec tout mon attirail.

J'avais encore un léger vertige de temps en temps, mais ça ne suffisait pas à me déséquilibrer même quand je patinais. Mes médecins m'avaient averti que cela pourrait prendre des mois ou des années pour que ça disparaisse complètement, et qu'alors la meilleure chose à faire serait d'apprendre à compenser. Au début, ça me semblait impossible, d'autant plus que je ne pouvais même pas me lever d'une chaise sans que le monde entier se mette à basculer et tournoyer. Désormais, ce n'était plus si mal. Il m'arrivait de mal jauger un angle ou quelque chose du genre et je me cognais l'épaule sur un mur ou la hanche sur un meuble, mais cela s'améliorait aussi.

Patiner ? Ça me rappelait mes années universitaires où je me levais beaucoup trop tard – d'avoir étudié, je le jure ! – et qu'ensuite j'essayais de m'entraîner ou de jouer après seulement une heure de sommeil. Quand j'étais si épuisé que tout était bancal et onirique. Bon sang, j'avais été amorphe pendant les séries éliminatoires de ma première année à l'université, et j'avais quand même fait plus d'arrêts que n'importe lequel des autres gardiens. Si j'avais été capable de m'adapter à l'époque, je pouvais le faire maintenant.

Glissant le long des planches, je me laissai porter par le

plaisir d'être debout et de patiner à nouveau. Je m'inquiéterais des arrêts de palet et de tout ce bazar plus tard.

Alors que je patinais en cercle à reculons, Keith quitta son exercice d'avec certains des autres attaquants. Nous nous arrêtâmes tous deux et il sourit.

— Content de te revoir ici, dit-il en m'indiquant le filet. Peut-être que tu peux remettre ton cul à sa place ?

— Hé, je ne fais que suivre les ordres du médecin, répondis-je en tirant sur le maillot « sans contact ». Il faut que j'y aille doucement.

— Hum-hum.

Il tapota mon patin de sa crosse.

— Tu nous as manqué, mec. Que dirais-tu de ne pas prendre d'autres vacances prolongées avant la fin de la saison, hein ?

— Tu veux en prendre aussi ? lui retournai-je.

— Hé, c'pas juste de faire des menaces en portant un maillot « sans contact ».

— Je ne le porterai pas pour toujours.

— Continue comme ça, et c'est ce qui se passera.

Je lui donnai un coup de poing dans l'épaule.

— Bon sang, Spencer ! cria-t-il en empoignant dramatiquement son épaule. Je ne peux pas te frapper en retour !

— Ça t'apprendra à fermer ta gueule, hein ?

Il se contenta de rire et nous échangeâmes un check avant qu'il retourne à l'entraînement avec nos coéquipiers.

Je ris, secouai la tête et continuai à savourer le sentiment d'être presque revenu à la normale.

Mon premier match. J'étais de retour. J'étais aux anges. Épuisé, trempé de sueur, mais souriant comme un imbécile parce que je n'aurais pas pu avoir un meilleur retour. Oakland avait fait glisser un seul et unique palet derrière moi, et j'avais fait assez d'arrêts pour me rassurer que, putain oui, j'étais de retour. Nous avions gagné. J'étais fatigué et j'avais un peu plus mal que d'habitude après un match aussi tard dans la saison, mais nous avions gagné, et *j'étais de retour*. Après presque trois mois à m'inquiéter en silence que ma carrière puisse être terminée ou que je ne sois plus jamais le même sur la glace, je jubilais, et...

Et Anthony avait raison. La presse s'intéressait beaucoup plus aux S*tingers* que tout ce que Vancouver ou Oakland avaient fait ce soir.

— À la lumière de vos récentes blessures, demanda un journaliste, que pensez-vous de l'enquête sur les *Stingers* d'Anaheim ?

Waouh, ils pensaient vraiment qu'un hockeyeur chargé d'adrénaline qui avait été mis à bas par Anaheim allait répondre diplomatiquement à *ça* ? En fait, ils misaient probablement sur l'éventualité que je n'y réponde pas diplomatiquement. Désolé, les gars.

Je m'éclaircis la voix.

— S'ils enfreignent les règles et blessent les joueurs, répondis-je en haussant les épaules, alors je pense qu'il est juste que la ligue sévisse.

Un autre journaliste m'enfonça son micro sous le nez.

— Pensez-vous que d'autres équipes et joueurs seront examinés plus attentivement, ou auront peur de jouer normalement après ça ?

— Je ne vois pas pourquoi ce serait le cas. Tout le monde devient agressif de temps en temps, mais les seuls joueurs qui devraient repenser leur façon de jouer sont ceux qui essaient sciemment de causer des blessures.

Plusieurs mines renfrognées m'indiquèrent que ce n'était pas l'extrait sonore sensationnel qu'ils avaient espéré.

Quelqu'un d'autre poussa un peu plus.

— Il y a des rumeurs selon lesquelles les joueurs qui vous ont blessé pourraient faire face à des accusations criminelles. Pensez-vous que ces accusations sont excessives ?

Je secouai la tête.

— Pas de commentaire.

Ils n'avaient pas besoin d'aimer ça, mais c'était la seule réponse que je pouvais donner. Un représentant de l'association des joueurs m'avait mis en contact avec un avocat qui avait confirmé que des accusations criminelles étaient sur la table pour certains *Stingers*, y compris les deux qui m'avaient attaqué. Ces accusations étaient peu probables – certainement juste un jeu de pouvoir pour forcer les gens à coopérer – mais si elles passaient et que l'affaire allait au tribunal, alors je serais obligé de témoigner. On m'avait vivement conseillé de n'en dire mot à personne, avec ou sans micro, jusqu'à ce que ce soit fini.

Les journalistes continuèrent de me presser pendant encore plusieurs minutes, et au moment où je partis, l'adrénaline du match n'était plus qu'un lointain souvenir.

Seigneur. D'abord, il y avait eu la longue convalescence de mes blessures. Maintenant, je devais surmonter une période où le scandale d'Anaheim éclipsait tout. Combien de temps *cela* allait-il durer ?

Parce qu'il n'était pas question que je laisse ma carrière n'être rien de plus qu'une note de bas de page dans la liste des méfaits d'une autre équipe.

Chapitre 25
Anthony

Le comité d'enquête sur Anaheim convoqua tous les entraîneurs impliqués dans la plainte initiale en vidéoconférence après le match de mercredi soir. J'étais ennuyé, bien sûr – je voulais rentrer à la maison pour passer un autre appel vidéo à quelqu'un à qui je n'étais certainement pas censé parler – mais comme les autres entraîneurs, je m'étais engagé à mener ceci à bien. Les *Stingers* avaient fait trop de dégâts à trop de joueurs pour que je laisse passer ça.

Je tirai donc ma révérence lors des interviews d'après-match, et laissai un adjoint me remplacer. Je lui faisais confiance pour leur donner une vague explication et ne pas leur dire pourquoi je devais partir plus tôt. Pourtant, les journalistes l'avaient probablement compris – absolument tout le monde cherchait avec agressivité à fouiner, parce que la rumeur courait que le comité était sur le point d'annoncer une décision.

Mon Dieu, j'espérais que cette rumeur était vraie. Cette débâcle avait occupé mon temps libre, mes pensées, mes tentatives de dormir et toutes les satanées interviews que j'avais eues depuis des semaines. De plus, tant que le verdict était encore en attente, les *Stingers* jouaient toujours. Ils avaient freiné leur agressivité, mais s'ils s'en tiraient cette fois-ci, ils ne se retiendraient plus. Ce serait particulièrement dangereux à l'approche des séries éliminatoires.

Je verrouillai la porte du bureau de l'équipe visiteuse derrière moi, allumai mon ordinateur portable et me connectai à l'application de conférence. En une dizaine de minutes, tout le monde s'y était joint... y compris l'entraîneur-chef, le directeur général et le propriétaire d'Anaheim. Tous trois avaient l'air passablement énervés.

Steve Murray, le président du comité, n'avait pas l'air ravi non plus, mais son expression aigre semblait l'être davantage d'agacement que d'autre chose.

— Merci à tous de vous être joints à nous.

Il croisa les mains sur son bureau et lança un regard noir à l'écran.

— Certains membres du *front office* d'Anaheim ont demandé cette réunion pour discuter d'une... alternative à des mesures punitives si le comité se prononce en faveur des plaignants.

— Quel genre d'alternative ? grogna le coach Samuels. Parce que j'ai perdu mon meilleur gardien de but pendant près de trois mois à cause d...

— Les blessures, ça arrive, dans ce sport, l'interrompit le directeur général d'Anaheim, Craig Carver. Mon défenseur a perdu deux de ses dents et a eu une commotion cérébrale à cause d'Asher Crowe. Pourquoi est-ce qu'on n'enquête pas sur Seattle ?

— Parce que les blessures, ça arrive, répliquai-je, mais elles sont si fréquentes, graves et délibérées quand nous jouons contre Anaheim, que nous avons tous remarqué le schéma.

Je désignai mon écran.

— Le coach Weaver m'a averti avant que mon équipe ne joue contre eux, j'ai mis mes joueurs en garde, et j'ai quand même perdu un ailier à cause d'un fichu passage à tabac.

Carver secoua la tête.

— C'est totalement insensé. On ne fait pas...

Instantanément, chaque entraîneur et directeur général

cria plus fort les uns que les autres, mais soudain, tout le monde à l'écran ne fut plus qu'une tête muette follement animée. Murray – qui avait apparemment mis tout le monde en sourdine à sa propre exception – reprit fermement la parole.

— Ça suffit. Taisez-vous tous.

Une à une, les têtes silencieuses cessèrent de s'agiter. Je serrai les dents, tambourinant mes doigts sur le bureau si fort qu'ils me faisaient mal.

Apparemment satisfait que nous nous soyons tous tus et que nous soyons prêts à écouter, Murray poursuivit :

— Carver, nous nous sommes réunis pour entendre votre proposition d'une solution alternative. Je vais vous réactiver, et vous pouvez dire ce que vous avez à dire, mais restez bref.

Carver souffla de manière audible.

— Les entraîneurs qui sont derrière cette chasse aux sorcières essaient de...

— Monsieur Carver, le coupa Murray avec une impatience flagrante. Je vais vous demander de réduire l'hyperbole, s'il vous plaît.

Carver fusilla l'écran du regard.

— Très bien. Mais le fait est que ces entraîneurs poursuivent mon équipe depuis des années, et maintenant ils exigent des mesures extrêmes comme nous interdire de jouer. Et il y a même des bruits qui courent comme quoi certains de mes joueurs devraient être inculpés.

Il secoua la tête.

— Il doit y avoir un terrain d'entente qui ne ruine pas nos moyens de subsistance et notre réputation. Les *Stingers* d'Anaheim et notre patinoire emploient des milliers de personnes, et nous avons des contrats de plusieurs millions de dollars avec des chaînes sportives.

Il arqua un sourcil.

— N'est-ce pas la raison pour laquelle le changement de calendrier de la saison a dû être reporté à l'année prochaine ? À cause des contrats de diffusion, et de la disponibilité des patinoires ?

L'expression de Murray resta la plupart du temps neutre avec un soupçon d'agacement.

— Que proposez-vous ?

— Je propose que si la ligue veut mettre une amende à mes joueurs ou à mon équipe, alors qu'elle le fasse. Mais n'interrompons pas les matchs.

Les traits de Carver se durcirent.

— Et si ce comité décide de suspendre mon équipe pour la saison, alors le vainqueur de la Coupe doit avoir un astérisque indiquant qu'il n'a pas joué contre *toutes* les équipes pour *mériter* légitimement son titre. Personne ne gagne la Coupe à moins de battre *toutes* les équipes pour se classer au sommet.

Le coach Morris leva la main.

Murray hocha la tête.

— Allez-y, coach Morris.

— Anaheim est classé numéro sept dans sa division depuis novembre, déclara Morris avec un visage admirablement neutre. Un astérisque est-il vraiment nécessaire lorsque les chances qu'Anaheim atteigne les séries éliminatoires en premier lieu sont si infinitésimales ?

Quelques entraîneurs se grattèrent le visage ou tentèrent de se couvrir la bouche pour cacher leur amusement. Carver et le coach Brady massacrèrent l'écran du regard encore plus fort, le visage de Carver virant au cramoisi foncé. C'était un coup bas, mais... Après tout, Morris n'avait pas *tort*.

— Coach Morris, dit Murray d'une voix d'instituteur

épuisé. Je vais vous demander le même professionnalisme que j'ai demandé à Monsieur Carver.

Morris acquiesça d'un hochement de tête.

— Désolé. Mais sérieusement, si rien ne résulte de tout ça, et qu'Anaheim continue de jouer comme à son habitude, alors nous aurons besoin d'un astérisque encore plus gros pour indiquer que plusieurs équipes – y compris la mienne – ont refusé de jouer contre les *Stingers*.

Il carra la mâchoire et plissa les yeux.

— Mes joueurs sont plus que disposés à honorer leurs contrats, mais si la PHL refuse de donner la priorité à leur sécurité sur la glace, alors des décisions devront être prises.

Tous les autres entraîneurs hochèrent la tête.

Je levai la main, et quand Murray me retira la sourdine, j'intervins.

— Je suis d'accord avec le coach Morris, et j'aimerais ajouter que les amendes ne sont qu'une tape sur la main, comparé à ce qu'Anaheim a fait. C'est une réponse appropriée pour une attaque ponctuelle sur la glace, pas pour un problème continu qui a mis tant de nos joueurs sur la liste des blessés. Franchement, je ne suis pas intéressé par une solution alternative qui laisserait mes joueurs sur la glace avec une équipe qui s'en est toujours tirée en les blessant délibérément.

Je secouai la tête.

— D'une façon ou d'une autre, ce verdict va créer un précédent dans la façon dont la ligue voit et traite ce genre de comportement sur la glace. Si ce précédent revient à statuer que malmener et blesser délibérément des joueurs est acceptable, alors j'ai la responsabilité envers mes joueurs de le rejeter inconditionnellement.

Tout le monde, à l'exception du comité et d'Anaheim, acquiesça.

— C'est n'importe quoi ! cria le coach Brady en frappant du poing sur son bureau. Les *Stingers* sont mis à l'écart p...

— S'ils ne voulaient pas être mis à l'écart, lui criai-je dessus, alors peut-être auriez-vous dû aborder ce problème l'une des nombreuses autres fois où il a été porté à votre attention.

À la fin de la réunion, j'étais à peu près sûr que tous les participants vibraient de colère, à l'exception des membres du comité, qui avaient juste l'air fatigués. Une fois l'écran coupé, je me rencognai dans mon siège et je me frottai les yeux. Je voulais ramener mon cul à l'hôtel pour pouvoir faire une visio avec Brad, mais d'abord, j'avais besoin d'une minute pour reprendre mon souffle.

En fin de compte, tous ceux qui avaient déposé la plainte initiale avaient convenu à l'unanimité qu'il n'y aurait pas de compromis avec les *Stingers* d'Anaheim. Nous devions encore espérer que le comité se prononcerait en notre faveur, mais personne n'était prêt à laisser passer quoi que ce soit. Soit la ligue faisait quelque chose à propos des *Stingers*, soit il y aurait une réaction négative de la part de nos équipes et de nos joueurs. Nous en avions tous beaucoup trop supporté de ces connards pour reculer maintenant, et aucune grandiloquence ou chouinerie de la part du *front office* d'Anaheim n'allait changer cet état de fait.

Je pris une profonde inspiration, soupirai, et me levai. J'en avais assez de ces absurdités – j'avais besoin de voir mon petit ami, même si ce n'était que sur un écran.

Réunion terminée, lui envoyai-je. *Serai à l'hôtel sous peu.*

Enfin, c'était le plan, en tout cas. Il s'avéra que le mot sur la conférence téléphonique s'était répandu, car lorsque je quittai le bureau, une douzaine de journalistes attendaient à l'extérieur. Les joueurs étaient partis depuis longtemps, et tout l'essaim de caméras et de micros descendit sur moi dès que j'eus franchi la porte.

— Coach Caruso, cria quelqu'un. Pouvez-vous nous dire pourquoi les entraîneurs de la PHL excluent les *Stingers* d'Anaheim pour cette enquête ?

Je ne tentai même pas de masquer l'incompréhension de mon expression face au journaliste du National Sports Network, mais ne mordis pas non plus à l'appât.

— Je ne peux pas commenter l'enquête avant que le comité ait pris sa décision.

— Mais M. Caruso, vous êtes...

— Pas de commentaire.

— Est-il vrai que les accusations criminelles sont...

— Pas de commentaire.

— Coach Caruso, vous pouvez sûrement nous donner...

Je levai les mains.

— Il s'agit d'une enquête en cours. Il m'est légalement interdit de parler à qui que ce soit, en particulier à la presse, des détails tant que la ligue n'a pas rendu de verdict.

Ils n'aimaient pas cette réponse, mais ils n'avaient pas à l'aimer. Le fait était que je devais respecter la réglementation, et j'étais plus qu'heureux de le faire. Je ne voulais pas leur parler de l'enquête. Même si je n'avais pas eu envie d'aller quelque part en privé pour parler en visio avec Brad, je n'aurais quand même pas voulu discuter de cette question devant une caméra.

Je m'extirpai de la conférence de presse impromptue et parvins à m'en sortir.

Correction, envoyai-je à Brad. *Retardé par la presse. Je pars maintenant.*

J'arrivai enfin dans ma chambre d'hôtel, et ce n'était pas trop tôt. Je n'avais même pas enlevé mes chaussures quand j'envoyai la demande visio. Je les retirai pendant que l'appel se connectait, et j'étais à mi-chemin du lit quand le visage de Brad apparut à l'écran.

Un regard sur lui, et tout mon corps sembla se détendre si soudainement que je manquai trébucher. La réunion, la presse, la frustration qui avait noué les muscles tout le long de ma colonne vertébrale – disparues. Un lointain souvenir. Rien n'exista plus, hormis le bel homme sur mon écran et ses yeux qui s'illuminèrent dès qu'il me vit.

— Coucou.

Je m'assis sur le bord du lit qui était trop grand pour une personne.

— Désolé que ça m'ait pris si longtemps.

— Ça va. Je suis juste heureux de te voir.

Dommage que tu sois encore si loin, cependant.

Cette distance sembla devenir tangible à ce moment-là. Quelque chose d'énorme et de lourd qui pesait sur mes épaules et me donnait l'impression qu'il était sur une autre planète plutôt que dans un autre état. Pas seulement la distance – le *temps*. Nous ne nous étions vus qu'une seule fois depuis qu'il avait été blessé, et cela faisait encore plus longtemps que nous n'avions pas eu de relations sexuelles. Même si nous nous étions revus après sa blessure, je soupçonnais qu'il n'aurait pas été en état pour le sexe. Pas même après qu'il avait commencé à marcher sans son plâtre et qu'il s'était senti beaucoup mieux. La fatigue avait irradié de lui chaque fois que nous nous étions parlé, et je savais exactement ce qu'il ressentait. Quel que soit le niveau de forme physique, la guérison était un processus épuisant.

Ce soir ? Oh, je connaissais cette lueur dans ses yeux. Si j'avais été dans la pièce avec lui en ce moment, il n'y aurait pas eu de discussion en cours. Cette distance tangible et intrusive aurait disparu, tout comme nos vêtements, tout le temps que nous avions passé séparément, et...

— J'ai besoin de te voir, lâchai-je. En personne.

Brad cligna des yeux comme s'il ne s'y était pas attendu, mais il hocha la tête.

— Moi aussi, dit-il, puis il se lécha les lèvres. Quand ? Et où ? Parce que je veux le faire le plus tôt possible.

Mes orteils se recroquevillèrent dans le tapis alors que tout mon corps vrombissait d'excitation.

— Ah oui ?

— Hmm-hmm. Ça fait beaucoup trop longtemps.

— C'est clair.

Il se pencha sur le côté, puis se rassit et regarda quelque chose hors cadre. Une tablette ou quelque chose comme ça, vu le reflet rectangulaire dans ses yeux.

— Alors, selon le planning... commença-t-il le front plissé. Tu as une série à venir à Portland qui chevauche la mienne à Seattle, et les *Narwhals* ont une pause entre les matchs deux et trois.

Il regarda à nouveau l'écran.

— Je pourrais toujours conduire jusqu'à Portland ce soir-là et ramener mon cul à Seattle le lendemain à temps pour l'entraînement du matin. Ce n'est pas si loin.

— Ah ouais ? Quand est-ce que c'est ?

— Dans...

Il regarda à nouveau l'autre écran.

— Environ deux semaines ? Le verdict devrait être rendu d'ici là, non ?

— Dans deux semaines ? Il devrait, oui.

Un mélange de frustration et d'excitation se tordit derrière mes côtes. Encore deux semaines avant que je ne le voie ? Putain. Mais en même temps, maintenant j'avais une date à attendre. Un point sur la chronologie. Un compte à rebours. Dans seulement deux semaines, je l'aurais de nouveau.

— D'accord, répondis-je, ma bouche s'étant soudainement asséchée pour une raison quelconque. On va… On fait ça. Deux semaines.

Brad croisa mon regard, et son sourire fit accélérer mon pouls jusqu'au déchaînement.

— Putain oui.

Il s'arrêta, les lèvres bizarrement plissées.

— Chaque fois qu'on affronte les *Snowhawks*, il y a une afterparty avec les deux équipes, mais…

Il haussa les épaules.

— Je peux me contenter de raconter des conneries à mon équipe comme quoi je serai trop fatigué pour aller à la fête, et ensuite décoller dès que je peux.

— Tu es sûr de vouloir conduire aussi loin ? demandai-je. Juste après un match ?

— Est-ce qu'on va baiser quand j'arriverai ?

Je frissonnai si fort que je ne pus m'empêcher de haleter.

Brad rit malicieusement.

— Ouais. Je veux aller aussi loin.

— Hmm-hmm. Argument noté.

Aussi subtilement que possible, je me rajustai, parce que bon sang, le simple fait de penser que je serais avec lui dans quelques semaines me faisait déjà durcir.

Il inclina la tête, les yeux plissés et son sourire se faisant encore plus malicieux.

— Coach Caruso, seriez-vous excité ?

Nique la subtilité – je me mordis la lèvre en ajustant mon érection gonflée.

— En pensant à aller au lit avec toi après tout ce temps ? Je te le garantis, oui.

— Ah oui ? demanda-t-il en s'humectant les lèvres. Alors pourquoi tu ne t'en occupes pas ?

Je soutins son regard et réalisai combien de temps il s'était écoulé depuis que nous avions fait quoi que ce soit devant la caméra. La dernière fois, c'était avant qu'il soit blessé. Il y avait *des lustres*.

— Tu veux que je le fasse ? proposai-je d'une voix rauque.

— Et pas qu'un peu !

Le cœur battant, je calai mon téléphone sur la table de chevet, m'allongeai sur les oreillers et dézippai mon jean.

— Oh mon Dieu, souffla-t-il alors que je commençais à me caresser. J'ai hâte de voir ça en vrai.

— Tu ne regarderas pas, en vrai.

— Non, mais je regarde maintenant.

Il sourit à nouveau, bien qu'il semblât un peu essoufflé aussi.

— Alors, que dirais-tu de m'offrir un spectacle ?

Ce n'était pas pareil que d'être dans la même pièce et de le toucher, mais c'était torride.

Et *bien sûr* que je lui offris un spectacle.

Chapitre 26
Brad

— Hé, les mecs ! cria Rodgers pendant l'entraînement en agitant son téléphone en l'air. La ligue fait une conférence de presse sur Anaheim !

Je ne pensais pas avoir déjà vu l'entraînement s'arrêter brutalement comme ce fut le cas à ce moment-là. Quelques palets glissèrent, oubliés sur la glace alors que nous patinions tous vers le banc, où l'entraîneur Samuels était en train de placer un ordinateur portable sur les planches.

Je pensais que la personne qui donnerait la conférence de presse serait l'un des membres du comité, mais non, c'était Terry Walsh, le PDG de toute la Ligue de hockey professionnel. Expression mortellement grave, il se tenait devant une toile de fond PHL avec au moins quinze microphones tendus devant son visage.

— Après avoir reçu une plainte officielle de neuf entraîneurs en chef de la PHL, commença-t-il, un comité a été formé, composé d'enquêteurs tiers sans liens financiers ou autres susceptibles de causer un conflit d'intérêts avec la ligue. Au cours des dernières semaines, le comité a inlassablement interrogé les joueurs et les entraîneurs, et examiné des centaines d'heures d'images de matchs, et à dix-sept heures hier, il nous a soumis sa recommandation.

Mes coéquipiers et moi échangeâmes des regards, et c'était peut-être mon imagination, mais j'aurais juré que je pouvais sentir l'anticipation nerveuse sourdre de chacun d'eux. C'était fini. Nous avions tous râlé sur Anaheim pendant des années.

Quatre hommes qui se tenaient ici en ce moment avaient passé du temps sur la réserve des blessés à cause des *Stingers*. Nous avions espéré que quelqu'un finirait par faire quelque chose, et si jamais le comité le faisait... ce serait fini.

Me rongeant la lèvre, je regardai Walsh prendre une profonde inspiration.

— Selon les conclusions et les recommandations du comité, déclara-t-il, les *Stingers* d'Anaheim sont, avec effet immédiat, suspendus pour la durée de la saison.

Des halètements de surprise se firent entendre parmi mon équipe.

— Nathan Brady a été congédié de son poste d'entraîneur en chef de l'équipe, poursuivit Walsh. À neuf heures ce matin, Craig Carver a démissionné de son poste de directeur général. Les conséquences pour les joueurs seront déterminées sur une base individuelle en fonction des conclusions quant à leur conduite sur la glace et seront annoncées à une date ultérieure.

Il fit une pause, jetant un coup d'œil dans la pièce, avant de regarder à nouveau ses notes.

— Ceci étant dit, certains joueurs reconnus coupables d'une conduite exceptionnellement grave ont vu leur contrat résilié. Quelques cas extrêmes, comme ceux de Connelly et Mathers, ont été renvoyés aux services de police présidant les villes où les actions incriminées ont été commises. À la discrétion de ces départements, ces joueurs peuvent faire l'objet d'accusations criminelles.

Mes genoux faillirent vaciller sous moi et soudain la tête me tourna, mais ce n'était pas un effet persistant de ma commotion cérébrale.

Respirant lentement, je patinai pour m'éloigner des joueurs rassemblés, assez loin pour ne plus entendre ce qui se disait, et je me concentrai uniquement sur le fait de rester debout.

Connelly et Mathers étaient finis. Leur carrière était terminée et ils faisaient face à des accusations criminelles. C'était extrêmement rare pour un joueur d'être accusé de voies de fait et de coups et blessures pour quelque chose qu'il avait fait sur la glace – de mémoire, la seule fois dont je me souvenais, c'était quand un enfoiré de connard avait attaqué un adversaire au dépourvu et avait mis fin à la carrière du gars.

Mais maintenant, les deux hommes qui m'avaient fait tomber faisaient face à des accusations, et le sentiment de soulagement était bizarre. C'était... un peu nauséabond, en fait. J'étais légitimement inquiet à l'idée de vomir sur la glace si je ne continuais pas à avaler l'acide qui me montait dans la gorge. Que la PHL prenne l'affaire au sérieux, que les hommes qui m'avaient blessé aillent très probablement en prison – cela rendait tout ça trop réel. Deux joueurs adverses avaient fait une tentative sérieuse et réussie de me blesser. Je n'avais osé demander à personne si mes blessures avaient été ce que ces deux-là avaient espéré. S'ils avaient seulement voulu me mettre sur la liste des blessés pendant un petit moment, ou s'ils avaient essayé de causer quelque chose d'encore plus grave.

Quoi qu'il en soit, c'était indéniablement réel maintenant. *Criminellement* réel. Je n'avais aucune idée de comment me faire à cette idée. Comment...

— Hé, mec.

Keith s'arrêta à côté de moi et posa une main sur mon épaule.

— Tu vas bien ?

— Ouais. Ouais. Je suis...

Je déglutis plusieurs fois.

— Juste un peu...
— Tu n'arrives pas à croire que c'est fini ?
J'y réfléchis et hochai la tête.
— Quelque chose comme ça, oui.
Son front se plissa et il ne retira pas sa main.
— C'est une bonne chose, non ?
— Oui, c'est le cas.
Je dus serrer les dents alors même que je déglutissais encore une fois.
— C'est juste, euh... Je ne sais pas.
Je rencontrai son regard.
— Je suppose que ça concrétise tout ça.
Avec un sourire prudent, il dit :
— Ça ne t'a pas semblé réel quand tu avais la jambe dans le plâtre ?
— Oh, si. Ce que je veux dire, c'est que c'est l'intention qui est réelle, tu vois ? Comme si ce n'était pas seulement un de ces trucs qui arrivent accidentellement sur la glace. Quelqu'un a entrepris de me foutre en l'air pour de vrai.
Ma réponse dégrisa Keith.
— Je n'avais même pas pensé que ça te retournerait la tête comme ça.
— Moi non plus.
Je me frottai le cou alors que mes muscles commençaient à se raidir.
— Et maintenant, je vais devoir témoigner si ces accusations criminelles vont au tribunal. Putain.
— Oh, merde.
Keith voulut en dire plus, mais il regarda derrière moi, et les bruits des patins qui approchaient m'incitèrent à me retourner.
— Hé, mec, lança Sorenson en levant la main pour un high five. Les connards ont eu ce qu'ils méritaient.

Je souris à contrecœur et tapai mon gant contre le sien.
— Ouais. Ça y est.
Alors, comment expliquer que ça me donne envie de vomir ?

Dès que je fus à la maison, j'appelai Anthony en visio.
— Alors, c'est fini, dis-je. Anaheim, c'est terminé.
— Ils ont fini de foutre la merde, c'est sûr.
Il sourit, l'air à la fois soulagé et épuisé.
— J'espère qu'à la saison prochaine, le nouveau personnel d'entraîneurs et les joueurs qui restent se seront racheté une conduite.
— J'espère que oui.
Anthony m'observa, son inquiétude se dévoilant dans les rides entre ses sourcils.
— Tu vas bien ?
— Ouais, je...
Je me frottai l'arête du nez et soupirai.
— J'aurais pensé être beaucoup plus heureux de tout ça.
— Tu ne l'es pas ?
— Si. Je crois ? dis-je en secouant la tête. Je ne sais pas. Je me sens juste... bizarre.
— Comment ça se fait ?
Je pris une profonde inspiration et me calai contre le canapé.
— Je ne suis même pas sûr de pouvoir l'expliquer, mais...
Je lui racontai la conversation que j'avais eue avec Keith et mes coéquipiers.
Tandis que je parlais, Anthony hocha la tête, et quand j'eus fini, il dit :

— Je pense que je comprends.

— Ah bon ?

— Bien sûr. Tout type de blessure qui menace ta carrière est dévastateur. Je ne peux qu'imaginer ce que tu ressens en réalisant que c'était intentionnel.

— Qu'est-ce que tu avais ressenti, toi ? À propos du type qui t'a frappé avec le palet ?

— Eh bien, je savais que c'était accidentel. En fait, Andersen – le type qui m'a frappé – est venu à l'hôpital *tous les jours*. Il ne faisait même pas partie de mon équipe, mais il a été l'une des premières personnes que j'ai vues quand les médicaments ont commencé à se dissiper. Il était en larmes, à me dire à quel point il était désolé, qu'il avait pensé que j'allais à gauche plutôt qu'à droite. On en est finalement arrivés au point où on plaisantait sur le fait qu'il n'y avait aucun moyen qu'il ait pu le faire exprès parce que c'était un tir que Wyatt Adams lui-même n'aurait pas pu réussir.

L'expression d'Anthony était aussi douce que sa voix.

— Je n'ai donc jamais douté une seconde que c'était accidentel. Ça n'a pas changé la blessure, mais bon sang, c'était rassurant de savoir que c'était vraiment juste un accident bizarre. S'il s'était avéré qu'il l'avait fait délibérément ?

Il siffla.

— Je pense que ça m'aurait mis sur le cul. Donc, je ne te blâme pas du tout de te sentir comme ça.

Je relâchai une longue respiration.

— Sauf que je savais dès le départ que c'était délibéré.

— Mais aujourd'hui, tu en as eu la confirmation. Il est tout à fait logique que tu te sentes déséquilibré après ça.

— Eh bien, je suis content que ça ait du sens pour quelqu'un, déclarai-je en me grattant la nuque, qui avait commencé à se raidir. J'aurais aimé que quelqu'un m'avertisse qu'une chose comme ça me mettrait autant la tête à l'envers.

Anthony grimaça.

— Oui, les blessures sont une sorte de cadeau qui se perpétue.

— C'est vrai. Je suppose que je devrais me rappeler que ça aurait pu être bien pire.

— Je ne crois pas que tu l'aies oublié. En fait, je pense que tu le sais, et c'est exactement pour ça que ça te fait tant de mal de réaliser que ce n'était pas un accident.

Je clignai des yeux.

Il poursuivit :

— En quelque sorte, ils ont enfoncé le bouton « pause » sur toute ta vie, et tu as dû passer des semaines dans la douleur, à récupérer, à te demander si tu serais toujours capable de patiner. Qu'un tiers non investi confirme que tout ça était délibéré ?

Il haussa les épaules.

— Bon sang, je serais un peu inquiet si ça ne te foutait *pas* la tête à l'envers.

En respirant, je me détendis.

— D'accord. D'accord, alors peut-être que je suis plus sensé que je ne le pensais, lâchai-je dans un rire sec. La moitié du temps ces jours-ci, je ne peux pas dire si c'est mon cerveau ou la commotion qui parle.

— Donne-toi juste du temps, d'accord ? Ce n'est pas seulement ton corps qui doit s'en remettre.

— Bon Dieu, c'est vrai, hein ?

Je marquai une pause, puis souris.

— Au moins, mon corps s'est rétabli.

Cela fit sourire Anthony.

— Ah oui ?

— Je rejoue au hockey, pas vrai ?

— Hum-hum. Alors quand je te verrai la semaine prochaine... ?

Je me léchai les lèvres, mon humeur s'allégeant rien qu'en pensant à notre nuit tant attendue ensemble.

— Oh, ça va y aller.

— Ah oui ?

— Y'a plutôt intérêt.

Le regard qu'il me lança manqua me faire jouir dans mon pantalon, tout comme son petit ronronnement quand il souffla :

— J'ai hâte.

Moi aussi, j'avais hâte.

Chapitre 27
Anthony

Les médias s'intéressaient encore plus aux *Stingers* qu'à toute autre équipe, et comme je l'avais fait pendant des semaines, je passais la moitié de mes conférences de presse d'après-match à me voir poser des questions sur l'enquête plutôt que sur la performance de ma propre équipe. En fait, c'était pire maintenant parce qu'il n'y avait plus de restriction de parole. Le verdict et les sanctions étaient publics, avec de nouvelles annonces sur des joueurs individuels soumis à des amendes et des suspensions actives jusqu'à la saison prochaine.

L'enfoiré qui avait passé Ruiz à tabac avait été accusé de voies de fait et de coups et blessures. Tout comme les deux qui avaient blessé Brad, et au moins deux autres que je connaissais. Nous attendions toujours des appels pour savoir si et quand quelqu'un devrait témoigner, mais d'après ce qu'on entendait dire, il y avait des accords sur la table, et il semblait peu probable que cela aille jusqu'au procès. Je pourrais vivre avec cela – le simple fait de perdre leur carrière au hockey serait un coup dur pour tous ces connards, d'autant plus qu'ils ne pourraient plus jamais travailler avec une organisation affiliée à la PHL. Plus jamais. C'était un sort pire que la prison pour un joueur de hockey.

Cependant, tous les *Stingers* n'avaient pas été impliqués dans cette débâcle. Plus tôt aujourd'hui, il avait été annoncé qu'un repêchage spécial aurait lieu bientôt pour les joueurs qui avaient été blanchis et qui voulaient continuer à jouer, alors bien sûr, c'était le sujet dans tous les esprits.

— Coach Caruso, allez-vous prendre l'un des anciens *Stingers* ?

— Vous sentez-vous obligé de recruter des *Stingers* innocents après votre rôle dans la suspension de leur équipe ?

— Est-il vrai que vous envisagez de recruter le gardien d'*Anaheim* comme gardien de but suppléant ?

À maintes reprises, je répétai ma réponse passe-partout habituelle :

— Je suis toujours à la recherche de joueurs talentueux.

Ça les frustrait plus que ça ne les pacifiait, mais c'était une réponse, alors ils devraient vivre avec. Et surtout ce soir, ce serait tout ce qu'ils obtiendraient, parce que si je n'allais pas à l'hôtel où Brad m'attendait, j'allais péter un foutu câble.

— Coach Caruso, êtes-vous préoccupé par une enquête similaire sur votre propre équipe ?

La question me coupa brièvement dans mon élan, et je me tournai vers la journaliste. Je la reconnus des matchs précédents, et son microphone portait le logo du National Sports Network. Il se trouvait qu'elle faisait partie de l'une des chaînes qui avaient critiqué l'enquête dès le début. Elle et ses collègues pensaient qu'il s'agissait d'un jeu politique. Une tentative d'entraver une équipe montante avant qu'elle ne puisse commencer à nous faire sortir de nos confortables places à l'avant du peloton.

Faisant appel à chaque once de professionnalisme que je possédais, je répondis :

— Je suis certain que toute enquête sur les *Krakens* de New York constatera que mes joueurs restent bien dans les limites de la rugosité acceptable.

Elle plissa les yeux.

— Ne pensez-vous pas que l'entraîneur Brady dirait la même chose de ses propres joueurs ?

— Il pourrait le dire, mais je n'arrive pas à imaginer que quiconque ayant prêté attention aux matchs le croirait.

D'accord, cela allait probablement me causer un appel téléphonique exaspéré de la part de Wendy des RP, mais je m'en fichais complètement.

La 1 journaliste persista :

— Croyez-vous vraiment qu'un autre entraîneur ferait...

— Je pense que le problème a été résolu, ajoutai-je poliment. (Enfin, en quelque sorte.) Je n'ai pas d'autres commentaires à faire là-dessus.

Elle et plusieurs autres journalistes continuèrent à essayer de poser des questions sur l'enquête, mais les autres comprirent le message et se concentrèrent sur le match de ce soir. Ceux qui voulaient parler d'Anaheim n'étaient clairement pas ravis, mais je ne cédai pas.

Finalement, ils posèrent tous les questions auxquelles j'étais enclin à répondre, et je me détachai d'eux pour aller voir mon équipe. Ils avaient fait un boulot incroyable sur la glace ce soir. Pas de blessures, bien que nous pécherions par excès de prudence en libérant Agnew demain pour reposer cet ischio-jambier qui aurait pu être légèrement élongé. Il y avait eu des erreurs, mais il y en avait à chaque match, et rien ce soir n'avait été catastrophique. Dans l'ensemble, du beau jeu. J'étais fier de mes gars, et ils avaient bien gagné cette première place dans notre division.

— Continuez comme ça, les encourageai-je, et on va verrouiller les éliminatoires en un rien de temps.

Les séries éliminatoires étaient encore loin, mais les *Krakens* avaient suffisamment assuré pour que, s'ils continuaient à jouer comme ça, personne dans la division n'ait le loisir de penser nous mettre hors-course. Juste comme j'aimais.

À l'hôtel, j'entrai dans ma chambre, pris une douche rapide et changeai de vêtements. Ensuite, je me baladai dans le hall en regardant autour de moi avec désinvolture au cas où l'un de mes joueurs serait là. Aucun n'était là, alors je sortis par l'avant.

Je m'arrêtai dehors et envoyai un texto à Brad : *Je me dirige vers toi. Serai là sous peu.*

Chambre 829. À tout de suite.

J'empochai mon téléphone et me mis en marche. L'hôtel qu'il avait choisi était à environ trois pâtés de maisons de là où l'équipe séjournait, donc il ne me faudrait que quelques minutes pour y arriv...

— Coach Caruso ! cria une voix qui me fit stopper net, et je me retournai pour voir la journaliste du National Sports Network en train de trotter vers moi.

— Puis-je vous poser quelques questions sur...

— J'ai déjà répondu à toutes vos questions au palais des sports. *Maintenant, laissez-moi sortir d'ici pour que je puisse voir mon petit ami pour la première fois depuis des mois.* Il faut que j'y...

— Cela ne prendra que quelques minutes, me pressa-t-elle en tendant vers moi un téléphone qui était sans aucun doute en train d'enregistrer.

— Je travaille sur une histoire, et je voudrais...

— Parlez au bureau des relations publiques des *Krakens*.

Je me retournai et repris ma marche, ajoutant par-dessus mon épaule :

— J'ai dit tout ce que j'avais à dire là-dessus.

Elle m'appela encore, et juste avant d'être hors de portée d'oreille, je crus l'entendre me traiter de connard. Je ne l'en blâmais pas. Elle subissait probablement beaucoup de pression de la part de sa chaîne, et ce n'était pas une coïncidence si, dans diverses entreprises, c'étaient les femmes qui décrochaient toujours les histoires pour lesquelles personne ne voulait être interviewé. Valentine pensait plutôt charitablement que c'était un moyen de leur donner l'occasion de prouver qu'elles pouvaient être aussi agressives et bien informées que leurs homologues masculins. Wendy avait suggéré plus d'une fois que c'était probablement un moyen de les encourager subtilement à – elle y ajoutait toujours des guillemets – chercher un autre métier.

Alors je me sentais coupable d'avoir mis un vent à cette journaliste. Vraiment. Mais j'avais dû faire preuve de fermeté avec *tout le monde* au sujet du scandale Anaheim. J'en avais fini avec ça. J'étais épuisé. Et prêt à aller de l'avant et à me concentrer sur le hockey.

Et ce soir, pour la première fois depuis trop longtemps, j'étais prêt à me concentrer sur un hockeyeur en particulier.

J'accélérai un peu, mais la rencontre avec la journaliste me laissa une sensation de visibilité. Comme s'il y avait peut-être un, deux ou une douzaine d'autres journalistes qui attendaient de me bondir dessus pour me passer au grill à propos d'Anaheim. Pire, m'éloigner de Brad. Pire encore, se montrer suspicieux à propos du lieu où je pouvais bien me rendre si rapidement.

Cette pensée me fit frissonner et le sentiment d'être bien trop visible s'aggrava. Ç'aurait été beaucoup plus facile si j'avais marché dans une rue déserte, mais non, il y avait encore de la circulation ce soir. J'essayai de garder mon visage un peu caché. L'air froid me donna une excuse pour zipper ma veste et nicher mon nez dans le col, et – comme on était l'Oregon en hiver – il y avait une légère bruine qui me fit regretter de ne pas avoir mis une casquette de base-ball. D'un autre côté, avec mon visage dans mon col et ombragé par la visière d'une casquette, j'aurais probablement eu l'impression de porter des lunettes et une fausse moustache à la Groucho Marx, ou quelque chose d'autre qui aurait rendu ridiculement évident que j'essayais de me déguiser.

Non, ce que je devais faire, c'était juste agir de manière décontractée et filer dans cette chambre retrouver Brad. Non pas pour éviter d'être vu, mais pour être avec lui. Sauf que j'éviterais aussi d'être vu. Je devenais franchement paranoïaque.

À un pâté de maisons de l'hôtel, une voiture ralentit un peu à côté de moi. Je continuai à regarder droit devant moi, mais j'aurais vraiment aimé porter un couvre-chef. J'aurais pu incliner la tête juste assez pour laisser la visière de ma casquette projeter davantage d'ombre sur mes yeux et...

La voiture accéléra brusquement et, au bout de la rue, tourna à droite.

Oui. Paranoïaque. Stupidement paranoïaque.

Je marchai un peu plus vite. Non seulement j'avais besoin de voir Brad le plus rapidement possible, mais j'avais besoin d'entrer à l'intérieur avant que cette anxiété ne me fasse paniquer complètement. Personne n'avait de raison de me suivre. On n'attendait à peine de moi que je dorme au même hôtel que l'équipe. Personne en dehors du monde du hockey n'avait de raison de me reconnaître, et même les gens qui me reconnaîtraient n'avaient aucune putain de raison de se demander où j'allais, ce que je faisais, ou avec qui.

Et bon Dieu, j'avais besoin d'y arriver parce que chaque seconde que je passais ici, à me demander si quelqu'un me regardait ou faisait attention à moi, c'était une seconde en moins passée avec Brad. Après avoir passé tout ce temps séparés, j'avais besoin d'être avec lui maintenant et aussi longtemps que je pouvais l'avoir.

Le feu de circulation changea à la dernière intersection avant l'hôtel, évidemment, et j'attendis au passage piéton, les mains dans les poches et le cœur battant. Je laissai mon regard s'égarer jusqu'en haut de l'immense bâtiment de l'hôtel. N'importe laquelle de ces fenêtres aurait pu être la chambre dans laquelle Brad se trouvait. La chambre dans laquelle j'étais sur le point de me rendre. C'était le plus proche que nous étions l'un de l'autre depuis des lustres, et c'était déjà exaltant, d'autant plus que je serais beaucoup plus proche de lui dans quelques minutes. Dès que le feu changerait de nouveau, que je traverserais la rue et que j'entrerais dans le...

Une voiture klaxonna, me surprenant, et je me retournai pour voir un conducteur s'énerver contre une autre voiture qui avait ralenti en passant près de l'intersection. La voiture la plus lente se traîna jusqu'au passage piéton que j'attendais de traverser, puis décampa.

Est-ce que... Est-ce que c'était la même voiture qui avait ralenti à côté de moi quelques pâtés de maisons plus tôt ?

Ça n'aurait pas pu l'être. Je n'avais pas vraiment bien regardé l'autre parce que j'avais essayé de garder mon regard focalisé vers l'avant, mais du coin de l'œil, j'avais remarqué que c'était une berline sombre. Cette voiture aussi. Sauf que c'étaient des voitures courantes, et je n'avais pas regardé assez attentivement pour reconnaître la marque ou le modèle. Pourquoi l'une ou l'autre voiture avait-elle ralenti ? Je ne pouvais pas le dire avec certitude, mais c'était une zone où se trouvaient beaucoup d'hôtels. Des gens venus d'ailleurs qui s'étaient perdus ? Probablement.

Ou pas. Ce pourrait être...

Je me secouai. Cette paranoïa pouvait aller se faire voir.

Personne n'avait de raison de penser que j'allais quelque part où je n'aurais pas dû me trouver.

Le feu de circulation changea, et je parvins à traverser la rue et à entrer dans le hall sans me lancer dans un sprint. Devant l'ascenseur, j'appuyai sur le bouton et fis même bien attention à ne pas passer d'un pied sur l'autre ni à taper du pied pendant que l'ascenseur descendait *lentement*.

Quand il arriva finalement, j'entrai, appuyai sur le bouton du huitième étage et pris de lentes et profondes inspirations tandis que mon rythme cardiaque accélérait à chaque étage. Au moment où j'atteignis la chambre 829, mon cœur battait si fort que je ne m'entendis même pas frapper à la porte.

Apparemment, Brad m'entendit, lui, parce que la porte s'ouvrit. Je me glissai à l'intérieur avant que quiconque ne puisse nous apercevoir tous les deux, fermai la porte derrière moi, tournai le verrou et...

Mon Dieu. Il était là.

Ne portant rien d'autre qu'un jean taille basse et une expression de pure luxure... il était là.

Nos regards s'accrochèrent. Ses lèvres s'ouvrirent. Les miennes aussi.

Il était là. J'étais là. Nous respirions à nouveau le même air pour la première fois *depuis des mois*, et je pouvais m'imaginer l'attraper et le traîner sur ce lit, mais... Mais il était là. Pendant un moment, je pus à peine respirer cet air que nous partagions enfin, et je ne pouvais pas bouger car j'étais trop submergé par mes émotions. Il m'avait tellement manqué qu'à un certain niveau, je m'étais convaincu que nous ne nous reverrions jamais.

Mais nous étions là, tous les deux.

Et pourquoi diable nous ne nous touchions pas ?

Brad se rappela comment bouger avant moi. Il s'approcha, prit mon visage entre ses mains et remit tout mon monde en mouvement dans un baiser attendu depuis longtemps et délicieusement doux. Je refermai mes mains sur sa taille étroite et le rapprochai tandis que j'approfondissais le baiser, et son gémissement rauque me fit trembler les genoux.

Il était de nouveau sur pied. En bonne santé. Guéri. Il avait repris le hockey comme il était né pour le faire, et il m'embrassait et me touchait de nouveau, comme il l'avait fait tous les soirs que nous avions passés au lac Sutton. J'avais l'impression qu'il s'était passé des lustres depuis la dernière fois que nous nous étions enlacés comme ça, et en même temps, c'était comme si les derniers mois... ne s'étaient jamais produits. Chaque centimètre de peau sur lequel glissaient mes mains était nouveau et familier à la fois. Pareil pour son baiser. Même chose pour les sons qu'il émettait.

Je commençai à déposer des baisers le long de sa gorge, puis l'entourai simplement de mes bras et enfouis mon visage contre son cou. Brad fit de même, resserrant son étreinte et frottant son nez dans mes cheveux. Les mois que nous avions passés séparément semblèrent soudainement avoir été des années, et je n'arrivais pas à croire que nous étions là maintenant. J'avais besoin de... Je devais...

Donne-moi juste une minute pour m'assurer que c'est bien réel.

— Tu m'as tellement manqué, murmura-t-il d'une voix un peu chancelante.

— Toi aussi.

Je remontai mes paumes dans son dos et pressai un baiser sur son épaule.

— Mon Dieu, Brad...

— Je pensais qu'on allait se sauter dessus dès que tu franchirais la porte, mais...

Il embrassa ma tempe.

— J'ai juste...

— Je sais.

Je levai la tête pour rencontrer son regard, et le souffle me manqua. La caméra de son téléphone et l'écran du mien étaient en haute résolution, mais rien au monde n'était comparable à une rencontre en chair et en os. Aucune technologie ne pouvait reproduire la beauté de ses magnifiques yeux noisette, ou la façon dont mon pouls se déchaînait lorsque ses yeux étaient fixés sur moi à quelques centimètres de distance.

Sans un autre mot, il m'embrassa à nouveau, et le monde s'arrêta. Nous allions absolument nous sauter dessus, et bientôt, mais même l'érection tirant sur le devant de mon jean pouvait attendre pendant que nous nous abandonnions à un long moment de plaisir, heureux d'être simplement ensemble. Le sexe était génial et les orgasmes aussi, mais ma main avait aidé un peu à me débarrasser de cette urgence-là. Mais ça ? Être ainsi avec sa chaleur corporelle qui rayonnait à travers ma chemise tandis que nous nous embrassions paresseusement ? Il n'y avait pas de substitut à cela.

Il était essoufflé quand il se détacha cette fois-ci.

— Sinon, à propos de tout ce truc de se sauter dessus...

Je souris et l'embrassai encore, avalant son gémissement alors que je commençais à défaire son pantalon. Il tira sur ma chemise, et entre deux baisers, en trébuchant sur nos pieds et nous démêlant maladroitement de nos vêtements, nous parvînmes au lit.

— Alors, qui est au-dessus, ce soir ? lui demandai-je comme nous nous affalions nus sur le matelas ensemble.

— Toi.

Il fit traîner ses ongles dans mon dos.

— Enfin, j'adore être au-dessus, mais *jamais* je ne refuserais à être passif pour toi.

Je frissonnai et me léchai les lèvres, me délitant presque à l'idée de m'enfoncer en lui. Même si je voulais m'amuser et faire traîner les préliminaires jusqu'à ce que le soleil se lève, l'idée de baiser le magnifique cul de cet homme m'excitait tellement que je n'arrivais pas à penser. Oubliée, la patience. Je ne l'avais pas fait depuis trop longtemps.

— Laisse-moi attraper le lubrifiant.

Brad se mordit la lèvre.

— Tu veux y aller direct, hein ?

— Tu veux attendre ?

— Euh-euh.

Il m'embrassa à nouveau.

— Je suis surpris qu'on soit arrivés jusqu'au lit. Le lubrifiant est sur la table de nuit.

Je m'assis sur mes talons et attrapai le flacon.

— Reste comme ça. Sur le dos.

Brad me sourit, ses cuisses puissantes écartées et une main caressant lentement son sexe complètement dressé.

— Pas besoin de me le dire deux fois.

— Je m'en doutais bien.

— Et tu n'as même pas besoin de faire beaucoup de préparation, dit-il en se léchant les lèvres. J'ai été un peu impatient en t'attendant.

— Oh oui ?

J'arquai un sourcil en commençant à m'enduire la queue.

— Tu ne t'es pas fait jouir sans moi, j'espère ?

— Non. Je me suis juste assuré d'être prêt pour toi.

Je me positionnai entre ses jambes et fis glisser ma paume sur ses testicules jusque sur son trou.

— Alors je ne suis pas le seul à avoir eu ça en tête.

— Tu plaisantes ? Je savais que j'allais te voir et... oh, putain...

Il ferma les yeux et haleta quand je lui enfonçai deux doigts lubrifiés. Il ne plaisantait pas – il s'était vraiment préparé et s'était assuré d'être prêt pour moi. Un homme intelligent. Et j'étais encore plus excité maintenant que je savais à quel point il voulait être baisé.

Je glissai mes doigts à l'extérieur et me guidai en lui, et Brad murmura « Oh oui, mon Dieu, oui » avant même que je ne commence à me mettre à l'aise. Il me prit sans beaucoup de résistance, et nous lâchâmes tous deux un gémissement quand je pris de la vitesse. Je ne donnai pas de grands coups – je jouirais beaucoup trop vite si je le faisais – mais le simple fait de trouver ce rythme doux et facile me fit tourner la tête et mes orteils se recroquevillèrent.

— Anthony... murmura-t-il en touchant mon épaule. Viens... Descends...

La faim dans ses yeux manqua faire lâcher mes bras, et je le laissai me tirer vers le bas jusqu'à ce que nos lèvres se rencontrent. Cette position limitait mon amplitude de mouvements, mais je m'en fichais. J'étais avec l'homme qui m'avait manqué pendant tout ce temps, et il m'embrassait comme il le faisait toujours quand il était tellement excité qu'il en tremblait. Ses doigts s'enfoncèrent dans mon dos et mon épaule, et j'adorai ça. J'adorais son contact qui me laissait des bleus, son baiser enthousiaste et la façon dont ses hanches ondoyaient en rythme avec les miennes.

Je recommençai à embrasser son cou parce que je savais qu'il aimait ça, et il répondit dans un gémissement bas qui vibra contre mes lèvres.

— Mon Dieu, ça m'avait manqué, ronronna-t-il.
— À moi aussi.

Et putain, c'était vrai. J'avais toujours aimé l'effet que faisait le sexe après une longue période d'abstinence. Avec Brad, après seulement quelques mois séparés, c'était au-delà de ce sentiment. Pas loin de ce qu'il avait dû ressentir en revenant sur la glace pour la première fois après sa blessure, ou la tempête d'émotions que j'avais eue quand il m'avait ouvert la porte à Vancouver lorsque j'étais allé le voir – le soulagement, le désir, et tant de sentiments que je ne pouvais même pas les nommer. Comme si tout allait à nouveau bien, et que je ne pouvais vraiment pas comprendre comment j'étais resté si longtemps sans le toucher. C'était une ruée de toutes les choses familières qui avaient rendu sa présence si addictive, et un flot de sentiments totalement nouveaux que je n'avais jamais éprouvé de ma vie. Seulement avec lui. Dans une certaine mesure, seulement ce soir. Du moins, ces sentiments n'avaient jamais été aussi intenses que ce soir.

Je me redressai et plongeai dans ses yeux aux paupières lourdes. Son visage était l'image même du nirvana – lèvres enflées, pupilles dilatées, peau rougie – mais ce n'était pas la partie qui me donnait la chair de poule.

Tu es là. Je n'arrivais toujours pas à m'en remettre. Mon corps était entre ses cuisses, mon sexe allait et venait en lui, ses mains glissaient sur toute ma peau – nous n'aurions pas pu être plus proches que nous l'étions, et je ne pouvais toujours pas croire que Brad *était ici avec moi.*

Ça me donna envie de le baiser jusqu'à l'épuisement, d'enfoncer mon visage contre son cou pour m'enivrer de son odeur familière, et de pleurer car il m'avait tellement manqué.

Brad tendit une main tremblante et traîna le bout de ses

doigts glissants de sueur sur ma joue. Je descendis pour l'embrasser à nouveau, et il gémit contre mes lèvres en m'entourant de ses bras. Je pouvais à peine bouger maintenant – pas sans écraser son érection et ses bourses entre nous – mais on s'en foutait. Il n'y avait nulle part dans le monde où j'aurais voulu être davantage qu'ici. Pas dans cet hôtel médiocre de l'Oregon, non, simplement avec lui. Aussi près de lui que je le pouvais. Nous aurions pu être dans son chalet, dans un motel bon marché au milieu de nulle part, dans mon appartement new-yorkais. Le lieu n'avait pas d'importance.

Toi. Rien que toi. Je taquinai sa langue de la mienne, et il gémit alors que j'ondulais doucement des hanches pour continuer à le chevaucher lentement. *Je me fiche de savoir où je suis tant que tu es là aussi.*

Les yeux fermés, je le serrai plus fort et gémis dans son baiser en essayant de me pousser plus profondément en lui.

Il rompit le baiser avec un halètement.

— Oh, putain...

— Comme ça ?

Il se mordit la lèvre et hocha la tête, se cambrant sous moi.

— Ça m'a *tellement* manqué.

Me penchant pour caresser ses lèvres des miennes, je murmurai :

— *Tu* m'as manqué.

Brad gémit et nous nous perdîmes dans un autre long baiser. Bon Dieu, oui, il m'avait manqué. Je savais que c'était inévitable, mais je ne voulais plus jamais être loin de lui, et au moins pour l'instant, je ne voulais pas y penser. Car ce soir, je l'avais. J'étais au-dessus de lui, je l'enlaçais, je lui faisais l'amour, et tout dans le monde était à sa place.

Un frisson me fit perdre mon rythme. Je rompis le baiser

et laissai ma tête tomber à côté de la sienne, et ma voix se fit rauque alors que je murmurais « Seigneur, Brad... » contre son cou.

— J'vais jouir, murmura-t-il. Putain...

Je me redressai, agrippai ses hanches et m'enfonçai en lui donnant tout ce que j'avais. Il cria, le dos arqué, ses abdominaux se contractant parfaitement pour faire ressortir ses tablettes de chocolat, puis il se caressa furieusement, me donnant la vue la plus délicieusement sexy alors qu'il me suppliait de ne pas m'arrêter, de ne pas m'arrêter, *s'il te plaît ne t'arrête pas*.

Alors que son sperme jaillissait de sa queue sur ses abdos, ses hanches ruèrent, et je fermai les yeux avec force, ne prenant même pas la peine d'essayer de retenir mon orgasme car je ne le pouvais pas. Pas après tout ce temps. Je m'accrochai à ses hanches et chevauchai nos deux orgasmes jusqu'à ce que nous nous effondrions ensemble, tremblants et haletants. Nous eûmes tous deux un frisson quand je me retirai, et je m'effondrai sur le lit à côté de lui.

— Oh mon Dieu, murmurai-je. J'en avais besoin.

— Hmm-hmm. Pareil.

Il se regarda, puis désigna la salle de bain d'un geste maladroit.

— Tu sais, je devrais vraiment te montrer la douche. Elle est top.

— Alors tu veux prendre une douche ? demandai-je dans un rire.

— Eh bien, je veux dire... tant qu'on y est...

Riant toujours, je roulai sur le flanc et lui volai un léger baiser.

— D'accord. Montre-moi la douche.

Il avait raison ; l'hôtel avait une belle douche. Elle était assez spacieuse pour nous deux, et l'eau atteignait la température que j'aimais. Une bonne pression, aussi. Ce n'était pas une grande nouveauté, étant donné les beaux endroits où nos équipes nous logeaient habituellement, mais je n'avais rien à redire.

Nous étions tous les deux chancelants, donc nous ne restâmes pas longtemps sous la douche. Une fois tout le sperme et la sueur rincés, nous nous séchâmes et retournâmes nous pelotonner au milieu du lit, et... oui. C'était parfait. Nous étions à nouveau comme nous avions été quand j'avais franchi la porte pour la première fois, à part que nous étions nus dans le lit – nous serrant l'un contre l'autre, nous embrassant et savourant simplement le bonheur d'être ensemble après si longtemps.

Il me vint à l'esprit que ce n'était en rien comparable au moment où j'étais arrivé à son chalet. Nous avions simplement été deux mecs impatients de passer dix jours de sexe torride. Rien de plus. Et ce soir était à des années-lumière de cette dernière nuit au lac Sutton, après que dix jours de sexe s'étaient mués en un été entier où nous avions eu beaucoup plus que ce que nous avions négocié. Je m'étais tellement plus investi avec lui que je ne l'avais prévu, mais même cette nuit-là, quand ça m'avait fait atrocement mal de penser à mon départ, je n'avais pas imaginé que nous pourrions nous retrouver comme ça.

Était-ce parce qu'on avait passé tout un été ensemble ? Parce qu'il avait été blessé et que j'avais été si inquiet pour lui ? À cause de toutes les semaines où il m'avait manqué ?

Oui, c'était tout ça.

Mais c'était tellement plus que cela aussi. Et je pense que je le savais depuis un moment, mais maintenant que j'étais ici avec lui, il n'y avait plus moyen de l'ignorer.

Je l'embrassai doucement et laissai passer un moment. Puis je plongeai dans ses beaux yeux.

— Je pense que tu avais raison, quand tu as dit ça à Vancouver. Que c'est...

Mon cœur s'emballa d'une anxiété soudaine, mais je poursuivis :

— Qu'on n'est pas ensemble juste pour passer du bon temps.

Brad déglutit.

— Vraiment ?

— Ouais. Pour moi, ça fait déjà longtemps. Mais les deux derniers mois...

Je m'arrêtai pour tenter de trouver les mots pour tout expliquer. Ils ne voulaient pas sortir, alors au lieu de cela, j'effleurai ses lèvres des miennes et lâchai la bride aux seuls mots qui comptaient :

— Je ne sais pas quand c'est arrivé. Je sais juste que je t'aime.

Ils étaient venus tellement plus facilement que je ne l'aurais pensé. Comme si je les avais eus sur le bout de ma langue tout ce temps, et que je les avais retenus parce qu'ils ne faisaient que compliquer les choses, mais que maintenant, au diable les complications – ils étaient sortis et je ne les retirerais pas.

Le souffle de Brad se coupa et il me dévisagea avec un choc palpable. Je crus une seconde qu'il allait se dérober, mais au lieu de cela, il sourit en s'approchant.

— Je t'aime aussi.

Mon cœur n'aurait pas pu battre plus vite ou plus fort, mais il essaya sacrément. Je fis courir le dos de mes doigts le long de sa joue.

— Je n'ai toujours aucune idée de la façon dont nous allons nous y prendre pour que ça fonctionne. Je sais juste que c'est ce que je veux.

Il hocha la tête, couvrant ma main de la sienne.

— Moi aussi.

Il pressa un baiser au milieu de ma paume.

— Peut-être qu'on pourra se pencher là-dessus cet été.

— Bonne idée.

Je m'approchai pour un autre doux baiser.

— Tu n'imagines pas à quel point j'attends ça avec impatience. Passer toute l'intersaison ensemble. Plus besoin de se cacher.

— Je sais, hein ?

Il leva le menton et laissa ses lèvres frôler les miennes.

— Et on pourra monter aux sources chaudes. Voir si les ours viennent nous rejoindre.

— Euh. Non. Certainement pas.

— Quoi ? s'esclaffa-t-il. Tu as adoré les sources.

— Jusqu'à ce que tu me dises qu'un ours était passé par là.

— Mais il ne nous a pas dérangés !

— Pas cette fois-là, non.

Il gloussa et passa ses doigts dans mes cheveux.

— D'accord, très bien. On restera au chalet. Et peut-être que cette fois, quand l'un d'eux passera dans mon jardin, tu me croiras.

Je levai les yeux au ciel.

— Tais-toi.

Puis je l'embrassai pour m'assurer de son silence. Il obtempéra, bien qu'il continuât à sourire pendant un battement de cœur ou deux avant que ses lèvres ne fondent au contact des miennes. Sa main se recourba derrière ma nuque, puis glissa dans mes cheveux, et j'enroulai mon bras autour de lui alors que nous laissions ce baiser parfait continuer encore et encore.

Il poussa ses hanches plus près de moi, et prit une inspiration vive par le nez quand sa queue qui durcissait appuya contre ma cuisse. Je glissai une main sur son cul et pétris les muscles fermes pendant que j'ondoyais des hanches contre lui, lui faisant sentir que je durcissais aussi.

Je recommençai à embrasser sa gorge, me délectant de la façon dont il se tortillait et jurait alors que mes lèvres glissaient sur sa peau chaude.

— On va devoir prendre une autre douche, déclara-t-il en serrant ses doigts dans mes cheveux.

— C'est censé être un avantage ou un problème ? le questionnai-je en souriant. Ou juste une autre excuse pour « me montrer » la douche géniale de ta chambre ?

Brad rit, inclinant la tête pour me donner un meilleur accès à sa gorge.

— Juste... Juste pour prévenir.

— Hum-hum. Dûment noté.

Chapitre 28
Brad

Même si j'aurais voulu rester au lit toute la nuit et toute la journée avec Anthony, d'autant plus qu'on ne savait pas quand je le reverrais, je devais partir avant l'aube pour arriver à Seattle à temps pour l'entraînement du matin.

Alors, vers deux heures du matin, je me levai et m'habillai à contrecœur. Après avoir mis mes chaussures, je me tournai vers Anthony et... Bon sang, est-ce que j'allais vraiment le laisser ici, allongé et nu dans ce lit froissé ?

Pouah. Oui. Il le fallait. Putain de merde.

Je me penchai et je l'embrassai doucement.

— Je veux te revoir bientôt.

Anthony caressa mes cheveux et me sourit.

— Le plus tôt sera le mieux. Plus question de rester éloignés trois mois.

— Je ne pense pas qu'on avait prévu ça au départ.

Il gloussa.

— Non. Mais avec les éliminatoires qui approchent...

Je geignis.

— Mouais. On trouvera bien un moyen. Dans le pire des cas... hors saison.

Cela fit naître un sourire malicieux sur ses lèvres, et il leva la tête pour un autre baiser.

— C'est certainement quelque chose que j'attends avec impatience.

— Moi aussi, murmurai-je. On se voit bientôt.

— Dès que possible, répondit-il en me caressant la joue. Je t'aime.

— Je t'aime aussi.

C'était tellement naturel de le lui dire.

Nous échangeâmes des sourires et un autre baiser doux, et bon sang, j'étais tenté de me déshabiller pour le rejoindre à nouveau.

Mais non, il fallait que j'y aille. Et il n'allait pas partir trop longtemps après moi – il n'osait pas rentrer à son hôtel quand son équipe et son personnel étaient déjà réveillés et en mouvement. Que cela nous plaise ou non, cette rencontre était terminée. Rien à faire maintenant, à part reprendre la route, me montrer professionnel, et compter les jours jusqu'à ce que je le revoie.

Je me faufilai finalement hors de la chambre, lui laissant les clés pour qu'il les rende en sortant, et avec mon sac à dos sur l'épaule et une casquette de base-ball noire protégeant mon visage, je marchai dans le couloir jusqu'à l'ascenseur. En patientant, je jetai un coup d'œil vers la porte fermée de la chambre où j'avais enfin été avec lui à nouveau. La tentation était forte, mais si je restais plus longtemps, je serais foutu pour le match de demain soir – merde, le match de ce soir – et mon équipe méritait mieux qu'un gardien de but qui piquerait du nez dès le premier tiers temps.

Les portes de l'ascenseur s'ouvrirent. J'y entrai. Quand j'arrivai dans le hall, je commençai à le traverser et jetai un coup d'œil autour de moi en sortant de ma poche les clés de la voiture de location. Il n'y avait pas beaucoup de monde alentour, mais l'endroit n'était pas désert. Le bar était toujours ouvert et quelques clients fatigués s'enregistraient à l'accueil ou étaient assis sur des fauteuils un peu partout dans le hall. Probablement des passagers sur un vol tardif ou très tôt. J'étais déjà passé par là. J'avais fait ça.

Alors que je me dirigeais vers la porte, je perçus le déclic d'un appareil photo.

Il n'y eut pas de flash, et je n'aurais pas su dire si le son venait d'un téléphone ou d'un reflex numérique, mais ça me déclencha un picotement dans la nuque.

Je jetai un coup d'œil autour de moi. Plusieurs personnes avaient des téléphones et personne ne me regardait.

La conscience d'être en faute, sans doute ?

C'était tout. À l'évidence. Je partais d'un endroit où je n'aurais pas dû être avec quelqu'un que je n'aurais pas dû fréquenter, alors bien sûr, c'était de la paranoïa.

Secouant la tête, je continuai mon chemin en m'efforçant d'ignorer les deuxième, troisième et quatrième déclics de l'appareil photo. Probablement juste des gens qui prenaient des selfies ou quelque chose comme ça. D'ailleurs, ce n'était pas comme s'il y avait quelque chose d'incriminant au fait que je me présente ici. Anthony ne partirait pas avant au moins une heure ou deux, juste pour être prudent. Même si quelqu'un m'avait reconnu, j'étais le *seul* à avoir été remarqué. Si un journaliste me le demandait, je pourrais balayer l'affaire en prétextant une rencontre occasionnelle que je n'avais pas l'intention de nommer, froncer un sourcil et demander s'il voulait tous les détails, et cela lui suffirait sans aucun doute pour lâcher l'affaire. Ça avait toujours marché.

Mais personne ne me demanda rien, et je continuai en direction de ma voiture de location.

Grâce à un café très fort et à une boisson énergisante, je rentrai en avance à l'hôtel à Seattle, comme je l'avais espéré. J'avais prévu de dormir quelques heures avant l'entraînement du matin, et j'avais presque trois heures. Parfait.

Je me faufilai dans la chambre que je partageais avec Keith. Il n'était pas là, bien sûr – il avait probablement passé la nuit chez Shawn et Justin – alors je n'avais pas à m'inquiéter de le réveiller. Je me glissai sous la couette, réglai une alarme sur mon téléphone, plantai mon visage dans l'oreiller et rêvai de m'envoyer en l'air avec Anthony.

Quand je dus me réveiller pour de vrai, j'étais épuisé, mais tous ces rêves me donnèrent le sourire. Habituellement, ils me frustraient. Mais quand ils étaient un récapitulatif de tout ce que j'avais fait avec lui pour de vrai, quand je pouvais encore sentir tout ce que nous avions fait ensemble ? Là oui, je pouvais gérer mes fantasmes même si j'étais seul.

Mon téléphone avait un tas de SMS et d'appels manqués, mais bordel de merde, j'étais beaucoup trop fatigué pour gérer les gens. J'avais besoin de prendre une douche, une tasse de café et d'aller traîner mon cul au palais des sports puis d'enfiler mes patins. Et peut-être que je pourrais voler une autre sieste cet après-midi. Ce serait suffisant pour me permettre de surmonter le match de ce soir. J'avais joué avec moins de sommeil que ça dans les pattes, donc je n'étais pas inquiet. J'étais plus ou moins reposé, j'avais été bien baisé, et maintenant j'étais en route pour rejoindre mon équipe. Rien à redire ici.

À la seconde où j'entrai dans le vestiaire, cependant, je sus que quelque chose n'allait pas.

Toutes les conversations s'arrêtèrent net. Des regards glacés me parvinrent de tous les membres de mon équipe, à l'exception de Keith dont les yeux s'écarquillèrent, me communiquant quelque chose que je ne parvins pas à déchiffrer. Donaldson jeta sa visière sur le banc et sortit en trombe par une autre porte. Karlsson marmonna « Fils de pute » avant d'attraper son casque et de se diriger vers la goulotte sur ses patins.

— Spencer, ordonna la voix du coach, basse et froide, derrière moi. Il faut qu'on parle. *Tout de suite.*

Mon cœur se serra. Tous les regards glacés dans la pièce se détachèrent de moi, et la température chuta encore davantage.

Que diable se passe-t-il ?

Quand je me retournai pour faire face au coach, son regard déjà noir se durcit. Personne d'autre que lui ne daigna me regarder, et je sus de par son expression que j'avais environ dix secondes pour le suivre dans le bureau avant qu'il ne se déchaîne sur moi, ici devant l'équipe.

Je jetai un coup d'œil en arrière pour échanger un regard avec Keith juste avant de franchir la porte. Il déglutit, l'inquiétude se lisant clairement sur son visage.

Oh merde.

Je suivis le coach dans le bureau.

Je suis tellement *foutu.*

Chapitre 29
Anthony

J'étais à peine sorti du lit le lendemain matin, mon corps courbatu de la plus délicieuse des manières, quand une sonnerie stridente et familière m'arracha un sursaut.

Une partie de moi voulait rejeter l'appel – j'étais de trop bonne humeur pour faire face aux problèmes rencontrés par l'un de mes joueurs – mais Wendy des RP n'était pas quelqu'un que je pouvais ignorer. Peu importait la nuit que j'avais passée hier soir, il était temps de repasser en mode professionnel.

Masquant l'ennui dans ma voix, je décrochai le téléphone.

— Oui, Wendy ?

— Oh, Dieu merci, lança la directrice des relations publiques d'une voix qui semblait troublée. Écoutez, nous avons un problème.

Je fermai les yeux et me pinçai l'arête du nez. Bien sûr que nous avions un problème. La seule question était de savoir qui avait fait quoi et jusqu'où s'étendait le merdier qu'ils avaient créé.

Baissant ma main, je demandai :

— Oui ? Que se passe-t-il ?

— Euh. Eh bien.

Elle s'éclaircit la gorge.

— Une histoire est sortie ce matin avec des photos, et elles semblent être authentiques.

— Ouais ? De qui ?

Elle resta silencieuse pendant un instant.

— Ce sont des photos de *vous*, coach.

Mon sang se glaça.

— Pardon ?

— C'est une série d'images de vous quittant un hôtel en bas de la rue où votre équipe séjourne. Et elles ont été prises moins d'une heure après que Brad Spencer des *Narwhals* de Vancouver a quitté ce même hôtel.

Je déglutis.

— Et alors ?

— C'est du sérieux, Coach Caruso.

Sa voix se fit plus dure que jamais.

— Personne à notre *front office* n'est capable d'expliquer pourquoi notre entraîneur en chef était dans un autre hôtel que son équipe, et on ne peut surtout pas expliquer pourquoi vous étiez là en même temps que Brad Spencer alors que son équipe joue à trois cents kilomètres de là. Considérant qu'il a été blessé par les *Stingers*, et que nous avons la confirmation qu'il était présent à Vancouver lors de votre visite impromptue et inexpliquée à *un ami qui ne se sentait pas bien*...

Elle soupira avec force.

— J'ai besoin que vous me disiez ce qui se passe pour que le club puisse trouver un moyen d'aborder ce sujet avec la presse.

Je m'assis sur le lit et me penchai en avant, appuyant un coude sur mon genou et reposant mon front dans ma paume.

— Merde.

— Hum-hum. Alors, c'est *quoi*, l'histoire ?

Je n'avais pas de réponse. Aucune que je puisse lui donner sans la faire valider d'abord par Brad.

Elle s'énerva.

— J'ai besoin que vous me donniez quelque chose, Anthony. Je reçois une multitude d'appels et de mails. Nous *devons* étouffer ça dans l'œuf.

Je me mâchouillai l'intérieur de la joue. Oh, putain. Ce n'était pas bon.

— Coach ?

Je soupirai lourdement et me passai la main sur le visage.

La frustration imprégna son ton alors qu'elle poursuivait :

— J'ai besoin d'une réponse. En ce moment même, des rumeurs circulent selon lesquelles Spencer et vous étiez de connivence au sujet du problème Anaheim.

— De connivence ?

J'en laissai tomber ma main entre mes genoux.

— Comment ce serait imaginable que...

— C'est ce que les gens disent. Peu importe que ce soit sensé ou non. Dites-moi ce que je dois... oh, Ralston vient d'entrer. Je nous fais passer en visioconférence.

Génial. Juste ce dont j'avais besoin ; faire face au directeur général alors même que je cherchais une réponse qui ne me coûterait pas ma carrière. Je n'étais pas si sûr qu'il en existe une. J'étais bel et bien foutu, et je n'avais même pas eu le temps d'avertir Brad avant le début de l'appel vidéo.

Ralston, Valentine et Wendy me regardaient tous derrière le bureau de Wendy.

— Que diable se passe-t-il, Caruso ? demanda Valentine. Et n'essayez pas de me faire avaler des couleuvres. Je vais aller droit au but : êtes-vous ou n'êtes-vous pas impliqué avec un joueur d'une autre équipe ?

Je soupirai, essayant comme un fou d'ignorer mon estomac tombant dans mes talons et mon cœur qui battait la chamade.

— Je suis impliqué avec lui. Mais on ne conspirait pas contre Anaheim. Il... Ce que nous faisons n'a rien à voir avec l'enquête.

Ralston siffla.

— D'accord, *alors* qu'est-ce que vous f...

Les pièces du puzzle semblèrent s'assembler, et il baissa la voix.

— Brad Spencer n'est-il pas aussi ouvertement gay ?

J'hésitai. Je ne voulais pas révéler notre relation, surtout pas sans en avoir parlé avec Brad en premier, mais j'étais dans une impasse. Je pouvais soit dire la vérité maintenant, soit expliquer plus tard pourquoi non seulement je m'étais impliqué avec Brad, mais aussi pourquoi j'avais menti à ce propos.

— Oui, acquiesçai-je en déglutissant. Brad est gay aussi.

La tête de Ralston tomba dans sa main, étouffant presque son « Putain d'merde... »

Il fallut encore quelques secondes à Wendy et Valentine pour faire le lien. Puis elle haleta et en resta bouche bée.

Agitant la main, Ralston reprit la parole.

— Qu'est-ce que c'est que ce bordel ? Vous êtes... Bordel, Caruso ! Depuis combien de temps ça dure ? Et comment diable pouvez-vous entraîner notre équipe alors que vous êtes...

— Ma relation avec lui n'affecte en aucun cas mon coaching, rétorquai-je. Les *Krakens* sont ma priorité. Toujours. Que mon petit ami joue pour une autre équipe n'a eu aucun impact sur la façon dont j'entraîne *notre* équipe.

Tous trois échangèrent des regards. Wendy se frotta les yeux, et elle avait sur le visage l'expression qu'elle avait toujours quand l'un de mes joueurs se foutait dans une panade dont elle devait le sortir. Et ce regard qui était généralement suivi d'un « J'ai besoin de boire un foutu verre ». Si je n'avais pas été secrètement en panique à cet instant, et si mes deux patrons n'avaient pas eu l'air prêts à m'assassiner, j'aurais mentionné que c'était une bonne chose que je lui aie payée cette bouteille de whisky à Noël dernier. J'espérais qu'elle l'avait dans le tiroir de son bureau. Dieu savait qu'elle en aurait probablement besoin, aujourd'hui plus que jamais.

Valentine leva les mains.

— Écoutez, Caruso. Si nous n'étions pas si près des séries éliminatoires, je vous aurais viré sur-le-champ.

— Compris, répondis-je, un peu ébranlé parce qu'il pouvait encore me virer après la fin de la saison.

— Mais, poursuivit-il, vous allez descendre votre cul ici tout de suite, et expliquer ce qui se passe à votre équipe. Et s'ils ne sont pas prêts à jouer pour vous après cela...

Il haussa les épaules.

— Eh bien, je ne vais pas forcer mes joueurs à travailler avec un entraîneur qui baise un joueur adverse.

Je déglutis, sentant ma colonne vertébrale me picoter et mon estomac se retourner. Mon emprise sur ma carrière n'avait pas été aussi ténue quand je m'étais réveillé à l'USI avec le cou immobilisé. J'aurais voulu suggérer de le faire à un autre moment que dans les heures précédant un match, mais si la nouvelle sortait déjà, il était préférable que mes joucurs l'entendent de ma bouche. En supposant qu'ils n'aient pas déjà été mis au jus. Et cc n'était pas comme s'il y avait beaucoup de temps pendant la saison régulière qui *ne se situait pas* juste avant un match.

— D'accord. D'accord, je vais...

Je désignai la porte.

— Je vais aller leur parler maintenant.

— Faites donc ça.

Valentine me pointa du doigt brusquement.

— Et vous feriez mieux d'espérer qu'ils le prennent bien, ou vous pouvez commencer à chercher un autre emploi.

Sur ce, il déconnecta l'appel et mon écran s'assombrit.

J'avais donc encore un travail... Pour l'instant. Cela pourrait changer en un rien de temps, surtout si mon équipe ne prenait pas bien la nouvelle. Et ils avaient probablement déjà entendu les rumeurs, donc plus tôt je mettrais les choses au clair avec eux, meilleures seraient mes chances qu'ils restent de mon côté, en supposant qu'il y ait une chance que ça arrive. Je n'étais pas particulièrement optimiste.

Mais d'abord, je tentai d'appeler Brad, parce que bordel, il fallait qu'on parle. Il ne répondit pas.

Chapitre 30
Brad

Le coach Samuels, Matt St. Clair (le propriétaire de l'équipe), Lars Bergstrom (notre directeur général) et Jeanine (notre directrice des relations publiques) me regardaient tous avec une incrédulité muette. J'avais mal au ventre, mon cœur se déchaînait, et tout ce que je pouvais faire, c'était retenir mon souffle et attendre que... quelqu'un... fasse... quelque chose. *Dise* quelque chose.

Ils m'avaient confronté, et je n'avais pas eu d'autre choix que d'avouer. Mentir à ce sujet m'aurait explosé au visage tôt ou tard, et admettre avoir couché avec Anthony était toujours mieux que de laisser quiconque supposer que nous avions conspiré contre les *Stingers* d'une manière ou d'une autre.

Quand il prit finalement la parole, la voix du coach était incroyablement basse et atone.

— Depuis combien de temps ça dure ?

Je déglutis.

— On s'est rencontrés juste après la Coupe.

— Après la... intervint St. Clair qui cligna des yeux. Vous vous tapez l'entraîneur d'une autre équipe depuis *les matchs de la Coupe* ?

Il ne servait à rien de couper les cheveux en quatre et de le corriger en lui disant que ça n'avait commencé *qu'après*, alors je hochai simplement la tête.

— Qu'est-ce que c'est que cette merde ?

Le coach se mit à faire les cent pas sur le tapis.

— Brad, à quoi tu pensais ?

Ma gorge se serra et je dus déglutir pour faire passer la boule qui s'y était formée. Ce n'était ni le moment ni l'endroit pour expliquer que je m'étais senti seul, qu'avoir quelqu'un dans mon lit m'avait manqué, qu'Anthony et moi nous étions liés d'une manière à laquelle aucun de nous ne s'était attendu, que...

— Spencer, insista-t-il. Allez. Donne-moi une bonne raison pour laquelle je ne devrais pas te mettre sur le banc pour le reste de la foutue saison ou te renvoyer en ligue amateur ? En supposant que je ne mette pas carrément fin à ton contrat ?

Je me renfrognai.

— Outre le fait que personne ne soupçonnait quoi que ce soit jusqu'à cette semaine ?

Il cligna des yeux.

Malgré ma nervosité et cette boule dans ma gorge, je les regardai tous droit dans les yeux.

— Nous sortons ensemble depuis tout ce temps. Ça n'a pas affecté mon jeu. Si les *Krakens* avaient soudainement commencé à nous battre – en l'occurrence, si j'avais commencé à les laisser marquer – alors ç'aurait été un problème, mais ça ne s'est pas produit. Personne ne se doutait de rien jusqu'à ce que quelqu'un soit assez fouineur pour prendre une photo de nous.

— Oui, je comprends, mais tu sais que ce ne sera pas bien perçu.

— Je sais, répondis-je en gigotant nerveusement. Mais ça n'a jamais rien affecté. On ne parle pas de nos équipes. Ce qu'on fait, c'est complètement séparé de...

— Bien sûr, tu peux dire ça, coupa le coach en agitant une main. Mais ça ne signifie pas que tes coéquipiers vont le gober. Et ce sera toujours un énorme scandale d'une manière ou d'une autre — pour l'amour de Dieu, Spencer. À quoi *tu pensais* ?

Je serrai les dents, m'empêchant de déverser le flot d'émotions qui voulait sortir avec les mots « *Je pense qu'Anthony représente tout ce qui me manquait chez un homme* » et « *Je pense que je suis tombé amoureux de lui* ».

Au lieu de cela, je répondis :

— Je ne pensais pas, coach. Je croyais que ce serait juste pendant l'été, mais ensuite...

Mais ensuite, j'ai réalisé à quel point il est merveilleux. Mais ensuite, j'ai réalisé à quel point je voulais être avec lui.

Je secouai la tête.

— Ça a juste duré plus longtemps que ce à quoi on s'était attendus.

Expliqué comme ça, ça sonnait tellement... insignifiant. Comme si cela ne pouvait même pas commencer à expliquer pourquoi Anthony était devenu un élément indispensable à ma vie.

Jeanine soupira.

— Écoutez, au final, c'est arrivé, et maintenant c'est public. Ce dont j'ai besoin, c'est de quelque chose à mettre dans notre déclaration.

Tous les regards étaient tournés vers moi.

Je déglutis avec force, me dandinant sous leur regard insistant.

— Dites-moi ce que vous voulez que je dise.

Je grinçai des dents intérieurement ; D'une manière ou d'une autre, j'étais sûr que ce qu'ils voulaient que je dise, c'était qu'Anthony et moi ne nous verrions plus.

— *Je vais* m'en occuper, intervint Jeanine en fronçant les sourcils. Nous publierons une déclaration selon laquelle nous avons récemment eu connaissance d'une relation inappropriée entre l'un de nos joueurs et l'entraîneur d'une équipe adverse, et que nous sommes en train de régler la question en interne.

Merde. Et moi qui pensais que mon explication avait fait paraître notre relation insignifiante. La sienne la ferait carrément paraître moche et honteuse.

— Et en attendant...

Le coach pointa la porte du doigt et me fixa droit dans les yeux.

— Tu vas aller t'expliquer auprès de ton équipe.

Ma gorge se resserra encore.

— Tout... Tout de suite ?
— Non, la semaine prochaine.

Il hocha brusquement la tête dans la direction qu'il désignait.

— Allons-y.

Oh, putain. Ça allait être amusant. D'autant plus que, si j'en croyais les regards glacés à mon arrivée, mon équipe savait déjà que j'avais rencontré Anthony en secret. Ils ne savaient tout simplement pas nécessairement *pourquoi*.

Le coach et moi retournâmes au vestiaire, où tout le monde finissait de se préparer pour notre entraînement matinal. Il y avait le bavardage habituel au milieu de tout le bruit, mais à la seconde où ils me virent, tout le monde redevint complètement silencieux. Personne ne décrocha un mot. Aucun bruissement ou frottement d'équipement. Tous les yeux étaient rivés sur nous, et la pièce semblait se refroidir à chaque seconde. J'étais vraiment étonné de ne pas voir mon souffle. Oh, attendez, je ne respirais pas. Je n'y arrivais plus. J'étais beaucoup trop paniqué pour respirer.

Le coach s'éclaircit la gorge.

— Très bien, tout le monde. Il faut...
— Pourquoi est-ce que ce connard bosse avec le coach Caruso ? cracha Donaldson. Tu lui parles de nous, mec ?

— Ou est-ce qu'il te cire les pompes pour un transfert ? grogna Rodgers.

— Non, non ! protestai-je en levant les mains. Non, ce n'est rien de tel. Je vous le promets.

— Alors... ?

Ils me regardaient tous, le front plissé et les sourcils levés.

Je jetai un coup d'œil au coach. Son expression faisait écho à la leur : *Eh bien, Spencer ?*

D'accord. Bon. Alors voilà.

Prenant une profonde respiration, je fis face à mes coéquipiers.

— Je ne suis pas impliqué avec le coach Caruso pour un transfert ou parce que nous échangeons des informations sur nos équipes. Je suis... Je suis *impliqué* avec lui.

— Oui ? appuya Rodgers. Et ?

Pour l'amour du ciel.

— Je suis...

— Attends, se moqua Karlsson. Tu le *baises* ?

Mon visage me brûla, d'autant plus que l'illumination traversa toute la pièce sous forme de hochements de tête et de murmures qui disaient « sans déconner ? ».

Je me tordis les mains devant moi.

— Les gars, je suis désolé. Je sais que... Je sais que ça dépasse beaucoup de limites. Je le sais. Et je vous jure que je ne lui ai jamais dit quoi que ce soit sur cette équipe, et il ne m'a jamais rien dit sur les *Krakens*. Honnêtement, la seule fois où quelque chose s'est produit, c'est quand il m'a dit de passer le mot de faire attention à Anaheim.

Je leur montrai mes paumes.

— C'est tout.

— C'est pour ça que tu m'as averti la dernière fois qu'on jouait contre eux ? demanda Rodgers.

Je hochai la tête.

— Ouais. Enfin, on savait tous qu'Anaheim n'était pas réglo, mais Antho... le coach Caruso m'avait dit qu'ils avaient intensifié les choses et qu'on devrait faire attention.

Rodgers se déplaça sur le banc et jeta un coup d'œil autour de lui.

— Après tout, il nous a avertis...

— Mais il baise quand même l'entraîneur d'une autre équipe.

Sorenson gifla l'air devant moi.

— Ça, c'est vraiment pas cool, mec.

— En effet, déclara le coach. Mais comment est-ce qu'on avance en tant qu'équipe, maintenant ? Maintenant qu'on le sait, est-ce qu'on *peut* continuer en tant qu'équipe ?

Il hocha la tête vers moi.

— Tous ensemble ?

Mes coéquipiers échangèrent des regards. Je retins mon souffle à nouveau, car bon sang, ils avaient mon avenir d'hockeyeur professionnel entre leurs mains.

Davis fut le premier à prendre la parole.

— Écoute, c'est vraiment merdique. Spencer, t'es un connard d'avoir baisé avec le coach des *Krakens*.

Il me lança un regard noir, puis se tourna à nouveau vers le coach, et il se dégonfla un peu.

— Mais on a besoin de Spencer. Le perdre pendant près de trois mois nous l'a prouvé.

Il jeta un coup d'œil à Karlsson.

— Sans vouloir te vexer, mec.

Karlsson agita la main.

— Pas de problème. On a besoin de deux gardiens de but, et...

Il me lança un regard qui était tout à la fois plaintif, blessé et énervé.

— On a besoin de toi, mec.

— Mais comment on peut lui faire confiance ? demanda Donaldson. Je ne veux pas dans mon équipe quelqu'un qui suce l'entraîneur d'une autre équipe.

Je retins un tressaillement.

— Ça n'a pas affecté mon jeu. On a quand même battu les *Krakens* quand on les a affrontés, non ?

— Il a raison, admit Karlsson. On n'a perdu contre eux que quand c'était moi dans les filets.

Donaldson plissa les yeux à mon adresse.

— Donc, ça se passe depuis...

Il agita une main gantée.

— Depuis longtemps ?

Je jetai un coup d'œil au coach. Il leva le menton et les sourcils comme pour dire *oui, Spencer ? Dis-leur depuis combien de temps ça dure ?*

Baissant les yeux, je pris une profonde inspiration.

— Ça a commencé après notre victoire à la Coupe. *Juste* après avoir gagné la Coupe, quoi.

Quelques murmures de surprise s'élevèrent dans la pièce.

— Attends, dit Rodgers en secouant la tête. Tu veux dire que quand tu as quitté le bar alors qu'on faisait tous la fête...

Il me regarda du coin de l'œil.

— Tu es parti pour aller baiser le coach Caruso ?

— Ça, euh... Ça ne s'est pas tout à fait passé comme...

Je lui fis signe de laisser tomber.

— C'est là que ça a commencé, oui.

Mes coéquipiers secouèrent la tête, et il y eut quelques « tu te fous de moi ? » murmurés, ainsi que des assertions similaires.

— Alors, gardons-nous Spencer sur la liste, ou non ? demanda le coach.

D'autres regards furent échangés, suivis de hochements de tête et de « oui » réticents.

— Bien, statua le coach en tapant brusquement dans ses mains. Maintenant, on peut remettre nos complaintes à plus tard. Finissez d'enfiler votre équipement et allez patiner. Nous avons un match dans quelques heures.

Il y eut une pause d'un battement de cœur.

— Et Karlsson, tu es dans les filets ce soir.

J'avais le sentiment qu'il aurait été plus qu'heureux de laisser l'équipe continuer à me salir, et qu'il serait probablement ravi de se joindre à eux, mais sa priorité devait être le match. Ce devait être la priorité de tous.

Tous sauf moi puisque je ne jouais pas ce soir, à moins que quelque chose n'arrive à Karlsson.

L'équipe attrapa son équipement et se dirigea vers la patinoire. Alors que Donaldson passait devant moi, il me regarda.

— C'est tordu, mec. Vraiment tordu.

Il n'attendit pas de réponse – secouant la tête avec une mine dégoûtée, il continua de marcher, me heurtant l'épaule au passage.

Keith s'attarda pour s'assurer d'être le dernier à sortir, et il s'arrêta à côté de moi.

— Hé. Ça va ?

— Eh bien, j'ai toujours un boulot pour le moment, lâchai-je dans un rire qui devait refléter mon état de panique. Alors je suppose que tout va bien ?

Il grimaça et me serra l'épaule.

— Accroche-toi. Ça va all...

— Adams ! aboya le coach. Sors de là !

— Oui, coach.

Keith me lança un regard d'excuse.

— Désolé. Il faut...

Il hocha la tête vers la sortie.

J'agitai une main.

— C'est bon. Vas-y.

Il jeta de nouveau un coup d'œil au coach, puis se dirigea vers la glace.

Une fois Keith parti, le coach et moi fûmes seuls dans le vestiaire, et il me confronta sans attendre.

— Écoute, Spencer, commença-t-il en me pointant son index sur le torse. Tu es un sacré bon gardien de but, mais tu n'es pas le *seul* bon gardien. Si ça provoque des conflits dans mon équipe, ne crois pas une seconde que je ne te remplacerai pas. Suis-je clair ?

Je hochai la tête en déglutissant.

— Oui, coach.

— Et tu resteras en dehors de la glace jusqu'à nouvel ordre. Tu rejoueras quand je serai sûr que ça n'a pas fichu en l'air la dynamique de mon équipe.

Je grimaçai. Bon sang, j'avais déjà passé des mois hors de la glace cette saison, et maintenant ça. Mais tout ce que je répondis fut : « Oui, coach ».

— Et ne pense pas que t'échanger ou te libérer de ton contrat soit exclu non plus. Tu piges ?

Mon sang se glaça, et je hochai la tête.

— Ouais. Je pige.

Il retint mon regard pendant un moment. Puis il désigna la porte.

— Dégage d'ici.

J'avalai.

— Vous, euh, vous voulez que je m'équipe comme gardien de secours, ce soir ?

Il fit une pause et sembla y penser un instant avant de pousser un soupir exaspéré.

— Oui. C'est ça.

Sur ce, il se rua dehors. Seul dans le vestiaire vide, je me laissai tomber sur un banc dans un long soupir. Au fond de moi, je savais que congédier un joueur pour autre chose que d'avoir commis un meurtre en plein jour – ou, disons, d'être accusé de voies de fait et de coups et blessures après une mauvaise conduite sur la glace – était plus facile à dire qu'à faire. Le problème, c'était que ça ne m'étonnerait pas que le coach s'efforce *d'essayer* de le faire. J'étais en quelque sorte passé entre les gouttes pour l'instant, mais il pourrait y en avoir d'autres à venir.

Et maintenant que j'étais seul, j'avais besoin de parler à Anthony. Illico.

Quand je sortis mon téléphone, j'avais plusieurs appels manqués et une vingtaine de SMS non lus, dont un de la part d'Anthony.

Salut, appelle-moi dès que tu pourras.

Mon estomac se retourna. C'était un message assez neutre – un de ces textos probablement destiné à attirer mon attention sans me faire flipper – mais il était trop tard pour ça. J'étais déjà en panique.

Je tentai d'appeler, mais tombai directement sur la messagerie vocale. Bon sang.

Je n'aimais pas envoyer ou recevoir des textos énigmatiques et anxiogènes, mais ça ne pouvait pas attendre. J'avais besoin qu'il appelle dès qu'il aurait reçu le message.

— Coucou, c'est moi, laissai-je sur sa messagerie d'une voix tremblante. J'ai reçu ton message, et euh, j'ai besoin que tu m'appelles dès que possible. C'est important.

J'hésitai, puis déglutis avec force et ajoutai :

— Il faut qu'on parle.

Chapitre 31
Anthony

L'appel manqué de Brad fit plonger mon cœur encore plus profondément dans les abysses. Il avait laissé un message, mais je ne l'écoutai pas. Au lieu de ça, j'attendis d'être dans l'intimité de ma chambre d'hôtel, puis je l'appelai. Pas de visio cette fois-ci – j'avais très probablement une tronche de déterré, et il n'avait pas besoin de voir ça.

Dès la première sonnerie, il répondit :
— Salut. Il faut qu'on parle.
— Oui, je sais, soupirai-je.

J'aurais juré avoir entendu ses épaules s'affaisser.
— J'imagine que tu sais.
— Les photos dans le hall de l'hôtel ? dis-je en me frottant les yeux. Oh oui. J'en ai entendu parler. Et le propriétaire et le directeur aussi.
— Merde, murmura-t-il.
— Ouais.
— Comment ton équipe l'a pris ?
— Pas bien. La tienne ?

Brad rit sèchement.
— Je suis pratiquement sûr que le vestiaire était plus froid que la glace, ce matin.
— Ouais, je parierais.

Je me laissai tomber sur le lit de l'hôtel et posai mon front dans ma main et mon coude sur mon genou.
— Et ton entraîneur, il l'a pris comment ?
— Oh, il n'est pas ravi. Il a menacé de me suspendre, voire pire, si l'équipe ne voulait pas de moi sur la glace.

Je déglutis.

— Et *est-ce* qu'ils te veulent toujours ?

— À contrecœur, oui. Ils ne sont pas enchantés.

Il rit amèrement.

— Je suppose que c'est une bonne chose que je sois précieux en tant que gardien.

— Alors ils vont quand même te laisser jouer ?

— Ouais. Et toi ?

— L'équipe est énervée, mais ils veulent toujours de moi à bord. Notre directeur général a dit à mon entraîneur adjoint de prendre la relève pour les prochains matchs en attendant que l'affaire se tasse. Après ça, on verra.

Il soupira.

— Eh bien, au moins, ils ne t'ont pas viré.

— Pas encore, marmonnai-je. Je suis juste soulagé que ta carrière ne soit pas foutue. Je suis vraiment désolé que ce soit sorti. C'était...

— Ce n'est pas de ta faute.

Brad avait l'air épuisé.

— On savait tous les deux que c'était un risque.

— Je sais, mais...

Je fermai les yeux et poussai un soupir.

— J'aurais dû savoir que quelque chose se passait.

Il resta silencieux pendant un moment.

— Qu'est-ce que tu veux dire ?

J'humectai mes lèvres.

— Je veux dire qu'une journaliste qui ne cesse de me harceler au sujet des *Stingers* a essayé de m'attraper pour une interview quand je sortais de l'hôtel pour aller te retrouver. Et pendant que je marchais, une voiture a ralenti à côté de moi. Puis une autre a fait la même chose. Mais maintenant, je pense que ça pouvait être la même voiture, après tout. En fait, à ce moment-là c'est ce que je m'étais dit, mais j'ai pensé que je devenais juste parano.

Je geignis en m'allongeant sur le lit.

— Putain. J'aurais dû savoir que quelque chose se tramait.

— Et ils auraient dû s'occuper de leurs affaires, grommela Brad. Quoi qu'il en soit, maintenant, c'est public. La question, c'est qu'est-ce qu'on fait ?

M'essuyant le visage d'une main, je soupirai.

— Je ne sais pas. Mais d'une manière ou d'une autre, on va s'en sortir. Ce sera sans doute chaotique pendant un certain temps, mais on va s'en sortir.

— Ouais, je sais. C'est juste qu'entre temps, ça va craindre.

Il fit une pause.

— Ce sera difficile de se voir, aussi.

Je fermai les yeux, le ventre retourné alors que ses paroles faisaient leur chemin.

— Ouais. En effet.

Bon sang, nous venions de briser une période d'abstinence de plusieurs mois, et maintenant ça ?

— Mais quand tu as été blessé puis alité, on l'a surmonté. On peut le faire. Faute de mieux, la saison est presque terminée.

Enfin, « presque ». Nous nous rapprochions des séries éliminatoires, mais il restait encore beaucoup de matchs à jouer.

— Quoi qu'il en soit, murmura-t-il, j'ai hâte de monter au chalet avec toi et de me couper du reste du monde.

Je parvins à sourire alors que le soulagement me gagnait. Au moins, il voulait encore me voir cet été.

— Je vais compter les jours.

Un petit sourire se fit également entendre dans sa voix quand il me dit doucement : « Toi et moi, tous les deux ».

C'était une sensation étrange de regarder mon équipe depuis la tribune des propriétaires au lieu d'être en bas avec eux. Ce n'était pas juste. Ce n'était pas confortable. Je n'aimais pas le rappel constant que mon équipe ne pouvait pas supporter ma vue et que le chômage était encore une possibilité.

Et la partie vraiment marrante ? Ralston et Valentine restaient ici aussi pour les matchs. Ils étaient assis derrière moi, mais je pouvais sentir leurs regards me chatouiller la nuque. C'était probablement mon imagination, mais je le sentais quand même, et ça me rendait dingue.

Une semaine s'était écoulée depuis que notre relation avait été révélée au grand jour, et personne ne nous avait laissé l'oublier. L'équipe de Brad lui faisait encore la tête. La mienne n'était pas pressée de me remettre à mon poste d'entraîneur en chef.

Quant à la presse, ils en faisaient leurs choux gras. Le scandale avait pris la place de tous les discours des derniers mois sur Anaheim. Mes joueurs étaient sans cesse passés sur le grill à ce sujet, et bien qu'ils n'aient sagement rien dit, leurs sentiments sur cette affaire apparaissaient haut et fort dans leurs tons et leurs expressions. Je me sentais coupable. Non seulement parce qu'ils étaient interrogés à ce sujet au lieu d'être interviewés sur leur match, mais parce qu'ils se sentaient manifestement blessés, en colère et trahis. Je détestais leur avoir infligé ça.

Ce serait pire ce soir, je n'en avais aucun doute. La ligue

avait publié une déclaration selon laquelle, bien que mon implication avec Brad soit hautement inappropriée, elle n'affecterait pas le résultat de l'enquête sur Anaheim. C'était un soulagement, mais la presse avait encore plus matière à essayer de récupérer des extraits sonores scandaleux de la part de mes joueurs. Pour cette seule raison, l'équipe devait supporter de me voir entrer dans les vestiaires après les matchs pour essayer de détourner les questions sur moi au lieu d'eux. Ça me semblait être la moindre des choses, à ce stade.

Le klaxon de but retentit, me faisant retomber dans la réalité, et je regardai la glace pendant que mes joueurs se donnaient des accolades et se tapaient dans les mains. Souriant fièrement, j'applaudis ; ils avaient déjà trois buts d'avance, et ils avaient désormais poussé cette avance à quatre. Tout ce qu'ils avaient à faire était de maintenir cette avance jusqu'à la dernière période, et ils auraient une autre victoire bien méritée à leur actif.

C'était doux-amer, de les regarder jouer sans moi. Ils pouvaient tenir le coup quoi qu'il arrive, et Bower, mon entraîneur adjoint, était bon dans ce qu'il faisait. Je savais que l'équipe était entre de bonnes mains ce soir, mais c'était quand même frustrant d'être mis à l'écart comme ça. J'espérais juste que ce serait temporaire.

Pendant que l'équipe d'entretien sortait pour gratter la surface de la glace, je regardai mon téléphone pour voir comment les autres matchs de la ligue progressaient. Un en particulier.

Je ne fus pas du tout surpris lorsque le gardien des *Narwhals* arriva sur la glace et que ce n'était pas Brad. Dans les jours qui avaient suivi la divulgation de notre relation, il avait joué, mais il avait été rétrogradé deuxième gardien au lieu de titulaire. Ce n'était pas nécessairement punitif – parfois cela arrivait parce qu'un gardien de but était épuisé, et Brad n'était que récemment retourné sur la glace après sa blessure – mais je soupçonnais que le message derrière ça, c'était plutôt « tu as merdé, alors tu restes sur le banc ».

Il n'était pas non plus surprenant qu'un commentateur ait rappelé aux téléspectateurs que Brad Spencer avait récemment été surpris et avait dû avouer être en couple avec moi. Comme si quiconque aurait pu l'oublier.

J'éteignis mon téléphone. Ça ne m'intéressait pas de regarder si Brad ne jouait pas, et il était clair que je n'avais pas besoin d'entendre l'avis de quiconque sur notre relation. Et, bon, regarder le match des *Narwhals* pendant que j'étais dans la loge VIP des *Krakens* ne ferait probablement pas grand-chose pour ma crédibilité.

Après le match, comme je l'avais fait depuis que le scandale avait éclaté, je descendis aux vestiaires pour donner aux journalistes quelqu'un à mettre sur le grill à la place de mes joueurs. Ça fonctionnait en grande partie. D'après ce que je pouvais entendre, mes joueurs se voyaient poser des questions sur le hockey, le match de ce soir et leurs réflexions sur les prochaines séries éliminatoires, et il semblait y avoir le sentiment général qu'il serait odieux et impoli de poser des questions sur ma relation alors que j'écoutais. Ce qui était, bien sûr, exactement la raison pour laquelle j'étais à portée de voix.

Une fois les journalistes partis, je continuai prudemment mon chemin dans les vestiaires pour voir comment allaient mes joueurs. La plupart d'entre eux ne me regardaient même pas. Ceux qui le faisaient n'étaient pas difficiles à lire, et leur langage corporel me renvoyait exactement la même chose depuis que la vérité avait éclaté – la froideur, la colère, le sentiment de trahison.

Bower apparut à côté de moi. Parlant assez bas pour que moi seul puisse l'entendre, il me dit :

— Donnez-leur du temps.

— Vous pensez qu'ils vont s'y faire ?

Il regarda nos joueurs, puis haussa les épaules, et me fit signe de le suivre dans la salle.

— Écoutez, ils sont énervés, et ils ont tout à fait le droit de l'être, me dit-il une fois seuls.

Je grimaçai, mais Bower n'avait pas fini.

— Laissez-les finir cette série, avant. Ensuite, tout le monde aura une pause de quelques jours, et peut-être qu'ils se feront à l'idée. Mais ils veulent que vous reveniez.

— Vous en êtes sûr ?

Je désignai les vestiaires du menton.

— Ce n'est pas l'impression que j'ai ressentie.

— Comme je l'ai dit, donnez-leur du temps.

Il s'appuya contre le mur et glissa ses mains dans ses poches.

— J'ai même demandé ce matin pour savoir s'ils voulaient que vous partiez.

Je me redressai.

— Vous avez fait ça ?

— Hum-hum. Je leur ai laissé quelques jours, puis j'ai posé la question, et bon, personne ne veut que vous partiez. C'est juste… Eh bien, je suppose que c'est comme quand ma femme se fâche contre moi parfois. Elle ne compte pas me quitter, mais elle reste en rogne pendant un moment. Une fois que c'est sorti, alors ça va mieux.

J'y réfléchis, et avec un soupir résigné, hochai la tête.

— Eh bien, tant qu'ils sont juste en rogne et qu'ils n'ont pas l'intention de divorcer…

Bower rit et me serra brièvement le bras.

— Non. Tout va bien.

Il retrouva son sérieux.

— C'est le reste du *front office* qui m'inquiète.

— Ouais.

J'inclinai la tête d'un côté puis de l'autre, dans une tentative futile de relâcher une tension tenace dans mon cou.

— Ils peuvent encore me virer.

Il grimaça.

— Je vais croiser les doigts.

— Merci. Je, hum, je devrais filer. Continuez comme ça pendant que je suis... euh...

— Ça marche. Ne vous inquiétez pas.

Avec beaucoup de sentiments mitigés, je quittai le palais des sports et je rentrai chez moi. J'espérais que Bower avait raison et que l'équipe avait seulement besoin de digérer sa colère pendant un moment. Et j'espérais comme un fou que Valentine et Ralston n'allaient pas décider que l'équipe était bien entre les mains de Bower et que je pouvais foutre le camp.

D'ailleurs, que se passerait-il si l'équipe de Brad décidait de le lâcher ? Il était un atout précieux pour n'importe quelle équipe, mais s'ils décidaient qu'il était sujet à des problèmes de relations publiques, ils pourraient l'échanger contre un autre. Ou pire, rompre son contrat.

Putain. Il avait été facile de se dire que ça valait la peine de risquer autant à l'époque où ces risques étaient abstraits et hypothétiques. Maintenant, ils devenaient beaucoup trop réels, et beaucoup trop de gens avaient été touchés.

Merde. Qu'est-ce que nous étions en train de faire ?

À L'INSTANT OÙ BRAD APPARUT À L'ÉCRAN, MON CŒUR

se serra. J'avais espéré qu'il serait optimiste, qu'il serait encourageant comme Bower.

Mais il avait juste l'air complètement et totalement épuisé.

Il est comme ça à cause de toi. C'est de ta faute.

Seigneur, Brad, c'est d'être avec moi qui te fait tant de mal ?

— Salut, dis-je prudemment. Soirée difficile ?

Brad s'affaissa encore plus.

— Euh. Oui. Mon équipe ne le prend toujours pas très bien.

— Ouais. Pareil ici.

Il croisa mon regard. Une boule de plomb se forma dans le creux de mon estomac ; Je ne pouvais pas lire dans ses pensées, mais je pouvais voir les miennes me regarder droit dans les yeux.

Le regard de Brad perdit sa concentration pendant un moment, et quand il prit finalement la parole, il semblait résigné.

— On a toujours su que c'était un risque, tu vois ? Mais maintenant qu'on y est…

— Y faire face, c'est plus facile à dire qu'à faire.

— Ouais. Et avouons-le, nos deux carrières sont nos vies, non ?

Ses sourcils froncés, ainsi que ses yeux, me demandaient silencieusement de comprendre.

Mon estomac se noua. Je savais où il allait avec ça, je le *sentais* venir. Je ne pouvais pas l'arrêter, cependant. Je ne pouvais pas parlementer. Je ne pouvais rien faire du tout, sauf le laisser enfin dire les mots que je redoutais.

— Je ne peux pas m'empêcher de me dire que ça devrait être une sonnette d'alarme pour nous, murmura-t-il en ne me regardant pas tout à fait. Peut-être qu'on ne devrait pas continuer.

Je relâchai mon souffle, mes épaules s'affaissant sous un poids invisible.

— Peut-être que tu as raison.

— Ce n'est pas ce que je veux. C'est juste que... Je ne sais pas quoi faire d'autre.

— Moi non plus. Je ne pense pas qu'il y ait autre chose que l'on *puisse* faire.

Brad hocha la tête, mais ne parla pas. Qu'y avait-il à dire ? Aucun de nous deux ne voulait cela. Aucun de nous n'avait d'alternative. Nous *devions* nous séparer.

Putain. Si nous avions été dans la même pièce, peut-être aurions-nous pu apaiser notre souffrance en faisant l'amour une dernière fois, mais nous ne pouvions pas nous toucher. C'était peut-être tout aussi bien.

— Je suis désolé, murmura-t-il. J'aimerais qu'il y ait un moyen pour qu'on puisse...

— Je sais. Moi aussi.

Ma gorge se serrait de plus en plus, mais je refusais de le montrer. Je pouvais voir la blessure dans les yeux de Brad, claire comme le jour, et s'il voyait la même chose en moi, il enverrait tout ça au diable et voudrait que nous restions ensemble. Et s'il le faisait, je n'aurais pas la volonté de le repousser, de lui dire que nous devions vraiment nous séparer. Tant que je pouvais le tromper en lui faisant croire que j'étais plus fort que je ne l'étais réellement, alors il pourrait rester assez fort pour que nous puissions tous les deux mener à bien cette rupture.

Brad évita mes yeux et poussa une expiration hachée.

— Je... euh... Je devrais te laisser.

Mon Dieu, non, ne t'en va pas. Mais je hochai la tête.

— Ouais. Prends soin de toi, d'accord ?

— Toi aussi.

Il rencontra finalement mon regard, et je refusai de croire que la surbrillance dans ses yeux était autre chose qu'une distorsion à l'écran.

— Bonne nuit, Anthony.

Je n'avais jamais eu à faire autant d'efforts pour me forcer à sourire.

— Bonne nuit.

J'aimerais pouvoir te dire que je t'aime juste une fois de plus.

Heureusement, Brad mit fin à l'appel avant que je ne laisse échapper ces mots, et je me rencognai dans mon siège en fermant les yeux puis soufflai. Bordel de merde, ça faisait mal. J'avais été seul avant Brad, mais maintenant qu'il était parti – bel et bien parti – la solitude fondit durement sur moi. Ce n'était pas seulement l'absence nébuleuse de compagnie ou l'une de ces longues périodes frustrantes entre deux retrouvailles avec lui. J'y étais habitué. Non, c'était quelque chose d'entièrement nouveau. C'était *son* absence, permanente et retentissante.

J'avais l'habitude qu'il me manque car nous passions plus de temps séparés qu'ensemble, mais là, c'était différent. Ce n'était pas seulement la longue séparation entre deux moments passés ensemble. Ce n'était pas seulement l'inévitable départ de l'un de nous deux qui venait avec une relation à distance.

Il était vraiment parti, cette fois. Il avançait dans sa vie, faisait tout ce qu'il fallait pour réparer les dommages que nous avions causés à sa carrière. Je devrais faire de même, trouver un moyen de sauver ma relation avec mon équipe et revenir à cette existence solitaire mais plus ou moins heureuse que j'avais menée avant la nuit où nous avions perdu la Coupe l'an dernier.

Et plus j'y pensais, aussi difficile que ce soit à accepter, plus il m'apparaissait qu'en vérité, l'erreur n'avait pas été de se faire prendre. L'erreur, ç'avait été de se mettre ensemble en premier lieu. Nous avions su dès le départ que si quelqu'un l'apprenait, nous aurions droit à un monde de souffrance, et qu'un secret comme celui-ci ne le restait pas pour toujours. Si un journaliste n'y avait pas fourré son nez à cause d'Anaheim, quelque chose d'autre aurait mis la puce à l'oreille de quelqu'un tôt ou tard.

Tapotant des doigts sur mon téléphone, je jurai dans le silence. Je voulais croire que si j'avais eu l'occasion de le refaire, je n'aurais jamais approché ce gardien sexy dans le club ce soir-là. Je ne me serais jamais autorisé à goûter au genre de relation que je n'avais eue qu'avec Brad. L'été dernier ne se serait jamais produit. Les derniers mois seraient passés comme n'importe quelle autre saison. Quand Brad avait été blessé, ça n'aurait été rien de plus qu'un joueur d'une autre équipe se blessant j'aurais été inquiet et aurais espéré que le gars se rétablirait, mais je n'aurais pas été *investi*. Je n'aurais pas été frappé par le genre de panique que j'avais eue ce soir-là, quand j'avais dû garder mon angoisse sous silence et ne faire savoir à personne que ma santé mentale dépendait de la gravité de la blessure du gardien principal des *Narwhals*. Je n'aurais pas perdu le sommeil et traversé le pays en avion parce que j'étais malade d'inquiétude et que j'avais besoin de voir de mes propres yeux qu'il allait bien.

Mais… Je ne voulais pas effacer tout ça. Pas même si cela signifiait ne plus jamais avoir mal comme ce soir. J'avais passé la meilleure partie d'une année avec Brad, et je détestais que ce soit fini, mais un jour, je le considérerais comme un bon souvenir, et non plus comme le catalyseur de la douleur au fond de mon cœur. J'avais finalement pu regarder en arrière en jouant au hockey sans pleurer ce que j'avais perdu quand je m'étais cassé la nuque. Ça avait pris longtemps, *vraiment* longtemps, mais ça avait fini par se tasser.

Alors, combien de temps allait-il falloir pour arrêter d'avoir mal en pensant à Brad ?

Chapitre 32
Brad

Les regards glaciaux de mon équipe et leur façon de m'ignorer commençaient sérieusement à devenir lassants. Je saisissais. Je comprenais. Mais combien de temps allaient-ils continuer à me punir pour ça ?

Au moins, nous laissions tout ça dans les vestiaires quand nous sortions sur la glace. Mes coéquipiers ne se vengeaient pas de leur frustration sur moi pendant les entraînements. Avec ou sans protection, un lancer bien placé faisait atrocement *mal*. Et pendant les matchs, nous étions les *Narwhals* de Vancouver, et rien d'autre n'avait d'importance. À la seconde où la sonnerie retentissait, cependant, c'était le retour à ma vie de merde. Personne ne me parlait dans les vestiaires, sauf les journalistes, et ils voulaient seulement parler du scandale des *Stingers* et de l'entraîneur des *Krakens*. Une fois la presse partie, mes coéquipiers continuaient entre eux, mais ils n'avaient rien à me dire. Je supposais que je ne pouvais pas les en blâmer. N'empêche que ça craignait quand même. J'avais perdu mon petit ami et la camaraderie de mon équipe. Il m'était difficile de croire que ma plus grande peur quelques mois auparavant avait été de perdre le hockey. Il s'était avéré qu'il y avait beaucoup plus en jeu que mon travail.

Ce soir, comme nous l'avions fait d'innombrables fois tout au long de la saison, mes coéquipiers et moi embarquâmes à bord de l'avion affrété pour les *Narwhals*, pour nous rendre dans une autre ville. Toronto, il me semblait. Nous perdions tous le fil après un certain temps.

Rien ne sortait de l'ordinaire pour un œil non averti. Nous nous présentâmes à l'aéroport, vêtus de costumes et tirant des valises à main. Sécurité. Traversée du terminal. En attente d'embarquement. Embarquement. Trouver nos sièges. Tout à fait normal si on ne comptait pas les regards en coin, froids, le silence tout aussi glacial...

— Putain, je commence à en avoir marre, murmurai-je à Keith alors que nous nous installions dans nos sièges.

— Je sais.

Il me pressa le bras.

— Ils vont s'y faire.

Je soufflai par le nez. Oui, ils s'y feraient probablement, mais quand ? Peut-être avant que je ne prenne ma retraite ?

Je fis tambouriner mes ongles sur l'accoudoir, écoutant les plaisanteries familières et les bavardages venant des rangées derrière moi. Y participer me manquait. Ce qui me manquait, c'était de sentir que je *pouvais* y participer.

Nous étions coincés à la porte d'embarquement en attendant que du matériel soit chargé quand je décidai que je ne pouvais plus supporter ça.

Je débouclai ma ceinture de sécurité et me levai.

— Hé, les gars ? Vous pourriez m'écouter une seconde ? S'il vous plaît ?

À contrecœur, les têtes se retournèrent et mon équipe me regarda.

— Je suis désolé, d'accord ? Et je ne sais pas si ça change quelque chose, mais Anthony, enfin le coach Caruso, et moi ne sommes plus ensemble.

Cela sembla faire réfléchir tout le monde.

— Vous n'êtes plus ensemble ?

Sorenson semblait sceptique.

Je secouai la tête.

— Non. On en a parlé et on a réalisé que nous devions tous les deux prioriser nos équipes. Alors on a...

Mon Dieu, c'était difficile de garder ma voix égale, mais je ne voulais pas que mes coéquipiers sachent à quel point ça me tuait.

— On a rompu. C'est fini.

— Quoi ? demanda Karlsson. Quand ?

Je déglutis.

— Quelques jours après. On s'est rendu compte que ça causait trop de problèmes avec nos deux équipes, alors on...

Allez, fichue voix. Ne me laisse pas tomber maintenant.

Je m'éclaircis la gorge.

— On a rompu. C'est fini.

Je me demandai pendant combien de temps ça me ferait mal de le dire à haute voix.

— Écoutez. Avant que vous ne sachiez pour lui et moi, est-ce que je vous avais déjà donné des raisons de croire que je n'étais pas dévoué à cette équipe ?

Mes coéquipiers échangèrent des regards, et quelques-uns ne purent pas tout à fait rencontrer mon regard.

— Il a raison, déclara Davis. Il a fait autant d'arrêts contre New York qu'il l'avait fait à la même période l'an dernier.

— D'accord, mais laisser passer les buts serait trop évident, grogna Donaldson. Et ça baiserait tes statistiques, Spencer. Comment on peut savoir que tu ne lui donnais pas tous *nos* points faibles ?

Je soupirai.

— Je ne lui ai rien dit sur aucun d'entre vous, tout comme il n'a jamais dit un mot sur aucun de ses joueurs. Je ne sais pas comment je peux vous le prouver, à part vous dire de regarder les matchs qu'on a joués contre New York cette saison.

Personne ne semblait convaincu, mais une partie de l'hostilité retomba. Un peu.

— Qu'est-ce que je peux vous dire pour vous convaincre, les gars ? demandai-je. Je suis là pour jouer au hockey, pas...

— Il faut que je sache, mec, me coupa Baldwin en inclinant la tête. *Pourquoi ?*

Chaque visage dans l'avion faisait écho à sa question.

Je m'humectai les lèvres et tapotai nerveusement mes doigts sur le dossier d'un siège.

— Je sais que ça fait un peu un cliché, mais c'est juste... C'est juste arrivé. C'était l'intersaison, on n'était pas sur la glace et on était juste deux mecs gays dans un bar. Ce n'était pas censé devenir une relation. Et puis... ça l'est devenu.

J'avalai la boule qui tentait de monter dans ma gorge.

— Mais c'est fini maintenant. Il est parti. Je suis toujours là. Et... Je veux dire, est-ce qu'on pourrait simplement aller de l'avant ? En équipe ? J'ai merdé, et je suis désolé. Mais c'est fini.

Personne ne pipa mot pendant un long moment inconfortable. Aussi bon que je sois habituellement pour déchiffrer les gens — mon travail reposait sur cette capacité — je ne pouvais lire l'expression de personne à ce moment-là. Peut-être parce que j'étais trop remonté. Peut-être parce qu'ils cachaient leur jeu. Quoi qu'il en soit, je faisais chou blanc en essayant d'évaluer chaque homme dans cet avion.

Finalement, Baldwin haussa les épaules.

— Écoute, mec, tu es toujours un *Narwhal*. C'est toujours cool sur la glace. Le reste... Je veux dire...

— Tu baisais avec l'entraîneur d'une autre équipe, rétorqua Donaldson. Tu ne peux pas être surpris qu'on soit tous énervés.

— Je ne suis pas surpris, répondis-je. Pas du tout. Mais vous avez fait valoir votre point de vue.

Je levai les mains, et parvins à peine à empêcher ma voix de se briser en continuant :

— C'est fini. Je ne veux tout simplement pas tout perdre, lui *et* mon équipe, vous voyez ?

— Tu ne vas pas nous perdre, mec, déclara Karlsson. C'est réglé.

Il y eut quelques hochements de tête et murmures tout le long des rangées. Personne ne semblait trop enthousiaste, mais aucun ne se leva pour exprimer son désaccord non plus. C'était probablement le mieux que je pouvais espérer à ce stade.

— D'accord.

Je forçai un sourire.

— Merci, les gars.

Puis je retombai sur mon siège à côté de Keith et relâchai mon souffle.

— Eh bien, apparemment il y a du progrès. En quelque sorte.

Keith me serra l'épaule.

— Ils y viendront. Ce sont des gars plutôt raisonnables, et une fois qu'ils se seront calmés, ils se rendront compte que votre relation n'a pas fait de mal à l'équipe.

Je hochai la tête sans mot dire.

J'aimerais pouvoir dire que notre relation ne m'a *pas fait de mal*.

— Tiens bon, dit-il doucement.

— Je tiendrai. Sauf que c'est...

Keith baissa la tête.

— Hmm ?

Je pris une profonde inspiration, et quand je parlai, je m'assurai que lui seul pouvait m'entendre.

— Quand je suis sur la glace, je peux me concentrer. Je peux faire mon boulot. Mais bon sang...

Je le regardai dans les yeux.

— Une fois hors de la glace ? Je ne pense qu'à lui.

— Je ne te le reproche pas. Tu l'avais dans la peau.

— T'as pas idée.

J'essuyai subtilement mes yeux.

— Jamais personne ne m'a manqué comme ça auparavant.

— Je sais.

Keith me serra le bras.

— Et c'est merdique que vous ne puissiez pas être ensemble.

Je ris amèrement.

— Nos deux équipes nous crucifieraient si on restait ensemble.

— Ouais, mais c'est quand même naze.

M'affalant un peu, je soupirai.

— Ouais. C'est vrai. C'est grave merdique.

— Je sais. Je suis désolé pour toi.

Je hochai la tête en signe de reconnaissance, mais ne poursuivis pas. Quelques minutes plus tard, l'avion décolla et Keith, après avoir joué trois matchs de suite, s'endormit avant même que nous ayons atteint l'altitude de croisière.

Moi, je sortis mon téléphone, qui était bien sûr en mode avion. Je n'avais pas pu me résoudre à supprimer Anthony de mes contacts, et parce que j'étais d'humeur masochiste ce soir, je fis défiler les pages et les pages de messages que nous nous étions échangés au fil du temps.

Quand je commençai à suffoquer de chagrin, je rangeai mon téléphone. Je pourrais me vautrer là-dedans plus tard, mais j'avais d'abord besoin de retrouver la confiance de mon équipe, et s'ils pensaient que je faisais ne serait-ce que penser à me languir d'Anthony, ils ne croiraient jamais que j'avais revu mes priorités.

Donc, pendant tout le vol jusqu'à Montréal – pas Toronto, Brad, Montréal – je fis tout ce que je pouvais pour garder mes émotions sous contrôle. Je prendrais probablement une douche à l'hôtel juste pour pouvoir laisser couler mes larmes sans que Keith ait l'impression qu'il devait me réconforter.

Mais pour l'instant, je me devais simplement me concentrer afin de me ressaisir et de regarder vers l'avenir.

Un jour, mon équipe me referait confiance.

Un jour, j'arrêterais de souffrir pour Anthony.

Et peut-être qu'un jour, je finirais par y croire.

Chapitre 33
Anthony

— Bon match, les garçons, annonçai-je à la fin de mon discours post-match.

Mes joueurs sourirent et hochèrent la tête, même si certains étaient encore un peu prudents, et ils échangèrent des high fives et des tapes sur l'épaule alors qu'ils continuaient à se préparer à décoller pour la nuit.

Je les laissai faire et allai au bureau, et Dieu merci, j'étais seul pour une minute. Je fermai la porte, m'y appuyai et expirai avec force.

L'équipe se réchauffait à nouveau avec moi, lentement mais sûrement. Valentine et Ralston n'étaient toujours pas ravis que je reprenne les entraînements, mais ils avaient reculé après avoir battu Dallas hier soir – le premier match que je coachais depuis que tout avait été révélé. Le fait était que, peu importait avec qui je couchais depuis la Coupe de la saison dernière, les *Krakens* étaient ma priorité. Cela n'avait pas changé. J'étais aussi engagé envers cette équipe que je l'avais été depuis le jour où j'avais signé, et mes joueurs avaient dit haut et fort qu'ils voulaient que je continue en tant qu'entraîneur. Cela signifiait beaucoup. Ils avaient naturellement été énervés de découvrir ma relation avec Brad, mais ils croyaient toujours en moi en tant qu'entraîneur en chef autant que je croyais toujours en eux en tant qu'équipe.

Je me redressai, vérifiai mes e-mails, mais je ne pus rassembler l'énergie nécessaire pour me soucier de ce qu'ils contenaient, et encore moins y répondre. Alors, j'attrapai ma veste et me glissai à l'extérieur par l'une des portes latérales pour éviter la presse. Peut-être pas mon geste le plus professionnel, mais je ne pouvais pas faire face aux appareils photos ni aux caméras. Pas tout de suite.

En pilote automatique, je quittai le palais des sports et rentrai à mon appartement. Au moins, je n'avais plus qu'un seul match avant de pouvoir retourner chez moi à Long Island pendant quelques jours avant de décoller pour... pour... quel que soit l'endroit où allait se dérouler notre prochaine série de matchs.

Une fois arrivé, je m'ouvris une bière et m'affalai sur le canapé, mais je n'allumai pas la télévision. Je n'avais pas envie de regarder quoi que ce soit, et je n'aurais pas pu me concentrer de toute façon. Au lieu de cela, je regardai l'écran vide et fis couler une gorgée de bière dans ma bouche.

Ce soir, ç'avait été un beau match. Mes garçons avaient été la proverbiale machine bien huilée, y compris Rutherford, un défenseur que nous avions appelé de la division amateure cette semaine pour compléter l'équipe pendant que Johansson était alité avec la grippe. Dallas avait également sorti le grand jeu, et il avait fallu attendre la moitié de la deuxième période pour que quelqu'un marque. En fin de compte, les *Krakens* avaient marqué à la dernière seconde pour une victoire durement gagnée de trois à deux.

Cette victoire avait fait sortir Dallas de la course aux éliminatoires dans leur division. Les *Krakens* avaient obtenu sa place en Coupe il y a longtemps ; il nous restait encore trois semaines en saison régulière, mais l'équipe était première de sa division avec une marge significative, et tant que personne d'autre ne se blessait, nous avions une équipe en bonne santé en route vers les matchs de la Coupe, et avec de très bonnes chances de gagner. Malgré les blessures et toute cette comédie avec la ligue, c'était l'une des meilleures saisons que les *Krakens* avaient jamais eue avec moi ou tout autre entraîneur. C'était le genre de saison dont tout entraîneur ou joueur rêvait.

Et je ne ressentais...

Rien.

Chaque fois que nous étions dans la dernière ligne droite avant les séries éliminatoires, j'étais dans un état de stress nerveux constant qui faisait boule de neige jusqu'à l'après-saison. Comme si je retenais mon souffle jusqu'à ce que je sache avec certitude que nous avions gagné ou perdu la Coupe. À cette période de l'année, je dormais à peine, mangeais à peine, et je ne vivais pratiquement que de café et d'adrénaline.

Mais cette nervosité n'était pas là cette année. L'adrénaline était peut-être là, mais elle était enfouie profondément sous une épaisse couche d'apathie engourdie.

Nous avions une chance de gagner la Coupe.

Nous étions au sommet de notre art.

Et je m'en fichais.

Je n'avais même pas à me demander pourquoi, non plus. Depuis que j'avais raccroché de ce dernier appel avec Brad, tout semblait tellement... creux. Vide. Insignifiant. Comme si je faisais semblant et que je m'en foutais si quelqu'un s'en rendait compte.

Mais c'était terminé avec Brad. Ça faisait mal, mais je commencerais bien par m'en remettre un jour. Idéalement, le plus tôt possible. Parce que même après des ruptures douloureuses, la vie continuait. Le hockey continuait. Comment dépasser ça ? Comment détacher le sport que j'aimais de l'homme que j'avais perdu, et poursuivre la carrière de la deuxième chance pour laquelle j'avais travaillé si dur ?

Et quand diable commencerais-je à en avoir quelque chose à faire que ça arrive ou non ?

J'avalai une autre gorgée de bière, fermai les yeux et pressai la bouteille froide contre mon front.

Le hockey avait consumé ma vie depuis que j'étais petit. J'étais sur la trajectoire de la PHL depuis la maternelle, toute mon existence tournant autour du hockey pour devenir un joueur digne d'une équipe universitaire solide et, après cela, un repêchage de la PHL.

Lorsque ma blessure avait mis fin à ma carrière, toute ma vie s'était arrêtée net. Le hockey était la seule chose sur laquelle j'avais travaillé, et tout à coup, il avait disparu. Mais ensuite étaient venues des offres d'emploi comme entraîneur, et ma vie avait de nouveau retrouvé un sens. Si jouer au hockey était hors de question, alors c'était la meilleure chose à faire, et j'adorais ça. J'avais tout ce que je pouvais vouloir dans ma situation.

J'avais toujours été heureux de vivre hockey et de respirer hockey, mais maintenant je manquais d'air.

Brad.

Bon Dieu, tu me manques.

Comment diable un homme avait-il pu entrer dans ma vie pour, après moins d'un an, réduire le sport pour lequel j'avais vécu à quelque chose qui n'avait plus d'importance ? J'avais eu des petits amis au fil des années, mais personne n'avait ébranlé mes fondations comme lui, et personne ne m'avait jamais quitté en me laissant aussi perdu et sans but dans la vie.

Il y avait beaucoup de joueurs et d'entraîneurs qui étaient mariés et heureux. Beaucoup d'autres qui en étaient à leur deuxième, troisième, quatrième divorce. Une poignée d'entre eux qui, comme moi, ne s'étaient jamais mariés du tout.

Une partie du problème dans mon cas était que je n'avais pas pu faire mon coming-out avant, mais je me serais menti à moi-même si j'avais cru que ma situation aurait été très différente si j'étais sorti du placard plus tôt. Le hockey avait, tout simplement, consumé ma vie. Le sport avait été tout pour moi depuis l'époque où je croyais encore que mettre une dent sous mon oreiller entraînerait une visite de la petite souris. Maintenant, j'étais sur la dernière ligne droite vers mes cinquante ans, et j'avais encore le hockey, mais... à quel prix ?

Et combien de temps encore allais-je continuer à payer ce prix ?

J'expirai lentement, plus conscient du poids sur mes épaules que je ne l'avais été depuis des années.

Il était peut-être temps de réorganiser mes priorités.

Peut-être même que j'aurais dû le faire depuis longtemps.

Je me fiche de savoir où je suis, me souvins-je avoir pensé alors que j'étais au lit avec Brad, *tant que tu es là aussi.*

Une boule me monta à la gorge. Sur le moment, cette pensée m'avait fait le serrer encore plus fort et essayer de me pousser encore plus profondément en lui, parce que c'était viscéralement vrai. Il n'y avait pas d'autre endroit au monde où je voulais être, que là où se trouvait Brad.

En ce moment même, je voulais le serrer contre moi et me pousser plus profondément en lui, mais je ne le pouvais pas, parce que non seulement il n'était pas là, mais c'était fini.

Être avec Brad avait été si *facile*. Je n'avais jamais eu l'impression de devoir être quelqu'un que je n'étais pas, ou davantage que ce que j'étais. Jamais je n'avais marché sur des œufs ou n'avais été stressé près de lui. Au lieu de cela, j'avais été détendu. Chaque fois que j'avais été avec lui, j'avais eu l'impression d'être exactement qui et où je devais être.

Bon sang, je n'étais pas seulement tombé amoureux de Brad, j'avais vraiment senti que je pouvais lui suffire. Comme s'il ne m'en voudrait pas de ne pas respecter certains standards impossibles, parce qu'il s'en moquait. Je n'avais jamais eu l'impression qu'il gardait l'œil ouvert au cas où quelqu'un se présenterait qui serait à la hauteur de ce qu'il voulait.

Brad me rendait heureux, et pour la première fois, j'avais été avec un homme que *je* pensais pouvoir rendre heureux. Ça me manquait. Tout me manquait chez lui, et tout ce que je ressentais quand il était là.

Je pris une autre grande gorgée de ma bière et posai la bouteille sur la table basse. Le hockey avait amené Brad dans mon monde, mais le hockey avait été la raison pour laquelle j'avais dû le laisser partir, et c'était comme s'il avait éteint les lumières du stade en me quittant. Tout était sombre et silencieux maintenant, et bon sang, la lumière me manquait.

Je ne savais pas comment passer à autre chose, et plus j'y pensais, plus je me demandais si je *pouvais* passer à autre chose.

C'était peut-être un signe que je n'étais pas censé le faire.

Chapitre 34
Brad

L'entraînement d'aujourd'hui fut le moins tendu depuis que tout le monde avait découvert pour Anthony et moi. J'avais quand même intercepté quelques regards mauvais – ou du moins, gênés – de la part de certains de mes coéquipiers, mais pour la plupart, les gars semblaient avoir accepté que rien n'avait changé. Ou peut-être que ça *avait* changé – que ma priorité était les *Narwhals*, et qu'Anthony n'était plus dans le tableau.

Ça me fit l'effet d'un coup dans la poitrine. Anthony *n'était plus* dans le tableau, hein ? C'était fini. C'était fait. La vie continuait, et personne sur la planète, à l'exception de moi, ne se souciait de la douleur d'avoir relégué un homme comme lui dans mon passé.

Maintenant, je me prélassais sur un lit d'hôtel, je regardais mon téléphone et je ne savais pas trop comment digérer la pensée qu'Anthony ne me ferait pas de demande d'appel visio. Qu'il ne servait à rien de *lui* envoyer une requête de visio. Ou de l'appeler. Ou de lui envoyer des SMS. Ou de parcourir les photos que j'avais gardées sur mon téléphone. Les derniers mois avaient été comme beaucoup de jours et de nuits enchaînés par des appels, des discussions et ces brefs moments incroyables avec Anthony. J'avais vécu la majeure partie de ma vie sans connaître Anthony, mais après plusieurs mois à sortir avec lui, je ne savais pas quoi faire de moi maintenant qu'il était parti.

— Hé.

Keith s'assit sur l'autre lit et me regarda, le front plissé d'inquiétude.

— Comment tu t'en sors ?

— Est-ce que je baisserais dans ton estime si je te disais que je ne m'en sors pas ?

Il grimaça et secoua la tête.

— Non. Je suis passé par là. Ça craint.

Je me mordis la langue pour ne pas lui rappeler que oui, il avait été à ma place, mais qu'il avait aussi récupéré Shawn et Justin à la fin. Il n'y aurait pas de retrouvailles avec Anthony. Pas tant que nous travaillerions tous les deux pour la PHL.

Keith inclina la tête, le regard empli de compassion.

— Tu veux aller boire un verre ou faire quelque chose, plus tard ?

J'y réfléchis. Nous n'avions pas de match demain. Si je le voulais, je pourrais prendre un verre. Je pourrais me mettre une mine absolue ce soir. Pourquoi le simple fait d'y penser me fatiguait-il ?

— Peut-être. Je pense que j'ai juste besoin de me détendre un peu.

Il hocha la tête.

— D'accord. Je vais prendre une douche.

Il se leva et, alors qu'il passait à côté de moi, me serra amicalement l'épaule.

— Tiens-moi au courant.

— D'accord.

Pendant que Keith se douchait, je restai allongé sur le lit avec mon téléphone, et par pure habitude, j'allai sur le site Web de la PHL pour voir s'il y avait des récapitulatifs divertissants.

Et juste là, en haut du site, un gros titre annonçait :

Flash spécial : Caruso (NY Krakens) *tiendra une conférence de presse à 17 h (heure de l'Est).*

Ce n'était pas inhabituel à cette période de l'année. Le coach Samuels en faisait habituellement quelques-unes dans les semaines précédant la date limite des échanges de joueurs et, par la suite, les séries éliminatoires. Tout le monde le faisait. Les gens voulaient savoir s'il y avait des rachats à l'horizon. Ils voulaient savoir si quelqu'un sortirait de la réserve des blessés à temps pour les séries éliminatoires, et si les entraîneurs pensaient que leurs équipes avaient ce qu'il fallait pour gagner (sérieusement, qui allait leur répondre non ?).

J'appuyai sur le lien.

Alors que la conférence commençait et qu'Anthony entrait dans la pièce au milieu des crépitements des appareils photos et du murmure des voix, mon cœur se serra. Bon sang, ça faisait encore mal de le voir. Je me torturais en l'observant comme je me torturais en regardant toutes les conférences de presse qu'il donnait, mais je ne pouvais pas détourner le regard. Pathétique ou pas, j'avais besoin de le voir, même si c'était sur un écran et qu'il était à un demi-continent de moi.

Sans surprise, la conférence de presse elle-même n'avait rien d'inhabituel. Les *Krakens* avaient échangé et acquis plusieurs joueurs avant la date limite des transactions, de sorte qu'il y aurait des questions sur la façon dont ils s'ajustaient. Un défenseur revenait après quatre mois de convalescence juste à temps pour les séries éliminatoires. La routine.

Jusqu'à ce que le ton change.

— J'aimerais conclure cette conférence sur une note personnelle.

Anthony carra la mâchoire et posa ses mains de chaque

côté du pupitre. Quand il continua, sa voix n'était plus aussi forte et confiante.

— Récemment, une partie de ma vie privée a été rendue publique, et mon équipe, la ligue et les fans ont été mis au courant que j'entretenais une relation avec un joueur d'une autre équipe. Je reconnais que notre relation était inappropriée, qu'elle a créé un conflit d'intérêts et que je ne peux pas entraîner efficacement mon équipe tout en menant une telle relation, c'est pourquoi le joueur en question et moi y avons mis fin.

Mes yeux piquèrent. Putain. Maintenant, je me torturais vraiment. Il fallait que j'éteigne ça parce que je ne pourrais pas supporter de l'écouter dire à une salle pleine de journalistes pourquoi sortir avec moi avait été une erreur.

Alors que je plaçais mon doigt sur l'écran, cependant, Anthony déglutit avec force et redressa les épaules.

— Après avoir réfléchi à ma carrière de joueur et d'entraîneur, après avoir considéré à quel point j'ai abandonné ma vie personnelle au nom de ces carrières, je suis arrivé à la conclusion que je devais réorganiser mes priorités.

Il s'arrêta pour respirer profondément.

— C'est pourquoi, à compter de la fin de la saison en cours, je vais prendre ma retraite en tant qu'entraîneur en chef des *Krakens* de New York.

Je faillis laisser tomber mon téléphone. Une clameur éclata dans la salle de presse, sous la forme de questions et de flashs d'appareils photo. Putain ? Est-ce qu'il venait de...

Il leva la main et tout le monde se tut.

— J'adore mon travail. J'aime mon équipe, continua-t-il en posant la main sur son cœur. Ne pensez pas une seconde que m'en éloigner soit une décision facile. Mais il y a un homme qui m'a fait réaliser que j'avais bien trop négligé ma propre vie. Et peu importe à quel point j'ai essayé de me dire que c'était la bonne décision de le laisser partir et de continuer sur mon chemin avec la PHL...

Il secoua la tête.

— Je n'arrive pas à m'y résoudre. Je tiens donc à remercier mon équipe pour ces huit saisons incroyables, et je serai disponible aussi longtemps que nécessaire et jusqu'à ce qu'un autre entraîneur en chef soit embauché. Mais dès la fin de l'après-saison, je démissionnerai.

Puis Anthony se détourna et sortit. Les journalistes lui crièrent après, un refrain bien connu « Coach Caruso ! Coach Caruso ! » mais il ne s'arrêta pas, et une fois parti, un silence confus prit le dessus. Tout comme les journalistes, je fixai des yeux le pupitre vide où il s'était tenu.

L'écran revint à un quelconque présentateur sportif, et je l'éteignis avant qu'il ne puisse décrire ce « développement choquant » au public estomaqué.

Putain. De. *Merde*. Que diable venait-il de se passer ?

Juste à ce moment-là, Keith sortit de la salle de bain avec une serviette autour de la taille, et il s'arrêta juste à côté du lit.

— Qu'est-ce qui ne va pas ?

Je fixai l'écran pendant un moment avant de le regarder avec de grands yeux.

— Anthony. Il vient de tenir une conférence. Il va... Il prend sa retraite.

— Quoi ? s'écria Keith en se tordant le cou pour regarder l'écran. Tu es sérieux ?

— Ouais.

Je relançai la vidéo.

Quand Anthony s'éloigna du pupitre, Keith siffla et se redressa.

— Bordel de merde.

— N'est-ce pas ?

Je déglutis.

— Je... Je ne sais même pas quoi faire...

— Brad. Mec.

Il posa sa main sur mon épaule et me regarda dans les yeux.

— Respire, d'accord ?

— Je respire.

Je respirais. N'est-ce pas ? D'accord, j'avais besoin de le faire un peu plus. Je passai une main sur mon visage.

— Je n'ai pas halluciné tout ça, hein ?

— Non, tu n'as pas halluciné. Clairement pas.

Passant mes doigts dans mes cheveux, je levai les yeux vers Keith.

— Qu'est-ce que je fais ?

Il secoua la tête.

— Aucune idée.

Désignant mon téléphone, il ajouta :

— Peut-être suivre le mouvement ? Parce qu'il doit avoir un plan.

— Est-ce que je dois lui envoyer un message ? Lui dire que j'ai vu la conférence de presse ?

Keith y réfléchit un instant.

— Oui, c'est ce que je ferais. Mais laisse-le t'appeler.

Il grimaça.

— Je parierais qu'il y a des gens qui ne sont *pas* contents de lui, là.

Chapitre 35
Anthony

Valentine, Ralston et Wendy se tenaient debout en silence, les yeux rivés sur moi dans le bureau, qui était si calme après cette conférence de presse que cela me faisait tinter les oreilles.

— Donc, vous êtes vraiment sûr de vous, soupira Valentine. Caruso, je pense que vous faites une grosse erreur.

— Peut-être, acquiesçai-je. Mais je dois le faire. Sinon, je vais prendre ma retraite dans dix ans, retourner chez moi pour ne trouver qu'une maison vide et me demander ce que j'ai bien pu faire de ma vie.

Valentine pinça les lèvres, mais il ne discuta pas. Il n'avait pas été ravi quand je les avais tous informés avant la conférence de presse, mais il avait toujours la trace de bronzage de sa troisième alliance. Je supposais que si quelqu'un dans cette pièce comprenait, ce serait lui.

Ralston se renfrogna.

— Vous ne pouviez pas attendre après la Coupe ?

J'aurais probablement pu. Les séries éliminatoires arrivaient à grands pas. Mais j'avais besoin de renouer avec Brad, et je ne pouvais pas supporter l'idée d'attendre encore un jour de plus. J'étais déjà passé trop souvent à côté de ma propre vie. Il n'était pas question qu'il me manque plus que ce n'était déjà le cas.

Le froncement de sourcils de Ralston s'approfondit.

— Vous savez que nous pouvons vous virer pour ça ?

Valentine soupira.

— Ralston, il n'y a pas besoin de...

— Allez-y, virez-moi, répliquai-je aussi froidement que possible alors que ma voix voulait trembler si fort.

Je haussai les épaules.

— Si vous voulez participer aux matchs de la Coupe sans entraîneur, je vous en prie.

Le directeur général pressa fermement ses lèvres alors que son visage se faisait encore plus rouge. Il savait que j'avais raison. Nous le savions tous les deux. Bien que le staff d'entraîneurs soit parfaitement compétent, ce n'était pas le moment idéal pour changer d'entraîneur en chef. Ils avaient besoin de moi, et je serais là pour eux durant le reste de la saison. S'il décidait de me mettre dehors, alors les retombées seraient sur lui.

Même si je me sentirais certainement comme un connard si je laissais tomber mon équipe d'un coup, surtout en cette fin de saison.

— Écoutez, je veux être avec Brad, et je ne peux pas être avec lui et entraîner les *Krakens*. J'ai donc pris une décision.

Je levai la main avant que Ralston ne puisse m'interrompre.

— Si nous affrontons Vancouver, alors je tirerai ma révérence si c'est ce qui doit arriver pour que tout le monde soit content. Mais je suis entièrement dévoué à cette équipe tant que je suis son entraîneur, peu importe qui est sur le banc d'en face.

— C'est ce que vous dîtes, grogna Ralston. Mais vous nous demandez de vous soutenir en tant qu'entraîneur de notre équipe alors que vous baisez avec un joueur d'une autre équipe.

— Je ne vous demande pas d'approuver quoi que ce soit, répondis-je aussi froidement que possible. Je me contenterai de prendre du recul si nous affrontons Vancouver, et tant que je *suis* entraîneur, mon objectif reste d'amener les

Krakens au sommet. Vous ne pensez pas que je veuille terminer ma carrière par une victoire en Coupe ?

Ralston pinça les lèvres. Il n'était certainement pas convaincu.

— Considérant que c'est votre dernière chance de gagner une Coupe, déclara Valentine, je pense que nous pouvons vous faire confiance pour avoir la tête au jeu et pas ailleurs.

Il tourna un regard aiguisé sur le directeur général.

— N'est-ce pas, Ralston ?

Ralston se pinça l'arête du nez.

— Très bien. Très bien.

Il me montra du doigt.

— Mais j'entends un joueur – *un seul,* Anthony – se plaindre de vos priorités, et je vous remplace immédiatement. Suis-je clair ?

Je savais que c'était une possibilité – il l'avait mentionné quand je leur avais dit, à lui et à Valentine, que j'avais l'intention de prendre ma retraite – mais cela me mettait toujours mal à l'aise. Il avait le pouvoir de le faire maintenant s'il le voulait, avec ou sans plainte des joueurs. Il ne pouvait pas me virer sans l'approbation de Valentine, mais il pouvait sacrément me séparer de l'équipe.

Je serrai la mâchoire et regardai tour à tour Valentine, Ralston et Wendy.

— Y a-t-il autre chose ?

Ils échangèrent des regards, puis secouèrent la tête.

— Je reste à votre disposition pour toute interview, déclara Wendy. Je suis sûre qu'il y aura beaucoup de demandes.

— Merci beaucoup.

Valentine et Ralston n'avaient rien à ajouter, alors je quittai le bureau. Dans le couloir, je m'arrêtai pour respirer profondément. Je voulais vraiment, vraiment appeler Brad, d'autant plus qu'il avait probablement déjà dû entendre parler de la conférence de presse et que je voulais savoir s'il y avait un espoir que nous nous remettions ensemble maintenant que notre conflit d'intérêts professionnels était écarté.

Mais tout d'abord, il y avait d'autres joueurs de hockey qui méritaient mon attention. Je leur devais beaucoup.

Dès que j'entrai dans les vestiaires, tous mes gars se turent et se tournèrent vers moi. Leurs expressions n'étaient pas froides comme elles l'avaient été le jour où tout le monde avait découvert ma relation avec Brad, mais la blessure et la déception y étaient évidentes.

— Alors c'est officiel ? demanda Agnew. Vous prenez votre retraite ?

Je hochai la tête.

— C'est officiel. Mais je suis tout à vous pour le reste de la saison.

Il y avait certainement des sentiments mitigés si l'on se fiait à leurs expressions. Certains gars semblaient être d'accord avec l'arrangement. D'autres étaient de toute évidence déçus.

Hall prit la parole en premier.

— C'est une connerie, coach. Vous dites depuis le début que l'équipe est votre priorité. Maintenant, vous nous laissez tomber ?

Je rencontrai son regard.

— Permets-moi de te poser une question : si tu devais choisir entre ta femme et le hockey, qu'abandonnerais-tu ?

— Je... balbutia-t-il. Je n'abandonnerai ma femme pour rien au monde.

— C'est vrai. Et tu ne le devrais pas. Aucun d'entre vous

ne devrait le faire. J'ai été seul toute ma vie d'adulte parce que je me suis concentré sur le hockey.

Je haussai les épaules dans un geste d'excuse.

— Ça fait vraiment mal d'abandonner ma carrière, mais je ne peux pas laisser cet homme filer.

— Waouh, murmura Agnew. Vous êtes vraiment accro à lui.

— Ouais. On peut dire ça.

Vraiment accro à lui ? Bon Dieu, j'étais tellement fou de cet homme que c'en était hallucinant. Je m'éclaircis la gorge.

— Je vais m'assurer que vous êtes entre de bonnes mains, d'accord ? Promis. Et vous m'avez toujours jusqu'à la finale de la Coupe. Cela va sans dire.

Je dus me concentrer pour avaler la boule dans ma gorge.

— Mais je dois le faire. À ce rythme, je vais me réveiller la semaine prochaine, j'aurai soixante ans, et je serai seul.

— Oh, allez, coach, plaisanta Simmons. Vous avez au moins deux semaines avant d'avoir soixante ans.

Les gars s'esclaffèrent et je levai les yeux au ciel.

— Tais-toi, Simmons.

Il gloussa, se leva et tendit la main.

— Vous allez nous manquer, coach.

— Vous allez me manquer aussi, les gars.

Je lui serrai la main, et en la relâchant, j'ajoutai avec un sourire :

— Vous allez tous me manquer. Mais comme je l'ai dit, je suis toujours là jusqu'à la fin de la saison. Alors que diriez-vous de me remporter la Coupe comme cadeau de départ ?

Cela arracha un cri de joie à l'équipe, et quel soulagement. Ils n'étaient peut-être pas ravis que je prenne ma retraite, mais nous avions tous un objectif commun, et c'était – je l'espérais – suffisant.

Il y eut des poignées de main et des tapes dans le dos, et il était difficile de croire que c'était l'équipe qui m'avait boudé pendant des jours après la révélation de ma relation avec Brad. Mes joueurs s'étaient réchauffés avec moi, et tout était plus ou moins revenu à la normale, mais je me demandais toujours s'ils m'en voulaient en silence. Peut-être que c'était le cas. Tout ce que je savais, c'était qu'ils semblaient tous vraiment déçus que je parte après la fin de la saison.

Peut-être que c'était égoïste de ma part de partir, mais mon équipe méritait mieux qu'un entraîneur qui voulait être ailleurs, et je méritais mieux qu'une maison et un lit vides. J'espérais qu'au fond, même les gars qui n'étaient pas heureux de ma décision la comprenaient.

Alors que l'équipe dégageait les lieux, je quittai les vestiaires et je retournai au bureau. Là, je fermai la porte, la verrouillai et me laissai tomber sur le fauteuil de bureau, soulagé d'être enfin seul pour la première fois depuis la conférence de presse. Le cœur battant la chamade et le ventre noué, je sortis mon téléphone et je ne fus pas du tout surpris d'avoir des messages de Brad.

Mec, qu'est-ce que tu fais ???
C'est pour de vrai ?
Anthony, appelle-moi. AU PLUS VITE. S'il te plaît.

Je trouvai sa page de contact et mon pouce survola le bouton d'appel pendant un moment. C'était maintenant. Le moment de vérité. Est-ce que je venais de me suicider professionnellement pour rien ? Il n'y avait qu'une seule manière de le savoir.

Retenant mon souffle, j'envoyai la requête de visio.

Brad accepta, et dès que son visage apparut à l'écran, il s'exclama :

— Tu es devenu fou ?

Je ris.

— Je suppose donc que tu as vu la conférence de presse.

— Ouais. J'…

Il secoua la tête et sa voix s'adoucit.

— Anthony, qu'est-ce que tu fiches ?

Soupirant, je me rencognai au fond du fauteuil alors que tout le poids des événements semblait peser sur mes épaules. La réalité de la déclaration d'aujourd'hui s'instilla en moi, et je dus déglutir avec force pour empêcher l'acide de remonter dans ma gorge.

— Je devais le faire. J'ai réalisé hier soir…

Je secouai la tête.

— Que tout dans ma vie a toujours tourné autour du hockey. Tôt ou tard, ça va s'arrêter, et qu'est-ce qui me restera ?

— Mais… commença-t-il en se mâchouillant la lèvre. Je ne veux pas que tu abandonnes ton métier pour moi.

Je secouai la tête.

— Et je ne veux pas t'abandonner pour mon métier. Tu as encore une longue et prometteuse carrière devant toi, et moi…

Je soupirai à nouveau, les épaules affaissées.

— Je suis épuisé. Tu te rappelles, au début, quand on s'est dit qu'on avait été tellement absorbés par le hockey qu'on avait tous les deux oublié d'avoir une vie ? C'est à ça que je continue de penser maintenant. Je suis prêt à laisser tomber si ça signifie que j'ai encore une chance avec toi.

Il déglutit, et je crus voir qu'il avait peut-être les larmes aux yeux.

— Mais tu as déjà fait l'annonce. Et si je dis non ?

Mon cœur me tomba dans l'estomac.

— Est-ce que tu es en train de dire non ?

— Je...

Il soupira, baissant les yeux pendant un moment avant de finalement me regarder à nouveau.

— Je te veux plus que tout. Je ne veux tout simplement pas être la raison pour laquelle tu abandonnes quelque chose qui signifie autant pour toi. Je ne veux pas que tu m'en veuilles plus tard parce que...

— Brad.

Je pris une profonde inspiration.

— Être avec toi m'a fait réaliser tout ce que j'avais déjà abandonné au nom du hockey. J'ai eu une bonne carrière. Je n'ai aucun regret. Mais maintenant, je veux être égoïste et faire quelque chose pour moi, et ce quelque chose, c'est d'être avec toi.

Il baissa la tête et s'essuya les yeux.

— Si c'est un non, murmurai-je, alors dis-le-moi et...

— Bien sûr que ce n'est pas un non.

Il me regarda à nouveau, les yeux clairement mouillés maintenant, même s'il riait.

— Je pense que tu es un idiot parce que personne de lucide n'abandonnerait autant pour moi, mais c'était un oui avant même que tu annonces que tu prenais ta retraite.

Je ris aussi, le soulagement se répandant en moi.

— Vraiment ?

— Tu plaisantes ?

Il s'essuya les yeux d'une main tremblante.

— Ça m'a tué d'être sans toi.

Quand on parlait de sentiments contradictoires. Je détestais savoir qu'il avait souffert comme ça, mais en même temps, il y avait un certain soulagement à savoir qu'il n'avait pas simplement tourné la page comme si ce que nous avions n'était rien. J'espérais que cela signifiait qu'il se passait vraiment quelque chose qui valait tout ce que nous avions abandonné et tout ce que j'avais l'intention de laisser tomber.

— Je veux te voir, murmura-t-il. Dès que possible.

— Moi aussi, répondis-je. Je ne sais pas quand ce sera possible, mais... Ouais, *bientôt*.

— On trouvera bien, dit-il dans un sourire. Je t'aime.

Mon cœur se déchaîna. Dieu que ça m'avait manqué de l'entendre dire ça.

— Je t'aime aussi.

Et j'avais hâte de le revoir en personne.

Chapitre 36
Brad

Dans un hôtel d'une ville ou d'une autre, à mi-chemin entre San Diego et Los Angeles, je ne pouvais pas rester assis. Anthony serait là à tout moment. Il était parti une heure auparavant, et j'avais surveillé de près l'info trafic au cas où il y aurait un retard inhabituel sur la I-5. Jusqu'à présent, rien. Ce qui signifiait qu'il serait ici... à tout... *moment*.

Je tentai de jouer à un jeu sur mon téléphone pour passer le temps, mais je n'arrivais pas à me concentrer. J'étais trop nerveux et agité. Il était en route pour me rejoindre. J'allais le voir. J'allais *enfin* le voir et le toucher. Je m'en fichais même, si nous ne faisions pas l'amour – j'étais sûr que nous le ferions, mais si nous tombions juste dans le lit et restions comme ça la moitié de la nuit, je ne me plaindrais pas.

Cela faisait une bonne semaine et demie qu'Anthony avait laissé la ligue stupéfaite avec son annonce. J'avais craint qu'il ne se passe encore plus longtemps avant que les étoiles ne s'alignent et que nos équipes jouent assez près l'une de l'autre pour pouvoir m'éclipser et le retrouver, mais nous avions eu de la chance – nous étions tous les deux dans le sud de la Californie cette semaine. Nous nous étions mis d'accord sur un lieu, fait une réservation, loué des voitures... Maintenant, j'étais là, et il me rejoindrait dans un fichu instant.

J'avais joué hier soir, mais Karlsson avait été dans le filet ce soir, alors j'étais reposé et prêt pour la visite tant attendue de l'homme que je rêvais de revoir.

À chaque minute qui passait, j'étais de plus en plus irrationnellement convaincu qu'Anthony changerait d'avis. Qu'il avait loué une voiture et qu'il était arrivé à mi-chemin, qu'il avait soudainement réalisé tout ce qu'il abandonnerait en étant avec moi, et qu'il avait sagement fait demi-tour jusqu'à Los Angeles pour une conférence de presse annonçant qu'il ne prendrait finalement pas sa retraite. Pourrais-je le lui reprocher s'il le faisait ? C'était un homme dont la carrière d'hockeyeur professionnel lui avait été arrachée beaucoup trop tôt, et qui s'était ensuite mobilisé pour devenir l'un des plus jeunes entraîneurs en chef de la ligue. Au cours de près de huit saisons, il avait eu un parcours très respectable en tant qu'entraîneur, et s'il restait encore dix ou quinze ans, sa carrière d'entraîneur surpasserait de loin tous les articles et vidéos putaclics sur sa blessure. Qui étais-je pour lui demander de couper court afin de pouvoir être avec moi ?

La sensation de nervosité dans mon ventre se mua en déception préventive. Anthony était plus intelligent que ça. Et avec les *Krakens* qui dominaient leur division et étaient en lice pour remporter la Coupe, il ne pouvait pas être sérieusement en train de se retirer. Tous les entraîneurs voulaient prendre leur retraite sur une bonne note, mais qui diable prendrait sa retraite quand son équipe était si bonne et avait autant de potentiel pour poursuivre sa série de victoires jusqu'à la saison prochaine ? Et... prendre sa retraite *pour moi* ?

Une partie de moi ne pouvait s'empêcher de fantasmer sur l'éventualité d'envoyer des SMS à tous les hommes avec qui j'étais sorti avant pour leur dire que quelqu'un pensait enfin que je valais la peine. J'avais toujours un peu peur qu'Anthony réalise brusquement la même chose que mes ex, alors je ne tentai pas le diable en criant victoire de manière arrogante par SMS. Ce n'était pas mon style de toute façon. Et sérieusement, Anthony devait savoir ce qu'il abandonnait et ce qu'il obtiendrait en retour.

Je ne suis que moi, Anthony. Je ne suis rien de spécial. À quoi penses-tu ?

Peut-être que je devrais simplement lui envoyer un texto maintenant et le laisser s'en sortir. Lui dire que je comprenais, et que je ne voulais pas qu'il abandonne autant juste pour être avec moi, et que je…

Ma notification de texto me surprit tellement que je manquai tomber du lit où je m'étais allongé. Je me précipitai vers mon téléphone, prêt à tomber violemment malade à cause du message qui m'annoncerait son rétropédalage, et…

Tout juste garé. En train de monter.

Mes lèvres s'entrouvrirent. Il était là. Il n'avait pas fait demi-tour. Merde alors.

Et une minute plus tard, alors que j'étais encore sous le choc que toutes mes peurs ne se soient pas réalisées, on frappa à la porte de la chambre d'hôtel.

Merde alors. Il *était* là.

J'ouvris la porte, et il se trouvait là. Le cœur battant, je m'écartai pour le laisser entrer, et eus à peine eu la présence d'esprit de fermer la porte derrière nous avant de me tourner pour le regarder.

— Tu es là.

Anthony sourit.

— Tu pensais que je ne viendrais pas ?

Eh bien, maintenant que tu le dis…

— Je ne… Je ne sais pas. Je n'arrive toujours pas à me faire une idée de tout ce qui se passe.

— Tu as tout le temps du monde pour t'y retrouver.

Il me prit le visage en coupe dans ses deux mains.

— Parce que je ne vais nulle part.

La caresse du bout de ses doigts sur ma peau affaiblit mes genoux et ma voix était instable quand je murmurai :

— Tu es fou.

— Probablement. Mais je ne peux pas m'en empêcher, je te veux.

Il pressa ses lèvres contre les miennes, un baiser brisant une période de disette que je ne pensais pas voir se terminer, et je l'encerclai de mes bras. Merde alors. Il était là. Fou ou non, que je le croie ou non, il était là, et rien dans son baiser ou son étreinte ne laissait croire qu'il avait des doutes. Puis il rompit le baiser et murmura :

— Je suis peut-être fou, mais je m'en fiche. Je suis là, et je t'aime.

— Je t'aime aussi, mais... Anthony... ta carrière...

Il m'embrassa à nouveau, me faisant taire.

— J'ai fait passer ma carrière avant tout le reste dans ma vie. Le hockey est *toujours* venu en premier.

Il pressa un autre baiser sur mes lèvres, celui-ci long et tendre, avant de murmurer en tremblant :

— Tu signifies plus pour moi que le hockey.

Mes genoux et mon cœur fondirent.

— Mais je ne peux pas te demander d'y renoncer pour...

— Tu ne l'as pas fait.

Il me caressa la joue de son pouce.

— C'était mon choix. Et quand je l'ai fait, je ne savais même pas si tu serais prêt à me reprendre.

Je ris doucement, et ma voix était instable quand je dis :

— Tu pensais vraiment qu'il y aurait un quelconque risque que je te dise non ?

— Je ne savais pas. J'espérais, mais rien n'est garanti, tu sais ?

Il effleura mes lèvres des siennes.

— Je savais juste que je ne pouvais pas rester dans une carrière qui me coûterait l'homme le plus incroyable que j'aie jamais connu.

Un souffle haché s'échappa de mes lèvres.

— Anthony...

— Je t'aime, murmura-t-il. J'ai eu une sacrée bonne carrière, mais maintenant je veux savoir ce que c'est que d'avoir une vie avec toi.

Seigneur. Et dire que j'avais eu peur qu'il soit à un battement de cœur d'avoir des doutes et de retourner à Los Angeles. Qu'il ressemblerait aux autres hommes que j'avais fréquentés.

— Je pense toujours que tu es fou, mais je suppose qu'on est deux.

Je lui levai le menton et l'entraînai dans un autre baiser.

— Dieu, que je t'aime.

Je glissai les deux mains dans ses cheveux et réclamai un autre baiser, et Anthony gémit doucement alors que ses lèvres se séparaient pour laisser ma langue se glisser entre elles.

Quand nous nous séparâmes finalement pour trouver de l'air, il chuchota :

— Tu m'as tellement manqué.

Il posa son front contre le mien et passa des doigts tremblants dans mes cheveux.

— Je n'arrive pas à croire qu'on est...

— Moi non plus.

— Et je n'arrive vraiment pas à croire, reprit-il en glissant une main sur mes fesses, que tu as encore des vêtements sur le dos.

Je ris, ce qui m'étourdit encore davantage.

— On peut faire quelque chose pour arranger ça, tu sais.

— Hmm-hmm.

Il me poussa d'un pas vers le lit.

— On peut, oui.

Et très vite, nous fûmes nus dans le lit où je m'étais auparavant rongé les sangs de doute quant à sa venue ce soir. Il était là, pourtant : nu, dur, glissant ses mains sur moi en embrassant ma bouche, mon cou, mes clavicules. Notre première fois ensemble semblait avoir eu lieu il y avait une vie de cela, et la façon dont nous nous étions touchés cette nuit-là était très éloignée de la façon dont nous nous touchions ce soir. Nous tremblions tous les deux, et le besoin dans chaque baiser allait beaucoup plus loin que celui de deux gars à moitié ivres qui avaient besoin de s'envoyer en l'air après un match de hockey. Cette nuit-là, ç'avait été comme si nous avions chacun eu une démangeaison à gratter. Mais maintenant ? Il y avait un incendie qui devait être éteint, et un autre qui allait continuer à brûler plus fort à mesure que nous nous enlacions. Ou quelque chose comme ça. J'étais tellement étourdi de faim que la seule chose qui avait du sens était qu'en ce moment, je voulais Anthony plus que je n'avais jamais voulu personne auparavant. Y compris lui.

— Tu as apporté le lubrifiant, j'espère ? demanda-t-il contre ma gorge.

— Bien sûr que oui. Tu penses que je pourrais oublier d'en amener ?

— Hmm, pas faux.

Il m'embrassa sous la mâchoire.

— Tu veux me prendre, ce soir ?

Je ne pus m'empêcher de gémir.

— Ouais ?

— Hmm-hmm.

Anthony leva la tête et m'embrassa à pleine bouche, puis il rompit ce baiser juste assez pour murmurer :

— C'est tout ce à quoi j'arrive à penser.

— Alors, qu'est-ce qu'on attend ?

De longs préliminaires prolongés pourraient attendre jusqu'à ce que nous ayons eu quelques orgasmes. Pour l'instant, nous changeâmes de position – Anthony à quatre pattes et moi agenouillé derrière lui – et j'ouvris le lubrifiant. Le simple fait de répandre le liquide frais en caresses sur ma queue fut presque suffisant pour me faire jouir. Je n'avais même pas voulu me masturber depuis des lustres, et maintenant j'allais baiser Anthony ? *Mon Dieu,* oui.

— Allez, supplia-t-il. Brad...

— J'arrive.

Je m'appliquai du lubrifiant sur les doigts et le taquinai, m'assurant qu'il était assez détendu et suffisamment lubrifié pour me recevoir. Et ceci... peut-être un *peu* plus longtemps que nécessaire afin de le rendre dingue, juste pour le plaisir. Il me le faisait toujours, alors pourquoi pas ?

— Dépêche-toi, grogna-t-il. Ou je vais te remettre sur le dos et m'asseoir sur toi.

Je ris en glissant mes doigts hors de lui.

— Ce n'est pas très dissuasif, tu sais.

— Baise-moi, espèce d'allumeur.

— Oui, coach.

Ce gémissement... Bon sang.

La prochaine fois, je le taquinerais comme jamais. Peut-être pour voir s'il s'impatienterait vraiment assez pour me mettre sur le dos et se baiser sur ma queue. Mais pas ce soir.

Je me guidai en lui. Il était définitivement prêt pour moi, et je glissai facilement, ce qui lui tira un gémissement follement sexy. Je continuai à m'enfoncer petit à petit, mais de toute évidence, il n'était pas assez patient pour cela – il se balança contre moi, et je m'immobilisai, le laissant enfoncer mon sexe plus profondément en lui. Il marmonnait des jurons, surtout quand il me prit jusqu'au fond, et j'étais hypnotisé, me regardant aller et venir en lui, tout comme la façon dont ses muscles se gonflaient et ondulaient. Il était tellement magnifique de toute façon, et ça faisait beaucoup, beaucoup trop longtemps que je ne l'avais pas eu comme ça. Que je l'avais eu tout court.

Je trouvai cependant qu'on ne se touchait pas assez, alors je me penchai et enroulai un bras autour de lui. Ondoyant des hanches pour continuer à le baiser, je l'embrassai derrière la nuque. Mes lèvres frôlèrent cette cicatrice familière, qui était encore un autre rappel que l'homme avec qui j'étais était celui qui m'avait tant manqué. Une part de moi n'arrivait toujours pas à croire qu'il m'avait un beau jour remarqué dans ce bar de Vancouver, une éternité auparavant. Et j'arrivais à peine à réaliser qu'il m'était revenu. Qu'il avait tant abandonné – qu'il aurait tout abandonné – pour qu'on puisse être ensemble alors que j'étais persuadé que nous ne pouvions pas l'être.

Je ne te mérite pas, mais je ferai tout ce que je peux pour t'empêcher de le remarquer.

— Je t'aime, lui murmurai-je à l'oreille. Mon Dieu, Anthony...

— Je t'aime aussi, haleta-t-il. Je perdais la tête depuis... Depuis qu'on...

— Je sais. Moi aussi.

J'embrassai la naissance de son cou.

— Je trouve toujours que tu es fou d'être venu, mais...

Je le martelai assez fort pour le faire haleter.

— Je suis heureux que tu sois là.

Il répondit d'un gémissement.

J'embrassai à nouveau son cou, puis me redressai pour

pouvoir le chevaucher comme il l'aimait – profondément, vite et fort – tandis qu'il jurait, haletait et suppliait d'en avoir plus.

Et bon sang, il n'était pas du genre à rester immobile en se faisant baiser. Jamais. Je ne comprenais pas ce qu'il faisait avec ses hanches, mais c'était spectaculaire, et je m'accrochai à sa taille et le laissai m'envoyer dans l'oubli. Avec un cri qui énerva probablement les clients des chambres environnantes, j'attirai son cul contre moi, me forçant en lui aussi profondément que possible, et frissonnai fort dans ma jouissance.

— Oh, putain...

Anthony continua à onduler des hanches autant que ma prise le permettait jusqu'à ce que je relâche mon souffle et me retire lentement en tremblant. Il se retourna sur le dos, et je descendis pour le prendre en bouche, mais il m'arrêta et m'attira dans un baiser. Avec sa main serrée autour de la mienne, nous le caressâmes à deux alors que nous nous embrassions. Embrasser quelqu'un d'autre m'avait-il jamais fait cet effet ? Personne au monde n'arrivait à la cheville d'Anthony dans ce domaine, surtout quand il était aussi excité, et plus il était excité, plus son érection durcissait dans ma main et plus il m'embrassait.

Puis Anthony rompit le baiser avec un halètement, et il s'enfonça fort dans nos poings à plusieurs reprises avant de jouir, un rude « *Putain !* » s'échappant de ses lèvres. Il frissonna plusieurs fois, se détendit, et s'immobilisa ainsi, respirant fort contre mes lèvres.

— Oh mon Dieu...

« Oh mon Dieu » était tout à fait approprié. À noter comme autre chose qui m'avait manqué : son expression et sa voix quand il jouissait, et la façon dont il restait encore tremblant et haletant par la suite.

— Putain, j'avais besoin de ça, murmura-t-il, toujours à bout de souffle.

— Moi aussi. Douche ?

— Douche.

Après cela, nous retournâmes dans le lit froissé, et... ah, maintenant tout allait bien dans mon monde. Le sexe était génial, mais c'était ça mon truc préféré – être allongé dans le lit avec Anthony, nus sous les draps à nous embrasser paresseusement de temps en temps. Juste être avec lui. Mis à part l'été dernier, nous avions vécu une relation entièrement à distance, et j'avais rapidement appris à savourer chaque seconde que je passais avec lui. Après que nous avions rompu et que j'avais cru notre histoire finie, j'avais une appréciation encore plus profonde pour ces petits moments de détente.

— Je suis sérieux, murmurai-je. Tu m'as tellement manqué.

— Toi aussi.

Il me regarda dans les yeux.

— Honnêtement, la nuit où on s'est rencontrés, je pensais que tu avais mis la barre haut pour le prochain mec qui se présenterait, dit-il en me caressant la joue. Mais tout en toi m'a fait réaliser que je ne veux pas qu'il y *ait* un prochain mec.

Mon cœur se déchaîna.

Anthony m'embrassa.

— Je n'ai même pas voulu regarder un autre homme depuis que je t'ai rencontré. Ça aurait dû me mettre la puce à l'oreille depuis longtemps, mais même si je suis long à la détente, je comprends maintenant – tu es le seul homme que je veux. Un point c'est tout.

— Pareil.

Je souris, mais mon cœur se serra.

— Sauf que... Je ne sais pas si nos équipes le toléreront.

— La mienne est au courant.

— Ah oui ?

Il hocha la tête.

— Je leur ai dit quand j'ai annoncé que je prenais ma retraite. Je pensais le garder pour moi, mais... on devrait peut-être être honnêtes là-dessus. Surtout avec le début des séries éliminatoires.

— C'est vrai. Si mon équipe finit par affronter la tienne en finale...

— C'est ce qui m'inquiète. Il faut qu'on soit francs avec nos équipes afin qu'elles puissent décider si elles acceptent que je coache ou que tu joues.

Je grinçai des dents. L'idée d'être retiré de la glace pendant les séries éliminatoires me piquait, mais que pouvais-je faire d'autre ?

— En théorie, contrai-je, on *pourrait* garder ça sous silence jusqu'à la fin de la saison. Les gens savent déjà que tu prends ta retraite, mais on n'a pas à dire qu'on sort à nouveau ensemble. Ensuite, quand l'intersaison commencera, on pourra le rendre public et les dés seront jetés.

Anthony secoua la tête.

— Je ne pense pas que ce soit une bonne idée.

Il soupira.

— Il suffirait que tu laisses passer un palet des *Krakens* dans ton filet pour qu'on commence à se demander si c'était fait exprès ou...

Il agita la main.

— Les gens peuvent s'imaginer toutes sortes de merdes, et ton équipe ne te fera plus confiance. Et de toute façon, je doute que quelqu'un nous prenne au mot et pense que nous resterons séparés jusqu'à la fin de la saison, surtout après que j'ai annoncé que je prenais ma retraite.

— Bon argument. Eh bien, regardons ça droit dans les yeux, alors.

Je rencontrai son regard.

— Mon équipe a un entraînement prévu demain matin. Si on se présente tous les deux et qu'on leur dit...

Anthony hocha la tête.

— D'accord. D'accord, on peut le faire comme ça. Je n'ai pas besoin de retourner à Los Angeles avant demain après-midi, donc on peut rester ici cette nuit, descendre ensemble à San Diego, parler à ton équipe, et après ça...

Il haussa les épaules.

— Après ça, qui vivra verra.

Je hochai la tête.

— C'est à peu près tout ce qu'on peut faire, non ?

— C'est ça. Comment tu penses qu'ils vont le prendre ?

— Difficile à dire. Ils étaient assez énervés la première fois.

Il grimaça.

— Eh bien, espérons qu'ils soient plus raisonnables cette fois-ci.

— Ouais, déglutis-je. Espérons-le.

Et alors qu'Anthony et moi nous installions pour la nuit, j'étais heureux et soulagé d'être avec lui.

Mais bordel, j'étais plus nerveux quant à l'avenir de ma carrière en PHL que je ne l'avais jamais été dans ma vie.

Chapitre 37
Anthony

Le lendemain matin à l'aube, Brad et moi quittâmes l'hôtel dans nos voitures de location respectives pour nous diriger vers San Diego. Pendant que je le suivais sur la I-5, j'appelai Ralston et lui fis savoir que je ne serais pas là pour l'entraînement du matin, mais que je serais à Los Angeles à l'heure du match. Il n'était pas ravi, mais m'assura qu'il transmettrait le mot à l'équipe et au personnel.

À cause du trafic, il nous fallut un peu plus de temps pour nous rendre à San Diego que nous l'aurions souhaité, mais l'équipe était toujours dans les vestiaires quand nous y entrâmes.

Ils virent Brad en premier, le saluant comme ils l'auraient fait pour n'importe quel autre joueur : « Salut mec ». « Salut, Spencer ». « Ça va ? ».

Mais dès qu'ils me virent, tout le monde dans la pièce se figea soudain et resta silencieux.

Le coach Samuels croisa mon regard et sa mâchoire se serra.

— Coach Caruso. Il y a une raison pour laquelle vous êtes dans les vestiaires de mon équipe ?

Je levai la main et ouvris la bouche pour parler, mais Brad me devança :

— Nous voulons juste être honnêtes et transparents avec l'équipe.

— Avec...

Samuels nous regarda tour à tour, puis ferma les yeux et soupira.

— Je suppose que ce n'est pas vraiment inattendu, maintenant que Caruso prend sa retraite.

— Alors, attends...

L'un des joueurs inclina la tête.

— Spencer, tu te remets avec lui, mais...

Il déplaça son regard vers moi.

— Vous vous retirez du coaching ?

Nous acquiesçâmes tous deux de la tête.

— Oui, répondit Brad. Et je veux dire, si vous voulez qu'on lève le pied jusqu'à la fin de la saison, c'est...

— Ce n'est pas le but, de toute façon, déclara un joueur. Même si vous levez le pied, vous prévoyez quand même de reprendre sur les chapeaux de roues après la saison. Alors, qu'est-ce qui t'empêche de laisser gagner New York ?

— Parce que je suis un *Narwhal*, répliqua Brad. Je ne compromettrais jamais notre équipe pour qui que ce soit, et je ne sortirais jamais avec quelqu'un qui me le demanderait.

— Et je ne suis pas intéressé par la tricherie, renchéris-je. Si mes gars gagnent la Coupe cette année, je veux que ce soit parce qu'ils sont la meilleure équipe au monde, pas parce que j'aurais tiré des ficelles en coulisses pour leur faciliter la tâche. S'ils perdent, ce sera parce qu'une autre équipe les aura battus, et ils utiliseront certainement ça pour se motiver à mieux jouer la saison prochaine.

— Avec un entraîneur différent, déclara quelqu'un catégoriquement.

— Avec un entraîneur différent, reconnus-je. En fait, mon équipe mérite de gagner grâce à ses propres mérites et de ne pas être remise en question à cause de moi. C'est pourquoi je démissionne et que je laisse quelqu'un d'autre qui n'a pas de conflit d'intérêts prendre la relève.

— Et c'est pour ça qu'on veut être francs avec vous, les

gars, ajouta Brad. Je ne veux pas cacher ça à mes coéquipiers. Il n'y a rien de bizarre qui se passe ici, alors je veux être honnête à ce sujet.

Il déglutit avec force.

— Mais j'ai besoin de savoir si on peut encore travailler en équipe à l'avenir, sachant que je suis avec...

Il me désigna.

Certains autres joueurs échangèrent des regards, et il y eut quelques hochements de têtes et haussements d'épaules.

Samuels parcourut son équipe du regard, probablement à la recherche d'hostilité ou de résistance. Il n'y en avait pas que je puisse repérer, et Dieu savait que j'avais développé un sixième sens pour distinguer les joueurs mécontents.

Après un moment, Samuels dit :

— Vous êtes tous d'accord avec ça.

— Eh bien, je veux dire... commença un joueur blond avec une dent en or en haussant les épaules. Je veux dire, si le mec prend sa retraite pour être avec lui...

— Et merde, Spencer est malheureux depuis qu'il nous a dit qu'il avait rompu avec lui.

Donaldson (selon son maillot) regarda Brad.

— On serait un peu des connards si on disait qu'on n'est pas cool avec ça, alors que c'est ce qui te rend heureux.

— Même si ça signifie couch... enfin, être avec l'entraîneur d'une autre équipe ? demanda Brad.

— Il prend sa retraite, de toute façon.

— Dans quelques semaines, oui.

Brad me jeta un coup d'œil et avala sa salive avant d'affronter à nouveau son équipe.

— Pour la petite histoire, on garde ça secret jusqu'à la fin de la saison. Mais je voulais juste... On voulait que vous le sachiez. Je ne veux pas qu'il y ait de surprises.

Un joueur aux épaules larges qui devait être un défenseur nous regarda.

— Vous ne parlez à personne de vous deux, mais à quel point vous parlez de nous ?

Il fit un geste qui les engloba, lui et le reste de l'équipe.

— Je vous l'ai déjà dit, déclara Brad. On ne le fait pas.

— Il a raison, renchéris-je. La seule et unique fois où je lui ai transmis des informations, c'était pour lui dire de faire attention en jouant contre Anaheim.

Je levai les mains.

— Et c'était seulement parce que je ne voulais plus que d'autres joueurs soient blessés *quelle que soit* l'équipe.

Les joueurs échangèrent des regards cryptiques.

— C'est ce que Spencer a dit dans l'avion, déclara quelqu'un. Et je le crois.

— Moi aussi, dit quelqu'un d'autre.

Donaldson me dévisagea.

— Hé, les *Stingers* n'auraient pas sorti l'un de vos gars ? Genre, avant qu'ils blessent Spencer ?

— Ouais, je m'en souviens, intervint un autre joueur. Ils ont passé à tabac l'un de vos attaquants, c'est ça ?

Je tentai de réprimer un frisson.

— Oui, en effet. Ruiz. C'est la raison pour laquelle j'ai fait pression pour qu'une enquête soit ouverte sur Anaheim, et que j'ai dit à Brad d'être prudent. Et de vous dire à tous d'être prudents.

D'autres regards furent échangés.

— Il dit la vérité, repris-je. Je vous le jure, je ne lui ai jamais donné d'infos sur d'éventuelles faiblesses des *Narwhals*. Il ne m'a jamais rien révélé sur les *Krakens*.

Personne n'avait l'air convaincu, mais avant que je puisse intervenir, Brad poursuivit :

— Écoutez, je respecte la carrière d'Anthony et il respecte la mienne. Je ne m'attendrais jamais à ce qu'il essaie de compromettre son équipe, et il est certain qu'il ne s'attendrait pas à ce que je fasse de même. C'était une relation, pas un complot.

Il posa sa main sur la mienne et la serra doucement.

— Cette relation... je suis avec lui. Aucun de nous n'a envie de poignarder notre équipe dans le dos.

Cela incita d'autres échanges de regards, et les gars eurent davantage l'air de pencher en notre faveur.

— Il a raison, insistai-je. Peu importe ce qui se passe dans ma vie personnelle, ma priorité sur la glace, c'est mon équipe. *Toujours*. Je ne poignarderais jamais mes gars dans le dos comme ça et je ne lui demanderais jamais de le faire avec vous.

Avec un léger sourire, j'ajoutai :

— J'entraîne les *Krakens*, pas les *Stingers*.

Et finalement, quelques rires discrets s'élevèrent du groupe, et la tension descendit d'un cran.

L'un des joueurs souffla avec agacement.

— Écoute, je trouve que c'est de la merde que tu te tapes l'entraîneur d'une autre équipe, même s'il prend sa retraite. Parce qu'il n'est pas *encore* à la retraite, et qu'il y a de fortes chances que notre équipe affronte à nouveau la sienne en finale.

Son regard fit plusieurs fois l'aller-retour entre Brad et moi, puis sa combativité sembla le quitter en partie alors que ses épaules s'affaissaient et qu'il secouait la tête.

— Mais tu es aussi le meilleur gardien que nous ayons. Tu es le meilleur gardien que cette équipe ait jamais eu.

Il regarda Brad, une lueur intense dans les yeux.

— Alors je dois savoir, mec, est-ce qu'on peut te faire

confiance même si on joue contre lui ? demanda-t-il en me désignant.

— Toujours, répondit Brad sans hésitation. Écoutez, ce qu'Anthony et moi faisons, c'est hors de la glace. Je veux dire...

Du regard, il fit le tour de la pièce, puis désigna l'un de ses coéquipiers.

— Karlsson, tu es ami avec Reyes de Chicago, non ?

Son coéquipier hocha la tête.

— Et Keith est proche d'Asher Crowe des *Snowhawks*. Bon sang, on est tous amis avec beaucoup de *Snowhawks*.

Brad me jeta un coup d'œil.

— Nous avons tous de bons amis dans d'autres équipes, y compris des mecs qui faisaient partie des *Narwhals* avant. Si on peut tous jouer objectivement contre eux, alors il n'y a aucune raison pour que je ne puisse pas jouer de la même manière contre les *Krakens*.

— Il n'a pas tort.

L'un des joueurs eut un geste dans notre direction.

— Si on peut tous jouer contre nos amis et nos anciens coéquipiers, alors pourquoi Spencer ne pourrait pas affronter le coach Caruso ?

Samuels nous fixa, Brad et moi. Puis l'équipe. Puis, nous à nouveau. Finalement, il relâcha un soupir grave.

— D'accord. Je vais l'autoriser.

Il nous pointa brusquement du doigt.

— Mais je veux que *ce* soit discret jusqu'à la finale de la Coupe. Compris ?

— C'est le plan, répondis-je. Nous voulions juste être honnêtes avec son équipe et la mienne. Tout le monde comprend que ça doit rester sous silence pour l'instant.

— Bien, statua le coach Samuels qui n'avait toujours pas l'air ravi. Et Spencer, tu ne joueras pas contre New York.

Tu pourras jouer pendant les séries éliminatoires, mais si et quand nous affronterons les *Krakens*, c'est Karlsson qui sera dans le filet. Fin de la discussion.

Brad grimaça presque imperceptiblement, mais hocha la tête.

— Bien reçu, coach.

Nous nous attendions tous les deux à cela, mais je pouvais imaginer que c'était encore un coup dur, sachant qu'il serait probablement mis sur le banc au moins une partie du temps pendant l'après-saison.

— Des objections ? demanda Samuels aux joueurs qui s'étaient rassemblés.

Je retins mon souffle et serrai la main de Brad plus fort, m'attendant pleinement à ce que quelqu'un ait un problème avec nous.

— Non, mec.

L'un des gars se leva et tendit la main à Brad.

— Ça nous va.

Un par un, le reste de l'équipe lui emboîta le pas, et la camaraderie était évidente et clairement intacte. C'était un soulagement de voir Brad et ses coéquipiers plaisanter et rire de tout cela. Je ressentis probablement plus de soulagement que lorsque ma propre équipe m'avait pardonné et que le sentiment général était revenu plus proche de la normale. Dans le pire des cas, j'aurais pu passer la saison avec des regards glacés et des bouderies. Je ne voulais pas que mon équipe soit mécontente, mais au moins, ils n'auraient à me supporter que quelques semaines de plus.

Avec un peu de chance, Brad avait encore une longue carrière devant lui. Il aimait ses coéquipiers et il n'avait aucune envie de porter un maillot différent. Rétablir l'harmonie entre lui et les *Narwhals* était énorme, et j'étais heureux que nous l'ayons bien joué cette fois-ci afin qu'il puisse toujours faire partie de son équipe aucune animosité.

Un de ses coéquipiers se détacha des autres et vint vers moi. Je dus y regarder à deux fois avant de réaliser que ce n'était pas seulement un joueur que je reconnaissais de la PHL. Je connaissais ce visage depuis des années.

— Keith ! m'exclamai-je en tendant la main. Waouh. Ça faisait longtemps.

Il me la serra, puis m'attira dans une accolade.

— Ouais, beaucoup trop longtemps.

Me tapotant le dos, il ajouta :

— Je n'arrive toujours pas à croire que c'est toi le mec qui l'a fait sourire comme un idiot toute la saison.

— Hé ! nous écriâmes Brad et moi en chœur.

Keith rit en me relâchant.

— Je déconne. Je suis heureux que vous ayez trouvé un moyen de faire en sorte que ça fonctionne. Il était malheureux sans toi, ajouta-t-il plus sérieusement.

Brad rougit et je souris en passant mon bras autour de sa taille.

— Ouais, eh bien. Il n'était pas le seul.

Je rencontrai le regard de Keith.

— Et au fait, merci encore de m'avoir tenu au courant pour lui. Après... tu sais...

— Bien sûr.

Il jeta un coup d'œil derrière nous.

— Merde, il faut que je file sur la glace. Tu viens, Brad ?

— Euh, oui. Dans une minute.

Keith hocha brusquement la tête. Il fit un pas, mais s'arrêta et me regarda.

— Une fois la saison terminée et que tout se sera calmé, on devrait aller prendre un verre tous ensemble. Il faut qu'on rattrape le temps perdu maintenant qu'on est tous les deux sur la liste noire de mon père.

Je gloussai.

— Ça marche.

Il m'adressa un autre sourire rapide, puis s'en alla.

Je me tournai vers Brad.

— Tu devrais sans doute sortir, et il faut que je décolle. Ça va être une sacrée route maintenant que le trafic reprend.

Brad hocha la tête.

— Je sais. Merci d'avoir fait ça avec moi.

— C'est normal. On est dans le même bateau, alors on doit faire face à l'adversité ensemble.

— Quand même. J'apprécie.

Il soupira.

— Et tout ce qu'on a à faire maintenant, c'est de passer les séries éliminatoires.

— Ça se passera bien.

Je souris en entrelaçant mes doigts aux siens.

— Et ensuite on partira pour le lac Sutton.

Brad sourit.

— Un peu, qu'on y partira !

Je levai le menton et effleurai ses lèvres des miennes.

— J'adore cet endroit. Et la compagnie.

— Quoi ? Les ours ?

Je reniflai et roulai des yeux.

— Oui, Brad. Les ours.

Il gloussa, me tint tendrement la nuque dans sa main et laissa un long et doux baiser s'attarder sur mes lèvres.

— Ours ou pas, j'ai hâte, renchéris-je. Mais, juste pour info...

Je souris.

—... Je pense toujours que l'ours, c'était des foutaises.

Brad grogna et se couvrit le visage de sa paume.

— Je n'ai pas menti au sujet de cet ours !

Je me contentai de rire. J'avais décidé quelque temps auparavant qu'il avait probablement dit la vérité à ce propos, mais je garderais ça pour moi.

Parce qu'il était juste trop mignon quand il défendait son point de vue.

Chapitre 38
Brad

Le coach Samuels n'avait pas plaisanté : quand Vancouver affronta New York en séries éliminatoires, je restai sur le banc. Les journalistes spéculèrent à ce sujet, et ils nous mirent sur le grill, moi, mes coéquipiers et l'homme dont ils voulaient la confirmation qu'il était mon petit ami, mais tout le monde resta muet.

Et c'était bien ma veine, car quand la finale de la Coupe arriva, c'était les *Narwhals* contre les *Krakens*.

Ce soir, alors que mon équipe jouait ce qui pourrait très bien être le match décisif de la saison, j'aurais désespérément voulu être là-bas sur la glace. Je comprenais pourquoi je ne jouais pas, pourquoi j'étais assis, mais bon sang, c'était frustrant. Mon équipe avait une chance de gagner une deuxième Coupe consécutive, et j'avais dû poser mon cul dans la loge VIP. Vie de merde.

Mais chaque fois que le Jumbotron se concentrait sur Anthony, mâchant son chewing-gum et marchant derrière ses joueurs assis, les bras croisés sur sa veste de costume, je me souvenais pourquoi j'étais assis en finale. Il y aurait d'autres saisons. D'autres opportunités. Il n'y avait qu'un seul coach Anthony Caruso.

Je changeai de posture sur le banc et me focalisai sur le match, qui était intense. Le palet s'était retrouvé dans les airs pour retomber sur la glace tant de fois que c'était un miracle que personne n'ait eu de coup du lapin. Karlsson tenait bon, mais je pouvais voir d'ici que sa concentration n'était pas au beau fixe. J'avais eu des soirs comme ça, et je n'arrêtais pas de lui murmurer « reprends-toi, mec, allez » alors que je le regardais *peiner* à faire des arrêts qu'il aurait habituellement pu faire dans son sommeil.

L'entraîneur n'allait pas tarder à mettre notre gardien remplaçant sur la glace. Il le fallait. Karlsson était généralement excellent dans le filet, mais ce soir... Putain, la Coupe était en jeu. Il avait besoin d'être vif.

Les *Krakens* amenaient à nouveau le palet vers notre but, et je me penchai en avant, essayant de lui communiquer mentalement où il devait se placer pour arrêter le tir. Plusieurs *Narwhals* tentèrent de lui barrer le passage, mais quand quelqu'un tira, Karlsson arrêta le palet. Pendant un bref et bel instant, les *Narwhals* en prirent la possession, mais un Kraken s'en empara et, encore une fois, le palet se dirigea vers notre but. Trop de corps se déplaçaient dans trop de directions pour que je suive ce qui se passait jusqu'à ce que...

La lumière rouge s'alluma. Le klaxon de but retentit.

Et les fans des *Krakens* hurlèrent comme des fous furieux.

Je m'affaissai sur mon siège. Putain. Maintenant, New York avait un but d'avance. Il nous restait encore beaucoup de temps pour les surpasser, mais partir d'en bas n'était jamais bon. Surtout pas maintenant.

Quelqu'un me tapota l'épaule. Je me retournai pour voir Matt St. Clair se pencher sur moi.

— Le coach Samuels vient d'appeler. Équipez-vous, dit-il en désignant la porte. Karlsson va sortir.

— Je...

— Allez !

Je n'attendis pas plus. Je me dépêchai de sortir de la loge VIP et me dirigeai vers le vestiaire. Gary, le responsable de l'équipement, m'attendait, me déposant mon équipement sur le banc pendant que je déboutonnais ma veste de costume.

Le coach entra dans le vestiaire.

— Ça ira, Spencer ?

— Bien sûr.

Je me défis de ma veste.

— Et vous êtes sûr que vous voulez que je joue ? Même avec...

— Nous avons besoin d'un mur de briques ce soir, pas d'un morceau de gruyère, répliqua-t-il en me pointant du doigt. Je peux te faire confiance pour jouer pour les *Narwhals*, pas pour les *Krakens* ?

Je carrai la mâchoire.

— Coach, je joue toujours pour les *Narwhals*.

Il m'étudia pendant un moment, comme s'il cherchait des indices. Puis il hocha brusquement la tête.

— Garde la tête froide, alors.

Au moment où je posai le patin sur la glace pour la troisième période, nous étions menés de deux buts. L'attaque avait besoin de se ressaisir et de mettre le palet dans le filet des *Krakens*, mais je comprenais l'inquiétude du coach. Comme tous les gardiens de but, Karlsson avait de bons et de mauvais jours, et ce soir était une mauvaise soirée. Si nous le laissions là, les *Krakens* risquaient d'augmenter leur avance.

Mes coéquipiers me lancèrent des regards méfiants, mais personne ne dit rien. S'ils craignaient que je ne protège pas notre objectif autant que je le devais, ils travailleraient plus dur pour empêcher le palet de s'approcher de moi. Et si celui-ci s'approchait de moi, alors j'allais leur prouver que je jouais pour les *Narwhals* ce soir.

Tandis que je patinais vers le but, je jetai un coup d'œil au banc des *Krakens* et croisai le regard d'Anthony. Il mâchait son chewing-gum vite et fort, et son front se plissa quand il me vit. Je n'aimais pas voir mon petit ami stressé, mais j'étais tout à fait d'accord avec le fait que l'entraîneur de l'équipe adverse soit mal à l'aise maintenant que je me dirigeais vers le filet.

Pendant l'affrontement, le centre des *Krakens* arracha le palet avant que Keith ne puisse l'attraper, et la foule rugit alors que toute l'action se précipitait dans ma direction. Mon cœur se mit en surrégime et mon pouls noya une bonne part du bruit. Je fixai la rondelle comme un faucon, la suivant d'un joueur à l'autre. Keith faillit la récupérer. Puis Sorenson essaya.

Un défenseur patina devant moi, juste devant le territoire de but, me bloquant pour que je ne puisse pas suivre la rondelle.

Je m'accroupis bas et balayai rapidement la glace des yeux, et... là. Je l'aperçus juste avant que le joueur en possession ne fasse le tir, et je me jetai dessus, atterrissant fort sur la glace alors que je claquais mon gant juste au moment où le palet entrait dans la zone.

Pendant une fraction de seconde, j'eus peur qu'il m'ait dépassé.

Mais le klaxon de but ne retentit pas. Les joueurs des deux côtés continuèrent de s'acharner, d'essayer frénétiquement de prendre le contrôle du palet. Est-ce que j'en avais le contrôle ? Est-ce qu'il m'avait échappé ?

Non. Je l'avais. Je levai mon gant avec le palet bien en sécurité dedans, et le soulagement fut palpable à la fois chez les fans et mes coéquipiers.

— Bon arrêt, haleta Keith en me donnant une tape dure sur l'épaule.

— Joli, mec, déclara Rodgers.

— Merci.

J'attrapai ma bouteille d'eau pour une gorgée rapide.

— Qu'est-ce que vous diriez de le mettre dans leur filet, hein ?

— On y travaille, répondit Keith, et il s'éloigna pour la remise en jeu.

L'équipe se rapprocha du filet des *Krakens* cette fois-ci, et après un tir spectaculaire de Keith, le verre de la barricade s'illumina de rouge alors que le klaxon de but retentissait. Mes coéquipiers partagèrent des accolades et des tapes dans le dos à l'autre bout de la patinoire. De mon côté, je serrai le poing – nous n'étions plus qu'à un seul but d'écart maintenant, et il y avait encore beaucoup de temps pour jouer.

Sans surprise, le palet était à peine tombé que les *Krakens* faisaient à nouveau une percée en direction de mon but. L'un d'eux s'approcha pour essayer de me bloquer, et dans le chaos, il perdit son avantage et chuta contre moi. Nous tombâmes tous les deux. Je perdis de vue le palet.

Une seconde trop tard, je le retrouvai, juste au moment où un autre Kraken balançait sa crosse.

Dans ce qui me sembla se passer au ralenti, je regardai la rondelle s'envoler de la glace pour le filet.

Je repoussai le *Kraken* tombé sur moi, et je me lançai sur la trajectoire de la rondelle.

Pendant quelques battements de cœur, je fus absolument sûr que ce serait un but, puis le palet claqua contre mon épaule. Assez fort pour me blesser même à travers l'équipement, assez fort pour me déséquilibrer à nouveau…

Mais ensuite, il atterrit sans danger dans mon gant, et la foule rugit.

Le jeu reprit et mon équipe reprit le contrôle. Ils se battaient durement, et je retins mon souffle, essayant par télépathie de pousser l'un de mes gars à envoyer ce palet dans le filet. Un seul objectif. Juste un objectif. Tout ce que nous avions à obtenir, c'était *un but*, et nous serions toujours en vie.

L'horloge tournait rapidement. Les fans comptaient les secondes décroissantes. Mes coéquipiers passèrent, tirèrent, passèrent à nouveau. Keith tenta un but, mais le buzzer retentit.

Les fans des *Krakens* bondirent de leurs sièges, rugissant si fort que je ne pouvais rien entendre d'autre, et je pouvais sentir la vague de déception venir des fans et des joueurs des *Narwhals*.

Tous les membres du personnel d'entraînement des *Krakens* se ruèrent sur la glace, se déplaçant prudemment pour ne pas se briser le coccyx, afin de féliciter leurs joueurs. Mes gars se consolèrent les uns les autres – y compris moi – avec des high fives et des accolades, et nous restâmes en retrait, regardant nos adversaires célébrer leur victoire.

Je remis mes gants et mon casque au responsable de l'équipement, et le coach me serra la main.

— Bravo, Spencer, dit-il. Je suis désolé d'avoir douté de toi.

— Non, tout va bien, coach, répondis en serrant fermement sa main. Si j'avais été dans vos bottes, j'aurais probablement fait pareil.

Il hocha la tête.

— Eh bien, tu m'as prouvé que j'avais tort. Et merci d'être resté discret sur cette histoire.

— De rien, gloussai-je. Et je suis sûr que les gens vont bientôt se remettre à en parler.

Le coach haussa les épaules.

— Laisse-les parler. Je ne voulais tout simplement pas d'animosité parmi mes joueurs ou quoi que ce soit qui les distrairait du jeu. Les commérages... dit-il en agitant la main. J'les emmerde.

Je me contentai de rire.

Quelqu'un avait sorti la Coupe, et c'était le moment de l'habituel rituel de présentation à l'entraîneur de l'équipe gagnante. C'était doux-amer de voir les *Krakens* en fête. De les regarder tenir la Coupe au-dessus de leurs têtes et faire sur leurs patins des tours de victoire avant de la faire passer à leurs entraîneurs et formateurs.

Mais j'avais du mal à ne pas sourire en regardant Anthony la hisser au-dessus de sa tête alors que son équipe applaudissait. Perdre en finale de la Coupe faisait toujours l'effet d'un coup de pied dans les baloches, mais j'étais aussi soulagé d'une certaine manière. Qu'on gagne ou qu'on perde, la finale était finie. La saison était terminée.

Ce soir, Anthony prenait sa retraite. Si cette défaite pour mon équipe signifiait qu'il pouvait sortir sur une note agréable, alors je pourrais vivre avec.

Tandis que la célébration se poursuivait sur la glace, nos regards se rencontrèrent par-delà la foule et le chaos. Anthony souriait déjà, mais son expression changea. Encore un sourire, juste... différent. Quelque chose de plus doux et de plus chaleureux. Un regard destiné à moi et à personne d'autre.

Je ne pus résister et patinai dans sa direction. Alors que je m'arrêtais à côté de lui, je n'aurais pas dû être surpris qu'il soit beaucoup plus petit que moi ici. J'étais déjà plus grand que lui, mais en patins, je le surplombais, et l'énorme volume de mon équipement me faisait probablement paraître encore plus grand. Pour tous ceux qui nous regardaient, la différence de taille entre nous à cet instant devait être comique.

Sauf que je ne me souciais pas de ce que les gens pensaient.

— Bien joué.

Je tendis la main. Serrer la sienne était si étrangement platonique, mais aussi ostentatoire.

— Félicitations.

— Merci, dit-il dans un sourire. C'était un sacré match.

Hochant la tête vers le but, il ajouta :

— Et quelques sacrés bons arrêts.

— Eh bien, c'est pour ça qu'ils me paient.

— Exact.

Il commença à dire autre chose, mais plusieurs *Krakens* patinèrent jusqu'à nous.

— Alors *c'est toi* la raison pour laquelle Caruso prend sa retraite ?

La question d'Agnew était acerbe, mais pas hostile.

— Euh, apparemment, oui.

Le *Kraken* sourit et me tendit la main.

— Eh bien, prends soin de notre entraîneur, mec.

La serrant, je hochai la tête.

— Je le ferai. Absolument.

— Hé !

Anthony tentait de ne pas sourire, mais il échoua.

— Je n'ai besoin de personne pour prendre soin de moi.

— Bien sûr que non, ses joueurs et moi dîmes en chœur.

Anthony geignit.

— Oh Seigneur. Je vous emmerde tous.

— C'est ça, oui. Et qu'on ne vous voie pas avec un maillot des *Narwhals*, coach, ajouta Agnew qui agita un doigt devant Anthony. Gardez vos standards, vous saisissez ?

Il rit.

— Je suis capable de beaucoup de choses par amour, mais il y a des limites que je ne franchirai pas.

— Oh, vas-y, protestai-je avec espièglerie. Je suis sûr que tu serais sexy dans un maillot des *Narwhals*.

Anthony me fusilla gentiment du regard.

— *Non*.

— Tss, sifflai-je en roulant des yeux. T'es pas drôle.

Agnew gloussa.

— Ouais, vous êtes faits l'un pour l'autre.

Il donna une tape sur l'épaule d'Anthony.

— Prenez soin de vous, coach. Et vous feriez mieux de venir à certains de nos matchs.

— Je le ferai, c'est certain.

Anthony fit une pause, souriant malicieusement.

— Chaque fois que vous affronterez Vancouver.

— Oh. Oh. C'est petit, coach. Vraiment petit.

Anthony s'esclaffa, et Agnew et lui partagèrent une accolade avant que le joueur ne patine pour rejoindre le reste de l'équipe. Quand il se tourna à nouveau vers moi, nos regards s'accrochèrent.

Il n'avait pas encore relâché ma main, et je ne pouvais pas me résoudre à le libérer, même si nous étions à l'air libre, et même si mon cœur battait la chamade.

Anthony déglutit.

— Ça te dérange si ça se sait ?

— Tu plaisantes ? On n'a plus à s'en soucier.

— Tu as raison. Plus besoin.

Il s'humecta les lèvres, passant son pouce sur les miennes.

— Mais à quel point tu voudrais que ce soit public ?

— Tu veux dire *maintenant* ?

Il hocha la tête.

Je regardai autour de moi. Son équipe. La mienne. Les

milliers de fans qui applaudissaient encore furieusement le match.

Puis je rencontrai son regard, et tout autour de nous disparut. Est-ce que je me souciais de savoir si quelqu'un le savait ? Bordel, je voulais l'écrire sur le foutu Jumbotron. Nous avions promis de calmer le jeu jusqu'à la fin de la saison et des séries éliminatoires, et, voilà, c'était terminé. Ce qui signifiait que nous n'avions plus à nous cacher, et je ne le voulais pas.

Je souris.

Lui aussi.

Il m'attira un peu plus près.

Je me penchai alors qu'il levait le menton.

Et Anthony m'embrassa, ici, sur la glace.

Ça y était. Ça sortait au grand jour. Tous nos secrets étaient finis. Anthony prenait sa retraite et nous pouvions...

La foule se déchaîna soudainement. Anthony rompit le baiser et leva les yeux, et sa mâchoire tomba.

— Oh, dis-moi que c'est pas vrai...

— Hmm ? Quoi ?

Je suivis son regard jusqu'...

Le Jumbotron.

Qui avait actuellement la Kiss Cam pointée droit sur nous.

— Le bisou ! Le bisou ! Le bisou ! scandait la foule.

Anthony rit.

— Bon, notre cher public a parlé.

— On ne peut pas le décevoir, n'est-ce pas ? renchéris-je, le visage brûlant.

— Absolument pas.

Il m'embrassa à nouveau, mais le rugissement de la foule nous fit rire tous les deux. Nous levâmes les yeux au ciel, secouâmes la tête et saluâmes la foule de la main. J'aurais juré que nous recevions plus d'attention que la Coupe, avec laquelle ses joueurs posaient actuellement.

— Oh, au fait, je viens de réaliser qu'on s'est rencontrés après la finale de l'année dernière. Et aujourd'hui, après toute une année, on peut s'afficher en couple, annonçai-je en lui faisant face à nouveau.

Anthony toucha mon visage.

— La boucle est en quelque sorte bouclée, non ?

— Ouais. En effet. Et maintenant, on a un autre été rien qu'à nous au chalet.

— J'ai *tellement* hâte d'y être.

Nous échangeâmes un sourire, et alors que nos coéquipiers sifflaient et nous encourageaient, et que la foule rugissait et applaudissait, Anthony m'embrassa à nouveau.

Un été entier ensemble ? Bon Dieu, oui.

Et après cela, le reste de nos vies.

J'avais hâte.

Fin

NOTES

CHAPITRE 1

1. Le « *Most valuable player* », ou « MVP », est une distinction sportive attribuée au meilleur joueur d'une compétition ou d'un match.

CHAPITRE 4

1. *Tim Hortons* est une chaîne canadienne de restaurants, spécialisée dans la vente de café et de beignets.

CHAPITRE 6

1. Au Canada, les « Polar Bear Swims » ou « Polar Bear Plunges » (littéralement, « bains/plongeons d''ours polaire »), sont une tradition du Jour de l'An dans de nombreuses communautés à travers le pays. Pendant l'événement, les participants pénètrent dans un plan d'eau malgré les basses températures.

REBOND

Un père célibataire et quadragénaire, une star du hockey dans la vingtaine, et beaucoup de casseroles. Non, ça ne pouvait pas leur péter à la figure.

L'agent Geoff Logan a du pain sur la planche. Son salaire de policier et sa retraite d'ex-Marine ne suffisent pas pour joindre les deux bouts. Il se trimbale des blessures de guerre et des démons qui ne sont pas près de le quitter. Ses adolescents sont, eh bien, des adolescents, bien remontés contre lui en plus, car il a quitté le petit ami qu'ils aimaient tant. Il ne pourrait pas avoir droit à une petite pause ?

Le centre des Snowhawks de Seattle, Asher Crowe, a tout pour plaire. Un salaire à sept chiffres. Une maison sur une colline. Une relation aimante et stable avec un incroyable petit ami. Du moins, c'est ce que voit le reste du monde. En privé, il vit un enfer et quand il finit par avoir le courage de mettre fin à cette relation, son petit ami refuse de partir dans le calme.

Un coup de fil aux flics et, soudain, les chemins de Geoff et Asher se croisent. Mais ce lien entre eux n'est-il qu'une bonne alchimie ? Sont-ils âmes sœurs ? Ou juste deux cœurs solitaires à la recherche d'une distraction sexy ?

Et même si c'est plus que physique, un avenir s'ouvre-t-il vraiment à deux hommes appartenant à des mondes si différents ? Et que feront-ils quand le passé viendra frapper à leur porte ?

Avertissements : abus, troubles post-traumatiques.

Ce roman fait environ 95 000 mots.

Rebond

PASSE DÉCISIVE

Une recrue, son co-équipier et son meilleur ami jouant dans une équipe rivale. Qu'est-ce qui pourrait mal tourner ?

La recrue des Snowhawks de Seattle, Justin Reid, a le béguin pour son co-équipier, Shawn Kelleher. Pas de chance, Shawn en pince pour... le meilleur ami de Justin, le centre des *Narwhals* de Vancouver, Keith Adams.

Quand Shawn laisse échapper au pire moment possible qu'il a envie de Keith, Justin est blessé, mais que peut-il y faire ? Il pousse Keith vers Shawn et laisse leur alchimie faire le reste.

Ce qu'ignore Justin, c'est que même si Shawn plaît à Keith, ce dernier désire aussi secrètement Justin depuis toujours. Après quelques loupés, ils se rendent compte qu'il se passe quelque chose de très sexy et de carrément réciproque entre eux trois. Leurs fantasmes prennent vie à tout-va.

Sauf que cette liaison à trois est tout sauf simple. Surtout quand il est question du fils d'une légende du hockey qui se démène pour se faire un nom dans l'ombre d'un père homophobe, tout en restant dans le placard. Surtout avec leurs emplois du temps épuisants et les règles de fraternisation de leurs équipes. Ajoutez à ça de fichus sentiments qui apparaissent là où il ne faudrait pas, et cette relation est vouée à l'échec dès le départ.

Shawn, Keith et Justin se sont battus pour se faire une place dans le hockey professionnel. Ce qu'ils partagent vaut-il la peine de se battre aussi ? Ou la peur gagnera-t-elle ce match ?

Passe décisive est le 2ème livre de la série Palets & Arcs-en-ciel, et peut être lu de manière indépendante.

Passe décisive

À PROPOS DE L'AUTEUR

À propos de l'auteure

L.A. Witt et son mari ont été bannis d'Espagne et envoyés vivre dans le Maine, parce que ça rime en anglais. Elle partage maintenant son temps entre l'écriture, dire aux gens qu'elle est consciente qu'il fait froid dans le Maine, se demander où mettre son prochain tatouage et essayer de faire entendre raison à un Maine Coon. D'après les rumeurs, son ennemie jurée, Lauren Gallagher, se trouverait quelque part dans les contrées sauvages de la Nouvelle-Angleterre, voilà pourquoi L.A. passe également une partie de son temps à former une équipe de homards de choc. Les auteures Ann Gallagher et Lori A. Witt ont été invitées à l'aider à former cette équipe de crustacés, mais elles « ont des livres à écrire » et « doivent se concentrer sur leur carrière » et « Tu ne crois pas que cette rivalité a un peu dégénéré ? ». Elles sont probablement en train d'aider Lauren à lever une armée d'écureuils entraînés à chevaucher des élans de combat.

Site : www.gallagherwitt.com
E-mail : gallagherwitt@gmail.com
Twitter : @GallagherWitt

Lightning Source UK Ltd.
Milton Keynes UK
UKHW041659241022
411005UK00006B/1264